Tipos singulares

Tipos singulares

— Y OTROS RELATOS —

Tom Hanks

Fotografías de Kevin Twomey

Traducción de
Santiago del Rey

Rocaeditorial

Título original: *Uncommon Type. Some Stories*

© 2017, Clavius Base, Inc

Primera edición: mayo de 2018

© de la traducción: 2018, Santiago del Rey
© de esta edición: 2018, Roca Editorial de Libros, S. L.
Av. Marquès de l'Argentera 17, pral.
08003 Barcelona
actualidad@rocaeditorial.com
www.rocalibros.com

Impreso por LIBERDÚPLEX, S.L.U.
Sant Llorenç d'Hortons (Barcelona)

ISBN: 978-84-17092-81-8
Depósito legal: B. 7560-2018
Código IBIC: FA

RE92818

A Rita y a los niños

Por Nora

Índice

Tres semanas agotadoras

DÍA 1

*A*nna dijo que solo había un sitio donde encontrar un regalo especial para MDash: la Antique Warehouse, no tanto un almacén de viejos tesoros como un mercadillo instalado en lo que había sido en tiempos el cine Lux. Antes de que la HBO, Netflix y las otras ciento siete cadenas de entretenimiento llevaran al Lux a la ruina, yo me pasaba horas viendo películas en aquel palacio del cinema antaño esplendoroso. Ahora no es más que un puesto tras otro de supuestas antigüedades. Anna y yo los revisamos todos, uno por uno.

MDash estaba a punto de convertirse en ciudadano de los Estados Unidos, lo que significaba mucho tanto para nosotros como para él. Los abuelos de Steve Wong se nacionalizaron en los años 40. Mi padre había huido de los matones de poca monta que eran los comunistas de Europa del Este durante los años 70; y los antepasados de Anna habían cruzado siglos atrás el Atlántico Norte en barcos de remos para saquear todo lo que pudieran en el Nuevo Mundo. Según la leyenda familiar, fueron ellos quienes fundaron Martha's Vineyard.

Mohamed Dayax-Abdo iba a ser pronto tan americano como el que más, así que queríamos comprarle algún artículo de época: un objeto patriótico que llevara en sí la herencia y el talante de su nueva patria. Yo pensé que la vieja carretilla Radio Flyer que estaba en segundo puesto era perfecta. «Cuando tenga hijos americanos, les legará la carretilla», dije.

Pero Anna no estaba dispuesta a quedarse con el primer objeto que encontrásemos. Así pues, continuamos la búsqueda. Yo compré una bandera americana de cuarenta y ocho estrellas[1] de los años 40. Esa bandera le recordaría a MDash que su nación adoptiva nunca termina de construirse: que los buenos ciudadanos tienen un lugar en sus fértiles llanuras, del mismo modo que siempre caben más estrellas en el campo azul situado sobre las barras rojas y blancas. Anna aprobó mi elección, pero continuó buscando. Quería encontrar un regalo mucho más especial. Algo único, una pieza singular. Al cabo de tres horas, llegó a la conclusión de que la carretilla Radio Flyer era, después de todo, una buena idea.

Justo cuando salíamos del aparcamiento con mi vieja furgoneta Volkswagen, empezó a llover. Tuvimos que circular despacio hasta mi casa porque los limpiaparabrisas están tan gastados que rayaban el cristal. La tormenta se prolongó hasta bien entrada la noche; por ello, Anna, en vez de regresar en coche a su casa, se entretuvo poniendo las viejas recopilaciones de mi madre (casetes que yo había reconvertido en CD) mientras se tronchaba de risa por el ecléctico gusto de mamá, que iba desde los Pretenders hasta los O'Jays y Taj Mahal.

Cuando empezó a sonar «Real Wild Child» de Iggy Pop, me preguntó:

—¿Tienes alguna música de los últimos veinte años?

Preparé unos burritos de cerdo a la barbacoa. Anna bebió vino; yo, cerveza. Ella encendió el fuego en mi estufa Franklin, diciendo que se sentía como una pionera en la pra-

---

1. La vigente entre 1912 y 1959, antes de la incorporación de Alaska y Hawái. *(Todas las notas son del traductor, excepto la segunda nota del relato «Noticias de nuestra ciudad, por Hank Fiset», incluida por el autor.)*

dera. Nos sentamos en el sofá al caer la noche, teniendo como única iluminación las luces del fuego y de los ecualizadores del sistema de sonido, que pasaban del verde al naranja y, en ocasiones, al rojo. Un resplandor de relámpagos destellaba a muchos kilómetros de distancia.

—¿Sabes? —me dijo—. Es domingo.

—Ya lo sé —respondí—. Yo vivo el momento.

—Admiro esa parte de ti. Inteligente. Afectuoso. Relajado hasta la indolencia.

—Has pasado de los cumplidos al insulto.

—Bueno, cambia «indolencia» por «languidez» —dijo, y dio un sorbo de vino—. El caso es que me gustas.

—Tú también a mí —contesté, preguntándome si la conversación iba en cierta dirección—. ¿Estás coqueteando conmigo?

—No. Te estoy haciendo una proposición, que es algo totalmente distinto. Coquetear es ligar. Quizá te acabes liando, o quizá no. Hacer una proposición es el primer paso para cerrar un acuerdo.

13

Hay que tener en cuenta que Anna y yo nos conocemos desde la secundaria (¡Saint Anthony Country Day! ¡Adelante, cruzados!). No salíamos juntos en esa época, pero andábamos en el mismo grupo y nos caíamos bien. Tras algunos años de universidad y otros pocos cuidando a mi madre, yo me saqué el título y durante un tiempo fingí ganarme la vida como agente inmobiliario. Un día ella entró en mi oficina porque necesitaba alquilar un local para su agencia de diseño gráfico, y yo era el único agente que le inspiraba confianza (según ella, porque había salido en su día con una amiga suya y no me había portado como un capullo cuando rompimos).

Seguía siendo muy guapa. No había perdido esa figura esbelta y firme de triatleta, cosa que había sido, por cierto. A lo largo de un día entero, le mostré algunos locales disponibles, ninguno de los cuales le convenció por motivos que a mí se me escapaban. Noté que seguía siendo tan resuelta, centrada y nerviosa como en el instituto. Tenía un ojo avezado para los más ínfimos detalles y no dejaba ningún cabo suelto: lo revisaba, inspeccionaba y anotaba todo, y luego lo volvía a colocar tal como estaba. La Anna adulta era agotadora. Continuaba sin ser mi tipo, tal como no lo había sido la Anna adolescente.

Resulta curioso, pues, que ella y yo nos hiciéramos tan amigos: mucho más, de hecho, que cuando éramos críos. Yo soy de esos tipos perezosos y solitarios que pueden pasarse el día deambulando sin prisas de aquí para allá y sin tener la sensación de haber malgastado ni un segundo. Es más, en cuanto vendí la casa de mi madre y coloqué el dinero en diferentes inversiones, abandoné mi fingido negocio y me instalé en la «mejor vida imaginable». A mí que me den un buen montón de ropa para hacer la colada y un partido de *hockey* en el canal NHL y ya tengo resuelta la tarde. En el tiempo que yo empleo en remolonear separando la ropa blanca y la de color, Anna recubrirá su desván con paneles de yeso, hará la declaración de renta, preparará su propia pasta fresca y cerrará un trueque de vestidos por Internet. Aunque duerme a rachas desde la medianoche hasta el amanecer, tiene energías para funcionar a tope el resto del día. Yo duermo como un tronco todas las horas que puedo y me echo una siesta diaria a las dos y media.

—Ahora te voy a besar —dijo Anna. Y así lo hizo.

Nunca nos habíamos besado, dejando aparte ese roce de los labios en las mejillas que acompañan un breve abrazo. Esa noche, ella me estaba ofreciendo una versión totalmente nueva de sí misma, y yo, confundido, me puse tenso.

—Eh, relájate —susurró abrazándome por el cuello. Olía de maravilla y sabía a vino—. Hoy es el Sabbath. Día de descanso. Esto no va a ser ningún «trabajo».

Volvimos a besarnos, yo esta vez más tranquilo y entregado. La rodeé con los brazos y la atraje hacia mí. Nos apretujamos y nos fuimos soltando, cada uno recorriendo el cuello del otro hasta que nuestras bocas se encontraron de nuevo. No había besado así a una mujer desde hacía casi un año, desde que la Malvada Mona no solo me dejó plantado sino que me robó dinero de la billetera. (Mona tenía sus problemas, pero a la hora de besar... bueno, era fabulosa.)

—Bravo, cariño —suspiró Anna.

—*Shabbat shalom!*[2] —suspiré por mi parte—. Deberíamos haber hecho esto hace años.

—Me parece que no nos vendría mal pasar un ratito desnudos —me susurró ella—. Anda, quítate la ropa.

Así lo hice. Cuando ella se quitó la suya, ya estuve perdido.

DÍA 2

Mi desayuno del lunes por la mañana consistió en crepes de trigo sarraceno, chorizo, un cuenco enorme de frutos rojos y café de filtro. Anna se decantó por una infusión de hierbas, que yo tenía guardada en la despensa desde hacía una eternidad, y por un diminuto cuenco de nueces que fue partiendo con una cuchilla de carnicero. Añadió ocho arándanos contados para redondear ese nutritivo desayuno. A lo mejor no debería aclarar que ninguno de los dos llevaba ropa mientras comíamos, porque quizá nos haga quedar como un par de nudistas, pero lo cierto es que ambos nos habíamos levantado de la cama tal cual, sin ninguna inhibición.

Mientras se vestía para ir a trabajar, me dijo que íbamos a apuntarnos a un curso de submarinismo.

—¿Vamos? —pregunté.

2. ¡Bendito *Shabbat*!

—Sí. Nos vamos a sacar el certificado. Y tú necesitas ropa de deporte. Zapatillas y sudaderas. Ve al Foot Locker del Arden Mall. Y después, te vienes a almorzar a mi oficina. Trae la carretilla y la bandera para MDash para que las envolvamos.

—Vale.

—Por la noche prepararé la cena en casa, veremos un documental y después haremos en mi cama lo que hemos estado haciendo esta noche en la tuya.

—Vale —repetí.

DÍA 3

Anna terminó acompañándome a Foot Locker y me hizo probar cinco pares distintos de zapatillas deportivas (nos decantamos por unas de *cross-training*) y cuatro versiones de pantalones y camisetas de deporte (Nike). Luego compramos comida y bebida para la fiesta que mi amiga quería montar en honor de MDash. Dijo que mi casa era el único lugar para celebrar una juerga semejante.

A mediodía, MDash era uno de los seiscientos americanos inminentes que se hallaban en la pista del Sports Arena, alzando la mano derecha mientras juraban lealtad a América: nuevos ciudadanos que habrían de preservar, proteger y defender la que era ya su propia Constitución, con tanto derecho como podía serlo para el presidente de los Estados Unidos. Steve Wong, Anna y yo estábamos en las gradas, presenciando la nacionalización de un mar de inmigrantes, que presentaban todos los colores de piel posibles de la naturaleza humana. El espectáculo era fantástico y nos emocionó a los tres, sobre todo a Anna, que lloraba con la cara pegada a mi pecho.

—Es… tan… precioso —sollozó—. Dios mío… amo… a este país.

Los compañeros de MDash en Home Depot que pudieron librar se presentaron en mi casa con un montón de banderas americanas baratas, adquiridas con sus vales de empleados. Steve Wong montó un aparato de karaoke, y a MDash le hicimos cantar canciones en cuya letra aparecía la palabra «América». «American Woman». «American Girl». «Spirit of America», de los Beach Boys, se refiere a un coche en realidad, pero se la hicimos cantar igualmente. Utilizamos la carretilla Radio Flyer como barril de hielo y, entre seis de nosotros —MDash en primera fila—, plantamos la bandera de cuarenta y ocho estrellas como si fuésemos marines en Iwo Jima.

La fiesta se prolongó varias horas, hasta que no quedamos más que cuatro personas contemplando la salida de la luna y escuchando cómo restallaba la vieja bandera en el mástil. Yo acababa de sacar otra lata de cerveza del hielo derretido de la carretilla cuando Anna se acercó y me la quitó de las manos.

—Calma, cariño —dijo—. Vas a necesitar todas tus facultades en cuanto estos dos se vayan.

Una hora mas tarde, Steve Wong y MDash se marcharon: el nuevo ciudadano americano canturreando «A Horse with No Name» (del grupo America). En cuanto el coche de Steve salió por el sendero, Anna me cogió de la mano y me llevó al patio trasero. Puso almohadones sobre la hierba mullida y nos quedamos allí tendidos, besándonos y, bueno, ya sabéis, poniendo a prueba mis facultades.

DÍA 4

Anna corre siempre que puede unos kilómetros durante cuarenta minutos, y estaba decidida a imponerme ese hábito. Me llevó a una de sus rutas habituales —un camino empinado que contornea Vista Point— y me dijo que me pusiera en marcha. Ella correría en cabeza, y ya de regreso, me esperaría abajo, porque sabía que yo no sería capaz de mantener su ritmo.

Para mí, el ejercicio es algo opcional. En ocasiones, voy con mi vieja bici de tres marchas al Starbucks, o bien juego unas rondas de disc golf (antes pertenecía a un equipo). Aquella mañana, subí resoplando por el camino. Ni siquiera veía a Anna, de la ventaja que me sacaba, y los pies me estaban matando con las nuevas zapatillas de *cross-training* (nota mental: aumentar medio número). La sangre me recorría el cuerpo con una furia desconocida; tenía los hombros y el cuello en tensión y la cabeza, palpitante. Cuando Anna apareció de nuevo, bajando de Vista Point, me aplaudió con entusiasmo.

—¡Bravo, cariño! —gritó al cruzarse conmigo—. ¡Un buen esfuerzo para empezar!

Di media vuelta y la seguí.

—¡Me arden los muslos!

—Están rebelándose —repuso girando la cabeza para mirarme—. ¡Pero se rendirán con el tiempo!

Reorganizó mi cocina mientras yo estaba en la ducha. Le parecía que guardaba las sartenes y las tapas en los cajones menos indicados. ¿Y por qué tenía el cajón de los cubiertos tan lejos del lavavajillas? Yo no sabía qué responder.

—Bueno, vamos. No podemos llegar tarde a la primera clase de submarinismo.

La Escuela de Submarinismo olía a trajes de goma mojados y a cloro de piscina. Rellenamos unos impresos y nos dieron un manual que debíamos estudiar, así como unos horarios de las sesiones teóricas y unas fechas opcionales para la práctica en mar abierto, necesaria para el certificado. Anna señaló un domingo a cuatro semanas vista y ahí mismo reservó nuestros camarotes en el barco.

Fuimos al Viva Verde Salad Café para tomar un almuerzo a base de ensaladas, o sea, ensalada con ensalada de acompañamiento, después de lo cual a mí me apetecía irme a casa a echarme una siesta. Pero mi amiga dijo que necesitaba mi ayuda para cambiar de lugar algunos muebles en su casa, una tarea que había ido postergando. Cosa que no era demasiado cierta, sino casi una mentira. Lo que quería en realidad era que la ayudara a volver a empapelar el pasillo y la oficina instalada en su casa, lo cual implicaba desplazar el ordenador, la impresora, los escáneres y los utensilios de diseño gráfico y, en resumen, obedecer sus órdenes toda la tarde.

No volví a casa aquella noche. Cenamos en la suya —lasaña vegetal con verduras de acompañamiento— y vimos una película en Netflix sobre mujeres inteligentes con novios idiotas.

—Mira, cariño —dijo Anna—. ¡Parece que hablen de nosotros!

Soltó una risotada y, sin darme un beso siquiera, me metió la mano en los pantalones. Una de dos: o yo era el tipo más afortunado del mundo, o me estaban tomando por tonto. Y cuando me dejó meter también la mano en sus pantalones, aún no tenía claro cuál de las dos era cierta.

DÍA 5

Anna tenía que trabajar en su oficina. Emplea a cuatro mujeres muy responsables y a una becaria que es una chica de secundaria con problemas. El año pasado consiguió un contrato para encargarse de la parte gráfica de una editorial de libros de texto, un trabajo continuado pero tan aburrido como empapelar paredes. Yo le dije que me iba a casa.

—¿Por qué? —preguntó—. No tienes nada que hacer hoy.

—Voy a salir a correr —dije, inventándomelo sobre la marcha.

—Bravo, cariño.

Regresé a casa y, en efecto, me puse las zapatillas de deporte y di unas vueltas por el barrio. El señor Moore, un poli retirado con cuya casa comparto la cerca trasera, me vio pasar corriendo y me gritó:

—Pero ¿qué coño te ha dado?

—¡Una mujer! —respondí a gritos, y no solo era cierto, sino que me sentí bien al decirlo. Cuando un hombre piensa en una dama y espera con ilusión el momento de contarle que ha corrido cuarenta minutos... bueno, amigo, quiere decir que está viviendo en «territorio tengo novia».

Sí. Tenía novia. Una novia cambia a un hombre de pies a cabeza: desde qué calzado usa para hacer ejercicio hasta cómo se corta el pelo (cosa que Anna supervisó al día siguiente ante mi barbero). Cambios que ya me tocaba hacer. Engañado por la adrenalina del romanticismo, corrí esa mañana más de lo que mi cuerpo podía aguantar.

Ella llamó justo cuando yo acababa de desistir de una siesta porque tenía las pantorrillas tan rígidas como dos latas de cerveza. Me dijo que fuera a ver a su acupunturista; que ya llamaba ella misma para concertar una sesión inmediata.

El East Valley Wellness Oasis está situado en un edificio con oficinas y centro comercial que dispone de aparcamiento subterráneo. Conducir con mi furgoneta Volkswagen, que no tiene dirección asistida, por aquellas rampas circulares descendentes requería un cierto esfuerzo físico. Orientarme entre los múltiples ascensores del edificio puso a prueba mi capacidad cerebral. Cuando por fin localicé la oficina 606-W, tuve que rellenar las cinco páginas de un cuestionario de *Wellness*, sentado junto a una fuente cuya bomba eléctrica armaba más ruido que una catarata.

«¿Acepta la práctica de la visualización?» Claro, por qué no. «¿Está abierto a la meditación guiada?» No veo qué daño podría hacerme. «Explique sus motivos para buscar tratamiento. Sea concreto, por favor.» Mi novia me dijo que les trajera los cansados y agarrotados músculos de mis piernas, porque los pobres están deseando ser liberados de este suplicio.

Entregué las respuestas y aguardé. Finalmente, un tipo con bata blanca me llamó por mi nombre y me llevó a la sala de tratamiento. Mientras yo me desnudaba hasta quedarme en calzoncillos, él revisó mi cuestionario.

—¿Anna dice que tiene molestias en las piernas? —preguntó. Había trabajado con ella los últimos tres años.

—Sí —dije—. Las pantorrillas especialmente, entre otros músculos en plena rebelión.

—Según lo que dice aquí —dijo dando golpecitos al cuestionario—, Anna es su novia.

—Eso es reciente.

—Pues le deseo buena suerte. Túmbese boca abajo.

Cuando me puso las agujas, sentí un hormigueo por todo el cuerpo y unas contracciones incontrolables en las pantorrillas. A continuación introdujo un CD en un viejo estéreo portátil para mi meditación guiada y salió de la sala. Oí una voz femenina diciéndome que despejara mi mente y pensara en un río. Lo estuve haciendo mal que bien durante media hora. Quería quedarme dormido, pero no lo logré con todas esas agujas clavadas.

Anna me estaba esperando en mi casa y había preparado una cena a base de lechugas con semillas y un arroz de color tierra. Después me frotó las piernas con tanta fuerza que me arrancó una mueca de dolor. Más tarde, me dijo que ella no había hecho el amor cinco noches seguidas desde la universidad, pero que no se perdía nada por intentarlo.

DÍA 6

Anna había puesto el despertador de su móvil a las seis menos cuarto porque tenía mucho que hacer. Me hizo levantar a mí también, me permitió tomar únicamente una taza de café y me indicó que me pusiera la ropa de deporte.

—Aún me duelen las pantorrillas.

—Eso es porque te dices a ti mismo que te duelen.

—No quiero salir a correr esta mañana —protesté.

—Mala suerte, cariño —dijo lanzándome los pantalones del chándal.

Hacía una mañana fría y brumosa.

—Tiempo ideal para correr —comentó Anna.

Me obligó a imitar su rutina de estiramientos de doce minutos allí mismo, en el sendero de acceso, poniendo un temporizador en su teléfono móvil que iba pitando cada treinta segundos. Eran veinticuatro las posturas que tuve que adoptar, cada una para estirar un tendón o un músculo en el interior de mi cuerpo, y todas me arrancaban una mueca y una maldición y me provocaban una sensación de mareo.

—Bravo, cariño —me animó Anna.

Entonces me explicó la ruta que seguiríamos por mi barrio: ella, dos veces y yo, una. El señor Moore estaba recogiendo el periódico en el jardín cuando pasé por delante.

—¿Esa era tu mujer? ¿La que ha pasado por aquí hace un minuto? —gritó. Yo jadeaba tanto que solo pude asentir—. ¿Qué coño habrá visto en ti?

Anna me dobló al cabo de pocos minutos y me dio un cachete en las nalgas.

—¡Bravo, cariño!

Cuando ella llegó, yo ya estaba en la ducha. Se metió dentro directamente, y nos besamos como locos y nos tocamos todas esas partes maravillosas. Me enseñó a restregarle la espalda y me dijo que fuese a su oficina a la hora del almuerzo para estudiar juntos el manual de submarinismo. Yo no había pasado de las primeras páginas, pero ella ya iba por la mitad. Cuándo habría encontrado tiempo, es algo que no comprendo.

Me pasé la tarde deambulando por su oficina, respondiendo preguntas de respuesta múltiple sobre el equipo de submarinismo, examinando listados de propiedad inmobiliaria (aún me intereso un poco por el tema) y tratando de hacer reír a las mujeres que estaban concentradas en su trabajo de diseño. Inútilmente. Durante ese tiempo, Anna mantuvo una larga conferencia por teléfono con un cliente de Forth Worth, Texas, diseñó las nuevas portadas de una serie de libros de texto, revisó las pruebas de tres proyectos, ayudó a su becaria (la adolescente con problemas) a hacer sus deberes de geometría, reorganizó un armario de suministros y terminó de leer la segunda mitad del manual de submarinismo. Todavía teníamos que asistir a la primera clase.

Tampoco importaba demasiado. Éramos los únicos alumnos. Vimos unos vídeos sobre el maravilloso mundo submarino y luego nos metimos en la piscina. Permanecimos en la zona que no cubría mientras Vin, nuestro instructor, nos explicaba cada parte del equipo autónomo de buceo. La cosa llevó mucho tiempo, más que nada porque Anna hacía al menos cinco preguntas por cada componente del equipo. Al fin, Vin nos indicó que nos pusiéramos los reguladores en la boca, que nos arrodilláramos para que nuestras cabezas quedaran sumergidas y que aspirásemos aquel aire presurizado de sabor metálico y expulsáramos burbujas. La clase concluyó con una prueba de aptitud en el agua que consistía en nadar diez largos. Anna se puso en marcha como una nadadora olímpica y en unos minutos había salido de la piscina y se disponía a secarse. Yo nadé lánguidamente con estilo braza y terminé segundo (en una carrera de dos) al cabo de mucho rato.

Después nos fuimos al East Village Market Mall para encontrarnos con Steve Wong y MDash y tomarnos unos

23

batidos en la Ye Olde Sweet Shoppe. Anna pidió un cuenco pequeño de yogur vegano sin azúcar con un espolvoreado de canela real. Mientras estábamos allí disfrutando de nuestras golosinas, ella puso una mano sobre la mía, un gesto cariñoso que no pasó desapercibido.

Esa noche, ya en la cama, mientras Anna hacía su última revisión de las novedades en el iPad, recibí un mensaje de Steve Wong.

SWong: Te estás tirando a A???

Tecleé mi respuesta:

Moonwalker7: Acaso es asunto tuyo?
SWong: Sí o no?
Moonwalker7: 😁
SWong: Te has vuelto loco????
Moonwalker7: 🏆 🏇 🚀 ◎ 🏹 ‼ 🏁 😊

Entonces MDash se sumó a la conversación.

FACEOFAMERICA: 😲
Moonwalker7: Fui seducido.
FACEOFAMERICA: «Cuando los cocineros follan, se quema el estofado».
Moonwalker7: Eso quién lo dice? El chamán de la aldea?
FACEOFAMERICA: «Cuando los entrenadores follan, el equipo pierde». Vince Lombardi.[3]

Y la cosa continuó por este estilo. Steve Wong y MDash no creían que del emparejamiento de Anna y yo pudiera

---

3. Entrenador de fútbol americano de los años 60, famoso por sus máximas sobre el esfuerzo y el éxito.

salir nada bueno. ¡Qué lástima! Esa misma noche, ella y yo nos lanzamos al asunto como cocineros del mejor estofado de Green Bay, Winsconsin, totalmente entregados al placer.

DÍA 7

—¿No deberíamos hablar de nuestra relación?

Era yo quien lo preguntaba. Estaba en la cocinilla de Anna, envuelto solamente con una toalla después de ducharme, manejando el émbolo de su cafetera suiza para preparar mi elixir matinal. Ella llevaba una hora y media levantada y ya se había puesto la ropa de deporte. Por suerte, mis zapatillas de *cross-training* estaban en mi casa: podía ahorrarme la maratón.

—¿Tú quieres que hablemos de nuestra relación? —preguntó limpiando los granitos de café que habían caído en su encimera quirúrgicamente inmaculada.

—¿Somos una pareja? —inquirí.

—¿Tú qué crees? —replicó.

—¿Tú me consideras tu «novio»?

—¿Tú me consideras tu «novia»?

—¿Alguno de los dos va a hacer una declaración?

—¿Cómo voy a saberlo?

Me senté y di un sorbo de café. Estaba demasiado fuerte.

—¿Puedo ponerme un poco de leche? —pregunté.

—¿Crees que esa porquería te sienta bien? —Me pasó una botellita de leche de almendras sin conservantes, de ese tipo que debe consumirse en pocos días: el que venden como si fuera «leche» aunque en realidad son frutos secos licuados.

—¿No podrías comprar leche de verdad para que me ponga en el café?

—¿Por qué eres tan exigente?

—¿Pedir un poco de leche es una exigencia?

Ella sonrió y me cogió la cara con las manos.

—¿Crees que eres el hombre adecuado para mí?

Me besó. Yo estaba a punto de hacer una declaración, pero ella se sentó en mi regazo y me abrió la toalla. No tuvo tiempo de salir a correr esa mañana.

DÍAS 8 A 14

Ser el novio de Anna era como entrenarse para ingresar en las fuerzas especiales de la Marina, mientras trabajabas a jornada completa en un centro de atención al cliente de Amazon en Oklahoma, en plena temporada de tornados. Siempre, a cualquier hora del día, pasaba algo. Mis siestas de las dos y media eran cosa del pasado.

Ahora hacía ejercicio regularmente, no solo corriendo por la mañana, sino también nadando en las clases de submarinismo, practicando estiramientos de yoga en sesiones que ya alcanzaban la media hora y asistiendo con Anna a una clase de *spinning* tan agotadora que echaba los hígados por la boca. La cantidad de recados que hacíamos era enloquecedora, y nunca salían de una lista de tareas o de una aplicación para organizar las compras, sino que eran todos improvisados, decididos sobre la marcha. Incesantes. Cuando ella no estaba trabajando en la oficina, trabajando sus músculos o trabajándome a mí en la cama, también estaba haciendo algo, buscando algo, preguntando qué habría en la trastienda, conduciendo hasta llegar a una subasta en la otra punta de la ciudad, acudiendo a Home Depot para pedirle a Steve Wong una lijadora para mí, porque ya tocaba pulir el tablero de la mesa de secuoya de mi patio trasero… Me pasaba el día —todos los días— siguiendo sus órdenes, lo cual incluía instrucciones precisas mientras conducía:

—Gira a la izquierda en la próxima. No salgas por aquí. Toma Webster Avenue. ¿Por qué doblas a la derecha ahora? No se te ocurra pasar por delante del colegio. Son casi las tres. ¡Los niños están saliendo a esta hora!

Un día nos organizó una sesión de escalada a Steve Wong, a MDash y a mí en un centro comercial de aventura recién inaugurado, donde había un muro de roca para escalar, así como un río interior para practicar el piragüismo y una cámara de simulación de paracaidismo: un ventilador gigante que soplaba con tanta fuerza en el interior de un silo que permitía simular ejercicios de caída libre a los clientes equipados con casco. ¿Hace falta que diga que los cuatro probamos a lo largo de una tarde todas las instalaciones? Nos quedamos hasta la hora de cerrar. Steve Wong y MDash, tras una jornada entera de trabajo luciendo esos delantales unisex de Home Depot, se sentían como superhéroes. Yo estaba exhausto. Llevaba metido demasiado tiempo en el frenético programa de actos de mi novia. Necesitaba una siesta.

Tuvimos tiempo para tomarnos unas barritas de proteínas en el Energy Stand de la entrada mientras Anna iba al baño.

—¿Cómo es? —preguntó MDash.

—¿El qué? —dije.

—Tú y Anna. Sentados en un árbol, besándoos… igual que en la canción.

—¿Lo resistes? —quiso saber Steve Wong—. Pareces agotado.

—Bueno, acabo de salir de un simulador de paracaidismo.

MDash tiró a la basura la mitad de su barrita proteínica, y me dijo:

—Yo antes te miraba y pensaba: «Este tío lo tiene todo resuelto. Posee una casita preciosa con un bonito jardín; no trabaja para nadie, sino para sí mismo. Podría tirar el reloj, porque nunca ha de estar en ninguna parte. Para mí, representabas la América en la que deseaba vivir. Pero ahora te doblegas ante una jefa. ¡Ay, qué dolor!

—Ay… ¿qué dolor? —repetí, burlón.

—Explícale ese proverbio que me explicaste a mí —dijo Steve.

—¿Otra enseñanza del chamán de la aldea? —pregunté.

—Bueno, del profesor de inglés de la aldea —aclaró MDash—. Para dar la vuelta al mundo, un barco solo necesita una vela, un timón, una brújula y un reloj.

—Sabias palabras en un país sin acceso al mar —comenté.

MDash se había criado en la región subsahariana.

—Anna es la brújula —explicó él—. Tú eres el reloj, pero al sincronizarte con ella te has quedado parado. Tus manecillas solo aciertan dos veces al día. Nunca podremos saber cuál es nuestra longitud.

—¿Estás seguro de que Anna no es la vela? —dije—. ¿Por qué yo no puedo ser el timón y Steve la brújula? No acabo de seguir la analogía.

—Déjame expresarlo en un lenguaje que puedas comprender —dijo Steve—. Nosotros somos como una serie de televisión con un reparto multirracial. El chico africano es él. El asiático, yo. El caucásico mezclado, tú. La mujer fuerte y determinada que jamás se dejará modelar por un hombre, Anna. Vuestro emparejamiento es como una trama de la temporada undécima, cuando la cadena trata de mantenernos en antena.

Miré perplejo a MDash.

—¿Captas esta metáfora sacada de la cultura popular?

—Lo más esencial. Tengo tele por cable.

—Nosotros cuatro —me explicó Steve— formamos un cuadrado perfecto. Al encamarte con Anna, nuestra geometría se va a desequilibrar.

—¿En qué sentido?

—Ella hace que sucedan cosas en nuestras vidas. Míranos. Es casi medianoche y nos hemos pasado las horas colgados de una roca, remando en piragua y practicando el paracaidismo de interior. Cosas que yo jamás haría en una escuela nocturna. Ella es nuestro catalizador.

—Has utilizado barcos de vela y series de televisión, nociones de geometría y de química para mostrarme por qué no debería salir con Anna. Y todavía no me has convencido.

—Predigo lágrimas —sentenció MDash—. Para ti, para Anna y para todos nosotros. Lágrimas a raudales.

—Escucha —dije apartando un *brownie* de proteínas que, curiosamente, sabía como un *brownie*—. A mí y a mi novia (sí, «novia») nos pasará una de las siguientes cosas. —Le eché un vistazo a Anna. Estaba lejos, charlando con el empleado de un mostrador presidido por un cartel que decía: «¡Invierte en aventura!»—. Una. Nos casamos, tenemos hijos y vosotros sois los padrinos. Dos. Rompemos en medio de un espectáculo de reproches y sentimientos heridos. Vosotros tendréis que optar por un bando: seguir siendo mis colegas o contravenir todas las normas establecidas de género y seguir siendo amigos de una mujer. Tres. Ella conoce a otro tipo y me deja plantado. Yo me convierto en un perdedor melancólico… y no me vayas a decir que ya lo soy ahora. Cuatro. Ella y yo nos separamos de forma amistosa y decidimos seguir siendo «amigos», como en la tele. Nos quedarán de recuerdo estos ejercicios de falsa escalada y demás, y las mejores sesiones de sexo que he tenido en mi vida. Yo creo que podemos afrontar cualquiera de esos destinos porque somos todos unos chicos mayores de edad. Y reconócelo: si Anna quisiera enrollarse contigo tal como ha hecho conmigo, tú estarías totalmente dispuesto.

—Y tú serías el que prediciría lágrimas —me dijo Steve Wong.

Justo entonces volvió Anna agitando un grueso folleto satinado; sonreía.

—¡Eh, chicos! —exclamó—. ¡Vamos a ir a la Antártida!

DÍA 15

—Necesitamos el equipo adecuado. —Anna estaba hundiendo una bolsita de Rainbow Tea Company en una taza de agua caliente. Ya tenía puesta la ropa de deporte; yo me estaba calzando las zapatillas de *cross-training*—. Ropa interior térmica. Parkas y chubasqueros. Jerséis de lana. Botas impermeables. Bastones para nieve.

—Guantes —añadí—. Gorros.

El viaje a la Antártida quedaba a tres meses, a muchas zonas horarias y a miles de kilómetros de distancia, pero ella ya estaba en «modo planificación turbo».

—¿No será verano en el Polo Sur? —pregunté.

—No llegaremos al polo. Al círculo antártico quizá, pero solo si la meteorología y el estado del mar ayudan. A pesar de todo, habrá mucho hielo y mucho viento.

Salimos a hacer cuarenta y cinco minutos de estiramientos en el césped de delante, con lo que nuestros «perros» y «cobras» de yoga quedaban empapados de rocío. ¡Ping! Sonó el pitido del temporizador, y yo me doblé sobre mí mismo, tratando de tocarme las rodillas con la frente. Ni de lejos.

Anna se doblaba como una mesa plegable.

—¿Sabías —dijo— que los astronautas del Apolo se fueron a la Antártida a estudiar los volcanes? —Conocía mi adicción a todo lo relacionado con los cosmonautas. Lo que no sabía era que yo dominaba el tema.

—Se entrenaron en Islandia, jovencita. Si algún astronauta fue al Polo Sur debió de ser al retirarse, mucho después de haber alterado el curso de la historia desafiando a la muerte en las naves espaciales de la NASA.

¡Ping! Intenté agarrarme los tobillos, con lo cual empezaron a arderme mis pobres pantorrillas.

—Veremos pingüinos y ballenas, y estaciones científicas —dijo Anna—. Y el B15K.

—¿Qué es el B15K?

—Un iceberg del tamaño de Manhattan: tan enorme que lo rastrean vía satélite. Se desprendió en 2003 de la barrera de hielo de Ross y se desplaza por su cuenta alrededor del Antártico en el sentido contrario a las agujas del reloj. Si el tiempo se mantiene, podemos alquilar un helicóptero y aterrizar encima.

¡Ping! Ese era el último ejercicio. Anna empezó a correr. Yo traté de mantener su ritmo, pero no había forma de lograrlo, y menos ahora que estaba tan entusiasmada con el B15K.

El señor Moore, cuando pasé trotando frente a su casa, estaba subiendo a su coche con un termo de café en la mano.

—Esa novia tuya ha pasado hace un segundo. A toda pastilla.

Después de las duchas y de un desayuno de tostadas de espelta con aguacate, Anna cogió la lijadora que le había comprado a Steve Wong y se puso a pulir mi mesa de pícnic. Yo me sumé a la tarea con un trozo de papel de lija.

—Cuando hayas pulido del todo la madera, habrá que volver a pintarla. ¿Tienes pintura? —Sí, tenía—. Deberías terminar a última hora de la tarde. Luego ven a mi casa. Habrá cena y sexo. —Por mí, perfecto—. Ahora he de irme a trabajar.

Antes de marcharse, me señaló otros objetos de madera que requerían también un buen lijado y una mano de pintura: un banco, la puerta trasera de la cocina y el viejo cobertizo donde guardaba los utensilios de jardinería y los equipos de deporte. Me pasé el resto del día currando.

Estaba sudado a tope, cubierto de polvo y de salpicaduras de pintura cuando Anna me mandó un mensaje.

«AnnaGraphicControl: cena en quince min.»

Llegué a su casa al cabo de media hora, pero tuve que ducharme antes de cenar. Comimos en la sala de estar —unos cuencos enormes de sopa vietnamita— mientras veíamos dos episodios de *Nuestro planeta helado* en Blu-ray. Durante tres horas aprendimos cuanto hay que saber sobre los pingüinos barbijo y las focas cangrejeras que solo viven en... bueno, adivinad en qué parte del planeta.

Me quedé dormido antes de que llegáramos al sexo.

DÍA 16

Anna había concertado sin decírmelo una clase de submarinismo a primera hora de la mañana.

Provistos del traje y el equipo completo —las botellas, los cinturones de peso y demás—, Vin nos hizo hincar las rodillas en el fondo de la zona honda de la piscina. Teníamos que quitarnos cada parte del equipo de buceo, incluidas las máscaras, aguantar la respiración y volver a ponérnoslo todo otra vez.

Después Vin me dijo que iba retrasado en el estudio del manual y que sería mejor que espabilara.

—¿Cómo es que no has terminado de leer el manual? —quiso saber Anna.

—Tuve una cita con una lijadora que me quitó todo el tiempo.

Mientras volvíamos a casa noté un cosquilleo en la garganta, como si me estuviera resfriando.

—No digas que te estás resfriando —dijo Anna—. Si te dices que estás enfermo, te das permiso para ponerte enfermo.

Sonó su teléfono móvil y respondió con el sistema de

manos libres. Era uno de sus clientes de Fort Worth, un tal Ricardo, que le contaba chistes sobre las plantillas de color y le arrancó una carcajada mientras ella paraba en mi sendero. Se quedó en el coche para terminar la llamada. Yo entré en casa.

—Hemos de ir a Fort Worth —anunció cuando vino por fin a la cocina. Yo estaba preparando una sopa de pollo con fideos de paquete.

—¿Por qué? —pregunté.

—Tengo que ayudar a Ricardo a hacer una presentación. Eso no es sopa, por cierto, es un paquete lleno de sodio.

—Me estoy permitiendo ponerme enfermo. La sopa me sentará bien.

—Esta mierda te matará.

—¿Tengo que acompañarte a Fort Worth?

—¿Por qué no? No tienes nada que hacer. Pasaremos allí la noche y admiraremos las vistas.

—¿De Fort Worth?

—Será como una aventura.

—Me está goteando la nariz y me siento como si tuviera un enjambre de abejas zumbando en la cabeza.

—Puedes pararlo tú mismo si dejas de decir esas cosas —aseguró.

A modo de respuesta, estornudé, tosí y me soné con un pañuelo de papel. Anna meneó la cabeza en silencio.

DÍA 17

Estas son las vistas que contemplamos en Fort Worth:

El inmenso aeropuerto. Abarrotado con tantos pasajeros que parecía como si la economía texana se hubiera colapsado y la población estuviera huyendo en masa.

La oficina de reclamación de equipajes. Estaba en reformas y, por tanto, era un escenario caótico donde poco faltaba para acabar a puñetazos. Anna había facturado tres maletas, que fueron las últimas en salir disparadas por la cinta.

Un autobús. A cuyo alrededor habían pintado unas letras gigantes que decían: PONYCAR PONYCAR PONYCAR. Pony-Car era una nueva opción para viajar que competía con Uber y con las compañías de alquiler de coches. Mi novia tenía un bono para el fin de semana (por qué lo tenía, ni idea). El autobús nos llevó a un solar lleno de coches diminutos, también pintados con el logo de PonyCar. No sé dónde fabricarán los PonyCar, pero evidentemente están diseñados para personas pequeñas. Tuvimos que apretujarnos nosotros dos y nuestro equipaje en un vehículo con la capacidad justa para nosotros dos y un tercio de nuestro equipaje.

El DFW Sun Garden Hotel. No tanto un hotel como una colección de habitaciones con baño y de máquinas expendedoras destinadas a viajeros de negocios con presupuesto de gastos limitado. Ya en nuestra reducida habitación, me tumbé en la cama. Anna se puso su atuendo de trabajo mientras hablaba con Ricardo por el móvil. Me dijo adiós con la mano y salió arrastrando su maleta de ruedas profesional.

Obnubilado por mi pésimo estado de salud, no lograba que la tele funcionara. El sistema de cable tenía un menú para mí desconocido. Lo único que pude poner fue el canal del Sun Garden Hotel, que mostraba las maravillas de todos los hoteles Sun Garden del mundo. Pronto iban a abrir nuevas sucursales en Evansville, Indiana; Urbana, Illinois; y Fráncfort, Alemania. Tampoco entendía cómo funcionaba el teléfono. Todo el rato me salía el mismo menú de voz. Tenía hambre, así que me arrastré hasta el vestíbulo para comprar algo en las máquinas expendedoras.

Esas máquinas estaban en un cuartito aparte, donde había también una mesita de bufé con cuencos de manzanas y dispensadores de cereales. Cogí un poco de cada. Una de las máquinas ofrecía porciones de *pizza*; otra, artículos de tocador, y también varios remedios contra el resfriado. Tras cuatro intentos para que la máquina aceptara mi espachurrado billete de veinte, compré unas cápsulas, unas píldoras, unos líquidos de una dosis y una botellita de una cosa llamada Boost-Blaster!, que alardeaba de su megadosis de antioxidantes, enzimas y todas las cosas buenas que contienen las acelgas y algunos pescados.

De vuelta en la habitación, me preparé un cóctel de dos ítems de cada remedio (rompiendo los celofanes, luchando con los tapones a prueba de niños), y me bebí la botellita de Boost-Blaster! de un trago.

DÍA 18

Me desperté sin tener la menor idea de dónde estaba. Oí el ruido de la ducha. Vi una rendija de luz por debajo de la puerta y un montón de libros de texto en la mesilla. La puerta del baño se abrió de golpe, en una explosión de vapor luminoso.

—¡Estás vivo! —Anna apareció desnuda en el umbral, secándose con una toalla. Ya había salido a correr.

—¿Ah, sí? —Mi catarro no había mejorado. En absoluto. La única novedad era una sensación de mareo.

—¿Te has tomado todo esto? —Señaló la mesa, que estaba cubierta con los residuos de mi ejercicio de automedicación.

—Aún estoy enfermo —murmuré a la defensiva.

—Decir que estás enfermo te pone más enfermo.

—Estoy tan cascado que incluso tu lógica tiene sentido.

—Te lo perdiste, cariño. Anoche fuimos a un restaurante ecológico de comida mexicana. Era el cumpleaños de Ricardo. Había como cuarenta personas, y también una piñata. Después fuimos a una pista de carreras y corrimos con

35

bólidos en miniatura. Te llamé, te envié mensajes, pero nada.

Miré mi móvil. Entre las seis de la tarde y la una y media de la madrugada, AnnaGraphicControl me había llamado y mandado mensajes treinta y tres veces.

Anna empezó a vestirse.

—Será mejor que hagas la maleta. Hemos de dejar la habitación y pasar por la oficina de Ricardo para una reunión. Desde allí, iremos directamente al aeropuerto.

Ella pilotó el PonyCar hasta un polígono industrial situado en algún rincón de Fort Worth. Yo me senté en la zona de recepción, sintiéndome fatal, y me soné una y otra vez. Trataba de concentrarme en un libro sobre el astronauta Walt Cunningham en mi lector digital Kobo, pero estaba demasiado espeso. Jugué a un juego de mi teléfono móvil llamado 101, que consistía en responder verdadero o falso a una serie de preguntas. Verdadero o falso: el presidente Woodrow Wilson usaba una máquina de escribir en la Casa Blanca. ¡Verdadero! Había tecleado con dos dedos en una Hammond Type-o-Matic un discurso destinado a recabar apoyos para intervenir en la Primera Guerra Mundial.

Tras mucho rato sentado, necesitaba tomar un poco el aire y salí a dar una vuelta por el polígono. Todos los edificios me parecían iguales y me acabé perdiendo. Encontré el camino de vuelta porque, afortunadamente, divisé un Pony-Car aparcado que resultó ser el nuestro.

Anna estaba ahí fuera, en compañía de sus clientes, esperando con impaciencia.

—¿Dónde estabas?

—Contemplando las vistas —dije.

Ella me presentó a Ricardo y a otros trece ejecutivos del libro de texto. Yo no le estreché la mano a ninguno. Estaba resfriado, ¿no?

Devolver el PonyCar fue tan sencillo como nos habían prometido, pero el bus que nos llevaría hasta la terminal por cortesía de la compañía aérea tardó una eternidad en aparecer. Para llegar a nuestro avión, Anna y yo tuvimos que correr por el aeropuerto DFV como dos personajes de una película que tanto podía tratar de unos amantes chiflados como de unos policías intentando detener un ataque terrorista. Llegamos al avión, sí, pero no con el tiempo suficiente para conseguir asientos contiguos. Anna se sentó delante; yo, en la parte de detrás. Tenía los oídos tapados, y me dolieron una barbaridad al despegar, y muchísimo más todavía unas horas después, durante el descenso.

En el trayecto hacia mi casa, Anna paró en una tienda y compró una botella pequeña de brandi. Me hizo beber una buena dosis y luego me metió en la cama ahuecándome la almohada y plantándome un beso en la frente.

DÍAS 19 Y 20

Estaba enfermo, sencillamente, y los únicos remedios eran beber líquidos y guardar cama, como siempre ha ocurrido con los catarros desde que el primer neandertal se resfrió.

Anna, sin embargo, tenía sus propias ideas. Durante dos días emprendió una misión para curarme cuanto antes, y no gradualmente. Me hizo sentar desnudo en una silla con los pies metidos en una tina de agua fría; me conectó las extremidades a algo parecido a un aparato de electrocardiograma, me dijo que me quitara cualquier objeto de metal que llevara (ninguno) y accionó un interruptor. No noté nada.

Pero al rato, el agua en torno a mis pies se volvió primero turbia y después marrón, y luego se fue coagulando hasta que la tina quedó cubierta de la gelatina menos apetitosa que pueda uno imaginar. Tan espeso era aquel pegote que sacar de allí los pies fue como extraerme a mí mismo de una ciénaga. ¡Y cómo apestaba!

—Eso es el mal *yuyu* que sale de tu cuerpo —dijo Anna mientras tiraba la mugre al inodoro.

—¿Por los pies? —exclamé.

—Sí. Está demostrado. La mala comida que ingieres, las toxinas, las grasas. Todo se elimina por los pies.

—¿Ya puedo volver a la cama?

—Después de una ducha de vapor.

—No tengo ducha de vapor.

—La tendrás.

Instaló una serie de cortinas de plástico en mi ducha y un productor de vapor portátil puesto al máximo. Me senté dentro de la bañera en un taburete y sudé y sudé hasta que fui capaz de ventilarme tres grandes botellas de una especie de té flojito. El proceso llevó bastante tiempo, porque el té sabía a aguas residuales y porque la vejiga de un hombre tiene una cabida limitada.

Entonces nos trajeron una bicicleta estática. Anna me hizo pedalear cada hora y media durante doce minutos exactos: justo hasta que empezaba a sudar, lo que indicaba que había aumentado mi temperatura corporal.

—Esto es para quemar las mucosidades y demás —decía.

En las tres comidas siguientes, me alimentó a base de cuencos de un caldo aguado con trozos de apio y remolacha.

Me puso a hacer sesiones de una hora de estiramientos lentos con su iPad, pero yo tenía que moverme exactamente como el instructor del vídeo.

Enchufó un artilugio del tamaño de una pastilla de jabón que emitía un zumbido y una vibración: un invento de medicina casera con rótulos rusos en la caja. Me hizo tenderme desnudo en el suelo y me restregó todo el cuerpo, por ambos lados, con aquella cosa. La maquinita soviética producía ruidos diferentes sobre las diferentes partes de mi cuerpo.

—¡Bravo, cariño! —exclamó—. ¡Lo estamos consiguiendo!

38

Sin decirle nada, me tragué unas cápsulas de NyQuil y mastiqué varias pastillas de Sudafed antes de volver a rastras a la cama y desaparecer en el País de los Sueños.

DÍA 21

Me sentía mejor por la mañana. Las sábanas estaban tan empapadas de mis sudoraciones nocturnas que podría haberlas escurrido como quien escurre una gamuza.

Anna me había dejado una nota pegada en la cafetera:

«Te he dejado profunda y tranquilamente dormido. Me gustas así. No volverás a ponerte enfermo si te terminas la sopa que hay en la nevera. Tómala fría por la mañana y caliente a la hora del almuerzo. Haz el ejercicio de bicicleta estática dos veces antes del mediodía y reserva una hora para la rutina de estiramientos del enlace que te envío por correo electrónico. Y date una ducha de vapor todo el tiempo necesario hasta haber vaciado tres botellas de agua destilada. ¡Hay que sacar todo ese sodio! A.».

Estaba solo en mi propia casa, totalmente a mis anchas, de modo que hice caso omiso de sus instrucciones. Tomé el café con leche caliente. Leí un ejemplar en papel del *Times*, y no la versión en línea (que ella prefería porque el papel de periódico era un pecado ecológico), dejando de lado todas las prácticas de reciclaje. Y me di el gustazo de tomarme un nutritivo desayuno: huevos con rodajas fritas de *linguica* (una salchicha portuguesa), una banana, unas galletas rellenas de fresa, un cartón de zumo de papaya y un gran cuenco de cereales de chocolate.

No hice ni un estiramiento. No me subí a la bicicleta estática ni me metí en el capullo de plástico de la ducha de vapor. No abrí siquiera el enlace que Anna me había enviado por correo. En cambio, me pasé la mañana haciendo la

39

colada: cuatro lavadoras, incluyendo las sábanas. Puse mis CD de recopilaciones y tarareé las melodías. Disfruté desobedeciendo cada una de las órdenes de su nota. Me entregué a la «mejor vida imaginable».

Lo cual significaba que acababa de responder a la pregunta que mi «novia» me había hecho dos semanas atrás: No, no creía que yo fuera el hombre adecuado para ella.

Cuando me llamó para preguntarme cómo estaba, le confesé que no había seguido sus instrucciones. También le dije que me sentía sano, descansado, que ya era otra vez el de siempre, y que a pesar de lo maravillosa que ella me parecía y de que yo soy un rematado idiota, bla, bla, bla...

Antes de que encontrase las palabras apropiadas para romper con ella, Anna se adelantó.

—No eres el hombre adecuado para mí, cariño.

No había ni pizca de rencor en su voz, tampoco decepción ni ningún juicio implícito. Lo dijo con una desenvoltura de la que yo no era capaz.

—Ya hace un tiempo que lo sé —añadió riendo—. Te estaba agotando. Con el tiempo, te habría destruido.

—¿Cuándo pensabas soltarme del anzuelo? —pregunté.

—Si no te hubieras echado atrás antes del viernes por la mañana, habríamos tenido la «charla» entonces.

—¿Por qué el viernes por la mañana?

—Porque el viernes por la noche me marcho otra vez a Fort Worth. Ricardo va a llevarme a un paseo en globo.

Un resquicio de orgullo masculino me impulsó de inmediato a desear que el tal Ricardo no fuera tampoco el hombre adecuado para ella.

No lo era. Anna nunca me contó por qué.

Al final, que conste, me saqué el certificado de submarinismo. Anna y yo, junto con Vin y otra docena de submarinistas, salimos a bucear mar adentro, entre los lechos de algas. Respirando bajo el agua, nadamos a través de lo que parecía un gran bosque de árboles marinos. Hay una foto fantástica de nosotros dos, tomada a bordo después, todavía con los trajes de buceo, pasándonos los brazos por los hombros, con una gran sonrisa en nuestros rostros húmedos y ateridos.

Salimos hacia la Antártida la semana que viene. Anna organizó una expedición de compras para que todos contáramos con el equipo necesario. A MDash le dedicó un tiempo extra para asegurarse de que iba a tener las capas suficientes de ropa de abrigo. Él nunca ha estado en un lugar tan gélido como para que haya pingüinos barbijo y focas cangrejeras.

—Círculo antártico, allá vamos —grité mientras me probaba la parka y el chubasquero. Anna se echó a reír.

Volaremos a Lima, Perú, cambiaremos de avión para llegar a Punta Arenas, Chile, y allí subiremos al barco para hacer la travesía desde Sudamérica hasta la vieja estación científica de Port Lockroy, nuestra primera parada. Los mares del paso de Drake pueden ser bastante bravos, según dicen. Pero con una buena vela, un timón firme, una brújula certera y un reloj fiable, nuestro barco navegará hacia el sur con rumbo al círculo antártico, al B15K y a un montón de aventuras.

Nochebuena de 1953

Virgil Beuell no cerró la tienda hasta poco antes de la hora de cenar, cuando comenzó una ligera nevada. La carretera estaba resbaladiza, cada vez más a medida que se acercaba a su casa; por ello, condujo despacio, lo que resultaba tremendamente fácil con el Plymouth de transmisión automática Powerflite. Ni embrague ni cambio: una maravilla de la ingeniería. Patinar en la calzada helada y quedarse varado en la nieve sería un auténtico desastre esa noche, pues en el maletero del Plymouth estaban todos los tesoros de Papá Noel: los había mantenido ocultos allí desde que los niños habían expresado sus deseos hacía varias semanas. Los regalos tenían que estar bajo el árbol de Navidad dentro de unas horas, y si se veía obligado a trasladarlos desde el maletero del coche atrapado hasta la cabina de un camión de remolque, la Nochebuena quedaría espantosamente alterada.

El trayecto le llevó más tiempo de lo normal, desde luego, aunque no le importaba. Lo que Virgil no soportaba era el frío. Con o sin Powerflite, a menudo maldecía a los tipos de la Plymouth, que habían sido incapaces de fabricar un coche con una calefacción decente. Cuando al fin subió lentamente hacia la casa, iluminando el porche trasero con el resplandor amarillento de los faros, y los neumáticos rechinaron y se detuvieron en el sendero de grava, se sentía algo dolorido a causa del frío. Tuvo que poner especial cuidado en no resbalar en el camino de la entrada, tal como le había ocurrido muchas veces, pero aun así se metió dentro lo más aprisa posible.

Mientras daba patadas para sacudirse la nieve de los chanclos y colgaba todas las capas de ropa de abrigo, su cuerpo se esponjó gracias al calor que ascendía desde la bodega a través de las rejillas. Después de comprar la casa, él mismo había instalado un horno que era a todas luces de tamaño excesivo para un hogar tan modesto. Había puesto asimismo un gigantesco calentador: un aparato que proporcionaba agua caliente sin agotarse jamás para los baños de los niños y para sus propias duchas, que solían ser largas. Esa comodidad compensaba con creces las facturas de combustible de los meses fríos, así como el precio de dos cuerdas de leña cada invierno.

El fuego ardía en la sala de estar. Virgil le había enseñado a Davey que, para encenderlo, debía amontonar la leña tal como apilaba sus troncos Lincoln de juguete, es decir, formando como una casa cuadrada alrededor de las ramas pequeñas, pero nunca una pirámide. El chico consideraba un deber sagrado encargarse de encender el fuego. En cuanto llegaban las primeras heladas de noviembre, el hogar de los Beuell era el más cálido de todos en muchos kilómetros a la redonda.

—¡Papá! —Davey llegó corriendo desde la cocina—. Nuestro plan está funcionando. Tenemos a Jill completamente engañada.

—Buena noticia, muchachote —dijo Virgil dándole a su hijo ese apretón de manos secreto que solo ellos dos conocían en el mundo entero.

—Le he dicho que escribiremos las cartas a Papá Noel después de cenar y que le dejaremos unas golosinas, tal como hacíais conmigo cuando era pequeño. —Davey iba a cumplir los once años en enero.

Jill estaba poniendo la mesa de la cocina. Su especialidad era colocar bien las servilletas y los cubiertos.

—Mi papá ha llegado, ¡hurra, hurra! —dijo la niña, de seis años, alineando la última cuchara.

—¿Ah, sí? —dijo Delores Gomez Beuell, que estaba cocinando junto a los fogones, con la pequeña Connie apalancada entre su cadera y su brazo flexionado.

Virgil dio un beso a cada una de las mujeres de su vida.

—Pues sí, ha llegado —dijo Del, y le dio a su vez un piquito en los labios. Luego sirvió las patatas fritas con cebolla en una fuente y las dejó sobre la mesa. Davey le sacó a su padre una lata de cerveza de la nueva y enorme Kelvinator y, ceremoniosamente, levantó las dos aberturas de la tapa haciendo palanca con el abridor: otro de sus deberes sagrados.

La cena en casa de los Beuell era un espectáculo. Davey se levantaba continuamente de la silla; no paraba quieto durante toda la comida. Connie cambiaba de posición en el regazo de su madre y se entretenía con una cuchara con la que se hurgaba la boca o aporreaba la mesa. Del cortaba la comida de los niños, limpiaba babas, ponía trocitos de puré de patata en la boca de Connie y, de vez en cuando, daba un bocado ella misma. Virgil comía lentamente, sin concentrarse en ninguna parte del plato, sino recorriéndolo en círculo con el tenedor, mientras disfrutaba de la entretenida función que le proporcionaba su familia.

—Te lo aseguro. A Papá Noel le bastan tres galletas. —Davey le estaba explicando a Jill todos los detalles relacionados con la esperada visita de la noche—. Y nunca se termina un vaso de leche entero. Tiene mucho que hacer. ¿Verdad, papá?

—Eso dicen. —Virgil le hizo un guiño a su hijo y este intentó devolvérselo, pero solo consiguió cerrar el ojo contrayendo la mitad de la cara.

—Además, todo el mundo le deja lo mismo.

—¿Todo el mundo? —dijo Jill.

—Sí, todo el mundo.

—No entiendo cuándo viene. ¿Cuándo llegará? —preguntó la niña.

—No vendrá si te dejas la cena. —Del dio unos golpecitos con el tenedor en el plato de la niña y separó una parte de las patatas de la carne—. Cuanto más comas, más pronto estará aquí.

—¿Será cuando nos metamos todos en la cama? —preguntó Jill—. Hemos de estar dormidos, ¿no?

—Puede ser en cualquier momento desde la hora de acostarse hasta que nos levantemos. —Davey tenía una respuesta para cada una de las dudas de su hermana. Desde que se había enterado en verano de la verdad sobre Papá Noel, el chico se había impuesto a sí mismo la misión de mantener a su hermanita en la creencia de que sí existía en realidad.

—Pero podrían ser horas. Si la leche se queda ahí fuera demasiado tiempo, se estropeará.

—¡Él puede enfriarla simplemente con tocarla! Mete un dedo en un vaso de leche caliente, hace una especie de ¡chuum! y ¡buum!, y ya está. Leche fría.

A Jill le pareció asombrosa esa noticia.

46

—Debe de beber un montón de leche.

Después de la cena, Virgil y los niños jugaron a la «patrulla de la cocina»: Jill, subida a una silla junto al fregadero, secaba las cucharas y los tenedores, uno a uno, mientras Del se había ido arriba a acostar al bebé y a echar un breve y muy necesitado sueñecito. Davey le abrió a su padre la última lata de cerveza de la noche y la dejó sobre la mesita del teléfono, que estaba junto al llamado «sillón de papá», en la sala de estar, delante de la chimenea. Cuado Virgil se acomodó y empezó a dar sorbos de cerveza, los niños se tumbaron frente al tocadiscos y pusieron discos de villancicos. Con las luces de la habitación apagadas, el árbol iluminaba las paredes con una mágica luz de colores. Jill fue a acurrucarse en el regazo de su padre mientras su hermano ponía el disco de Rudolph, el reno, una y otra vez, hasta que todos se supieron la letra y se dedicaron a añadir partes de su cosecha.

«Tenía una reluciente nariz roja.»

—¡Como una bombilla!

«Todos sus amigos se reían sin parar.»

—¡Eh, cabeza de chorlito!

Cuando llegaban al verso que decía «te suspenderán en historia», ellos gritaban:

—¡Y en aritmética!

Del bajó la escalera, riéndose.

—¿Qué seríais capaces de hacer con «Noche de paz», payasos? —Dio un sorbo a la cerveza de Virgil; luego se sentó en su rincón del sofá, sacó un cigarrillo de la pitillera de cuero con cierre metálico y lo encendió con las cerillas que había sobre el cenicero, al lado del teléfono.

—Davey, remueve un poco ese tronco, ¿quieres? —dijo Virgil.

Jill se incorporó.

—¡Déjame atizarlo a mí!

—Primero yo. Y no te preocupes, las botas de Papá Noel están hechas a prueba de fuego.

—Ya. Ya lo sé.

Una vez que Jill hubo atizado el fuego, Del mandó a los niños arriba, para que se pusieran los pijamas.

Virgil terminó su cerveza y fue al armario del vestíbulo a sacar la máquina portátil Remington. Delores le había comprado esa máquina de escribir nuevecita cuando estaba internado en el hospital militar de Long Island, en Nueva York. Él le había escrito cartas con la mano sana hasta que los terapeutas le habían enseñado a emplear lo que Virgil había bautizado como «mecanografía con cinco dedos y medio».

Sacó la máquina de su estuche, la puso sobre la mesita de café y metió dos hojas de papel, una encima de la otra: siempre dos para no dañar el rodillo.

—Bueno, dejad vuestros mensajes para San Nicolás, Papá Noel o como quiera que se llame —les dijo a los niños cuando volvieron a bajar oliendo a dentífrico y a franela limpia.

47

Jill escribió el suyo primero, pulsando las teclas con un solo dedo, letra por letra.

querido papaa novel grcias por venir otra vez y gracias por el kit de efermera y por mi muñecca Honey Walker, spero que me traigas las doss feliz navidad te quiero JILL BEUELL

Para escribir su carta, Davey se empeñó en usar su propia hoja. Le dijo a Jill que no quería confundir a Papá Noel. Tuvo que hacer varios intentos para introducir las dos hojas en la máquina y alinearlas correctamente.

24/12/1953

Querido Papá Noel. Mi hermana cree en ti y también. Yo. Todavía. Ya sabes lo que quiero estas Navidades y créeme TÚ NUNCA ME HAS DECEPCIONADO…! Aquí tienes un poco de leche fría, claro, y unos bollitos que se llman también galletas. El año que viene habrás de traer reglaos para la pequeña Connie porque entonces ya será lo bstante mayor, Vale??? Si la leche está cliente, enfríala con tu dedo.

David Amos Beuell

Davey dejó su carta prendida en el rodillo y colocó la máquina de escribir mirando hacia la chimenea, de tal manera que Papá Noel tendría que verla por fuerza.

—Debéis colocar vuestros regalos en dos montones bajo el árbol para que mañana resulte todo más fácil —dijo Virgil.

Papá Noel dejaba siempre los ansiados regalos que recaían bajo su responsabilidad sin ningún envoltorio, a punto para poder empezar a jugar en la mañana de Navidad; así Virgil y Del tenían tiempo de tomarse su café tranquilamente. Los regalos de la familia —del tío Gus y la tía Ethel, del tío Andrew y la tía Marie, de Goggy y Pop, de Nana y Leo, algunos procedentes de tan lejos como Urbana, Illinois, otros de tan cerca como Holt's Bend— se habían acumulado desde hacía días bajo el árbol, envueltos en papeles de colores; y el montón había ido creciendo casi cada vez que pasaban por la oficina de correos del pueblo.

Después de formar dos pilas gemelas de regalos, con los rótulos DAVEY y JILL, los niños metieron los discos en las fundas y los volvieron a guardar en el estante. Del le pidió a Jill que abriera el gran mueble radio y pusiera la emisora de los programas de Nochebuena para que pudieran escuchar alguna música navideña que no fuese sobre un reno de nariz roja.

Las galletas las habían horneado el día anterior. La niña las sacó de la Kelvinator y las puso en un plato mientras Davey llenaba de leche un vaso alto. Lo colocaron todo en la mesita de café, al lado de la Remington. Ahora ya solo había que esperar. El chico añadió un tronco al fuego y su hermana volvió a instalarse en el regazo de su padre. En la radio sonaban villancicos sobre los tres Reyes Magos, la Santa Noche y el nacimiento del Niño Jesús.

49

Al poco rato, Virgil llevó a su hijita dormida a la cama y la deslizó bajo las mantas, maravillándose de la suavidad de sus párpados cerrados y de aquellos labios que eran una miniatura perfecta de los de Delores. En la sala de estar, Davey se había sentado en el sofá, pegado a su madre, que le recorría el pelo con los dedos.

—Se lo ha tragado con anzuelo y todo —dijo el niño.

—Eres un buen hermano mayor —le contestó Del.

—Cualquiera habría hecho lo mismo. —Davey miraba fijamente el fuego—. Al principio, cuando Jill me preguntó si Papá Noel era real, porque ella no se atrevía a preguntártelo a ti y quería que fuese un secreto entre nosotros, yo no sabía qué decir.

—¿Y cómo te las arreglaste, cielo?

—Se me ocurrió un plan. Tener preparada una respuesta

para cada pregunta que pudiera hacerme. ¿Cómo consigue Papá Noel llegar a todas las casas? Porque se traslada a toda velocidad y, además, tampoco hay tantas. ¿Y qué pasa si una casa no tiene chimenea? Que puede utilizar la salida del horno.

—Y lo de volver fría la leche con solo tocarla… —susurró Del apartándole el pelo de la suave piel de la frente—. Qué buena ocurrencia. Qué inteligente.

—Eso fue pan comido. Él es un mago.

—Pronto tendrás que hacer lo mismo con Connie.

—Claro. Ahora es mi trabajo.

Virgil bajó la escalera y volvió a su sillón, mientras sonaba un villancico en latín canturreado por Bing Crosby.

—Papá, ¿cómo funciona la radio? —quiso saber Davey.

A las diez y cuarto, Davey se fue a la cama diciendo que esta había sido quizá la mejor Nochebuena de todas.

—¿Preparo un poco de café? —preguntó Delores.

—Mejor será —contestó Virgil, y la siguió a la cocina. Apartándole la mano de la lata del café, la abrazó y la besó. Ella lo besó a su vez. Ambos sentían que un beso semejante era uno de los motivos por los que seguían casados. El beso se prolongó más de los que ninguno de los dos esperaba; después se sonrieron. Mientras ella preparaba el café, Virgil permaneció junto a los fogones.

—El año que viene intentemos ir a la Misa del Gallo —dijo Delores—. Estamos criando a unos niños paganos.

—Solamente a Davey —dijo Virgil, sofocando una risotada. El niño había nacido a los siete meses de la boda.

—La Misa del Gallo es preciosa.

—¿Tres críos levantados hasta las tantas en Nochebuena? ¿Y todo el trayecto hasta Saint Mary? Imagínate que lo hubiésemos intentado esta noche con tanta nieve.

—Los McElheny se las ingenian para hacerlo.

—Ruth McElheny está completamente chiflada. Y Ed no se atreve a contrariarla.

—Aun así. Las velas, la música... Es precioso. —Estaba segura de que en los años venideros se las arreglarían para hacer el trayecto y asistir a la Misa del Gallo. No porque él no se atreviera a contrariarla, sino porque le encantaba complacerla. De momento en estas Navidades, esto era lo que había: la mano de su marido sobre la suya, en la cálida y silenciosa cocina, mientras tomaban café y caía la nieve.

Volviendo a ponerse los chanclos y el grueso abrigo, Virgil entreabrió la puerta principal lo justo para salir fuera. Se habían acumulado casi ocho centímetros de nieve. Sin sombrero, caminó hasta el maletero del Plymouth para recoger los tesoros de Papá Noel. Como no quería arriesgarse a resbalar en el camino helado, repartió la carga en dos viajes. Mientras cerraba el maletero, se detuvo un momento para contemplar la última hora de la Nochebuena de 1953. Una noche fría, sí, aunque él las había conocido más frías todavía.

Caminando con cuidado, sintió la punzada de un dolor fantasmal allí donde había tenido en su momento la mitad inferior de la pierna izquierda. Recorrió los cinco pasos hasta la puerta de uno en uno.

Del colocó el kit de enfermera junto al montón de regalos de Jill. Honey Walker, la muñeca que caminaba «como una niña de verdad», requería unas pilas para funcionar. Pero Papá Noel también tenía pilas. Dentro de unas horas, Davey encontraría su base de lanzamiento de cohetes espaciales, provista de torres y soldados y muelles lanzadera que, una vez que su padre hubiera montado las piezas, realmente mandaría cohetes espaciales por los aires. Connie disfrutaría con su nueva esterilla de juegos y con la serie de piezas traídas directamente del Polo Norte. Cuando estuvo todo colocado y Honey Walker hubo pasado una prueba de funcionamiento, Virgil y Del se sentaron el uno junto al otro en el sofá y se besaron de nuevo.

51

Tras un rato sentados en silencio, con los brazos entrelazados, ella echó un vistazo al fuego y se puso de pie.

—Estoy agotada —confesó—. Procura responder al primer timbrazo, cariño. Y mándale recuerdos de mi parte.

—Así lo haré. —Virgil consultó el reloj. Eran casi las once y media. Siete minutos después de las doce, el estridente repique del teléfono rompió el silencio de la noche. Tal como le había indicado su esposa, Virgil descolgó antes de que sonara el segundo timbrazo.

—Feliz Navidad —dijo.

Había una operadora en la línea.

—Esta es una llamada de larga distancia para Virginia Beuell de parte de Amos Boling.

—Sí, al habla. Gracias. —Como siempre la operadora había entendido mal el nombre.

—Señor, el destinatario está en la línea —dijo la operadora, retirándose.

—Gracias, cielo —dijo el comunicante—. Feliz Navidad, Virgin.

Virgil sonrió al escuchar su apodo. Por culpa de Amos Boling, toda la unidad había acabado llamándolo Virgin.

—¿Dónde demonios estás, Bud?

—En San Diego. Ayer estaba en la frontera.

—No me digas.

—Te voy a decir una cosa de México, Virgin. Aquello está lleno de cantinas y burdeles. Con buen tiempo y calor, además. ¿Cuántos centímetros de nieve tenéis ahí, en Dogpatch?

—He visto nevadas peores. Pero yo estoy delante del fuego, así que no me quejo.

—¿Delores sigue aguantándote?

—Te manda recuerdos.

—Eres un cabrón con suerte, Virgin. Esa chica podría haber encontrado algo mejor.

—Lo sé. Pero a ella no se lo he dicho.

Ambos se echaron a reír. Amos «Bud» Boling siempre bromeaba diciendo que cuando Virgil, *«the Virgin»*, Beuell retiró de la circulación a Delores Gomez, casarse dejó de tener sentido. Había habido una época, más de treinta años atrás, en la que algún otro miembro de la unidad habría podido tratar de conquistar a Delores. Ernie, Clyde, Bob Clay o cualquiera de los dos Johnny Boys lo habrían intentado si Virgil no la hubiera conocido primero. Sucedió en un baile de la Cruz Roja. El local estaba abarrotado de soldados, marineros y aviadores, y a Virgil le entraron ganas de tomar el aire y pasar unos momentos lejos del gentío. Salió a fumar y se encontró sin más ni más encendiéndole un cigarrillo a una chica de ojos castaños llamada Delores Gomez. Hacia el amanecer, ambos habían bailado y reído y tomado tortitas con montones de café. Y se habían besado. Dos vidas cambiadas para siempre.

Bud no se había casado en los años transcurridos desde entonces, y Virgil sabía perfectamente que nunca lo haría. El hecho de no haber pescado a Delores no tenía nada que ver. Había deducido hacía años que Bud era de ese tipo de hombres, como el hermano menor de su padre, el tío Russell. En realidad, había visto a su tío raras veces; la última fue durante el largo día del funeral de su abuela. El tío Russell había ido en coche desde Nueva York con un amigo, un tal Carl, que lo llamaba «Rusty». Después del oficio religioso, del entierro y de una cena familiar en casa que terminó con café y pastel, Carl y Rusty se alejaron en plena noche para volver a hacer todo el trayecto hasta Nueva York, todavía ataviados con los trajes del funeral. Virgil recordaba haberle oído decir después a su padre, por lo bajini, que «las mujeres no eran la debilidad ni la pasión» de su hermano menor. Bud Boling tenía muchas debilidades y algunas pasiones, pero como en el caso del tío Russell, ninguna de ellas relacionada con las mujeres.

53

—Bueno —dijo Virgil—. ¿Cómo te van las cosas, Bud?

—Igual, igual —respondió Bud—. Me vine aquí hace tres meses desde una ciudad más al norte, cerca de Sacramento. La capital del estado, ya sabes. Compré un Buick de segunda mano y bajé a San Diego. Una ciudad bonita. Una ciudad de la Marina. Hasta el último taxista te dirá que estuvo en Pearl Harbor.

—¿Estás trabajando?

—No hasta que me obliguen.

—Ya sé que te lo digo cada año, pero ahí va: tengo en la tienda una habitación para ti. De hecho, tal como están yendo las cosas, podría darte trabajo.

—Te va bien, ¿no?

—Mira, tengo tantos pedidos que ahora trabajo seis días a la semana.

—Menudo infierno.

—Hablo en serio, Bud. Ven a trabajar conmigo y tendrás la vida solucionada.

—Ya la tengo solucionada.

—Te pagaré más de lo que vales.

—Yo no valgo un centavo, Virgin. Ya lo sabes.

Virgil se echó a reír.

—Entonces haznos una visita. En verano. Súbete a ese Buick y vente para aquí. Saldremos a pescar.

—Los chicos de pueblo siempre habláis de la pesca como si fuera gran cosa.

—Me gustaría verte, Bud. Y a Del, también. El pequeño Davey se pirraría por conocerte.

—Tal vez el año que viene.

—Dices lo mismo cada Navidad. —Continuó insistiendo—. Ven a vernos, Bud. Iremos a la Misa del Gallo. Rezaremos por todos los camaradas.

—Yo ya he rezado por los camaradas todas las oraciones que voy a rezar en mi vida.

—Vamos, hombre. El año que viene hará diez años.

—¿Diez años? —Bud dejó que crepitaran unos momentos las interferencias de la llamada de larga distancia—. Diez años… ¿para quién?, ¿para qué?

Beuell se sintió como un idiota.

El mismo día en que Bob Clay había muerto en Normandía, Ernie, herido en el muslo derecho, se había desangrado en una refriega en el *bocage* francés.[4] Nadie advirtió que tenía la arteria seccionada, porque el charco de sangre bajo su cuerpo no se expandió, sino que fue absorbido por la tierra húmeda. Nadie se dio cuenta. Nadie prestaba la atención debida porque había unos alemanes tratando de matarlos desde el otro lado de un tupido seto vivo. Los disparos de mortero de ese enemigo, que permanecía invisible, mantuvieron inmovilizada a la unidad una hora. Bud y Virgil formaban parte de dos pelotones enviados para despejar el terreno de árboles y raíces: una tarea imposible, salvo con el uso de granadas. Al final, flanquearon la posición enemiga y mataron a todos los alemanes. Pero pagaron un elevado coste: el jefe del pelotón de Bud, el cabo Emery, quedó partido en dos —literalmente— por las ráfagas de una ametralladora; Virgil no fue capaz de aplicarle los primeros auxilios al sargento Castle, que recibió tres disparos en el pecho que le seccionaron la columna; la herida que Burke presentaba en la cabeza no tenía remedio, y un tipo llamado Corcoran perdió un brazo —una explosión se lo arrancó de cuajo— y fue trasladado a un puesto de socorro. Nadie sabía si había sobrevivido o no.

Una semana más tarde el primer Johnny Boy desapareció y el otro Johnny Boy se desmoronó. Y así, uno a uno, muchos

4. Extensiones de prados y campos en parcelas separadas por setos y terraplenes.

miembros de la unidad fueron cayendo de diversas maneras. Durante cincuenta y ocho días, desde el 7 de junio hasta principios de agosto, la unidad estuvo combatiendo o avanzando hacia el frente. Bud fue ascendido a cabo; a Virgil se le empezaron a pudrir los dientes por comer únicamente raciones K.[5]

El día cincuenta y nueve, el destacamento se tomó un descanso en un campamento francés en el que había catres con mantas, duchas con agua templada, comida caliente y todo el café que uno pudiera tolerar. Posteriormente, levantaron una gran tienda a modo de cine donde proyectaban películas. Clyde fue trasladado a Inteligencia porque hablaba un francés decente. Los aviones que cruzaban el cielo eran de la RAF o de las fuerzas aéreas americanas; todo el mundo decía que los alemanes estaban en desbandada, que lo peor había pasado y que en Navidades estarían todos en casa. Llegaron nuevos reclutas de los centros de reemplazo a los que había que formar y entrenar. Bud era duro con ellos; Virgil no quería aprenderse ninguno de sus nombres.

A mediados de septiembre, la unidad recibió uniformes y armamento nuevo y fue trasladada en camiones de transporte para emprender una ofensiva en Holanda. Cuatro de los camiones chocaron en cadena en la oscuridad de la noche. Murieron cinco soldados y otros tres quedaron gravemente heridos e incapacitados para el combate. Repararon los camiones y el avance continuó a la luz del día. Tres días más tarde, justo antes de romper el alba, la unidad fue sorprendida por un ataque alemán. El puesto de mando voló por los aires, lo que desató una confusa y caótica batalla en la que Virgil y Bud lucharon codo con codo. Por pura casualidad había tres tanques cerca —Cromwells británicos—, que aparecieron rugiendo y aplastaron el avance alemán. Murieron muchos de los nuevos re-

---

5. Kit de alimentación empleado en la Segunda Guerra Mundial, a base de galletas, barritas de cereales y latas de conservas.

clutas en el que era su primer combate, y sucedieron muchas cosas que no tenían sentido. Ningún sentido en absoluto.

Beuell perdió la cuenta de los días hasta que volvió a encontrarse en Francia. Él y Bud durmieron horas y horas, se pasearon por antiguas e inmensas catedrales y jugaron al fútbol. Venían estrellas de cine a ofrecer espectáculos. Había un burdel no lejos de los barracones: un antro llamado Madame Sophia. Mientras que muchos de los oficiales conseguían permisos de tres días en París, Bud y Virgil y otros soldados alistados tenían que formar y entrenar a nuevos reclutas incluso bajo la lluvia. Cada noche pasaban una película diferente. Llegó el diciembre más frío de la historia registrada, y los alemanes entraron en Bélgica. Subieron a toda la unidad en camiones y, avanzando sin contemplaciones en plena noche, la depositaron en una carretera situada en algún punto entre París y Berlín. Virgil agradeció el gesto de uno de los conductores —un tipo de color—, que le dio un paquete de Lucky Strike y le dijo que esperaba que Dios velara por él.

57

Marcharon por carreteras, por campos completamente helados y senderos excavados en la nieve, cargando municiones y suministros para ellos mismos y para otras unidades situadas mucho más adelante, en la línea de combate, que Virgil divisaba a lo lejos, donde se producían unos resplandores similares a los fuegos artificiales del 4 de julio. Combatieron junto con los paracaidistas, que habían sufrido muchas bajas, y avanzaron disparando a mansalva en un alarde destinado a hacer creer a los alemanes que llegaba una división entera para hacerles frente. El ardid funcionó, pero se perdieron muchas vidas.

La unidad cayó bajo un fuego de artillería en los bosques belgas y algunos hombres volaron por los aires, desintegrados. Virgil, Bud y los demás miembros del destacamento recibieron la orden de marchar en la otra dirección, a través del municipio de Bastoña. Delante de la iglesia había una hilera pulcramente ordenada de soldados muertos, unos tanques quemados e inutilizados, con las orugas arrancadas, y un par de vacas comiéndose la paja que les iba poniendo un granjero. El granjero y las vacas parecían indiferentes a los alemanes (que ahora intentaban reconquistar el puerto de Amberes) y a la conmoción general. Siguieron adelante. El frío se les metía en los huesos. No había modo de evitarlo. Mató a varios hombres de la unidad. Apenas dormían, y algunos se volvieron locos por falta de sueño. Hubo que enviarlos otra vez a Bastoña, con la esperanza de que se recobrasen y pudieran volver al frío y al combate.

Un nuevo recluta —Fulano Mengano, Júnior— hacía la guardia. Virgil estaba en el agujero, bajo un techado de ramas, tendido sobre las agujas de pino y envuelto en una manta reglamentaria. Dormir era un chiste. Tenía unos caramelos de frutas en un paquete de Charms y se metió un par en la boca. Quedaba uno. Se levantó del suelo helado y se lo puso al nuevo recluta en la mano.

—Felices Navidades de mierda —susurró.

—Gracias, Virgin.

—Júnior, como vuelvas a llamarme Virgin te doy un puñetazo.

—¿No te llamas Virgin?

—Para los nuevos reclutas, no.

El agujero estaba en el extremo izquierdo del bosque, a un par de árboles del borde de la elevación desde la cual se dominaba, a la luz del día, el campo yermo de una granja belga, y, más allá, un grupo de casas construidas a lo largo de una carretera que iba al noreste. De noche, solo quedaba el vacío. Se suponía que por ahí abajo estaban los soldados alemanes. Los demás componentes de la unidad se guarecían en sus propios agujeros y refugios, situados espaciadamente hacia la derecha.

En teoría, esta era la principal línea defensiva. En realidad, la mera idea de una «línea defensiva principal» era tan irrisoria como la de echar una siesta. La línea era tan endeble que no había ningún puesto de escucha más allá de los árboles. Apenas había armamento pesado en la retaguardia. Y a las piezas de artillería les quedaban unos pocos proyectiles. No había cocina y, por tanto, nada de comida caliente en muchos kilómetros a la redonda.

Este agujero era ya el séptimo que Virgil Beuell había excavado penosamente en la tierra helada desde que habían cruzado Bastoña. Ya no quería cavar ninguno más. Desplazarse a otra posición implicaba echarse al hombro las armas y el equipo, llevarlos a cuestas durante quién sabía cuántos kilómetros o cuántas horas, y construirse un nuevo refugio, transpirando de tal modo que, a esas temperaturas bajo cero, se le quedaba a uno congelado el uniforme. Las lesiones por congelación habían retirado del frente a más hombres que las heridas del fuego enemigo. Algunos habían podido salir de allí antes de que se produjera la maniobra envolvente. Los que no lo habían logrado, habían perdido varios dedos de las manos o de los pies; algunos, incluso, los pies o las manos.

Beuell no deseaba ser uno de ellos. Mantenía sus calcetines de repuesto atados entre sí y extendidos a lo largo de la nuca, por debajo del uniforme, de forma que colgaran de sus axilas. Su temperatura corporal, o lo que quedaba de ella, servía para secarlos un poco. Esperaba poder contar siempre con aquellos calcetines medio secos de reserva para evitar la congelación. También esperaba que Hitler se acercara campo a través agitando un pañuelo blanco y se rindiera en persona al soldado de primera Virgil Beuell. Justo después de que Rita Hayworth pasara por su agujero para ofrecerle una mamada.

—No me vendría mal un poco de café —cuchicheó Júnior.

—¿Sabes qué? —respondió Virgil por lo bajini—, encenderé un fuego bien calentito para prepararnos un par de jarras.

Tengo también ingredientes para preparar un pastel, así que haremos una remesa para todo el pelotón. Y cierra la puta boca de una vez, maldito capullo.

—¡*Butterfly*! ¡*Butterfly*! —susurró bruscamente alguien en la oscuridad, a la izquierda del agujero. Era la contraseña del día.

—¡*McQueen*! —siseó Virgil.

Al cabo de un segundo, el sargento Bud Boling se desplomó, desarmado, en el interior del refugio. Había estado tratando de dormir durante el día, bajo las ramas de su propio agujero. Todas las noches, al oscurecer, salía de ronda en solitario por el frente, con mucho sigilo, y volvía al amanecer para informar al puesto de mando de lo que hubiera visto; luego volvía a su agujero.

—Boches. Veinticinco… ¿Tú quién coño eres? —dijo Bud mirando al nuevo recluta.

Antes de que Júnior llegase a decir su nombre, Boling añadió «No importa» y le dio una orden.

—Dame tu rifle, ve al puesto de mando y diles que se acerca una avanzadilla alemana por la izquierda.

Júnior abrió los ojos como platos. Él no había participado aún en ningún combate. Cuando ya salía del agujero, Bud le repitió: «una avanzadilla alemana por la izquierda». El chico desapareció y él preparó el rifle M1, guardándose los cartuchos de repuesto en la chaqueta.

Virgil levantó de una pieza la ametralladora, con trípode y todo, y la apuntó hacia las trincheras que había a su izquierda.

—Venían justo detrás de mí, Virgin.

—¿Te han visto?

—A mí ningún puto boche me ve. —Ambos cuchicheaban con el aplomo de los soldados veteranos, cosa que eran, y no como muchachos de veintidós años, cosa que también eran.

Una pisada en la oscuridad crujió sobre el hielo.

—Dales para el pelo —siseó Bud.

El soldado de primera Virgil Beuell apretó el gatillo y abrió fuego sobre la columna de soldados enemigos, que estaban a poco más de tres metros. Los destellos del cañón de la ametralladora y el resplandor rojo de las balas iluminaron las siluetas de los cuerpos y los troncos de los árboles, mientras otros soldados americanos se apresuraban a tomar sus armas. Un furioso combate encendió el bosque. La endeble línea defensiva adoptó el aspecto de un muro impenetrable. En un destello tan nítido como el de una cámara Speed Graphic durante un combate de boxeo, Virgil vio cómo explotaba el casco de un alemán entre una nube rojiza y un montón de fragmentos de lo que había sido una cabeza humana. Los soldados alemanes se dispersaron rápidamente y empezaron también ellos a vomitar un fuego mortífero. Bud se alzó un poco para apuntar con el rifle y disparó un cargador entero —ocho detonaciones seguidas—, repartiendo las balas con una precisión geométrica, hasta que sonó el chasquido del cargador vacío saltando de la recámara, lo que indicaba que se había gastado la munición. Lo volvió a cargar de forma automática y ya se estaba incorporando de nuevo cuando cayó bruscamente un cuerpo en el refugio a través del techado de ramas.

El alemán siguió disparando a lo loco mientras caía y le dio a Virgil en la rodilla izquierda sin que él lo notara siquiera. Otro disparo le produjo simplemente el escozor de una picadura de avispa en los dedos de la mano izquierda.

—¡Que te jodan! —aulló Bud golpeando al alemán en la quijada con la culata del M1—. ¡Cabrón! —gritó machacándole la cara dos veces más. Alguien había disparado bengalas que iluminaban el bosque, como si fuera una intensa luz de candilejas, y Bud vio que le había roto la nariz y destrozado la mandíbula al alemán que yacía inmóvil con los ojos vidriosos. Bud giró el rifle, apuntó al segundo botón del uniforme del soldado y, disparando dos tiros a bocajarro, acabó con su vida.

—Uno menos, hijos de puta —le dijo al muerto.

61

La pequeña reserva de jóvenes americanos estaba llegando entonces al lugar. La avanzadilla de exploración había acabado convirtiéndose para los alemanes en un error mortal. Ahora, mientras se retiraban, un grupo salió en su persecución. Virgil dejó de disparar, y ya estaba desarmando la ametralladora para sumarse al avance cuando notó que algo iba mal. Tenía la mano pegajosa y la pierna entumecida.

—¡Se me ha dormido la pierna! —gritó. Al tratar de incorporarse, cayó hacia atrás encima del cadáver sin rostro del alemán. Volvió a intentarlo, pero la pierna izquierda se le dobló de una forma extraña a la altura de la rodilla. No entendía qué había ocurrido. Por fortuna, Bud estaba allí para ayudarlo. En lugar de ponerlo de pie, este se lo echó sobre los hombros y lo alzó limpiamente del suelo.

Eso era lo que recordaba Virgil de la Nochebuena de 1944. En algún punto entre la trinchera y el puesto de socorro de la retaguardia, se hundió en el sopor de la inconsciencia.

Ahora Virgil se sentía como un rematado idiota.

Con respecto a su caso habían pasado diez años, porque la guerra, en efecto, concluyó en la Nochebuena de 1944 para el soldado de primera Beuell. Se despertó en un puesto de socorro de Bastoña cuando ya habían llegado los tanques americanos y el avance alemán se había desmoronado. Pocos días después, volvió a despertar en un hospital de campaña francés. Unas semanas más tarde, se convirtió en uno de los miles de heridos internados en los hospitales de Inglaterra. Cuando Alemania se rindió y la guerra llegó a su fin en Europa, Virgil empezó a considerarse un cabrón con suerte. Le habían amputado la pierna izquierda por encima de la rodilla, y tres dedos de la mano izquierda eran muñones envueltos en tantos vendajes que parecía que llevara un guante de béisbol. Pero todavía le quedaban los dos pulgares, una pierna buena, la vista y la virilidad. En comparación con otros heridos de esos hospitales y del barco que lo llevó a casa, Beuell se sentía como si le hubiera tocado la lotería. Lo único que deseaba recuperar realmente era su alianza de boda, que había perdido en algún rincón de aquel bosque de Bélgica.

Amos «Bud» Boling se quedó en Alemania durante su período de alistamiento completo, es decir, durante todo el transcurso de la guerra y seis meses más. Mientras Virgil recibía tratamiento por sus heridas y por las graves infecciones asociadas con ellas, Bud atacaba la Línea Sigfrido y se internaba a sangre y fuego en la Alemania nazi. Luego cruzó el Rin y, más adelante, el Elba, y descendió hacia el sur hasta los reductos de territorio enemigo que no habían visto ningún signo de la guerra a lo largo de los cuatro años y medio en los que él había vivido envuelto en su vorágine.

A Bud nunca lo habían herido, pero había visto a demasiados hombres a los que habían abatido, a demasiados hombres que habían muerto. Él también había matado a muchos alemanes, adultos y simples muchachos. Había acabado con las vidas de soldados alemanes que pretendían rendirse y sobrevivir, pero que se habían tropezado con la mirada despiadada del sargento Bud Boling. Ejecutó con su propia mano a dieciocho oficiales alemanes: solos, en grupos de dos o tres, en cunetas, entre los árboles, en las tapias de las granjas o a campo abierto. Usaba su pistola del 45 para arrancarle a la guerra una justicia que solo para él tenía sentido. Mató al último alemán en agosto de 1945. Había oído hablar de un individuo en particular de la zona, un antiguo funcionario del partido nazi que se escudaba bajo el supuesto nombre de Wolfe. Lo encontró en una columna de refugiados que esperaban volver a sus ciudades de origen, en diferentes zonas de lo que había sido el Tercer Reich. Cuando Wolfe sacó sus papeles, Bud le ordenó que saliera de la fila. Detrás de una tapia bajita de ladrillo, sacó la pistola y le atravesó el cuello de un disparo. Hecho esto, se

63

quedó tranquilamente junto al antiguo gerifalte nazi, mirando cómo se retorcía durante los últimos instantes de su vida. Bud Boling nunca hablaba de estas cosas. Tampoco de los campos de internamiento que había visto. Beuell nunca conoció los detalles. Pero los intuía. Percibía el vacío, el cambio que se había operado en su amigo.

—¿Cuánto tiempo piensas quedarte en San Diego, Bud?

—Quizá una semana, quizá un año. A lo mejor me voy a Los Ángeles en Año Nuevo para ver el gran desfile.

—¿El del Torneo de las Rosas?

—Sí. Se supone que es espectacular. Te preguntaría a dónde vas a ir tú, pero ya lo sé: a la tienda, seis días a la semana.

—Me gusta mi trabajo, Bud. No sé si podría andar de aquí para allá como tú.

—Yo, antes la muerte que cumplir un horario, Virgin.

Los dos se rieron.

—Bueno, Feliz Navidad. Y ya sabes que serás más que bienvenido si algún día te pasas por aquí.

—Siempre es un placer hablar contigo, Virgin. Me alegro de que seas feliz. Mereces todas esas bendiciones.

—Gracias, Bud.

—Ya casi estamos en 1954. ¿Te das cuenta? Y ahí estás tú con Del, Davey, Jill y… humm, ¿Connie? ¿Es ese el nombre de la pequeña?

—Sí, Connie.

—Virgil, el Virgen, con tres hijos. Entiendo la biología, pero la realidad es un jodido misterio…

Volvieron a desearse felices Navidades, se despidieron otra vez y colgaron. Hablarían de nuevo al cabo de un año.

Virgil se quedó en silencio, contemplando el fuego, hasta la una de la madrugada. Entonces se levantó del sillón para alimentar las llamas y que Davey tuviera suficientes brasas con las que encender los troncos navideños. Buscó en la pared el enchufe de las luces del árbol y lo quitó usando el pulgar, el índice y los muñones de la mano izquierda. Casi se le olvidaba, pero se detuvo frente al plato de galletas de Papá Noel y se comió tres. Titubeó un momento, dio un mordisco a una cuarta galleta y la dejó en el plato y bebió unos sorbos de leche, que se había entibiado con el calor del fuego.

En la oscuridad, encontró la escalera y subió los peldaños uno a uno, el pie izquierdo siguiendo al derecho. Echó un vistazo a los dos niños dormidos y a Connie, que estaba en la cuna, en el lado de la cama de su esposa. Del siempre le dejaba el pijama preparado. Una vez que se hubo quitado los pantalones, desabrochó las correas y hebillas de su pierna protésica, la dejó apoyada junto a la cama y procedió a ponerse los pantalones del pijama.

Dando un saltito tambaleante, se metió en la cama. Como todas las noches, buscó los labios de Del y los besó suavemente, dando lugar a que ronroneara en sueños. Se tapó bien: la sábana, dos pesadas mantas y el grueso edredón. Apoyó la cabeza en la almohada tras una jornada tan larga y cerró, al fin, los ojos.

Como casi todas las noches, vio en un fogonazo la imagen del casco del soldado explotando entre una nube rojiza. Vio los fragmentos viscosos de lo que había sido una cabeza humana. Hizo un esfuerzo para pensar en otra cosa, en cualquier otra cosa. Buscó en su mente y se decantó por la imagen de Bud Boling de joven, a los veintidós años, plantado bajo el sol cálido de una calle de California, entre una gran multitud de gente: todos sonreían y vitoreaban a un desfile de carrozas cubiertas de rosas.

Una gira promocional en la Ciudad de la Luz

*E*l veloz murciélago hindú comía feliz cardillo y kiwi.

¡Eh, esta máquina de escribir funciona!

¿Qué demonios ha sucedido? ¿Quién soy hoy? Todavía Rory Thorpe, supongo, pero ¿quién es ese en realidad?

Anoche —hace unas pocas horas— yo era el chico de una gran película de la que todo el mundo hablaba: el chico que se lo montaba con una beldad glamurosa, un tipo con un culo y un torso perfectos. En las capitales de Europa —y de América—, me llevaban de aquí para allá como a un político, me metían en coches y en salones llenos de reporteros cargados de cámaras y de preguntas. Yo saludaba a las multitudes, y muchos me devolvían el saludo a pesar de que no sabían quién soy, a pesar de que yo, en realidad, soy un don nadie. Aunque tengo en mi poder... ciertos documentos... que revelan el NOMBRE EN CLAVE ULTRASECRETO de Willa Sax (¡es Eleanor Flintstone!).

Hacía dos días que estaba tomando la ciudad de París por asalto. Aún me quedaba el tercero, y ese tercer día iba a disfrutar de ¡FUEGOS ARTIFICIALES! Tenía todos los gastos pagados. Vestía ropa gratuita. Podía pedir un sándwich cuando quisiera, aunque me tenían tan ocupado que apenas podía dar un par de mordiscos.

Pero todo eso se ha terminado esta mañana. Tengo que dejar la habitación a mediodía. Mala suerte. Este es un hotel muy bonito. Los nazis se alojaron aquí.

Una buena norma general al viajar por Europa: alojarse en sitios con un pasado nazi. El hotel de Roma había sido durante la guerra el cuartel general de la Gestapo. Enormes habitaciones. Techos altos. Un jardín precioso. En Berlín, el hotel original fue arrasado cuando los rusos machacaron a los nazis ocultos allí. Para regodearse en su victoria, los rojos nunca se molestaron en reconstruirlo: ni ese hotel ni casi nada en aquella parte del este de Berlín. Al caer el muro, reconstruyeron de nuevo el hotel y ahora cuenta incluso con un salón especial para fumadores de puros. En Londres, el antiguo y esplendoroso hotel había sido bombardeado por la Luftwaffe en algún momento entre los desfiles de los nazis en Roma y la paliza que les dieron los rojos unos años después. En la actualidad, desde 1973, la reina ha cenado dos veces allí.

Finalmente, el hotel parisino había sido el cuartel general de las fuerzas de ocupación alemanas. Dicen que Hitler se tomó una taza de café en uno de los balcones antes de darse una vuelta para ver las vistas de su conquistada Ciudad de la Luz.

Todo esto me ha salido completamente gratis, incluidos los hoteles de Los Ángeles, Chicago y Nueva York, y lo ha sufragado la productora porque yo interpretaba a Caleb Jackson en *Cassandra Rampart 3: Destino Funesto*. (¡Cassandra Rampart, también conocida como Willa Sax, también conocida como Eleanor Flintstone!)

El tercer día de mi viaje pagado —perdón, de mi gira promocional— habría sido otra jornada enloquecida. Pero al final no ha sido así: tengo que hacer las maletas y dejar el hotel a la 1:00, quiero decir, a las 13:00...

Para: *RORY THORPE*
CC: *IRENE BURTON, etc.*
De: *ANNETTE LABOUD*
Asunto: *Programa de prensa, París*

¡Bienvenido a París!

Sabemos que debes de estar exhausto, pero queremos que sepas lo ilusionados que estamos todos por trabajar en el lanzamiento francés de CASSANDRA RAMPART 3: DESTINO FUNESTO. Nuestros colegas en Roma, Berlín y Londres nos cuentan que la película ha sido acogida con un tremendo entusiasmo... ¡gracias a ti! Las cifras de recaudación hasta ahora son muy sólidas: apenas a tres puntos de CASSANDRA RAMPART 2: EL AGENTE DEL CAMBIO y solo a diez puntos de CASSANDRA RAMPART: EL PRINCIPIO. ¡Unas cifras fantásticas para tratarse de una secuela! Parece que el público se siente cautivado por la tensión sexual entre Cassandra y Caleb.

69

Todos tenemos la sensación de que Francia es un buen territorio para la película, porque el universo Cassandra Rampart tiene un seguimiento colosal en las redes sociales.

Como Irene Burton y el Departamento de Marketing ya te han explicado quizá, en Francia no está permitida la publicidad de películas mediante anuncios de televisión. Por eso tal vez hayas notado que el número de entrevistas televisadas durante tu estancia entre nosotros es algo mayor. Estas entrevistas son cruciales en el mercado francés. Te has portado tan maravillosamente en la gira por EE.UU. y en Roma/Berlín/Londres que no cabe duda de que estás más que entrenado.

¡Así que disfrútalo!

Te adjunto a continuación el programa de los tres próximos días. (Programa aparte para Eleanor Flintstone.)

DÍA 1

1:10 (aprox.) — Llegada al aeropuerto Charles de Gaulle desde Londres — Traslado al hotel.

7:10 — Maquillaje en habitación 4114.

7:40-8:00 — Aparición en vivo en «¡Nosotros Cacauates!». Este es el programa matinal para jóvenes más popular de España, con una considerable presencia en línea (4.1 millones de visitas.) Han venido a París expresamente por CR3: DF.

8:05 — Traslado al Centro de Prensa de la tercera planta.

8:15-8:45 — Mesa redonda prensa escrita #1 (aprox. 16 medios. Lista disponible).

8:50-9:20 — Mesa redonda prensa escrita #2 (aprox. 16 medios. Lista disponible).

9:25-9:55 — Mesa redonda prensa escrita #3 (aprox. 16 medios. Lista disponible).

10:00-10:30 — Mesa redonda prensa escrita #4 (aprox. 16 medios. Lista disponible).

10:35-11:05 — Mesa redonda prensa escrita #5 (aprox. 16 medios. Lista disponible).

11:10-11:40 — Mesa redonda prensa escrita #6 (aprox. 16 medios. Lista disponible).

11:45-11:50 — Sesión Reddit A.M. (para EE. UU.).

DESCANSO

12:00-13:00 — Minientrevistas con influencers (tres a cinco minutos cada una). Los influencers tienen al menos 1,5 millones de seguidores en las redes sociales. Cada uno tendrá una petición concreta para sus publicaciones. Algunos serán muy rápidos; otros quedarán limitados a un máximo de 5 minutos.

13:05-14:00 — Sesión de fotos en la azotea del hotel. (Nota:

Eleanor Flintstone se te unirá durante los últimos 10 minutos.)

14:05-14:45 — Almuerzo/entrevista con PARIS MATCH. (Nota: habrá un fotógrafo presente.)

14:50-15:00 — Entrevista de radio con la TSR-1.

15:05 -15:15 — Entrevista de radio con la RTF-3.

15:20-15:30 — Entrevista de radio con la FRT-2.

15:40-16:00 — Café informal con medios de comunicación en línea aprobados (aprox. 20) con un mínimo de 3,5 millones de seguidores. (Lista disponible.)

16:05-16:10 — Retoques de maquillaje.

16:15-16:45 — Conexión televisiva en directo desde la terraza con «PM TODAY» de la televisión belga. (Nota: Eleanor Flintstone se te unirá a las 16:30.)

17:00 — Traslado en coche al Studio du Roi para grabación promocional de Air France. Esta grabación se reproducirá en todos los vuelos internacionales de Air France para apoyar el lanzamiento de CR3: DF. El rodaje durará aprox. 3 horas.

20:00 (aprox.) — Traslado en coche al Restaurant Le Chat. Cena ofrecida por UPIC. (Nota: habrá un fotógrafo presente.) Después de la cena, tienes libertad para quedarte o volver al hotel.

71

Rory Thorpe daba gracias a su buena estrella por contar con la ayuda de Irene Burton. Esa estrella había sido tremendamente favorable en los dos últimos años. ¡Había actuado en una película con Willa Sax nada menos, con la mismísima Cassandra Rampart! ¡Por primera vez tenía dinero en el banco! ¡Y encima el contrato incluía un viaje gratis a Europa! ¡Él solamente tendría que conceder unas cuantas entrevistas! Ese entusiasmo daba pie a que Irene Burton se mondara de risa para sus adentros.

Irene tenía sesenta y seis años, había trabajado en *marketing* para cada uno de los seis grandes estudios cinematográficos y en la actualidad vivía medio retirada en una casa frente a la playa en Oxnard: lo bastante lejos de Hollywood para evitarse el estrés diario del mundillo del espectáculo, pero lo bastante cerca para intervenir cuando necesitaban que resolviera alguna emergencia de relaciones públicas. Once años atrás, había acompañado a una joven y bella actriz de talento durante la gira promocional de una película horrible titulada *Demencia 40*, que constituyó un desastre comercial, pero que se volvió legendaria con el tiempo porque dio a conocer al público por primera vez a la joven, bella y talentosa Willa Sax. La prensa la llamó Willa Sex durante unos años —un apodo adecuado—, pero ahora Willa era Cassandra Rampart: una industria unipersonal que contaba con su propia línea de ropa deportiva, con un hogar para mascotas abandonadas y una fundación para fomentar la alfabetización en los países del Tercer Mundo. Las primeras dos películas de Cassandra Rampart habían recaudado 1 750 millones de dólares en todo el mundo. Willa Sax no solo ganaba 21 millones por película más beneficios, sino que imponía respeto.

—Irene —le dijo Willa por teléfono—. Tienes que ayudarme.

—¿Qué sucede, cielito? —Irene llamaba «cielito» a todos sus actores jóvenes.

—Rory Thorpe es tonto del culo.

—¿Quién es Rory Thorpe?

—El chico de mi última película. Acabo de ver su DPE.
—El Dosier de Prensa Electrónico es una entrevista controlada por la productora que se distribuye digitalmente a los medios para lanzar una película—. La mayor parte de sus respuestas empiezan: «Humm, es como… Bueno, ya sabes…». La gira promocional es inminente, y yo no puedo

andar por el mundo con un merluzo integral como coprotagonista. Es imprescindible que alguien le explique cómo
coño no debe comportarse.

—Yo me puedo encargar —dijo Irene.

Y así lo hizo. Se llevó a Rory de compras a Fred Segal y
a Tom Ford para que se equipara con la ropa necesaria: con-
juntos informales para las entrevistas y esmóquines y paja-
ritas para las galas de estreno. Todo gratis. También lo llevó
a T. Anthony para comprar —con un gran descuento a cargo de la productora— los baúles y maletas adecuados; así
tendría todos esos trajes listos e impecables para cambiarse
en unos minutos. Habrían de fotografiarlo junto a una de las
mujeres más bellas del mundo, y era necesario que diera la
impresión de estar a la altura. Como también tendría que
responder a las mismas preguntas un millar de veces, Irene
le inculcó los puntos básicos del memorando proporcionado
por el estudio: «*CR3: DF* brinda al universo C. Rampart su
película más fascinante y sofisticada, porque Cassandra ya
no es únicamente una heroína de nuestro tiempo, sino una
mujer de leyenda. Por favor, utilice la expresión **mujer de
leyenda** siempre que describa a Cassandra».

Con los años, Irene había perfeccionado su capacidad
para contener la risa cuando alguno de sus clientes decía
algo realmente estúpido o ingenuo: en el caso de Rory, la
creencia de que el primer viaje a Europa de su vida iba a
salirle gratis.

—¡Ay, cielito! —le dijo—. Vas a deslomarte trabajando.

La gira arrancó en Los Ángeles: tres días atiborrados de
entrevistas, sesiones fotográficas, videoconferencias, ruedas
de prensa, foros con clubs de fans y todas las apariciones
posibles en programas de televisión, cada uno de los cuales
requería una hora de preparación con los guionistas. Irene
se encargó de que Rory estuviera bien vestido, bien arreglado y bien aleccionado sobre cómo coño no debía comportar-

73

se. Posteriormente, vino el viaje a la Convención Internacional de Cómics de San Diego. Willa Sax requirió un equipo de guardaespaldas para mantener a raya a sus admiradores. Muchas chicas iban disfrazadas como Cassandra, la exagente del Servicio Secreto que llevaba chips implantados en el cerebro, potenciada artificialmente, dotada de una fuerza extraordinaria y capaz de comunicarse inconscientemente con los Siete: esos extraterrestres que viven entre nosotros, seres alienígenas que pueden ser buenos o malos y que etcétera, etcétera, ya os hacéis una idea. Muchos fanáticos del cómic iban disfrazados como los Siete. Ninguno iba vestido como Caleb Jackson —surfista profesional y genio de la informática—, porque nadie había visto todavía la película. Parecía que los fans estaban entusiasmados con el avance de veinte minutos que se proyectó en la convención y lo convirtieron en *trending topic* la mayor parte del día tanto en Twitter como en Poppit.

74

Dos días después, en Chicago, ese avance se proyectó en el campus de la Northwestern University, la antigua universidad de la propia Willa Sax. Su antigua residencia fue rebautizada en su honor. Irene guio a Rory a lo largo de un programa que incluía dos días de entrevistas, un desfile, un partido benéfico de voleibol, el saque de honor en un partido de *hockey* de los Blackhawks y un preestreno de la película a beneficio de la alfabetización en África, que tuvo lugar en el mismo cine donde el gánster John Dillinger fue abatido a tiros en los años 30.

En Nueva York hubo cuatro días de promoción, empezando con una conferencia de prensa celebrada en el salón de baile del Waldorf Astoria, al que asistieron ciento cincuenta y dos medios. A Rory solo le formularon una pregunta cuando Willa ya llevaba más de media hora hablando, principalmente sobre los desafíos que implicaba filmar con el nuevo proceso digital FLIT-cam y con el nuevo sistema SPFX llamado DIGI-MAX. Ella era una de las productoras de la película, al fin y al cabo, pues había adquirido los derechos de la novela gráfica de Cassandra Rampart en 2007 por tan solo diez mil dólares.

Willa se tomó a risa las preguntas sobre el talento para los negocios y las habilidades amatorias de su marido. «¡Chicos! —protestó—. ¡Bobby es banquero!» Bobby era su marido y tenía una fortuna de 1,2 millones de dólares. Ella explicó a la prensa que en realidad era un tipo completamente normal al que había que recordarle que sacara la basura.

Fue eso lo que suscitó una pregunta a Rory.

—¿Cómo se siente un chico como tú al besar a la mujer más bella del mundo?

—Es un beso de leyenda —dijo.

Irene sonrió, satisfecha. Había hecho bien su trabajo.

El salón abarrotado se quedó unos instantes en silencio, dejando aparte el chasquido de las cámaras fotográficas. Al concluir la conferencia de prensa, se llevaron precipitadamente a Willa entre una lluvia de preguntas que los periodistas seguían lanzándole a gritos. Irene acompañó a Rory a un salón más reducido donde había una serie de mesas redondas repletas de reporteros y micrófonos. Las recorrió una tras otra sin pausa —veinte minutos en cada una—, respondiendo a diferentes versiones de las mismas tres preguntas:

¿Cómo es trabajar con Willa Sax?
¿Qué se siente al besar a Willa Sax?
¿Es usted quien se juega el tipo en la escena del huracán?

Irene lo llevó entonces al Centro de Comunicaciones de la octava planta para someterse a un total de cincuenta y siete entrevistas de televisión, cada una de seis minutos como máximo y todas celebradas en una misma habitación. Rory permaneció todo el rato sentado en un sillón, con un póster de la película a sus espaldas. En el póster, Willa miraba hacia el espacio con una expresión reconcentrada y feroz en su bello rostro. Llevaba un suéter ajustado con un desgarrón que dejaba ver el hombro y la parte superior de su pecho izquierdo. Por detrás de ella, había un mosaico de imágenes de la película: una explosión, unas siluetas corriendo por un túnel, una ola gigantesca y espumeante, y un plano de Rory, con auriculares, mirando un ordenador con seriedad melodramática. VUELVE WILLA SAX COMO CASSANDRA RAMPART decían unas grandes mayúsculas. El nombre de Rory aparecía en el apretujado bloque de créditos de la base del cartel, en una tipografía del mismo tamaño que la del montador. Durante las entrevistas, Irene lo mantenía a base de tazas de té verde, barritas proteínicas y cuencos de arándanos.

La película fue promocionada toda la semana en el matinal de la CBS *This Morning*. Rory salía todos los días a las 7:40 y a las 8:10 para dar la información meteorológica ante un mapa virtual. Willa Sax era la invitada especial en *Live with Kelly*, el programa de Kelly Ripa. Ambas hacían pilates en directo.

El estreno de la película iba a celebrarse, en principio, en uno de los muelles del Hudson: se habían montado unas instalaciones especiales con asientos para cinco mil personas, pero la previsión de una tormenta desbarató esos planes. En cambio, se reservaron una serie de cines de la ciudad para una proyección digital simultánea de la película. Trasladaron a Rory e Irene en un todoterreno a cada una de las salas: veintinueve apariciones personales en total. Willa Sax únicamente asistió a una proyección especial en el Museo Nacional de Historia destinada a recaudar fondos para sus programas de jóvenes científicos.

Al cabo de los nueve días de promoción con la prensa local, Rory se sentía exhausto, aturdido, incapaz de hablar. Apenas había visto otra cosa que coches, salones y cámaras. Y lo peor de todo era que las preguntas habían sido siempre las mismas en las más de cuatrocientas entrevistas concedidas.

¿Cómo es trabajar con Willa Sax?

¿Qué se siente al besar a Willa Sax?

¿Es usted quien se juega el tipo en la escena del huracán?

Rory tenía la sensación de que trabajar con Willa Sax era como zamparse un sándwich de mantequilla de cacahuete subido en una moto; que besar a Willa Sax era como unas Navidades en pleno mes de julio, y que quien se jugaba el tipo en la escena del huracán era un caballo hablador llamado *Britches*.

—Bienvenido a las grandes organizaciones, cielito —le dijo Irene—. Mañana, a Roma.

Willa Sax viajó a Italia en un vuelo chárter junto con su equipo, su séquito y sus agentes. El avión del estudio se encargó de llevar a los otros cinco productores, a todos los ejecutivos y a los directores de *marketing*. Como no quedaban más asientos disponibles, Rory e Irene viajaron en clase preferente con TraxJet Airways, haciendo escala en Fráncfort.

Los tres días de prensa en Roma fueron tan ajetreados como los de Estados Unidos. La última noche, presentaron el avance de la película en el Circo Máximo: el circo donde se celebraban en la antigüedad las carreras de cuadrigas. A Rory le pareció simplemente un gran estadio. Proyectaron escenas de la película en una gigantesca pantalla montada al efecto después de proceder a la entrega del trofeo que un equipo de fútbol local había ganado en un campeonato. En las gradas había unas veintiuna mil personas. Cuando Rory apareció en el estrado para saludar a los romanos, no pasó nada. Cuando le tocó el turno a Willa, una marea de fans con camisetas de fútbol se abalanzó hacia las barreras para llegar hasta ella, lo que acabó desatando una pelea a puñetazos. Mientras los *carabinieri* italianos se enzarzaban con los gamberros, Willa fue introducida en un coche blindado que la llevó velozmente al aeropuerto. A la mañana siguiente, Rory e Irene viajaron en vuelo regular (Air Flugplatz) a Berlín, donde les esperaban otros tres días de sesiones de prensa.

En Berlín, el reloj corporal de Rory estaba tan alterado por el cambio horario que se encontró rebosante de energía a las tres de la mañana. Decidió salir a correr. Las docenas de admiradores alemanes de Cassandra Rampart que se habían pasado la noche frente al hotel y que continuarían allí la mañana entera, con la esperanza de atisbarla un instante, no le hicieron ningún caso. Él corrió por los oscuros senderos del Tiergarten, deteniéndose para hacer flexiones en los peldaños de un monumento al Ejército Ruso (con tanques de verdad y todo) que había aplastado Berlín en 1945. Al día siguiente, a eso de las doce, estaba tan cansado que se sentía como un sonámbulo. Hablaba como si lo fuera y declaró ante la redacción en pleno del *Bild*, el principal periódico nacional, que como admirador de las películas y coprotagonista de la última entrega de Willa Sax (en realidad, dijo «Sex») opinaba que «Sandra Caspart era la más "extralimitada y sofisticante" de todas las películas, porque Willa Sex es la heroína de nuestro tiempo, *una mujer de las legiones*.» Luego vinieron las preguntas.

¿Cómo es trabajar con Willa Sax?

¿Qué se siente al besar a Willa Sax?

¿Es usted quien se juega el tipo en la escena del huracán?

—Procura no llamarla Willa Sex —le dijo Irene en el coche que los llevó de vuelta al hotel.

—¿Cuándo la he llamado así? —exclamó Rory.

—Hace un momento. Ante el mayor periódico de Alemania.

—Lo siento —dijo él—. Ya ni sé lo que sale de mi boca.

El avance de la película fue proyectado aquella noche en la Puerta de Brandenburgo ante seis mil fans. Cuando Willa apareció en el balcón del hotel para saludarlos, se decepcionó un poco porque no había peleas a puñetazos.

—Supongo que no soy Willa «Sex» esta noche —dijo en la cena de gala celebrada más tarde en el mismo museo donde se expone el busto de Nefertiti.

Cuando Rory viajó con Irene a Londres (en un vuelo de CompuAir a Gatwick), la gira internacional lo había dejado convertido en una piltrafa tartamudeante.

Día 2

7:30 — Maquillaje en la habitación.

8:00 —Traslado en coche a la estación de París Este.

8:10-9:00 — Entrevistas en la alfombra roja antes de subir al CAS-SANDRA EXPRESS.

9:05-13:00 — Viaje en tren a Aix-en-Provence. Entrevistas de 15 minutos en el vagón especial de prensa. (Lista de medios disponible.)

13:00-14:00 — Entrevistas en la alfombra roja a la llegada al antiguo Teatro Romano.

14:30-16:00 — Antiguo Teatro Romano. Recreación de la escena del huracán para la prensa. (Nota: se transmitirá en directo en la RAI-Due TV.)

16:30 — De nuevo en el CASSANDRA EXPRESS. Aparición en di-

recto en el programa de televisión «Midi & Madi» desde el vagón de observación.

17:15-21:45 — Regreso a París en el CASSANDRA EXPRESS. Entrevistas de 15 minutos para medios no franceses en el vagón especial de prensa. (Lista de medios disponible.)

22:00 — Traslado en coche al cóctel/cena ofrecido por Facebook France en el hotel Meurice.

Después de la cena, tienes libertad para quedarte o volver al hotel. Irene recibirá el AVANCE DEL PROGRAMA PARA ASIA antes de la llegada a Singapur/Tokio.

Conseguir el papel había sido un golpe de suerte, como ganar un premio de lotería. Rory ya se había dado por vencido en Los Ángeles tras una temporada de seis meses trabajando como camarero, modelo o actor y agotando los dos créditos de su tarjeta del sindicato de actores. Lo habían contratado para intervenir en un anuncio de yogur, en el que debía jugar a *touch rugby* en una playa de San Diego. Durante tres días nublados estuvo a la intemperie sin camisa (tenía una pinta espectacular sin ella), con una selección de «colegas» racialmente compensada; después todos se tomaban un yogur. Les asesoraron sobre cómo había que hundir la cucharita en los minienvases y meterse el yogur en la boca. La cosa tenía su truco.

Nueve semanas después, lo escogieron para un papel de un único episodio en la renovada versión de *Kojak* de la CBS. Interpretaba a un traficante de meta, tatuado y rapado al cero, que se hacía pasar por un veterano discapacitado de la guerra de Irak; con lo cual, obviamente, había de morir. Encontraba la muerte de un modo apoteósico, eso sí: sin camisa (por supuesto), deslizándose por el tejado de un edificio de oficinas y cayendo al vacío con su silla de ruedas motorizada (obtenida de modo fraudulento), mientras el nuevo Kojak daba un salto y se salvaba en el último segundo.

Con poca cosa que hacer salvo pagar los plazos del coche y entrenarse en el gimnasio, acabó aburriéndose del sur de California y se llevó su dinero yogur-*Kojak* a Utah para pasar la temporada de esquí. Cuando se emitió el nuevo *Kojak*, uno de los productores de Cassandra estaba viendo la tele por casualidad y le envió un mensaje a Willa Sax: «Creo que ya he visto al próximo guaperas de CR». Unos días más tarde, Rory recibió una llamada de su agencia para que regresara a la ciudad porque había algo muy grande sobre la mesa: se estaba cocinando una cosa absolutamente SENSACIONAL.

La primera vez que Rory se encontró con Willa Sax —una mujer de una belleza desorbitada, ajena al mundo real— fue en las oficinas de ella en Hollywood, en el Capitol Records Building de Vine Street. La casa que compartía con su marido —el inversor en fondos de riesgo— estaba en las colinas cercanas. Ella no podría haber sido más amable. Le ofreció una taza de té verde y se puso a charlar de arte y cría de caballos. Rory sabía muy poco de ambas cosas. Willa cambió de tema y pasó a explayarse sobre las islas Fiyi, donde había estado durante la fase de investigación de la película. Le habló de la belleza del cielo nocturno, de la claridad del agua, de las caras de felicidad de los nativos, especialmente durante las ceremonias tradicionales *kava* que se celebraban para dar la bienvenida a los visitantes. Allí, le explicó, había aprendido a surfear. La película se rodaría en Fiyi al menos durante dos semanas.

El encuentro duró poco más de una hora, pero antes de que Rory se subiera a su coche, en medio del atasco de tráfico vespertino en la autopista hollywoodense, su móvil recibió una burrada de mensajes tipo: «WSaX entusiasmada contigo!!!!$$$$». Dos semanas más tarde, le adjudicaron oficialmente el papel de Caleb con un increíble contrato de casi medio millón de dólares, a repartir entre tres

81

películas, que podían pertenecer o no al universo Cassandra Rampart. La siguiente vez que vio a Willa fue en el estudio para hacer pruebas de cámara. Una ayudante de producción lo acompañó al tráiler de ella. Cuando Rory subió los escalones ataviado con el equipo de surf de Caleb Jackson, que le ceñía el musculoso torso, Willa miró de arriba abajo a su desconocido pero despampanante coprotagonista, y dijo: «¡Qué bueno estás!».

El inicio del rodaje se postergó primero unos meses, mientras reescribían el guion, y luego hasta después de Año Nuevo para que Willa pudiera disfrutar las fiestas con su marido (pasaron las Navidades en un castillo de Escocia). El primer día que Rory interpretó a Caleb Jackson fue a finales de marzo, en un estudio de Budapest. Willa ya llevaba tres semanas rodando y contaba con su propia cabina de maquillaje, así que no se vieron hasta que ambos estuvieron en el plató. La escena requería que hicieran el amor en una ducha, pero el agua no estaba lo bastante caliente como para desprender vapor; así pues, el equipo de efectos especiales incorporó al cubículo una máquina de humo. Cuando Willa apareció en el plató en albornoz, tres guardaespaldas se situaron en torno a su silla. Ella le preguntó a Rory si estaba contento con el hotel y a continuación le explicó que desde que se había casado nunca besaba en la pantalla con la boca abierta.

Durante siete meses, Rory rodó solo unos días a la semana: en Budapest, en Mallorca, de nuevo en Budapest, en una zona desértica de Marruecos y en Río de Janeiro para una escena en la que Willa y él debían recorrer las calles atestadas durante el Carnaval: una escena que llevó cuatro días de preparativos y dieciséis minutos de rodaje. Él rodó por su cuenta una semana en Shreveport, Louisiana, mientras Willa aprovechaba para pasar unos días con su marido en las Seychelles. Volvieron a encontrarse un día para unas escenas adicionales, en las que también participaban en el Carnaval, aunque esta vez filmadas en Nueva Orleans. Como una parte de la financiación era alemana, las leyes tributarias los obligaban a rodar una escena en Düsseldorf. Tenían que salir corriendo de un edificio y subir a un taxi: a eso se limitó el rodaje en Düsseldorf. Tras diez días filmando nuevas tomas en Budapest, no les quedaban más que las escenas de surf. No llegaron a ir a las Fiyi. Simplemente, grabaron ante una pantalla verde en un depósito de agua al aire libre, en Malta, fingiendo que surfeaban sobre una plataforma de suspensión mientras los tramoyistas los remojaban con agua helada.

Día 3

7:30 — Maquillaje en la habitación.

8:00-9:00 — Restaurante del hotel. Desayuno con los ganadores del concurso. (Nota: Eleanor Flintstone se sumará al café a las 8:50.)

9:05-12:55 — Entrevistas con las principales cadenas de televisión (12 minutos cada una).

13:00-13:20 — Almuerzo en la habitación. Se proporcionará la carta del servicio de habitaciones.

13:20 — Retoques de maquillaje.

13:25-16:25 — Continuación de las entrevistas con las principales cadenas de televisión.

DESCANSO

16:30-16:55 — Entrevista de TV en «Le Showcase» (presentado por Rene Ladoux, un icono de la crítica de cine francesa).

17:00-17:30 — Entrevista de TV con Petit Shoopi (una marioneta que te pedirá que cantes con ella. Canción todavía por determinar).

17:35-18:25 — Te reunirás con Eleanor Flintstone en el salón *de baile para entrevista de TV con Claire Brule en FTV1 (es el programa para mujeres más visto de Francia).*

18:30-19:00 — Sesión de fotos con Eleanor Flintstone para Le Figaro.

19:05-19:55 — Sesión de fotos para la Organización de mascotas abandonadas. (Nota: habrá gatos, perros, pájaros y reptiles.)

20:00 — Traslado a la caravana motorizada.

20:30 — Llegada a los Jardines de las Tullerías.

20:30-21:00 — Desfile por la alfombra roja, entrevistas, fotos.

21:05-22:00 — Concierto de un popular cantante francés (todavía por determinar).

22:05-22:30 — Comentarios en directo ante el público. (Nota: tú presentarás a Eleanor Flintstone. Pídele a Irene sugerencias para los comentarios.)

22:35-22:45 — Fuegos artificiales.

22:50-23:00 — Paracaidistas franceses recrean la caída de Cassandra-Caleb en la caldera del volcán.

23:05 — Desfile aéreo de la Fuerza Aérea Francesa.

23:10-23:30 — Despliegue de la pantalla holográfica de CR3:DF (Nota: se proporcionarán al público gafas holográficas en la entrada.)

23:35-24:15 — Concierto de una popular estrella pop francesa (todavía por determinar). Eleanor Flinstone se dirigirá al aeropuerto. El escenario de nuevo despejado.

24:20 (aprox.) — Inicio de la proyección.

Tienes libertad para quedarte a la proyección o volver al hotel.

NOTA: MAÑANA ES EL DÍA DE SALIDA HACIA SINGAPUR.

Los teléfonos franceses no dan timbrazos. Hacen: ¡blip-blip, blip-blip, blip-blip! A las 6:22 ese sonido es como si tuvieras a una bestia de corral en la habitación de tu hotel.

Rory se vio obligado a detenerlo.

—¿Diga? —El auricular le parecía como si fuera un extraño juguete junto a su oreja.

—Cambio de planes, cielito. —Era Irene la que llamaba—. Puedes quedarte en la cama.

—¿Cómo? —Aún estaba un poco mareado, tras haberle sacado partido al bar del hotel hasta pocas horas antes.

—El programa de hoy está sufriendo una serie de cambios. Vuelve a dormirte.

—¡Vaya! —Dejó el auricular en la horquilla, se dio la vuelta y se quedó KO como un boxeador de poca monta.

Se despertó tres horas más tarde y salió tambaleante al salón de su suite: una suite apropiada para los oficiales nazis en su día y perfecta para el hijo único de la señora Thorpe. El programa para su Día 3 en París estaba sobre el escritorio, junto a la carta del servicio de habitaciones y un dosier de prensa sobre CASSANDRA RAMPART 3: DESTINO FUNESTO. Se suponía que a las 9:46 tenía que estar dando entrevistas de televisión de doce minutos cada una, pero ni Irene ni ningún ayudante habían ido a buscarlo. Al día siguiente volaría en clase preferente con IndoAirways a Singapur; de momento, pidió al servicio de habitaciones *café au lait* y una cesta de bollería.

Rory apenas había parado en ninguna de las habitaciones de hotel, salvo para hundirse en un sueño exhausto y para arreglarse, cosa que hacía con la ayuda de dos mujeres —una para el maquillaje y otra para el pelo— que Irene llevaba a la suite mientras él se duchaba. Ahora que estaba solo, en calzoncillos, dando sorbos de café con leche, examinó el lugar.

El hotel había sido renovado hacía poco en un estilo *hipster-millenial* que les habría sentado como una patada a aquellos antiguos ocupantes nazis. La televisión era una simple pantalla negra. El mando era largo, delgado, pesado y totalmente incomprensible para cualquier norteamericano. Las lámparas funcionaban con control táctil, si sabías dónde tocarlas. En la mesita cuadrada de café se alineaban con pulcritud cuatro botellas de Orangina, irónicamente situadas junto a cuatro naranjas de porcelana. El sistema de sonido era un tocadiscos retro con una colección de LP del Elvis francés, Johnny Hallyday. (Uno de los discos procedía nada menos que de los años 50.) No había libros en las estanterías, pero sí tres máquinas de escribir antiguas: una rusa, una francesa y una inglesa.

¡Blip-blip, blip-blip, blip-blip!

—¡Ya estoy despierto!

—¿Estás sentado, cielito?

—Dame un segundo. —Rory se sirvió un último café con la leche restante y, manteniendo la taza y el platito en equilibrio, se acomodó en una butaca reclinable de cuero.

—El viaje de prensa se ha cancelado. —Irene pertenecía a la vieja escuela. Una «gira promocional» era lo que organizaban las corporaciones para vender un producto. Un «viaje de prensa» era lo que hacían las grandes estrellas de cine para presentar sus películas.

Rory escupió el *café au lait* sobre sus piernas desnudas y sobre el sillón de cuero.

—¿Eh?, ¿cómo?

—Entra en la red y verás por qué.

—No he llegado a pedir la contraseña wifi.

—Willa va a divorciarse de ese buitre de los fondos de riesgo.

—¿Por qué?

—Lo meterán en la cárcel.

—¿Ha hecho alguna jugada sucia con el fisco?

—No. Con el fisco, no. Con prostitutas. En su coche, en Santa Monica Boulevard. Y parece que llevaba encima algo más que su dosis terapéutica de marihuana.

—¡Vaya! Pobre Willa.

—Ya se las arreglará. Laméntalo más bien por la productora. Imagínate el pitorreo sobre el «Destino funesto» de *Cassandra Rampart 3*.

—¿Debo llamarla para decirle cuánto lo siento?

—Inténtalo si quieres, pero ella y su equipo están en un avión más o menos a la altura de Groenlandia. Se esconderá en su rancho de Kansas unas semanas.

—¿Tiene un rancho en Kansas?

—Se crio en Salina.

—¿Y qué pasa con los grandes eventos previstos para hoy? ¿Los fuegos artificiales, la Fuerza Aérea Francesa, las mascotas abandonadas?

—Todo cancelado.

—¿Cuándo iremos a Singapur, Seúl, Tokio y Pekín?

—No iremos —dijo Irene sin un ápice de tristeza en la voz—. Los medios solo quieren a Willa Sax. No te vayas a ofender, pero tú no eres más que el chico de la película. Rory Don Nadie. Quizá recordarás ese póster de mi oficina que dice: «¿Y si convocas una rueda de prensa y no asiste nadie?». ¡Ay, no...! Tú no has estado nunca en mi oficina.

—Bueno, ¿y ahora qué?

—Yo me voy dentro de una hora con el avión de la productora. No es que me haga ilusión la perspectiva de una maratón de lamentos y exabruptos de doce horas. La película se estrena en Estados Unidos dentro de cuatro días y el primer párrafo de todas las reseñas será sobre las prostitutas, el OxyContin y el tipo que pagaba por sexo estando casado con Willa Sax. Parece el argumento de *Cassandra Rampart 4: Libertad Condicional*.

—Y yo, ¿cómo vuelvo a casa?

—De eso se encargará Annette en la oficina de París.

—¿Quién es Annette? —Rory había conocido durante la

gira a tantas personas que sus nombres y sus caras le sonaban tanto como los de unos marcianos.

Irene lo llamó «cielito» varias veces más, le dijo que era un tipo de ley, una buena persona de verdad, y que creía que iba a hacer una carrera fantástica si *CR3:DF* recuperaba la inversión. Además, dijo, la película le gustaba. Le parecía deliciosa.

Yo no hablo ruso. El francés tiene demasiadas letras y signos de puntuación para que consiga aclararme. Lo bueno es que esta otra máquina de escribir es inglesa.

Creo que Willa Sax —también conocida como Eleanor Flintstone— es una chica estupenda que no se merece esto. Merecería a un tipo mejor, y no a un sujeto aficionado a las busconas y a los sucedáneos de heroína. (¡Un tipo como yo! Ni una sola vez en un millar de entrevistas he confesado que estoy colado, profundamente chiflado por esa mujer. Irene me dijo que no fuese demasiado sincero con la prensa. «Diles una parte de la verdad, pero nunca mientas.»)

Tengo los bolsillos llenos de dinero. Para gastos diarios. ¡Irene me ha dado en cada ciudad un sobre repleto de billetes! No he podido gastar nada. Ni en Roma. Ni en Berlín. Y en Londres no tuve ni un momento libre. Quizá debería averiguar qué placeres puedo permitirme en París con unos cuantos euros...

¡MÁS TARDE!

Salí del hotel yo solo por primera vez desde Berlín.

¡Eh, París no está mal! Esperaba encontrarme a las hordas habituales frente a la entrada, a los fans aguardando para ver un instante a Willa. Cientos de personas, la mayoría hombres, se han pasado las horas esperando fuera: fotógrafos, cazadores de autógrafos, etcétera. Willa los llamaba los Mocosos. Ahora han desaparecido. Ya habrá corrido la voz de que Willa Sax ha abandonado la Ciudad de la Luz.

Annette como-se-llame dice que no tengo por qué volver a casa de inmediato porque se haya cancelado la gira. Puedo pasar un tiempo en París, y por toda Europa, si quiero, pero con mi propio dinero.

Me limité a dar una vuelta. Crucé el río por un puente famoso y me fui directamente a Notre Dame. Sorteé las motos, las bicis y las manadas de turistas. Vi la pirámide de cristal del Louvre, aunque no entré en el museo. Nadie me reconoció. Tampoco deberían. No tendrían por qué. Rory Don Nadie, ese soy yo.

Paseé por los jardines: allí donde iba a celebrarse ese evento gigantesco con grupos de rock, aviones surcando el cielo, fuegos artificiales y miles de personas provistas de gafas 3D gratuitas. Ahora había operarios desmontando el escenario y la gran pantalla. Las barreras aún estaban colocadas, pero ya eran irrelevantes. No había nadie a quien mantener a raya.

Más allá de los jardines, había una gran rotonda llamada Place de la Concorde: millones de coches y de vespas, carriles y carriles repletos de vehículos circulando en ambas direcciones alrededor de un monolito. Desde 1999 ha habido allí una noria enorme. Más grande incluso que la que vi en Budapest... ¿Cuándo fue eso?, ¿cuándo estuve rodando allí?, ¿quizá cuando hacía secundaria? La de París no es ni de lejos tan gigantesca como esa otra de Londres, la que gira una sola vez muy lentamente. ¿Cuándo celebramos la conferencia de prensa multitudinaria frente a ese armatoste: el evento que contó con el coro infantil, con la Caballería Ligera Escocesa y con uno de los miembros menores de la familia real? ¿Eso cuándo fue? ¡Ah, sí! El martes pasado.

Compré un billete, pero apenas tuve que esperar para subir a la noria. Casi no había nadie en la cola, así que ocupé la canastilla yo solo.

Di un montón de vueltas. Allá en lo alto contemplé cómo se extendía la ciudad en el horizonte, cómo serpenteaba el río hacia

89

el sur y hacia el norte, con muchas barcazas alargadas y elegantes deslizándose bajo los famosos puentes. Vi lo que llaman la Orilla Izquierda. Y la Torre Eiffel. Y las iglesias encaramadas sobre las colinas. Y los museos a lo largo de las anchas avenidas. Y todo lo demás de París.

Vi la Ciudad de la Luz entera.

Noticias de nuestra ciudad, por Hank Fiset

UN ELEFANTE EN LA REDACCIÓN

¡CORREN MUCHOS RUMO-RES aquí en el periódico! El Elefante Macho de la redacción dice que el *Tri-Cities Daily News/Herald* está a punto de renunciar a la versión impresa de nuestro Gran Periódico Trimetropolitano. Si ese paso llega a darse, la única manera de que lean ustedes mi columna y lo demás de lo que ahora tienen en las manos será usando uno de los múltiples dispositivos digitales de que dispongan: su teléfono móvil quizá, o uno de esos relojes que han de recargarse todas las noches.

* * *

ASÍ ES EL PROGRESO, pero esto me inclina a pensar en Al Simmonds, un corrector de la antigua Associated Press. Mi carrera en la AP duró casi cuatro años, pero me habrían puesto de patitas en la calle enseguida de no ser por él, que asumía la prosa entrecortada y la sintaxis infantil de mi cuaderno de notas y convertía esos garabatos en un texto periodístico de buena ley. Al falleció hace mucho, que Dios lo bendiga, de modo que no presenció este fenómeno portentoso que consiste en leer un periódico en un portátil o en una tableta. Murió antes de que esa mera idea resultara más verosímil que la nave espacial *Enterprise*. No estoy seguro siquiera de que el tipo tuviera un televisor, pues solía quejarse de que no había nada bueno en la radio desde

91

que habían dejado de emitir el programa de Fred Allen. (¡Madre mía, después de esta historia ya casi podrían datarme mediante el sistema del carbono 14!)

* * *

LA MÁQUINA DE ESCRIBIR DE AL era una Continental, un armatoste del tamaño de un sillón, y estaba atornillada al tablero de su escritorio. No porque nadie fuera a intentar robársela: tendrías que haber sido un idiota para tratar de levantarla siquiera. El escritorio de Al era un pequeño y angosto altar de la redacción de textos. Él tecleaba su versión de mi crónica —más sucinta, más nítida: mejor escrita, maldita sea—, y luego levantaba la máquina sobre unas bisagras y, en el espacio libre, corregía su propio texto con un bolígrafo azul. El tipo armaba una bulla considerable mientras hacía esa tarea varios cientos de veces al día: el ¡ta-ca-tac! de las teclas, el ¡ping! de la campanilla, el ¡raaaac! del retorno del carro, el ¡creeec! de la hoja en el rodillo y el ¡patapum! del armatoste cuan-

do lo echaba hacia atrás para acabar de pulir el texto con un sistema de escritura aún más primitivo. Al estaba compenetrado totalmente con su máquina y no se alejaba de ella más de un metro. A menudo me mandaba a comprar café y comida, pero cuando volvía, ya se había puesto a mecanografiar otro manuscrito, y yo tenía que dejar el pedido en un taburete hasta que él levantaba la Continental para disponer de espacio y poder almorzar. Al Simmonds puede parecer un estereotipo, una versión caricaturesca de la rata de redacción; y lo era en todos los aspectos salvo en uno: no fumaba, y detestaba a los pelmazos de la AP que sí lo hacían.

* * *

«¡SILENCIO! REPORTEROS TRABAJANDO» sería un cartel superfluo aquí, en el *Daily News/Herald,* actualmente. Usamos ordenadores desde los años 80, aunque los aparatos de primera generación se llamaban «procesadores de textos»: bueno, así era como nos llamábamos a *nosotros mismos.* La cuestión es que Al Simmons sería incapaz de comprender cómo es posible que estemos leyendo los periódicos, sobre todo en los últimos cinco años, y cada vez más masivamente, en estos prodigiosos aparatos portátiles. Tampoco le cabría en la cabeza cómo hemos impreso el periódico en las últimas tres décadas. «¿Dónde está el jaleo y el fragor de un periódico entrando en las prensas?», gritaría. Me lo gritaría a mí.

* * *

EN HONOR DE AL, hagamos un experimento: si están leyendo esto en su teléfono móvil, yo voy a escribir una parte en mi propio móvil. Mi monólogo interior corregido y editado...

* * *

«VOY A AÑORAR el ritual de leer un ejemplar del periódico en papel prensa, entregado en mi jardín siete días a la semana por un tipo llamado Brad que pasa por delante en coche y lo lanza por la ventanilla reduciendo apenas la velocidad, o bien el ejemplar que leo en el Pearl Avenue Café (en Pearl Avenue) varios días a la semana. Echaré de menos la sensación de publicar un reportaje situado en la parte superior del doblez de la primera página, o la vergüenza de verlo relegado a la página catorce. Reconozco que me encanta ver mi cara y mi firma —mi columna— en la contraportada: es tan fácil de encontrar. ¿Y sabían ustedes que para leer una columna se emplea exactamente el mismo tiempo que para hacer un huevo escalfado? Si el *Tri-Cities Daily News/Herald* pasa a formato digital y deja de aparecer impreso, este reportero se sentirá triste y resignado ante el advenimiento de esa cosa que llamamos "realidad". Y Al Simmonds, en el cielo de los correctores, se rascará la cabeza, perplejo, con su máquina de escribir levantada para toda la eternidad...» Bueno, ahí va la versión tecleada con autocorrección en mi teléfono móvil...

93

* * *

«*VOY A AÑORAR* el ritual de leer un ejemplar del periódico en papel prensa, entregado en mi jardín siete días a la semana para un tipo llamado Bread que pásalo para detente en noche y lo mancha para la ventanilla contento aparte llave locidad, o bueh. El ejercían que veo en el peral aventuró cafre)Zreksnaud(varios días a la semana. Echaré de menos la rendición de publicar un reportante sito por encinar del plinge de la primera página, o la vergüenza de verás derrengada a la pátinas catorce. Reconozco que me entraste verás wu cx y mi froma —mi columba— en lx contrapoder: es tan cecil de encontrar. ¿Y sabían ustedes que para lerdo una colunga sa,mplia exactamente el misom temo que para acer un huevo respaldado? Si el Tri-Cities daisy ness/érais pata a formando digital y deja de amancer imprrnso, este reponedor se sentirá triste y resignado ante el advenimiento de rta sosa que llamamos regla ee tres. Y Algo Simmonds, en el cierto de los correciones, se rascará la cabeza, pendejo, con su máquinadesirerc levantada para toda la eternidad...»

* * *

Y AHORA HE DE IRME corriendo a entregar mi texto a la redacción...

Bienvenido a Marte

$\mathcal{K}$irk Ullen todavía estaba dormido en la cama, bajo un edredón y una vieja manta del Ejército. Como siempre desde 2003, cuando él tenía cinco años, su habitación era también el trastero de la casa, de modo que contenía entre otras cosas la lavadora y la secadora Maytag, una vieja espineta desafinada, una máquina de coser que su madre no usaba desde el segundo mandato de Bush y una máquina de escribir eléctrica Olivetti-Underwood que había quedado inutilizada sin remedio desde que él había derramado en sus entrañas un vaso de zarzaparrilla. La habitación carecía de calefacción y estaba siempre helada, incluso esa mañana de finales de junio. Mantenía los ojos entornados y casi en blanco mientras soñaba que estaba todavía en secundaria y que no era capaz de marcar la combinación correcta de la taquilla del gimnasio. Ya iba por el séptimo intento, girando el disco a la derecha, luego dos veces a la izquierda y otra a la derecha, cuando un fogonazo inundó los vestuarios de una cegadora luz blanca. Después, repentinamente también, sobrevino una oscuridad que abarcaba el mundo entero.

Hubo más destellos, como bruscos relámpagos, y otra vez la oscuridad: primero todo blanco, acto seguido una negrura impenetrable, y así una y otra vez. Pero no se escuchaba el fragor de los truenos, los golpes del martillo de Thor resonando como cañonazos lejanos.

—¿Kirk? ¿Kirkwood? —Era su padre. Frank Ullen había

estado pulsando una y otra vez el interruptor de la lámpara del techo: su manera «divertida» de despertarlo—. ¿Hablabas en serio anoche, muchacho? —Y canturreó—: «Kirkwood, Kirkwood, dame una respuesta, por favor.»[6]

—¿Qué? —graznó Kirk.

—Lo de ir a Marte. Di que no y me largo. Di que sí y empezaremos tu cumpleaños como auténticos Ullen de pelo en pecho, como hombres valerosos y libres.

¿Marte? El cerebro de Kirk accedió a la conciencia. Ahora lo recordaba. Hoy cumplía diecinueve años. Anoche, después de cenar, le había preguntado a su padre si podían salir a hacer surf por la mañana, como habían hecho cuando cumplió diez años y, otra vez, al cumplir los trece. «¡Ya lo creo!», había respondido su padre. Las condiciones en Playa Marte serían ideales. Venía una marejada del sudoeste.

Frank Ullen se había quedado sorprendido por la propuesta. Su hijo no salía al mar con él desde hacía bastante tiempo. El señor Universitario no parecía tan dispuesto a desafiar a los elementos como durante la secundaria. Frank intentó recordar la última vez que habían surfeado juntos. ¿Cuánto hacía? ¿Dos años?, ¿tres?

Kirk tenía que repasar sus horarios del día que estaba a punto de comenzar, lo que resultaba difícil en ese momento, recién salido de la neblina de los sueños. Fuera o no su cumpleaños, debía estar en su trabajo de verano —encargado del minigolf infantil Magic-Putt— a las 10:00. ¿Qué hora era? ¿Las 6:15? Vale, quizá sí era posible. Su padre estaba trabajando en una única obra, el nuevo minicentro comercial de Bluff Boulevard. Sí, era factible. Podían ir a cabalgar las olas durante un par de horas. O al menos, hasta que se dislocaran un hombro.

---

6. Parodia de «Daisy Bell», de Nat King Cole: *Daisy, Daisy. Give me your answer, do.*

Sería bueno para ambos volver al agua convertidos de nuevo en los «sumergibles chicos Ullen», *Princes de la Mer*. El padre de Kirk era un hombre despreocupado cuando salía al mar con su tabla de *paddlesurf*. En la orilla quedaban aparcados los problemas del trabajo y las riñas en casa: todas esas situaciones familiares difíciles que surgían y desaparecían de forma tan imprevisible como los incendios forestales. Kirk quería a su madre y a sus hermanas con toda su alma, pero hacía mucho que había tenido que aceptar que eran demasiado delicadas para los baches inevitables de la vida cotidiana. Su padre, el jefe de la manada, debía asumir dos trabajos de jornada completa —proveedor y pacificador— sin ningún día de descanso. No era de extrañar que se tomara el surf como un ejercicio tonificante y a la vez como una terapia mental. Para el chico, salir con su padre supondría un vigorizante voto de confianza, una especie de conjura entre hombres, una palmada en la espalda y un abrazo de cumpleaños, como diciendo: «Tú y yo estamos juntos». ¿Qué padre y qué hijo no necesitaban algo así?

—De acuerdo —dijo Kirk estirándose y bostezando—. Vamos.

—Tampoco está prohibido quedarse entre las sábanas.

—No, no. Vamos.

—¿Seguro?

—¿Intentas escaquearte?

—Ni hablar, cabeza hueca.

—Entonces yo soy tu hombre.

—Perfecto. Estará a punto un desayuno digno de un camionero ante un viaje de larga distancia. Dentro de doce minutos. —Frank desapareció, aunque dejó finalmente la luz encendida y a su hijo guiñando los ojos.

El desayuno fue una auténtica delicia, como siempre. Frank era un maestro de la cocina mañanera; lo tenía todo cronometrado: las salchichas *kielbasa* llegaban calientes a la mesa, los bollos, pasados por la sartén, estaban blanditos y a punto para untarlos con mantequilla, la cafetera era de ocho tazas (una vieja Mr. Coffee) y los huevos —nunca demasiado hechos— tenían las yemas líquidas y doradas. Preparar la cena, en cambio, sobrepasaba sus posibilidades. Andar esperando a que se asara un jarrete de buey o que se cocieran unas patatas le venía cuesta arriba. No, ni hablar. Frank Ullen prefería la inmediatez pispás del desayuno —cocinar, servir y comer—, y había convertido esas comidas matinales en toda una diversión cuando los niños eran pequeños y la familia seguía unos horarios estrictos. Las conversaciones resultaban entonces tan densas y acaloradas (a veces, demasiado) como el chocolate caliente con unas gotas de café que él les servía desde que cursaban primaria. Pero, actualmente, mamá se quedaba en la cama hasta muy tarde y nunca aparecía en el desayuno; Kris se había escapado a San Diego, donde vivía con su novio; y Dora había anunciado hacía mucho que ella entraba y salía a su antojo, según sus propios horarios. Así pues, ese día estaban ellos dos en la cocina; llevaban sudaderas holgadas y ni siquiera se habían afeitado. ¿Para qué, si iban a meterse enseguida en el agua?

—He de hacer unas llamadas a las ocho y media. Chorradas de negocios —dijo Frank sirviendo unos bollos en un plato—. No tardaré mucho. Te dejaré el agua para ti solo una hora más o menos.

—Si tienes que hacerlo, tienes que hacerlo —replicó Kirk. Como siempre, se había llevado un libro a la mesa y estaba absorto leyéndolo. Su padre se le acercó y se lo quitó de las manos.

—¿Arquitectura de los años 20? —preguntó Frank—. ¿Para qué lees esto?

—Por los pasajes picantes —dijo el chico mojando un bollo en la grasa de la salchicha y en la yema de huevo—. En la Era del Jazz, antes de la Depresión, hubo un *boom* en la construcción. La ingeniería y los materiales de posguerra cambiaron el paisaje urbano en todo el mundo. Lo encuentro fascinante.

—Esas estructuras reforzadas exteriormente permitieron construir los edificios tipo pastel de boda: más pequeños a medida que aumenta la altura. ¿Has estado alguna vez en las plantas superiores del Edificio Chrysler?

—¿En Nueva York?

—Serás tonto. No va a ser en Texas.

—Papá, tú me criaste, ¿recuerdas? ¿Cuándo me llevaste a Nueva York a ver las plantas superiores del Edificio Chrysler?

Frank cogió dos tazas de tapa hermética del estante.

—La parte superior del Edificio Chryler es un jodido laberinto, como una madriguera de conejo.

El café restante fue a parar a las dos tazas. Frank las colocó en el salpicadero de la caravana mientras Kirk sacaba su tabla de dos metros del cobertizo y la arrojaba en el interior del vehículo, donde la tabla de *paddlesurf* de su padre —el *Buick*, la llamaban— ocupaba con sus tres metros y medio casi todo el espacio.

Seis años antes, la caravana estaba nuevecita. La habían comprado para unas vacaciones muy especiales: una ruta de tres mil kilómetros a lo largo de la costa de Canadá, cruzando por la autopista la Columbia Británica, Alberta y Saskatchewan hasta Regina. Era una expedición que los Ullen habían planeado desde hacía mucho tiempo y salió tal como habían previsto, al menos a lo largo de los primeros doscientos o trescientos kilómetros. Entonces mamá había empezado a opinar y a hacer comentarios sobre modales y comportamientos. Quería imponer sus propias normas en la carretera y se puso a dar órdenes. Así pues, sonó la campana de inicio y dio comienzo el primero de una larga serie de duros asaltos. Las discrepancias se convirtieron en serias controversias y degeneraron en mez-

101

quinas discusiones a voz en cuello en las que por fuerza tenía que salir vencedora la madre de familia. Kris, como de costumbre, intensificó su rebeldía unos grados de más. Dora abocó su rectitud en un silencio ceñudo, interrumpido por breves estallidos de una causticidad digna de Shakespeare. Frank, al volante, dando sorbos de café frío o de Coca-Cola tibia, actuaba como árbitro, terapeuta, verificador y policía, dependiendo del argumento formulado o de la ofensa recibida. Kirk, en actitud defensiva, sacaba un libro tras otro y leía como un fumador empedernido provisto de un cartón de mentolados. Para él, el psicodrama se diluía gradualmente en un ruido de fondo no muy distinto del zumbido de la caravana sobre el asfalto.

Atravesaron Canadá entre discusiones y luego, al dirigirse hacia el sur, continuaron por la gran pradera norteamericana: una extensión tan llana e interminable que, según decían, algunos de los primeros colonizadores se habían vuelto locos. La familia Ullen perdió claramente la chaveta en Nebraska cuando Kris le compró maría a un tipo que vivía en su coche en un camping de la cadena KOA. Mamá quería llamar a la policía y denunciar tanto al camello como a su propia hija. Y se puso frenética nivel 4 cuando papá se lo impidió tomando la simple decisión de hacerles subir a la caravana, enfilar la carretera y huir del escenario del crimen. El ambiente en el interior del vehículo se volvió completamente gélido, como unas amargas Navidades en pleno mes de julio. Nadie se hablaba con nadie, y Kirk, mientras tanto, se terminó todos los libros de William Manchester sobre Winston Churchill. Cuando llegó el momento de girar hacia el oeste en Tucumcari, Nuevo México, todos estaban deseando dejar la carretera, salir de la caravana y alejarse de los demás. Kris amenazó con tomar un autobús Greyhound para hacer el restante trayecto hasta casa. Pero papá se empeñó en hacer camping en el desierto, y así lo hicieron no sin protestar. Kris pilló un colocón bajo las estrellas; Dora se iba sola de excursión hasta después de anochecer, y papá se acostaba fuera, en la tienda. Mamá dormía en la caravana, asegurándose de que se quedaba sola, al fin en paz, cerrando la puerta con cerrojo. Lo cual constituía un problema, porque impedía el acceso al baño. Así fue como concluyeron las últimas vacaciones en familia de los Ullen. O mejor dicho: su última actividad de cualquier tipo en familia. La caravana quedó enganchada a la camioneta King Cab, y le servía a Frank como oficina móvil y almacén de surf, aunque no había pasado por una limpieza a fondo desde hacía treinta mil kilómetros.

En su juventud, Frank Ullen había sido un auténtico surfista errante y desgreñado. Después maduró, se casó, tuvo hijos y creó una empresa de instalaciones eléctricas que prosperó. Desde hacía un año había empezado a salir otra vez antes de que nadie se despertara para surfear en el rompiente de Playa Marte: una comprometida ola de derecha con una alzada de metro o metro y medio. Cuando Kirk era un crío y, a ratos, un experto, padre e hijo aparcaban en el arcén de la autovía y bajaban con sus tablas a Playa Marte por un sendero trillado. Para el chico, cargado con su primera tabla de espuma, la playa parecía entonces tan rocosa y remota como el fondo de los Valles Marineris del planeta rojo. Los años del *boom* económico habían alterado radicalmente el lugar. Ahora había apartamentos de lujo en lo que antes eran puras marismas; y cinco años atrás el Estado había pavimentado un trecho de tierra y maleza, y montado un aparcamiento a tres dólares el vehículo. La playa ya no era gratis, pero sí resultaba cómodamente accesible; los surfistas se dirigían hacia la izquierda al llegar a la arena; los bañistas doblaban a la derecha, y los socorristas del condado mantenían separados a unos y otros.

—Esto aún no lo has visto. —Frank estaba saliendo de la autovía en la zona recreativa del parque Deukmejian. Kirk alzó la vista del libro. Lo que antes era un simple campo había sido allanado y señalizado; ya estaban plantados los postes indicadores, y un cartel anunciaba el solar de una futura sucursal de Big-Box Mart—. ¿Te acuerdas de cuando el garito más cercano era una taquería en Canyon Avenue? Bueno, pues ahora es un Chisholm Steakhouse.

—Me acuerdo de una vez que estuve cagando entre las matas —dijo Kirk.

—No digas groserías delante de tu padre.

Frank entró en el aparcamiento y estacionó en una plaza libre a una fila de la verja del sendero.

—Bueno, bueno —dijo, como siempre—. ¡Bienvenido a Marte!

Al otro lado de la autovía, habían ido instalando una serie de tiendas de techo bajo con aspecto de construcción mexicana de adobe. Había un centro de equipos de surf, una nueva sucursal de la ubicua Starbucks, un local de sándwiches, un supermercado Circle W y la oficina de un agente de seguros llamado Saltonstall, que había sentado allí sus reales para poder surfear cuando no sonaba el teléfono. También había una franquicia en construcción de AutoShoppe/FastLube&Tire en el extremo sur del supermercado.

—Un cambio de aceite mientras practicas el surf —observó Kirk—. Integración ambiental a tope.

—Vamos de mal en peor —dijo Frank.

En el aparcamiento había una colección de vehículos toscos y avejentados: rancheras y modelos familiares cargados de herramientas, cuyos dueños solían ser obreros de la construcción que salían a pillar unas olas antes de empezar su turno. Había viejas camionetas y furgonetas VW pintadas de colores por los propios surfistas que pernoctaban allí pese a los rótulos de PROHIBIDO ACAMPAR. Cuando los alguaciles del condado iban periódicamente a desalojar a los surfistas ambulantes, siempre se producían largas discusiones legales sobre la diferencia entre «acampar» y «esperar el amanecer». También los abogados surfeaban en Marte, así como los ortodoncistas y los pilotos de aviación: sus Audi y sus BMW llevaban baca en el techo para las tablas. Igualmente había mamás y esposas en el agua, buenas surfistas y, además, educadas. Las peleas a puñetazos habían sido frecuentes en una época, cuando las grandes olas atraían a los excéntricos de todos lados. Ese día, sin embargo, era laborable y, además, no todas las escuelas habían cerrado aún, así que Kirk sabía que la tropa sería tranquila y manejable. A lo cual había que añadir que los marcianos, como se llamaban a sí mismos, se habían vuelto más viejos y sosegados. Dejando aparte a un par de abogados gilipollas.

—Buenas olas esta mañana, Kirky —dijo Frank, observando el mar desde el aparcamiento. Ya había más de una docena de surfistas, observó, y las grandes olas —la marejada— iban tomando forma a intervalos regulares más allá de la línea de rompiente. Abrió la puerta de la caravana, sacaron las dos tablas y el remo de Frank y los dejaron apoyados contra la carrocería mientras se ponían los trajes de neopreno de verano, con perneras cortas.

—¿Tienes cera? —preguntó Kirk.

—Ahí dentro, en un cajón —le indicó Frank. Como su tabla de *paddle* tenía una goma antideslizante, ya no usaba cera, pero siempre guardaba un poco para quienes necesitaran aplicarla en sus tablas para ganar adherencia. Kirk encontró una pastilla en un cajón lleno de cachivaches, incluyendo rollos de cinta adhesiva medio agotados, viejas ratoneras, una pistola de cola caliente sin ningún cartucho, cajas de grapas y un juego de llaves ajustables que se oxidaría por la acción del aire marino.

—¡Eh! Pon mi teléfono en el congelador, ¿quieres? —le dijo su padre pasándole el móvil.

—¿Por qué ahí? —preguntó Kirk. Ese congelador hacía años que no funcionaba.

—Si reventaras la puerta de esta caravana para robar algo de valor, ¿mirarías dentro de un congelador estropeado?

—Cierto. Ahí me has pillado, papá.

Al abrir la puerta del armatoste, lo invadió un olor a cerrado a causa del desuso, pero además vio una cajita envuelta en papel de regalo.

—Feliz cumpleaños, hijo —le dijo Frank—. ¿Cuántos has dicho que cumples?

—Diecinueve, pero tú me haces sentir como si fueran treinta. —El regalo era un reloj sumergible de deporte, un modelo más nuevo que el que llevaba Frank: un resistente cronómetro militar, negro por completo y metálico, que ya tenía ajustada la hora y todo. Al abrochárselo a la muñeca, el chico se sintió como si estuviera a punto de subir a un helicóptero militar para matar a Bin Laden—. Gracias, papá. Con este reloj parezco aún más guay de lo que soy. No creía que fuera posible.

—El gran tontorrón, júnior.

Mientras bajaban las tablas por el sendero, el padre volvió a repetirle:

—Ya te lo he dicho, he de hacer unas llamadas hacia las ocho y media. Te daré un grito cuando salga del agua.

—Vale. Yo te haré una seña.

Ya en la arena de Marte, observaron las olas mientras se ataban las correas de las tablas a los tobillos con cinta Velcro. Había una docena de grandes crestas rizadas antes de que el oleaje amainara, lo que le permitió a Kirk meterse corriendo en el agua, subir de un salto a la tabla y remar hacia dentro, cruzando agazapado las olas pequeñas que iban rompiendo sobre él. Fue a situarse justo después de la línea de rompiente con los surfistas más jóvenes, los que surcaban la pared de todas las olas que Poseidón ponía en su camino.

Para practicar el *paddlesurf*, Frank iba a buscar olas más grandes lejos de Marte, las que se alzaban más allá de la línea de rompiente. Allí, junto con otros surfistas de remo, esperaba las oleadas más voluminosas, las generadas por las tormentas del Pacífico Sur que iban ganando masa a medida que se acercaban. Al poco rato, entró con facilidad en la pared de una ola y, elevándose unos dos metros desde la base, la surcó dando amplios y elegantes giros. Como era el surfista que estaba más cerca de la cresta, la ola era suya con todo derecho y los demás marcianos se quitaron de en medio para dejársela a él. Cuando la ola se cerró, saltó de la tabla y se mantuvo en los bajíos hasta que la serie acabó de pasar. Entonces volvió a subirse a la tabla, abriendo las piernas y colocando los pies a la anchura de los hombros, hundió el remo en el agua y fue surcando las crestas hasta salir a mar abierto.

El aire y el agua estaban fríos, pero Kirk se alegraba de haberse levantado de la cama. Reconoció a algunos viejos marcianos como Bert *el Mayor*, Manny Peck, Schultzie y una tal señora Potts: los veteranos del surf con tabla larga. También había algunos chicos de su edad, compinches con los que se había criado y que ahora iban a la universidad, como él, o que ya trabajaban. Hal Stein estudiaba en una escuela de posgrado en California, Benjamin Wu era ayudante de un concejal del ayuntamiento, *Stats* Magee estaba sacándose el título de contable y Buckwheat Bob Robertson era todavía, como él, un simple universitario y seguía viviendo en casa.

—¡Eh, Spock! —gritó Hal Stein—. ¡Creía que te habías muerto!

Los cinco esperaban en círculo entre surfeada y surfeada, comentando las impresiones y recuerdos que conservaban desde la adolescencia. Kirk cayó en la cuenta de lo mucho que le había dado Marte. Vivir a tan poca distancia de sus olas le había permitido acceder a un mundo propio. En ese

lugar había aprendido a familiarizarse con el poderoso oleaje del mar. Era ahí donde se había probado a sí mismo y
había llegado a destacar. En tierra, no pasaba de ser una simple medianía, un punto insignificante en medio de una campana de Gauss: ni un negado ni un alumno modélico, ni un
número uno ni tampoco un cero a la izquierda. Dejando
aparte a un par de profesores de Literatura Inglesa, a la señora Takimashi (la bibliotecaria de la escuela) y a la preciosa, salvaje y rubia Aurora Burke (antes de que su nuevo
padrastro se la llevara a vivir a Kansas City), nadie había
considerado jamás a Kirk Ullen un chico *especial*. En las
aguas de Marte, en cambio, se sentía como el amo y señor
en sus propios dominios. Se alegraba de haber estado yendo
a esa playa durante años y también de haber ido el día en
que cumplía los diecinueve.

Después de surfear tantas olas que ya había perdido la
cuenta, estaba hecho polvo y decidió descansar un rato en
la rompiente. Al salir el sol, divisó los techos de las furgonetas
y de la caravana de su padre en el aparcamiento, así como las
tejas de las tiendas del otro lado de la autovía y las laderas ro-
cosas cubiertas de maleza que se alzaban a lo lejos. Con el agua
azul bajo un cielo cada vez más iluminado, Marte te recordaba
una fotografía sepia de alguna leyenda del surf de Hawái o de
Fiyi: una imagen descolorida que hubiera adquirido con los
años una pátina de color ámbar, convirtiendo las tonalidades
verdes de las montañas en franjas amarillentas y pardas. Si
entornaba un poco los ojos, las tiendas de estilo mexicano parecían *bures* en un trecho de playa: chozas nativas de algún
atolón situado en mitad del Pacífico. Una vez más, Marte se
convertía en un mundo diferente y Kirk, allí, era el rey.

Al cabo de un rato, oyó que su padre le gritaba desde la
playa. Había dejado su tabla en la arena y plantado el remo
al lado como si fuera una bandera, y estaba haciendo ese
gesto universal que significa: «Voy a hacer una llamada».

Él le respondió con una seña en el preciso momento en que la señora Potts gritaba: «¡Vamos allá!». En efecto, se estaba formando una marejada a lo lejos, con unas olas que recordaban las ondulaciones de una tabla de lavar y que rompían al menos cincuenta metros antes, lo que permitía docenas de largas y agresivas surfeadas. Todo el mundo se puso a remar furiosamente. Kirk estaba cansado, pero no iba a perderse una tanda semejante. Remó con ritmo y energía hasta que la experiencia le indicó que diera media vuelta y empezara a remar hacia la playa. Pilló la tercera ola que venía en su dirección.

Mientras se elevaba sobre la masa de agua, el instinto le dictó cuándo debía ponerse de pie para dejarse caer en el seno de la ola. Esta era impresionante; una ola bien formada, de pared lisa. Y era enorme. Monstruosa. Kirk salió del seno y subió disparado por la pared, justo por delante de la cresta de espuma, notando una ráfaga de viento en la espalda. Viró a la izquierda y bajó en perpendicular por la curva, dobló a la derecha en la base y de nuevo ascendió por la pared. Llegó a la cúspide de la cresta, se deslizó a lo largo del labio y volvió a lanzarse por la pendiente, retardando la velocidad para permitir que la espuma lo alcanzara. Se agazapó todo lo posible en la tabla hasta que el agua empezó a curvarse sobre su cabeza y se metió en el tubo de la ola. La cascada de agua la tenía a la izquierda, el espejo liso de la superficie, a la derecha. Deslizó los dedos de la mano libre por la pared verde como si fuese la aleta de un delfín, un cuchillo surcando el agua.

Como siempre, la cresta se fue cerrando sobre él hasta que el agua le dio en la cabeza y lo derrumbó. Nada grave. Dando tumbos entre la espuma, se relajó y se dejó arrastrar, tal como había aprendido hacía mucho, aguardando a que la ola pasara de largo y le diera tiempo de salir a la superficie y llenar otra vez los pulmones. Pero el agua es una amante voluble, indiferente a los esfuerzos del hombre. Notó que una correa se le tensaba alrededor del tobillo. Entre el caos de espuma, la tabla rebotó y se le clavó con fuerza en la pantorrilla. El impacto fue tan brutal como el golpe que Kris le había dado una vez con el mazo de croquet mientras jugaban en el patio trasero: un golpe que lo mandó a él al médico y a su hermana a su habitación. Kirk supo sin más que ya estaba arreglado para el resto del día.

Tocó la arena del fondo, consciente de que la siguiente ola monstruosa estaba a punto de aplastarlo. Se lanzó hacia la superficie para respirar, para tomar una bocanada de aire, y vio cómo se desplomaba sobre él una masa rugiente de dos metros de agua blanca. Se agachó bajo la ola, tanteó a ciegas el Velcro de la correa y se lo arrancó del pie para que la tabla fuera arrastrada hacia la orilla, lejos de su cuerpo.

Flotó a la deriva, sin sentir pánico pese al dolor de la pierna. Cuando volvió a notar la arena del fondo, ya estaba mucho más cerca de la playa y pudo apoyarse en un pie para sacar la cabeza. La siguiente ola lo acercó aún más a la orilla; luego vinieron otra y otra más. Salió del agua a rastras y llegó a la playa.

—Gilipollas —se dijo a sí mismo. Se sentó sobre la arena; tenía un corte tan profundo en la pierna que se veía el tejido blanco entre la carne desgarrada y la sangre que salía a borbotones. Iba a necesitar unos puntos, eso seguro. En una ocasión, recordó, cuando tenía trece años, un chico llamado Blake se llevó un golpe similar con su propia tabla y lo sacaron inconsciente del agua. El impacto lo había recibido en el maxilar y se pasó meses sometido a un tratamiento de reconstrucción dental. Esta herida no era ni mucho menos tan grave, y él ya se había hecho unos cuantos chichones en su momento, pero ese trozo de pantorrilla arrancada bien merecía una medalla al valor, un «corazón púrpura».

—¿Estás bien? —Ben Wu había salido del agua, después

de recoger la tabla suelta de Kirk. —¡Joder! —exclamó al ver el corte—. ¿Quieres que te lleve al hospital?

—No. Mi padre está por aquí. Ya me lleva él.

—¿Seguro?

El chico se puso de pie.

—Sí, sí. —Sentía dolor, y la sangre le resbalaba por la pierna, salpicando de gotas rojas la arena de Marte, pero rechazó a Ben con un gesto—. Todo controlado. Gracias.

Cogió la tabla y subió cojeando por el sendero hacia el aparcamiento.

—Necesitarás ahí unos cuarenta puntos de sutura —gritó Ben antes de volver a meterse entre las olas con su tabla.

Kirk notaba que la pantorrilla le palpitaba al ritmo de sus pulsaciones. Subió renqueante, arrastrando la correa de la tabla por la arena del sendero. Habían llegado otros bañistas, y más de la mitad del aparcamiento estaba lleno. Por suerte, su padre había estacionado cerca de la verja. Esperaba encontrárselo dentro de la caravana, charlando por teléfono frente a la mesa cubierta de documentos de trabajo. Pero cuando rodeó el vehículo, descubrió que la puerta trasera estaba cerrada. A su padre no lo veía por ninguna parte.

Dejó apoyada la tabla contra la puerta y se sentó en el parachoques para examinarse la pierna, que ahora parecía como una salchicha *kielbasa* que hubiera explotado. Si la tabla le hubiera golpeado un poco más arriba, podría haberle destrozado la rótula. Se sentía afortunado, aunque le convenía llegar a un servicio de urgencias lo antes posible.

Su padre debía de estar al otro lado de la autovía, comprando bebida o quizá una barrita proteínica, con la llave de la caravana en el bolsillo de su traje de neopreno. Kirk no quería cruzar la autovía cargado con la tabla, pero tampoco dejarla ahí en el aparcamiento para que se la llevara algún ladrón. Echó un vistazo en derredor para cerciorarse de que nadie miraba, se subió al parachoques con la pierna buena y

111

colocó la tabla sobre el techo de la caravana. Desde el suelo, no se veía nada. La correa había quedado colgando; la enrolló haciendo un ovillo embarullado y la lanzó también al techo. Ya había tomado suficientes precauciones, pensó, y se dirigió hacia la autovía.

Un gran arbusto le proporcionó un poco de sombra mientras aguardaba a que se abriera un hueco entre el tráfico matinal. Cuando se presentó la ocasión, se puso en marcha y cruzó renqueando los cuatro carriles. Echó un vistazo en el Subway y el Circle W a través de los cristales, pero no vio a su padre. La tienda de surf tenía más lógica. Quizá se estaba comprando un filtro solar. En el interior atronaba una música de *heavy metal*, pero no había nadie.

La última y quizá la mejor posibilidad era el Starbucks, que se hallaba al final de la serie de tiendas en dirección norte. En las mesas y bancos exteriores había clientes leyendo el periódico y trabajando en portátiles mientras tomaban café. Pero Frank no estaba entre ellos; y nadie le prestó atención ni hizo comentarios sobre su herida abierta. Entró en el local, confiando en encontrarlo allí y decidido a arrancarlo de su conversación telefónica para salir a toda prisa y recibir la atención médica necesaria. Pero tampoco estaba en el Starbucks.

—¡Madre Santa! —dijo la camarera al verlo ahí en medio, sangrando—. Caballero, ¿se encuentra bien?

—No es tan grave —respondió Kirk. Varios clientes levantaron la vista de sus cafés y sus portátiles, pero ninguno reaccionó.

—¿Llamo a emergencias? —preguntó la camarera.

—Ya me van a llevar al hospital. Mi padre. ¿No ha estado aquí un tal Frank, pidiendo un café largo con moca?

—¿Frank? —La mujer pensó un segundo—. Una señora ha pedido hace poco uno largo con moca y un descafeinado con leche de soja. Pero no recuerdo a ningún Frank.

El chico se dio media vuelta.

—Tenemos un maletín de primeros auxilios —dijo la mujer.

Afuera, recorrió con la vista el aparcamiento y la acera frente a las tiendas, pero seguía sin ver a su padre. Por si había mesas al otro lado del Starbucks, aunque era poco probable, dobló la esquina y echó una ojeada. Nada: ni mesas, ni Frank. Solamente varias plazas vacías bajo unos eucaliptos.

Había un único coche, un Mercedes, al otro lado del grueso tronco de un árbol. Kirk veía el morro y una parte del parabrisas. Distinguió unas tazas —un par— encima del salpicadero. Desde el asiento del copiloto, una mano masculina cogió una de las tazas: debía contener, dedujo, un café largo con moca, porque reconoció en el acto la correa negra del cronómetro de estilo militar de su padre, un reloj como el que ahora llevaba él en su propia muñeca. Las ventanillas del Mercedes estaban bajadas, lo que le permitió oír el gorjeo de una carcajada femenina junto con la risa ahogada de Frank.

El muchacho dejó de sentir el dolor de la pierna. Ya no le dolía nada mientras se acercaba al árbol y atisbaba la parte delantera del coche, así como la cara de una mujer, de larga melena negra, que sonreía a su padre. Este estaba vuelto hacia ella, de modo que Kirk solo le veía la nuca. Le oyó decir: «Será mejor que regrese». Pero no se movió. Por su tono tranquilo y relajado, estaba claro que no pensaba ir a ninguna parte.

Retrocedió muy despacio hasta la esquina, volvió al Starbucks y entró otra vez en el local.

En la pared opuesta a la entrada, los ventanales de las tres mesas del fondo daban a las plazas vacías situadas a la sombra de los eucaliptos.

Se acercó al ventanal y estiró el cuello. Vio a la mujer de la melena negra. Tenía el brazo apoyado en el hombro de Frank y jugueteaba con su pelo lleno de salitre. Él daba vueltas a la taza entre sus manos. Estaba sentado sobre una toa-

113

lla que cubría todo el asiento, como si su traje de neopreno aún no se hubiera secado. La mujer dijo algo y volvió a soltar una carcajada. Su padre se rio también. El chico raramente lo veía reír así, mostrando toda la dentadura, con la cabeza echada hacia atrás y los ojos entornados. Era como una película muda, porque el diálogo quedaba silenciado por los cristales del Starbucks. Kirk no oía nada más que un murmullo de dedos tecleando en los portátiles y las voces de los pedidos en el mostrador.

—¿Por qué no se sienta? —Era otra vez la camarera. Se llamaba Celia, según la chapa, y se aproximaba con un maletín metálico de primeros auxilios—. Al menos puedo ponerle una venda.

Obedeció, y ella le envolvió la pierna con una gasa, que enseguida se tiñó de rojo. Cuando volvió a echar otro vistazo por el ventanal, la mujer de la melena negra se estaba echando hacia delante con la boca entreabierta y la cabeza ladeada de ese modo universalmente conocido como el preludio de un beso. Su padre se inclinó hacia ella.

Kirk volvió a cruzar la autovía completamente aturdido, aunque se acordó de recoger la tabla del techo de la caravana. Bajó otra vez a Marte por el sendero. La zona de rompiente seguía llena de surfistas, aunque la marea alta estaba a punto de iniciar el largo retroceso hacia la línea de bajamar. Se sentó sobre la arena, junto a la tabla y el remo de su padre. Tenía la boca seca, la vista nublada, los oídos sordos al fragor de las olas. Miró el vendaje ensangrentado de su pantorrilla, recordando que se había hecho un profundo corte con su propia tabla... Pero ¿cuándo había sido? Parecía que hiciera semanas.

Despegó lentamente el esparadrapo que le rodeaba la pierna y desenvolvió la gasa manchada de rojo y la estrujó con una mano. Cavó un hoyo en la arena, un hoyo profundo, metió dentro el gurruño pegajoso y volvió a echar arena encima. La herida enseguida empezó a sangrar otra vez, pero él no hizo caso, ni tampoco del dolor ni de la hinchazón. Permaneció allí sentado, confuso, repentinamente enfermo, sintiendo ganas de llorar. Pero no lo hizo. Cuando su padre regresara, lo encontraría así, recuperándose de un accidente de surf, esperando a que terminara sus llamadas para que lo llevara al hospital y le pusieran cuarenta puntos al menos.

Nadie pasaba por su lado, ni saliendo del agua ni bajando del sendero desde el aparcamiento. Estuvo allí solo, deslizando los dedos por la arena como con un rastrillo, durante quién sabía cuánto tiempo. Le habría gustado tener un libro a mano.

—Pero, qué coño… —Frank se acercó a grandes zancadas mirando con los ojos muy abiertos la herida de su hijo—. ¿Qué te ha pasado en la pierna?

—Ha sido con mi propia tabla —le explicó Kirk.

—¡Joder! —Frank se arrodilló en la arena y examinó el corte—. Habrás pegado un buen grito.

—Ya lo creo.

—Herido en el frente de batalla.

—Un regalo de cumpleaños del carajo.

Frank se echó a reír, tal como se reiría cualquier padre al ver que su hijo se ha llevado un buen golpe y que él mismo le quita importancia bromeando con estoicismo.

—Bueno, vamos al hospital para que te lo limpien y te cosan la herida. —Recogió la tabla y el remo—. Te va a quedar una cicatriz muy sexy.

—Sexy a tope.

Siguió a su padre por el sendero, alejándose de la línea de surf y abandonando Marte por última vez, para siempre.

115

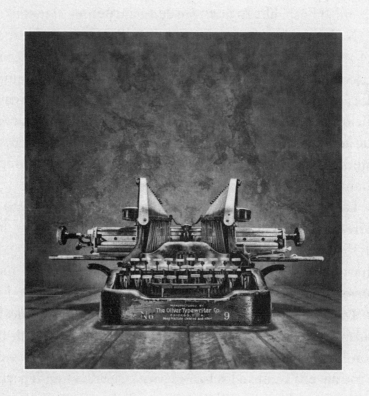

Un mes en Greene Street

*E*l 1 de agosto solo suele ser un día señalado porque es el inicio del octavo mes del año, en mitad del verano, y porque acaso sea el más caluroso de la historia registrada. Pero este año —córcholis— el día venía preñado de acontecimientos.

La pequeña Sharri Monk estaba segura de que iba a caérsele otro diente, había un eclipse lunar previsto a las 21:15 y Bette Monk iba a mudarse con sus tres hijos (con Sharri y sus dos hermanos: Dale, la mayor; Eddie, el menor) a una casa de tres habitaciones en Greene Street. Era un sitio tan pintoresco que Bette supo que se trasladaría allí nada más ver la foto en la lista de la agencia. Tuvo una visión —¡plop!— de sí misma y de los niños desayunando en la cocina: ella frente a los fogones, encargándose de la parrilla, preparando tortitas; los niños, vestidos con el uniforme escolar, acabando los deberes, peleándose para apurar los restos del zumo de naranja. La imagen mental resultaba tan nítida, tan detallada, que no le cupo la menor duda: esa casa de Greene Street —ah, con ese sicomoro gigante en el jardín— sería suya. De los cuatro.

Bette tenía visiones… ¿de qué otra forma podía decirse? No todos los días y nunca rodeada de una aureola, pero de repente captaba un destello y veía una imagen —¡plop!—, como la fotografía de unas vacaciones tomada mucho tiempo atrás, que contuviera en sí los recuerdos de todo lo sucedido antes y de cuanto había venido después. Cuando su marido, Bob Monk, había regresado un día del trabajo —¡plop!—, vio sin más ni más una instantánea a todo color: Bob haciendo manitas con Lorraine Conner-Smythe en el restaurante anexo al hotel Mission Bell Marriott. Lorraine hacía trabajos de consultoría para la empresa de Bob, de manera que ambos tenían muchas ocasiones de husmearse mutuamente. En ese nanosegundo, Bette descubrió que su matrimonio había pasado de aceptable a definitivamente concluido. ¡Plop!

Si hubiera tenido que echar la cuenta de todas las veces —ya desde niña— que había sufrido visiones parecidas y que luego se habían hecho realidad, habría podido amenizar una cena entera con multitud de ejemplos: la beca que habría de ganar cuatro años después de saber que existía, la habitación de la residencia que ocuparía en Iowa City, el hombre con el que se acostaría por primera vez (no fue Bob Monk), el vestido que llevaría en su boda (junto a Bob Monk), la vista del río Chicago de la que disfrutaría una vez superada la entrevista de trabajo en el *Sun-Times*, la llamada que presintió que iba a producirse la noche en que un conductor borracho atropelló a sus padres. Había sabido el sexo de sus hijos nada más ver el resultado de las pruebas de embarazo en el baño. La lista seguía y seguía. No es que ella les diera mucha importancia a esas visiones, ni que pretendiera poseer un don de clarividencia o una capacidad omnisciente. Creía que la mayoría de las personas tenían ese mismo tipo de visiones, pero que no se daban cuenta. Además, no todas las visiones se hacían realidad. Una vez, se vio a sí misma participando en el concurso televisivo *Jeopardy!*, y eso nunca había sucedido. Aun así, su índice de aciertos era absolutamente impresionante.

Como Bob se empeñó en casarse con Lorraine en cuanto su aventura fue descubierta, tuvo que pagar por ese privilegio asegurando la situación económica de su exmujer hasta que los niños fueran a la universidad y el período de pensión alimenticia se extinguiera. Adquirir la casa de Greene Street requirió hacer malabarismos con el banco, inspecciones exhaustivas y un depósito de seis meses, pero la escritura finalmente se firmó. Entre el jardín, el sicomoro, el porche delantero, todas esas habitaciones y el despachito adosado al garaje, aquello parecía la Tierra Prometida; sobre todo, después del estrecho apartamento de dos niveles en el que Bette había invertido primero su dinero y donde los cuatro habían vivido como gatitos en una caja de zapatos, amontonados unos sobre otros. ¡Ahora tenían un patio trasero amplio e inacabable! ¡Con un granado y todo! Ya veía a sus hijos —¡plop!— con las camisetas cubiertas de manchitas de color granate cuando llegara el mes de octubre.

Greene Street quedaba aislada y apenas había tránsito en ella, dejando aparte a los residentes, lo que la convertía en una calle segura para jugar. El 1 de agosto los niños suplicaron a los hombres de la mudanza que descargaran antes que nada sus bicis y el triciclo de Eddie para poder recorrer su nuevo territorio. Los empleados eran un grupo de mexicanos jóvenes que también tenían hijos, de modo que los complacieron de buen grado y observaron cómo jugaban despreocupadamente mientras ellos lo desembalaban y descargaban todo.

Bette se pasó la mañana practicando su español aprendido en secundaria, mandando las cajas a las habitaciones correctas y pidiéndoles que colocaran los muebles según su intuición: el sofá de cara al ventanal, las librerías junto a la chimenea… Hacia las once, Dale llegó corriendo con un par de niños rollizos de unos diez años, probablemente gemelos, ambos con la misma mirada tímida y hoyuelos a juego.

—¡Mami! Estos son Keyshawn y Trennelle. Viven dos casas más allá.

—Keyshawn. Trennelle —dijo Bette—. ¿Cómo estáis?

—Me han dicho que puedo almorzar con ellos.

Ella miró a los niños y preguntó:

—¿Eso es cierto?

—Sí, señora —dijo Keyshawn o Trennelle.

—¿Me has llamado «señora»?

—Sí, señora.

—Vaya, Keyshawn, tienes muy buenos modales. ¿O tú eres Trennelle?

Los niños dijeron sus nombres, señalándose a sí mismos. Como iban vestidos de modo distinto, no como gemelos de película, Bette podría distinguirlos fácilmente. Además, Keyshawn llevaba el pelo recogido en unas trencitas impecables, mientras que Trennelle iba rapado casi al cero.

—¿Qué hay de menú? —preguntó Bette.

—Hoy tenemos salchichas con alubias, señora.

—¿Y quién las prepara?

—La abuela Alice —le dijo Trennelle—. Nuestra madre trabaja en el AmCoFederal Bank. Nuestro padre trabaja para la Coca-Cola, pero a nosotros no nos dejan tomar Coca-Cola. Solamente los domingos. La abuela Diane vive en Memphis. No tenemos abuelos. Nuestra madre vendrá aquí, a su casa, cuando vuelva del trabajo y le traerá unas flores de nuestro jardín para darle la bienvenida. Nuestro padre también vendrá y le traerá Coca-Cola, si es que está permitido, o Fanta, si lo prefiere. No le hemos preguntado a la abuela Alice si hay suficiente comida para Eddie y Sharri, o sea que ellos no pueden venir.

—Mami, ¿sí o no? —Dale estaba a punto de explotar.

—Si tomáis alguna verdura con las salchichas y las alubias, diré que sí.

—¿Le parecen bien unas manzanas como verdura, señora? Tenemos manzanas verdes.

—Unas manzanas servirán, Trennelle.

Los tres niños salieron al galope de la casa, cruzaron el porche, bajaron los escalones, pasaron bajo las ramas colgantes del sicomoro y cruzaron el césped. Bette los observó el tiempo suficiente para comprobar que entraban por una puerta, cuatro casas más allá. Entonces llamó a gritos a Eddie y Sharri para que dejaran las bicis en el jardín y entraran a comerse los sándwiches que iba a preparar en cuanto encontrara los ingredientes.

Los tipos de la mudanza terminaron su trabajo y se fueron hacia las tres, dejándole a la dueña el placer de desembalar los enseres de la cocina y llevarlos directamente de la caja a los cajones o a los estantes. Ella no tenía esos aparatosos cachivaches útiles para una única tarea que Bob coleccionaba para cultivar su supuesta afición a la cocina. A ella nunca le había gustado cocinar; desde la ruptura, sin embargo, sus sencillas comidas habían adquirido algo más de sofisticación. Su crema de espinacas había logrado el prodigio de que los niños pidieran espinacas, y sus burritos de carne de pavo picada estaban rellenos de queso y alubias, pero no se deshacían al comerlos con las manos. Los niños se alegraron cuando su madre oficializó los martes como la «noche del pavurrito», y los esperaban todas las semanas con ilusión. Cuando las cajas estuvieron vacías y los estantes tuvieron un aspecto coherente, Bette encendió el único aparato de cocina que apreciaba de verdad: la máquina de café expreso. Ese armatoste fabricado en Alemania le había costado un millar de dólares predivorcio, ocupaba casi un metro cuadrado de encimera y contaba con tantos indicadores y válvulas como el submarino de *Das Boot*. A ella le gustaba tanto que con frecuencia lo saludaba por la mañana, diciendo: «Hola, muchachote».

Se sentó, al fin, en el sofá de la sala de estar, sosteniendo

121

una taza gigante de café con crema batida desnatada. El gran ventanal parecía una pantalla de cine que proyectara una película titulada *Ahora vivo aquí*. Una manada de niños entraba y salía del encuadre: o vivían en Greene Street, o habían convertido la casa en el cuartel general de la pandilla. Una niña de pelo rubio muy claro le inspeccionaba la boca a Sharri como si fuese una emisaria del Ratoncito Pérez emitiendo su veredicto por anticipado. Unos niños instalaron un soporte de Tee-ball y empezaron a jugar: uno bateaba con un bate de plástico y los demás atrapaban la pelota. Dale y otra niña se balanceaban sobre las ramas bajas del sicomoro. Keyshawn y Trennelle debían de tener una hermana: una niña con trenzas y un montón de hoyuelos, que estaba ayudando a Ed a montar en su bici de color rosa y corría a su lado mientras él se deslizaba por el césped de la casa de enfrente.

Ese jardín pertenecía a la familia Patel… ¿Era ese el apellido que había mencionado el agente inmobiliario? Un apellido indio, sin duda. Los Patel, seguramente, tenían un hijo cada once meses, a juzgar por los cinco críos de pelo negrísimo y tez morena que había afuera, cada uno idéntico a su hermano o su hermana, aunque un poco más bajito. Las hijas mayores de los Patel tenían móviles iPhone o Samsung, y no pasaba un minuto sin que los revisaran. Le sacaron un montón de fotografías a Eddie con la bici de color rosa.

Bette trató de contar a los niños, pero tal como sucedería con un banco de peces en un acuario gigante, la agitación constante de todos ellos se lo impedía. Quizá eran una docena los críos, de distintas tonalidades de tez, que andaban por ahí retozando, riendo y corriendo de un lado para otro.

«Me he mudado a las Naciones Unidas», musitó para sí. Eso, pensó, tenía que contárselo a Maggie, su amiga más antigua y la que la había asesorado durante todas las etapas de la ruptura de su matrimonio: desde aquel primer ¡plop!

hasta la confrontación con su desesperada infelicidad, pasando por la separación irrevocable, la búsqueda de un abogado, los tres años y pico de galimatías legal para obtener la disolución matrimonial y las largas noches de charla y vino tinto. Tenía el teléfono en el bolso, que había quedado en el suelo en medio del salón. Ya iba a levantarse para cogerlo cuando vio a Paul Legaris subiendo por su sendero de acceso.

Era un tipo maduro, vestido con unas holgadas bermudas y una desteñida camiseta roja con el logo arrugado de los Detroit Red Wings. Llevaba unas gafas un tanto angulosas que le daban un toque moderno para un hombre de su edad (unos ocho años más que ella, calculó). Calzaba chancletas; estaban en verano, al fin y al cabo, pero siendo como era un día laborable, ella dedujo que la falta de zapatos indicaba que estaba desempleado. Aunque a lo mejor trabajaba por las noches. O tal vez había ganado la lotería. ¿Quién sabía?

Paul llevaba una bolsa que contenía un jamón Honey-Baked; eso no era otro ¡plop! de Bette: la marca figuraba en la bolsa. A pesar de que la puerta estaba abierta de par en par —así había estado todo el día, con los empleados de mudanzas y los niños entrando y saliendo continuamente—, él llamó al timbre y añadió: «¿Hay alguien en casa?».

—Hola —dijo Bette saliendo al umbral.

—Paul Legaris. Soy el vecino de la puerta de al lado —se presentó.

—Bette Monk.

—Aunque no vengo en misión oficial —dijo él alzando la bolsa—, bienvenida.

Ella echó un vistazo al jamón HoneyBaked.

—¿Sabe?, llamándome Monk... —dijo, dejando la frase en el aire. Él la miró desconcertado, como un actor que ha olvidado su texto—. Yo podría ser una madre judía —añadió—. Y en ese caso un jamón sería...

123

—*Treif.* —Paul se sabía su diálogo, después de todo—. Un alimento prohibido.

—Pero no lo soy.

—Mejor. —Paul le tendió la bolsa y ella la cogió—. Cuando me mudé aquí, algún vecino me dejó uno así en la esterilla de la entrada y yo me alimenté con eso durante semanas.

—Gracias. ¿Puedo ofrecerle un café, a cambio? —En realidad no le apetecía pasar más tiempo con su vecino, un hombre soltero (había observado que no llevaba alianza) que, al vivir en la puerta de al lado, constituía ahora la única realidad imprevista e indeseada de su nueva vida en Greene Street. Aun así, tenía que ser educada.

—Muy amable de su parte —dijo él, quedándose en el porche, sin cruzar el umbral—. Pero en un día de mudanza ha de tener un millón de tareas pendientes.

Bette agradeció el rechazo. Era verdad: tenía un millón de cosas que hacer. Señaló con un gesto a la pandilla de niños.

—¿Alguno es suyo?

—Los míos viven con su madre. Ya los verá cuando me toque el fin de semana.

—Ya veo. Gracias por el regalo —dijo ella señalando la bolsa—. Quizá pueda preparar una sopa con el hueso cuando llegue el viernes.

—Que lo disfrute —dijo Paul, y se retiró—. Le va a ir bien en Greene Street. A mí me ha ido perfecto. Ah… —Se volvió y se acercó al umbral de nuevo—. ¿Tiene algún plan esta noche?

¿Tiene algún plan esta noche?

Bette había escuchado esas palabras demasiadas veces en los últimos años. «¿Tiene algún plan esta noche?» Dichas por hombres divorciados, solteros, sin compromiso, solitarios: tipos cuyos hijos estaban con su exmujer, que vivían en apartamentos y buscaban páginas de citas en línea para mantener relaciones intelectuales o románticas o sexuales. Tipos que le echaban un buen vistazo y pensaban: «¿Tendrá plan esta noche?»

¡Plop!

La visión: Paul al acecho en su ventana para ver cuándo aparca en el sendero de la casa contigua la divorciada y (todavía) atractiva Bette Monk. Cuando llega el momento, sale tranquilamente y se acerca con algún pretexto para charlar con ella: una carta que ha aparecido por error en su buzón, un comentario sobre un perro extraviado en el vecindario, una pregunta interesándose por el esguince de Eddie. Se entretiene demasiado tiempo, charlando ociosamente, dejando entrever en su expresión una profunda necesidad.

Ella procesó mentalmente la visión, esa primera mancha en el tejido impoluto de su nueva vida en Greene Street: el tipo de la puerta de al lado que anda buscando una mujer.

—Estoy muy liada con la casa —se excusó—. Tengo montones de cosas que hacer. —Dio un sorbo a su café.

—A eso de las nueve montaré mi telescopio —dijo Paul—. Esta noche hay un eclipse lunar parcial que alcanzará su punto máximo hacia las nueve y cuarto. Una preciosa sombra roja de la Tierra cubrirá más o menos la mitad de la Luna. No durará mucho, pero si quiere puede echar un vistazo.

—Ah —dijo Bette sin añadir más.

Paul bajó del porche y cruzó el césped con el ¡plis-plas! de sus chancletas, justo cuando llegaba Sharri mirando absorta algo que tenía en la mano, como un diminuto guijarro blanco.

—¡Mira, mamá! —gritó la niña. Tenía un poco de sangre en los dedos—. ¡Mi diente!

A la luz declinante de esa primera tarde, la calle fue enmudeciendo a medida que la gente se iba dispersando para cenar. Bette les dio a los niños unas lonchas de jamón, y una ensalada de lechuga y tomates que habían resistido la mudanza desde el apartamento. Un rato antes, Darlene Pitts, la madre de Keyshawn y Trennelle, le había llevado una cesta de flores de su propio jardín, con una tarjeta que decía: «¿Quieres ser mi vecino?». Mientras charlaban en el porche, el marido, Harlan, se presentó con dos botellas grandes de Sprite y Diet Sprite. Entre los dos informaron a Bette sobre algunos vecinos.

—Los Patel tienen unos nombres de pila que me dislocan la lengua —bromeó Harlan—. Yo los llamo señor y señora Patel.

—Irrfan y Priyanka —aclaró Darlene fulminando con la mirada a su marido—. Y tampoco te morirías por aprender los nombres de sus hijos.

—Pues mira, igual sí.

Este era el tipo de gente que le gustaba a Bette.

Darlene recitó de carrerilla los nombres.

—Ananya, Pranav, Prisha, Anushka y el pequeño Om.

—Om, vale —dijo Harlan.

Los Smith —esa casa de allí— repartían a montones los albaricoques de su árbol. Los Ornonas —la casa de allá— tenían una lancha que nunca la sacaban del sendero. La familia Bakas, la del caserón blanco y azul, montaba unas fiestas impresionantes cada Pascua griega y, si no asistías, te reprochaban tu ausencia durante el resto del año. Vincent Crowell estaba a todas horas conectado con su aparato de radioaficionado. La suya era la casa con una antena descomunal en el tejado.

—Y Paul Legaris es profesor de Ciencias en Burham. La universidad. Tiene dos chicos mayores. —Informó Harlan—. Dicen que el mayor se alistará en la Marina.

—Ah, un profesor —dijo Bette—. De ahí el calzado.

—¿Cómo? —preguntó Darlene.

—Nos ha traído un jamón en chancletas. En sus pies, quiero decir; no en los del jamón. He pensado que un hombre calzando chancletas en un día laborable, estaba...

—¿A sus anchas? —sugirió Harlan.

—No. Desempleado.

—No hay clases en agosto. —Harlan suspiró—. Envidio a un hombre que puede andar en chancletas en un día como hoy.

¡Plop! Bette vio a Paul en un campus, entre clases, sentado en un banco del patio, rodeado de alumnas, chicas guapas que tenían a Legaris en Introducción a la Biología y para las cuales él siempre disponía de tiempo. Seguro que una de esas alumnas sentía debilidad por los hombres maduros con puestos de responsabilidad; o eso esperaba Paul Legaris.

La cálida noche veraniega impulsó a los niños a salir de nuevo a Greene Street mientras su madre lavaba los platos y subía, a continuación, a buscar las sábanas y a hacer las camas. Desde la ventana de la habitación que compartían Dale y Sharri, vio a Paul sacando de su garaje un gran tubo —el telescopio del que le había hablado— usando una carretilla de fabricación casera y ayudado por varios niños. Al caer del todo la oscuridad, Bette había conectado su altavoz Bluetooth con el teléfono móvil, de manera que Adele pudiera brindarle un luctuoso fondo musical a la tarea de ordenar los estantes y desenredar las perchas. Todavía estaba organizando los cajones del aparador cuando oyó que uno de sus hijos entraba dando un portazo y subía ruidosamente la escalera.

—¿Mami? —gritó Ed entrando en la que iba a ser su habitación—. ¿Me puedo construir un telescopio?

—Me parece admirable tu valor.

—El profesor Legaris se construyó su propio telescopio, y es alucinante lo que puedes ver con él.

—¿El profesor, eh?

—Sí. El hombre que vive aquí al lado. Su garaje está lleno de cosas alucinantes. Guarda un montón de cables y herramientas en un mueble raro de madera de varios módulos. Tiene tres televisiones viejas, con botones a los lados, y una máquina de coser que funciona pedaleando. —Eddie saltó sobre su cama—. Me ha dejado mirar el cosmos, o lo que sea, con su telescopio. Y he visto la Luna y una especie de sombra del Sol que la tapaba en parte.

—Yo no soy profesora, pero me parece que es la sombra de la Tierra.

—Ha sido superdivertido. Si mirabas solo con el ojo, parecía como si estuvieran recortando una rodaja de la Luna, pero a través del telescopio veías la parte recortada, aunque de color rojo. Y también los cráteres y todo lo demás. Él mismo construyó el telescopio con sus propias manos.

—¿Cómo se construye un telescopio?

—Coges un pedazo redondo de vidrio y lo pules mucho tiempo hasta dejarlo reluciente; luego lo pones al final de un tubo, como los de las alfombras. Entonces compras esas cosas de las mirillas.

—¿Lentes?

—«Opticales», creo que las llama. Da una clase sobre cómo construir tu propio telescopio. ¿Puedo hacerme uno?

—Si encontramos uno de esos tubos de alfombra...

Los niños se acostaron tarde aquella primera noche en Greene Street, aunque después de toda la energía empleada en correr de aquí para allá se quedaron fritos de inmediato. Antes de que se le olvidara, Bette se apresuró a dejar tres dólares bajo la almohada de Sharri a cambio de su diente: el Ratoncito Pérez estaba forrado.

Concluido al fin el día, Bette Monk abrió una botella de tinto, llamó a Maggie y le habló de todos los niños del vecindario, de los Pitts, de la conexión con la Coca y, por supuesto, de su visión de Paul Legaris.

—¿Cómo es que tienes tan mala suerte con los hombres?

—No es mi mala suerte. Son los hombres. Son todos tan tristes, tan obvios. Se mueren de ganas de que llegue una mujer para definirlos.

—Se mueren de ganas de follarte. Y ahí lo tienes, en la puerta de al lado. Si aparece la próxima vez oliendo a colonia supervaronil, echa el cerrojo. Es que va a por ti.

—Espero que se dedique a las alumnas. A las ayudantes. A las chicas de las hermandades femeninas.

—Esas podrían lograr que lo echaran. El divorciado cachondo que se muda a la casa de al lado suele acabar metido en líos legales. Quizá esté enfocando ahora mismo tus ventanas con unos prismáticos.

—Lo único que verá serán las cortinas de Star Wars de Eddie. Mi habitación queda al otro lado de la casa.

Mientras agosto se arrastraba perezosamente hacia la canícula, Bette evitó el contacto con su vecino de al lado. No quería volver a oírle decir: «¿Tiene algún plan esta noche?». Cuando llegaba con el coche, escrutaba Greene Street buscando algún signo de Paul Legaris. En una ocasión, él estaba en su jardín y la saludó al verla entrar en el sendero, gritando: «¿Qué tal?».

«¡Todo perfecto, gracias!», dijo, y se metió rápidamente en casa, como si estuviese muy atareada, cuando en realidad no tenía nada que hacer. En otra ocasión, él estaba mirando cómo jugaban los niños del vecindario con una pelota, y ella sacó el teléfono móvil y fingió que atendía una llamada mientras entraba en casa. Paul la saludó agitando el brazo, pero Bette se limitó a hacer un gesto de cabeza. Por las noches, temía que sonara el timbre y que apareciera recién duchado, oliendo a colonia Creed y preguntando si tenía algún plan, si le apetecería ir a cenar a la Old Spaghetti Factory.

Había aceptado una vez esa propuesta de su dentista. Pero el tipo resultó ser un narcisista tan pelmazo que decidió cambiar su póliza de atención dental. En torno a esa época declaró un alto el fuego en la «guerra de las citas», y ahora estaba totalmente decidida a mantener su nueva vida en Greene Street libre de ataduras y exenta, por tanto, de desastres.

Al final, los niños veían a su vecino más que ella. Paul estaba lavando su coche un viernes por la tarde (¿quién lava el coche un viernes por la tarde?) cuando Bob pasó a recogerlos para llevárselos durante su fin de semana. Bette le enseñó a su exmarido la planta baja de la nueva casa mientras los niños preparaban sus bolsas de viaje, y luego contempló cómo se apretujaban todos en el coche. Paul se les acercó porque Eddie quería presentarle a su padre al tipo que enseñaba el cosmos en la universidad. Los dos hombres charlaron más rato del necesario, le pareció a Bette. Cuando Bob y los niños se alejaron, el vecino volvió a su garaje y siguió lavando el coche. Aunque no tuvo ninguna visión de la charla que habían mantenido, Bette se preguntó si los dos hombres no habrían estado cambiando impresiones sobre… bueno, sobre ella.

Al día siguiente, se quedó en la cama hasta muy tarde, disfrutando de un sábado por la mañana sin los niños. Descalza, vistiendo leotardos y una sudadera ligera de algodón, bajó la escalera de la silenciosa casa.

—¡Eh, muchachote! —Se preparó su elixir matinal y salió al patio trasero antes de que el sol asomara por encima del tejado y el calor se volviera excesivo. Había cogido el iPad. Tenía la impresión de que hacía años que no lo usaba en ninguna parte salvo en la cama. Se sentó en una silla Adirondack de plástico bajo el árbol del patio, repasó los números atrasados del dominical del *Chicago Sun-Times* y después, mientras se entretenía más tiempo de la cuenta en la web del *Daily Mail*, oyó un ruido: ¡cloc, cloc, cloc, cloc, cloc!

Un pájaro carpintero estaba dando la lata en alguna parte. ¡Cloc, cloc, cloc, cloc, cloc!

Escrutó las ramas de los árboles, tratando de divisar al pájaro, pero no vio nada. ¡Cloc, cloc, cloc, cloc, cloc!

—De cinco en cinco —dijo, contando los «cloc».

Examinó el exterior de la casa y se alegró al comprobar que el pájaro no estaba dañando el revestimiento para buscar insectos; entonces volvió a oírlo: ¡cloc cloc cloc cloc cloc!

El ruido sonaba por detrás de la cerca, en el patio trasero de Paul Legaris. Era una cerca bastante alta (incluso en Greene Street, una buena cerca garantiza unos buenos vecinos), y tapaba completamente la vista de la parcela contigua, aparte de las ramas de los árboles. No se veía ni rastro del señor Cabeza de Chorlito ahí arriba, pero el ¡cloc, cloc, cloc, cloc, cloc! seguía sonando, lo cual despertó su curiosidad. Como quería saber lo grande que era ese pajarraco, acercó la silla a la valla y se subió encima con la esperanza de verlo.

¡Cloc cloc cloc cloc cloc!

Paul mantenía limpio y ordenado su patio trasero y contaba con un huerto provisto de rodrigones e irrigación por goteo. Un viejo arado, herrumbroso y necesitado de un caballo, yacía en un trecho de hierba, al lado —cosa incongruente— de una serie de paneles solares. Hacia el fondo del patio, lejos de la terraza, había una enorme barbacoa de ladrillo y una de esas hamacas con soporte propio que venden por correspondencia.

¡Cloc, cloc, cloc, cloc, cloc!

Paul en persona estaba sentado ante una mesa de pícnic de secuoya bajo un toldo inclinado. Ya iba con su uniforme habitual: unas bermudas holgadas, una camiseta tipo polo y aquellas chancletas. Sostenía las gafas, excesivamente modernas, en lo alto de la cabeza, y se encorvaba muy concentrado sobre un artilugio que parecía fabricado en el siglo xix.

¡Cloc, cloc, cloc, cloc, cloc!

131

El artilugio era una máquina de escribir, aunque no se parecía a ninguna de las que Bette conocía. Era antiquísima, como de la época victoriana: un aparato de impresión mecánica con martillitos arqueándose sobre una hoja enrollada en el carro. Paul pulsaba una tecla cinco veces: ¡Cloc, cloc, cloc, cloc, cloc!, añadía una gota de aceite en las palancas interiores de la máquina y repetía la operación.

¡Cloc, cloc, cloc, cloc, cloc!

Así era como Paul Legaris podía arruinarte una apacible mañana en Greene Street: revisando una máquina de escribir de pacotilla sacada de alguna novela de Julio Verne.

¡Cloc, cloc, cloc, cloc, cloc!

—Córcholis —musitó Bette. Volvió adentro a por otra dosis de cafeína y se quedó allí, mirando su iPad en la relativa calma de la mesa de la cocina, aunque todavía oía el tableteo amortiguado del procesador de textos acorazado de su vecino.

Esa tarde, mientras el sol abrasador convertía Greene Street en una sartén, Bette se puso a hablar por teléfono con Maggie.

—O sea que tiene telescopios y máquinas de escribir por toda la casa. Me gustaría saber qué más —se preguntó Maggie.

—Tostadoras antiguas. Teléfonos de disco. Tinas con escurridor. ¿Quién sabe?

—He estado mirando en las páginas de citas de la web y no he encontrado su nombre.

—¿Vecinosiniestro.com? ¿Aguafiestas2.0? —Bette estaba mirando por el ventanal cuando un coche desconocido se detuvo al otro lado de la calle: un coche coreano de un rojo de esmalte de uñas. Un joven, el conductor, se bajó, así como una chica algo menor, sin duda su hermana. Mientras cruzaban en diagonal, hacia la puerta de la casa vecina, Bette advirtió que el chico caminaba igual que Paul Legaris.

—Alerta roja —le dijo a Maggie—. Adivina quién acaba de aparecer.

—¿Quién?

—Estoy segura de que son los vástagos del Profesor Solitario. El hijo y la hija.

—¿Llevan tatuajes o sandalias?

—No. —Observó a los chicos, buscando signos de rebeldía juvenil o de extravagancia—. Parecen normales.

—Lo normal es un mito.

La chica soltó un gritito y corrió hacia la puerta de la casa. Paul Legaris había salido y los dos se encontraron en mitad del jardín. Ella lo agarró del cuello y lo tiró por el césped, riendo. El chico se sumó a la gresca: dos jóvenes revolcándose con un padre al que obviamente no habían visto desde hacía tiempo.

—Quizá tendré que llamar a emergencias. Preveo una luxación de hombro —opinó Bette.

Esa noche, Bette, Maggie y las hermanas Ordinand quedaron para cenar en un café mexicano construido con ladrillo de ceniza y decorado con lámparas de papel: un local tan auténtico que no se atrevían siquiera a probar el agua, aunque sí los margaritas. La noche abundó en risas e historias sobre exmaridos, antiguos novios impresentables y hombres que carecían tanto de sentido común como de cordura. La charla, divertida y descarada, se centró en gran parte en Paul Legaris, y no precisamente para elogiarlo.

Cuando un conductor de Lyft la dejó en Greene Street, había oscurecido hacía un par de horas y el telescopio de Paul se hallaba otra vez montado en el jardín delantero. Su coche no se veía en el sendero; eran sus hijos los que se dedicaban a explorar el firmamento. Mientras caminaba directamente hacia su casa, Bette oyó que el hijo la saludaba.

—Buenas noches —dijo simplemente.

133

Ella hizo un gesto con la cabeza y emitió una especie de «Nasnoches», pero no se detuvo.

—¿Quiere ver las lunas de Júpiter? —Era la chica la que preguntaba—. Justo en mitad del cielo y más chulas que nada.

—No, gracias.

—¡Pues se pierde un espectáculo impresionante! —La chica hablaba con el mismo tono que Dale, un tono abierto y amigable, propenso a entusiasmarse por las pequeñas cosas.

—¿Esta noche no hay eclipse? —Bette ya estaba sacando las llaves del bolso.

—No, los eclipses son infrecuentes. Pero Júpiter está visible todo el verano —dijo la chica—. Yo soy Nora Legaris.

—Hola. Bette Monk.

—¿La madre de Dale, Sharri y Eddie? Papá dice que sus hijos son la monda. —La chica se acercó, entrando en el sendero—. Usted ha comprado la casa de los Schneider, que se mudaron a Austin, los muy afortunados. Este es mi hermano —dijo señalando hacia el telescopio—. Dile tu nombre a la señora Monk.

—Lawrence Altwell-Chance Delagordo Legaris, Séptimo —dijo el chico—. Pero puede llamarme Chick.

Bette parecía confusa, tan confusa como una mujer con tres margaritas encima, como así era.

—¿Chick?

—O Larry. Es una larga historia. ¿Quiere ver lo que vio Galileo hace siglos? Cambió el curso de la historia.

Rechazar esa invitación, salir huyendo y refugiarse en su casa habría sido una grosería impropia de Greene Street. Nora y Chick eran encantadores. Así pues, respondió:

—Bueno, dicho así, supongo que debería.

Cruzó el límite de su parcela y entró en territorio Legaris, su primera visita desde que había llegado. Chick se apartó del telescopio, ofreciéndoselo.

134

—Contemple Júpiter —dijo.

Ella acercó el ojo a la lente que había en el extremo abierto del tubo de alfombra.

—Procure no mover el telescopio. Habría que volver a ajustarlo.

Parpadeó. Sus pestañas rozaban el cristal de la lente. No entendía lo que estaba mirando.

—No veo nada.

—Chick —suspiró Nora—. No puedes decir «contemple Júpiter» sin tenerlo enfocado.

—Disculpe, señora Monk. Déjeme ver. —El chico miró a través de un telescopio mucho más pequeño adosado al enorme tubo de alfombra. Hizo unos ajustes, moviendo arriba y abajo, a derecha e izquierda—. Ahora sí, ahora está de rechupete.

—Espero que esta vez pueda contemplar Júpiter —dijo Nora.

Con el ojo tan pegado a la lente que podría haberla manchado de rímel, Bette no vio nada al principio, pero luego distinguió un punto de luz. Júpiter. Y no solo Júpiter, sino también sus cuatro lunas situadas en línea recta: una a su izquierda y tres a su derecha, y todas con una asombrosa nitidez.

—¡Córcholis! —gritó—. ¡Se ve de maravilla! ¿Eso es Júpiter?

—El rey de los planetas y las lunas jovianas —aseguró Chick—. ¿Cuántas ve?

—Cuatro.

—Igual que Galileo —terció Nora—. Él colocó dos trozos de vidrio en un tubo de cobre, lo apuntó hacia el objeto más brillante del firmamento italiano y vio exactamente lo que usted está viendo. Así acabó de golpe y porrazo con la teoría de Ptolomeo del universo. Lo cual lo metió en un buen aprieto.

135

Bette no podía dejar de mirar. Nunca había contemplado el cosmos ni había visto otro planeta con sus propios ojos. Júpiter era espectacular.

—Pues espere a ver Saturno —dijo Chick—. Con anillos y lunas y toda la pesca.

—¡Enséñamelo! —Bette estaba de repente fascinada con las vistas celestiales.

—No puedo —le explicó Chick—. Saturno no sale hasta primera hora de la mañana. Si quiere poner el despertador a las cinco menos cuarto, quedamos aquí y lo enfocaré para que lo vea.

—¿A las cuatro cuarenta y cinco? Ni hablar. —Bette se apartó del telescopio y de las lunas jovianas—. Y ahora explícame lo de Chick.

Nora se echó a reír.

—Abbott y Costello. El flaco se llamaba Chick en una de sus películas. Nosotros la vimos como mil veces; yo empecé a llamar así a mi hermano, y Chick acabó imponiéndose.

—Mejor que La-La-La-Larry Le-Le-Legaris.

—Ya veo —dijo Bette—. Yo me llamaba Elizabeth, igual que otras siete niñas de mi curso. —Volvió a contemplar Júpiter a través del telescopio y se maravilló una vez más de su imagen espectacular.

—Ahí viene el viejo. —Nora miró los faros del coche de su padre, que se acercaba por Greene Street. A Bette se le pasó por la cabeza salir corriendo hacia su casa, pero hacer una cosa así sería una falta de respeto tan obvia que rechazó ese impulso de huida.

—¿Qué hacéis en mi césped, gamberros? —dijo Paul bajándose del coche. Otro hombre, un pelirrojo no mucho mayor que Chick, se bajó por el lado del copiloto—. No se lo digo a usted, Bette. Hablo con estos dos bribones.

Nora se volvió hacia Bette.

—Papá suele utilizar palabrejas como «bribones». Siento que haya tenido que presenciarlo.

—Este es Daniel —dijo Paul, señalando al joven pelirrojo, que, según observó Bette, era muy, muy flaco; tal vez estaba desnutrido. Iba vestido con unas ropas que parecían nuevas pero no de su gusto, porque saltaba a la vista que no estaba cómodo con ellas. Los chicos se saludaron y Bette dijo hola.

—¿Tienes enfocado a algún grandullón? —Paul contempló el planeta gigante—. Daniel, ¿has visto Júpiter alguna vez?

—No. —Sin otro comentario, el aludido se acercó al enorme tubo y miró por el extremo—. Vaya —dijo inexpresivamente.

—Bette, ¿usted ha echado un vistazo? —preguntó Paul.

—Sí. Me ha hecho exclamar «córcholis». —Bette miró a Nora—. Siento que hayas tenido que presenciar ese momento.

—«Córcholis» está bien —opinó la chica—. Un comodín superlativo. Como «bestial» o «superguay»,

—O «de fábula» —dijo Chick.

—O «abracadabrante» —intervino Paul.

—O «de puta madre» —dijo Daniel. De nuevo, inexpresivamente.

Nadie supo qué decir a continuación.

137

El tal Daniel pasó unos días en casa de los Legaris. Bette oía hablar a los dos hombres por las mañanas. El sonido de sus voces le llegaba a través de la cerca del patio trasero. Los veía marcharse juntos por las tardes, hacia las siete; y luego, una noche, el escuálido pelirrojo desapareció. Greene Street volvió a convertirse en un lugar lleno de bicis, pelotas y niños jugando, ahora con más ganas que nunca, porque se acercaba el inicio de las clases. El fin del verano se percibía de pronto en el ambiente, se volvía palpable.

La última noche de agosto, llevó a los niños a tomar *pizza* a un local que estaba repleto de máquinas recreativas. A la vuelta, después de semejante alboroto, su calle venía a ser como un remanso de paz. Los niños Patel estaban jugando con una manguera en el jardín, y Eddie y Sharri se unieron a la fiesta. Dale entró en casa. Bette se entretuvo fuera, bajo una brisa fresca y deliciosa que mecía las hojas del sicomoro. Casi sin darse cuenta, sacó de la caja un trozo de la *pizza* sobrante y, apoyándose en las ramas bajas, lo mordisqueó.

No había ni rastro de Paul Legaris. Su coche no estaba en el sendero; así pues, se sentía relajada en aquel tranquilo ambiente de Greene Street, aunque algo culpable porque ya iba por la cuarta porción de *pizza* de *pepperoni*, cebolla y aceitunas. Mientras tiraba el fino cerco de la corteza entre la hierba —algún pájaro lo encontraría enseguida—, creyó ver un insecto enorme en mitad del sendero de su vecino.

Estuvo a punto de soltar un ¡puaj! horrorizado —habría podido tratarse de una araña gigante—, pero después se dio cuenta de que no era más que un juego de llaves caído en el suelo, justo donde solía estar aparcado el coche de Paul.

Se hallaba ante una especie de dilema: ¿qué debía hacer una buena vecina? Debía recoger las llaves, guardarlas hasta que él regresara y llamar entonces a la puerta para devolvérselas. Si las llaves en efecto eran suyas, como cabía suponer, le ahorraría la angustia de una búsqueda infructuosa. Eso era lo que haría cualquiera, pero —¡plop!— Paul se alegraría tanto de recuperar las llaves que se empeñaría en compensarla con una cena que él mismo se encargaría de cocinar. «¿Qué tal si hago unas costillas en la barbacoa del patio trasero con una salsa que preparo con mi propia receta?»

Bette no quería llegar a ese punto. La solución más sencilla sería pedirle a Eddie que le devolviera las llaves. Cuando Paul regresara, su hijo saldría corriendo y se las entregaría, y ella estaría metida en casa y no habría más que añadir.

Se agachó y recogió las llaves. Había un mando a distancia con el logo de la Universidad de Burham, un par de llaves de casa y otras dos de tipo industrial con números de serie grabados, una llave de candado de bicicleta y —el objeto más voluminoso de la anilla— una ficha de póquer de plástico sujeta por un orificio practicado en el reborde.

La ficha estaba muy gastada, con el cerco dentado casi liso. Había sido de color rojo, pero ahora estaba salpicada de zonas descoloridas. En el centro, todavía visible, había un gran número «20». Tal vez Paul había ganado veinte pavos en alguno de esos casinos de la frontera que imitaban un barco fluvial. O tal vez esa ficha era lo que quedaba de una apuesta de dos mil dólares. Le dio la vuelta y vio una inscripción en el dorso: «NA» Eran letras exóticas y estilizadas, como las de un tatuaje, y estaban inscritas en un cuadrado inclinado sobre un vértice, igual que un rombo. A la luz declinante del atardecer, observó que había una leyenda en la zona libre de la ficha; pero estaba demasiado gastada y resultaba ilegible, aparte de algunas letras aisladas: una «g» por aquí, una «oc» y algo que parecía «vice» («vicio»), pero que también podría haber sido «roit» («paja»), o «ribs» («costillas») o cualquier palabra de cuatro letras.

Al otro lado de la calle, los niños estaban jugando a *punchball* contra la puerta del garaje de los Patel. Bette se llevó las llaves con la intención de guardarlas hasta que pudiera encargarle a Eddie la misión de devolverlas.

Dale estaba en la sala de estar con su portátil, viendo vídeos de hípica en YouTube.

—¿Estás ocupada? —le preguntó su madre. Dale no respondió—. ¡Eh, hijita! —dijo chasqueando los dedos.

—¿Qué? —dijo Dale sin levantar la vista.

—¿Puedes buscarme una cosa en Google?

—¿Qué cosa?

—Esta ficha de póquer. —Le mostró el llavero.

—¿Quieres que busque fichas de póquer?

—Esta ficha de póquer.

—No me hace falta Google. Es una ficha de póquer.

—¿De dónde procede?

—De una fábrica de fichas de póquer.

—Te voy a tirar el llavero por la cabeza si no me buscas esta ficha en Google.

La niña soltó un suspiro, miró a su madre, luego el llavero y la ficha de póquer, y puso los ojos en blanco.

—¡Vale! Pero ¿puedo terminar este vídeo?

Bette le mostró los detalles de la ficha a su hija —el rojo desteñido, el número «20», el «NA» del dorso y las otras letras medio borradas—, y le dejó el llavero mientras iba a lavarse las manos, porque aún tenía grasa de la *pizza*. Estaba cargando el lavavajillas cuando Dale la llamó con un grito desde la sala.

—¿Qué? —respondió ella.

Su hija entró en la cocina con el portátil.

—Tiene que ver con narcóticos.

—¿El qué? —Bette estaba poniendo la cubertería en el estante superior del lavavajillas.

—La ficha de póquer —dijo Dale mostrándole a su madre una serie de imágenes en el portátil—. «NA» quiere decir Narcóticos Anónimos. Como Alcohólicos Anónimos, pero para narcóticos. He buscado «fichas póquer con NA», me ha salido una web, he buscado imágenes y aquí están.

Bette tenía ante sus ojos una ficha idéntica a la del llavero. Con las letras «NA» inscritas en un rombo y las palabras *Self, God, Society, Service* («Ser, Dios, Sociedad, Servicio») en los espacios libres.

—Las dan para celebrar que te has mantenido «sobrio» —explicó Dale—. O sea, que no has consumido drogas. A partir de treinta días en adelante.

—Pero aquí pone veinte. —¿Qué demonios hacia Paul Legaris con una ficha de Narcóticos Anónimos?

—Creo que significa veinte años. ¿Dónde has encontrado estas llaves?

Bette titubeó. Si el vecino tenía algo que ver con drogas o con Narcóticos Anónimos, no quería que su hija se enterase de nada, al menos hasta que ella se informara mejor.

—Me las he encontrado por ahí.

—¿He de buscar algo más en Google? ¿Fichas de Monopoly?, ¿reglas del póquer?

—No. —Bette siguió cargando el lavavajillas.

Al terminar, llamó a Maggie.

—Sí, claro. Narcóticos Anónimos —dijo su amiga—. AA para los borrachos. CA para los cocainómanos. Hay un anónimo para cada cosa.

—¿NA es para yonquis?

—Desde luego no es para los narcolépticos, esos que van durmiéndose por todas partes. —A Maggie le picaba la curiosidad—. ¿Estás segura de que las llaves son suyas?

—No, pero estaban en su sendero de acceso. Así que vamos a suponer, lo cual nos convierte a las dos en unas pécoras…

—Los tipos que están en programas de rehabilitación siempre se acuestan con alguien del programa. Sarah Jallis tenía una sobrina que se casó con un chico al que había conocido en un grupo de AA. Aunque creo que después se divorciaron.

—Si Paul Legaris es un NA, o lo ha sido durante veinte años, me gustaría saber por qué exactamente.

—Bueno. —Maggie guardó silencio—. Supongo que las drogas tendrían algo que ver.

Eddi y Sharri entraron al cabo de una hora en casa, bien mojados después de jugar con la manguera de los Patel. Una hora después, los tres niños estaban bañados y sentados frente a la PlayStation, viendo una película en

HD. Bette estaba en la cocina con su iPad, recorriendo una web tras otra de Narcóticos Anónimos. No oyó que llamaban a la puerta.

—El profesor Legaris está aquí —le dijo Eddie entrando en la cocina. Bette miró a su hijo sin reaccionar—. En la puerta.

Ahí estaba, en efecto, en el porche, frente al umbral; vestía vaqueros y camisa blanca y calzaba náuticos de cuero. Ella cerró un poco la puerta a su espalda, para amortiguar el sonido de la película.

—Hola —lo saludó.

—Disculpe que la moleste. ¿Podría pasar por su patio trasero para llegar al mío?

—¿Por qué?

—Porque soy un cabeza hueca y me quedado fuera de casa sin llaves. Creo que la puerta corredera del patio trasero está abierta. Saltaría por mi propia cerca, pero tendría que aterrizar sobre los cubos de basura.

Ella lo miró, miró al hombre que le había llevado un jamón HoneyBaked hacía un mes: el que lavaba su coche los viernes y pensaba que sus hijos eran la monda, el vecino que construía telescopios y arreglaba máquinas de escribir antiguas. ¡Plop! Paul Legaris está en un círculo de hombres y mujeres, todos ellos sentados en sillas plegables. Escucha a Daniel, el pelirrojo esquelético, que habla de la época en la que consumía heroína. Paul asiente, reconociendo su propio comportamiento de hace veinte años.

—Espere un momento —dijo Bette.

Volvió al cabo de unos segundos con el llavero en la mano.

—Mis llaves —murmuró él—. ¿Me ha birlado las llaves? Qué increíble.

—Estaban tiradas en su sendero. He pensado que eran un insecto enorme, pero no.

—Se me deben de haber caído sin que me diera cuenta. Otro olvido que añadir a la lista. No tenía ni idea de dónde las había perdido, muchas gracias.

—Dé las gracias a Greene Street y a su política de buena vecindad. —Ese habría sido el momento de cerrar el paso a cualquier comentario adicional con el vecino de la casa de al lado, el tipo que andaba en chancletas y al que había estado evitando desde que se había instalado allí. Pero se sorprendió a sí misma formulando una pregunta—: ¿Qué ha sido de ese tal Daniel, el pelirrojo de vocabulario peculiar?

Paul ya estaba dando media vuelta, pero se detuvo y la miró.

—Ah, Danny. —Se calló un momento—. Está en Kentucky.

—¿En Kentucky? ¿Es de allí? —Ella se apoyaba en la puerta con una actitud cómoda y despreocupada. Se sentía relajada pese a que Paul estaba en el umbral, cosa que nunca había experimentado desde aquel primer «¿Tiene algún plan esta noche?»

—Él es de Detroit. Encontró un trabajo en Kentucky y ha decidido aceptarlo durante tres meses, si todo va bien. Espero que no crease problemas mientras estuvo en mi casa.

—No, no. Yo tenía ganas de darle un sándwich para que engordara un poco.

—Sí. Danny debería comer mejor. —Paul retrocedió otra vez, marchándose ya.

—¿Sabe? —añadió Bette—. Antiguamente los pelirrojos como él eran considerados demonios. Por el color del pelo.

Paul se echó a reír y afirmó:

—Tiene sus propios demonios, pero como cualquiera de nosotros.

Ella dirigió la mirada hacia las llaves que Paul tenía en la mano, hacia la ficha de póquer que celebraba veinte años de sobriedad, dos décadas sin consumir drogas. Hizo un cálculo mental. Chick Legaris tenía al menos veintiún años, así que debía de ser un bebé cuando su padre tocó fondo, cuando inició su travesía desde aquel lugar hasta esa noche de agosto.

En esa fracción de segundo, se sintió aún más segura de que ella y los niños habían encontrado el lugar adecuado en Greene Street.

—Gracias por ahorrarme un montón de molestias —dijo Paul sacudiendo las llaves.

—*De nada*[7] —dijo Bette, y miró cómo se alejaba.

Ya estaba volviendo a entrar en casa cuando —¡plop!— se vio a sí misma en su cocina, en plena madrugada, a varias horas del alba, mientras los niños todavía dormían.

—Hola, muchachote —le dice a la máquina mientras prepara su café con leche y, en otra taza, un capuchino doble con un toque de crema batida.

A continuación, llevando ambas tazas, sale por la puerta principal, baja los escalones del porche, cruza el césped y pasa por debajo de las ramas de su sicomoro.

Paul Legaris ha montado el telescopio en el sendero de acceso a su casa. El instrumento apunta hacia la parte oriental del cielo azul oscuro de Greene Street.

Saturno está saliendo en ese preciso momento. A través de la lente, el planeta de los anillos es algo prodigioso, un espectáculo de fábula, abracadabrante, más chulo que nada.

144

7. En español, en el original.

Alan Bean y cuatro más

Viajar a la Luna fue mucho menos complicado este año de lo que lo había sido en 1969, como demostramos nosotros cuatro (aunque a nadie le importe un bledo). Veréis, mientras nos tomábamos unas cervezas frescas en mi patio trasero, con la luna creciente asomando por el oeste como la delicada uña de una princesa, le dije a Steve Wong que si yo lanzara, digamos, un martillo con la fuerza suficiente, dicha herramienta trazaría un bucle de ochocientos mil kilómetros, rodeando esa luna, y volvería a la Tierra como un bumerán, ¿a que era fascinante?

Dado que Steve Wong trabaja en Home Depot, tiene muchos martillos a mano y se ofreció a malgastar unos cuantos. Su compañero de trabajo MDash, que había acortado su nombre de pila como un rapero famoso, se preguntó cómo podría uno atrapar un martillo al rojo vivo que cayera a mil seiscientos kilómetros por hora. Anna, que dirige su propio estudio de diseño, dijo que no habría nada que atrapar, porque el martillo ardería como un meteorito. Y tenía razón. Además, ella no se tragaba la simplicidad de mi idea: ese lanzamiento cósmico de ida y vuelta. Anna siempre pone en duda la autenticidad de mis programas espaciales. Dice que me paso la vida perorando, que si las misiones Apolo patatín, que sí el aterrizaje lunar Lunojod patatán, y que he empezado a inventarme los detalles para parecer un experto. Y también en esto tiene razón.

Como yo guardo toda mi «no ficción» en un lector digital Kobo de bolsillo, saqué de inmediato un capítulo de *Ni hablar, Ivan: Por qué la Unión Soviética perdió la carrera hacia la Luna*, escrito por un profesor exiliado que tenía motivos personales en la discusión. Según él, a mediados de los años 60 los soviéticos esperaban superar el Programa Apolo con una misión-bucle como la descrita, sin órbita ni alunizaje, pero obteniendo las fotos y el derecho a jactarse de haber sido los primeros. Así pues, mandaron un Soyuz no tripulado con (al parecer) un maniquí con traje espacial. Pero salieron tantas cosas mal que no se atrevieron a intentarlo de nuevo; ni siquiera con un perro. *Kaputnik*.

Anna es una mujer delgada y elegante como un junco, y más resuelta que ninguna otra con la que yo haya salido (durante tres semanas agotadoras). Ella vislumbró ahí un desafío. Quería triunfar donde los rusos habían fracasado. Sería divertido. Iríamos todos, dijo, y ya no hubo más que hablar. Pero ¿cuándo? Yo propuse que programáramos el despegue coincidiendo con el aniversario del Apolo 11, el vuelo espacial más célebre de la historia, pero no era posible porque Steve Wong tenía una intervención dental la tercera semana de julio. ¿Qué tal en noviembre, cuando el Apolo 12 alunizó en el Océano de las Tormentas, un acontecimiento ahora olvidado por el 99,999% de la población de la Tierra? Anna tenía que ejercer de madrina en la boda de su hermana la semana inmediatamente posterior a Halloween. Así que al final la mejor fecha para la misión resultó ser el último sábado de septiembre.

Los astronautas de la era Apolo se habían pasado miles de horas pilotando aviones a reacción y sacándose títulos de ingeniería. Tuvieron que ensayar la evacuación de la nave, para el caso de un desastre en la plataforma de despegue, deslizándose por unos largos cables que iban a parar a un búnker acolchado a tope. Tuvieron que aprender incluso a manejar reglas de cálculo. Nosotros no hicimos nada de todo eso, aunque sí llevamos a cabo una prueba de vuelo con nuestro cohete el 4 de julio, en la enorme explanada de acceso de Steve Wong en Oxnard. Gracias a los fuegos artificiales de la celebración, confiábamos en que nuestro módulo no tripulado pasara desapercibido mientras surcaba los cielos. Misión cumplida. El cohete atravesó la Baja California y ahora mismo gira alrededor de la Tierra cada noventa minutos y (quiero dejarlo claro para información de las múltiples agencias del Gobierno), probablemente arderá sin causar daños al volver a entrar en la atmósfera dentro de unos doce o catorce meses.

MDash, que nació en una aldea de la región subsahariana, tiene un cerebro prodigioso. Siendo un estudiante transferido a la escuela secundaria Saint Anthony Country Day y aunque tenía unos conocimientos mínimos de inglés, obtuvo el Premio al Mérito en el concurso de Ciencias al desarrollar un experimento sobre materiales ablativos, que ardió en llamas para regocijo de todo el mundo. Dado que disponer de un escudo térmico eficaz es una condición implícita en la expresión «volver sin percance a la Tierra», MDash se encargaba de esa parte y de todos los aspectos pirotécnicos, incluidos los pernos explosivos para la separación modular. Anna se ocupó de los cálculos, las proporciones carga-potencia, la mecánica orbital, las mezclas de combustible y las fórmulas: ese tipo de cosas que yo fingía conocer, pero que en realidad me dejan totalmente descolocado.

Por mi parte, aporté a la misión el módulo de mando, un estrecho esferoide con forma de faro, fabricado en su día por un rico magnate de accesorios de piscina que estaba decidido a entrar en el negocio aeroespacial privado para sacarle un montón de pasta a la NASA. El hombre había muerto mientras dormía antes de cumplir los noventa y cuatro años, y su esposa (la cuarta) y viuda accedió a venderme la cápsula por

149

cien pavos, aunque yo habría estado dispuesto a pagar incluso el doble. La buena mujer se empeñó en mecanografiar un recibo con una vieja máquina de escribir de su marido, una gigantesca Royal Desktop verde, que era una de las muchas que coleccionaba, aunque sin hacerles ningún mantenimiento, pues las tenía amontonadas y criando óxido en un rincón del garaje. La mujer escribió: DEBERÁ HACERSE CARGO DEL PRODUCTO EN CUARENTA Y OCHO HORAS, así como: NO SE ADMITEN DEVOLUCIONES / SOLO EFECTIVO. A la cápsula le puse de nombre *Alan Bean*, en honor al piloto del módulo lunar del Apolo 12, el cuarto hombre que caminó por la Luna y el único al que yo había visto en persona: concretamente en un restaurante mexicano de la zona de Houston en 1986. Él estaba pagando en la caja, tan desapercibido como un ortopeda calvo, cuando yo exclamé: «¡Madre Santa! ¡Usted es Al Bean!». Él me firmó un autógrafo y dibujó encima un diminuto astronauta.

Como íbamos a viajar los cuatro alrededor de la Luna, tuve que ganar espacio dentro del *Alan Bean* y eliminar peso. Nosotros no dispondríamos de un centro de mando que nos diera órdenes, de modo que arranqué todos los sistemas de comunicación. Reemplacé los pernos, tornillos, bisagras, clips y conectores con cinta adhesiva (a tres pavos el rollo en Home Depot). Nuestro retrete contaba con una cortina de ducha para preservar la intimidad. Yo había oído de una fuente autorizada que una visita al lavabo en condiciones de ingravidez requiere que te desnudes y que dediques media hora, o sea que, sí, la intimidad era clave. Reemplacé también la escotilla exterior y su abultado cerrojo de evacuación por una tapa de acero aleado que tenía una gran ventanilla y una llave de cierre automático. En el vacío, la propia presión del aire en el interior del *Alan Bean* cerraría la tapa herméticamente. Simple física.

Basta que anuncies que vas a volar a la Luna para que

todo el mundo dé por supuesto que pretendes aterrizar en ella, plantar la bandera, dar saltos de canguro sufriendo una gravedad seis veces menor y recoger piedras para llevártelas a casa. Nosotros no íbamos a hacer nada de eso. Íbamos a volar *alrededor* de la Luna. Aterrizar es una historia totalmente distinta. Y en cuanto a salir y pisar la superficie... bueno, ya el mero hecho de escoger quién de los cuatro saldría primero y se convertiría en la decimotercera persona que dejaría su huella allá arriba hubiera provocado tanta mala sangre que nuestra tripulación se habría disuelto mucho antes de que diera comienzo la cuenta atrás. Y seamos sinceros, el tripulante escogido habría sido Anna de todas formas.

Ensamblar los tres módulos de la nave *Alan Bean* llevó dos días. Cargamos barritas de cereales y agua en botellas con dosificador, y bombeamos el oxígeno líquido para los dos módulos de propulsión y los compuestos hipergólicos para el encendido del motor translunar: el minicohete que nos impulsaría en nuestro encuentro lunar. Todo el mundo en Oxnard acudió a la explanada de acceso de Steve Wong para echarle una ojeada al *Alan Bean,* aunque nadie sabía quién era Alan Bean ni por qué le habíamos puesto su nombre al cohete. Los niños nos suplicaban que les dejáramos atisbar el interior de la nave, pero nosotros no teníamos ninguna póliza de seguros. ¿A qué están esperando? ¿Van a despegar pronto? Ante cada merluzo dispuesto a escuchar, yo me explayaba sobre ventanas de lanzamiento y trayectorias, mostrándoles en mi aplicación MoonFaze (gratuita) cómo debíamos cruzar la órbita de la Luna exactamente en el momento indicado, o de lo contrario la gravedad lunar... ¡Ah, demonios! ¡Es lo que tiene la Luna! ¡Apunta tu cohete hacia ella y ya puedes montar un espectáculo!

ϒ

Veinticuatro segundos después de apartar la torre, nuestro primer módulo rugía a tope y la aplicación Max-Q (0,99$) indicaba que estábamos sometidos a una presión 11,8 veces superior a nuestro peso al nivel del mar, aunque tampoco necesitábamos nuestros iPhone para darnos cuenta de eso. Nosotros... estábamos... luchando... para respirar... mientras Anna... gritaba... «¡Aparta... de mi pecho!». Pero no había nadie sobre su pecho. Es más: ella estaba encima de mí, aplastándome como te aplastaría un fornido delantero de fútbol subido en tu regazo. ¡Buuum!, hicieron los pernos explosivos de MDash, y el segundo módulo entró en combustión tal como estaba previsto. Al cabo de un minuto, una nube de polvo, varias monedas y un par de bolígrafos flotaron por detrás de nuestros asientos, indiciando —¡eh!— ¡que habíamos alcanzado nuestra órbita!

La ingravidez es tan divertida como os imagináis, pero resulta molesta para algunos viajeros espaciales, que sin ningún motivo aparente se pasan sus primeras horas ahí arriba vomitando, como si se hubieran excedido en el cóctel previo al lanzamiento. Es una de esas cosas que la NASA nunca hace públicas y que tampoco aparecen en las memorias de los astronautas. Después de tres órbitas alrededor de la Tierra, y mientras terminábamos de repasar las tareas para nuestra infiltración translunar, el estómago de Steve Wong se asentó por fin. En algún punto sobre África, abrimos las válvulas del motor translunar, los hipergólicos obraron su magia química y —¡pumba!— salimos disparados hacia la Luna a una velocidad de escape de unos once kilómetros por segundo, mientras la Tierra se volvía más y más pequeña vista por la ventanilla

Los americanos que fueron a la Luna antes que nosotros disponían de unos ordenadores tan primitivos que ni siquiera podían recibir correos electrónicos ni utilizar Google para solventar discusiones. Los iPad que nosotros llevábamos tenían algo así como 70.000 millones de veces más capacidad que los sistemas de comunicación de la era Apolo; y resultaban mucho más prácticos, sobre todo durante los tiempos muertos de nuestro largo recorrido. MDash usó su reloj para ver la última temporada de *Girls*. Nos sacamos cientos de *selfies* viéndose la Tierra por la ventanilla; y lanzando una pelota de pimpón por encima del asiento central, jugamos un torneo de tenis de mesa sin mesa, que ganó Anna. Yo puse los propulsores de orientación en modo pulsátil, haciendo virar y cabecear el *Alan Bean* para observar las escasas estrellas que resultaban visibles bajo la luz pura del sol —Antares, Nunki, el cúmulo globular NGC 6333—, ninguna de las cuales titila cuando estás ahí arriba, entre ellas.

La operación crucial en el espacio translunar es atravesar la equigravisfera (EQS), una frontera tan invisible como la línea internacional de cambio de fecha, pero que para el *Alan Bean* venía a ser como el Rubicón. En este lado de la EQS, la gravedad de la Tierra tiraba de nosotros hacia atrás, ralentizando nuestro avance, y nos ordenaba volver a casa, al entorno favorable a la vida donde hay agua, atmósfera y un campo magnético. Una vez cruzada esa frontera, la Luna nos agarraría y nos envolvería en su antiquísimo abrazo plateado, susurrándonos —¡rápido, rápido!— que nos apresurásemos a contemplar maravillados su esplendorosa desolación.

En el preciso momento en que alcanzamos el umbral, Anna nos premió con una grulla de papel de aluminio, confeccionada con la técnica *origami*, que todos nos pegamos en la camisa como si fueran galones de piloto. Yo puse el *Alan Bean* en «control térmico pasivo, giro barbacoa», y nuestra nave avanzó hacia la Luna girando a la vez alrededor de un espetón invisible para repartir equitativamente el calor del sol. Luego atenuamos las luces, tapamos con una sudadera la ventanilla para evitar que la luz solar entrara en la cabina, y nos pusimos a dormir, cada uno acurrucado en un confortable rincón de nuestro pequeño cohete espacial.

Cuando explico que he visto la cara oculta de la Luna, la gente suele decirme: «Querrás decir la cara oscura», como si yo hubiera caído bajo el hechizo de Darth Vader o de Pink Floyd.[8]

En realidad, ambos lados de la Luna reciben la misma cantidad de luz solar, aunque en horarios distintos.

Dado que la Luna estaba en cuarto creciente para los de casa, tuvimos que esperar a que se iluminara la parte sombreada del otro lado. En esa oscuridad, sin la luz del Sol, y con la Luna tapando el reflejo de la Tierra, giré el *Alan Bean* de modo que la ventanilla mirase hacia fuera para contemplar una panorámica del continuo espacio-tiempo infinito, digna de un IMAX: las estrellas brillaban sin parpadear en sutiles matices del rojo-naranja-verde-azul-índigo-violeta; toda nuestra galaxia se extendía hasta donde alcanzaban nuestros ojos abiertos de par en par, y una alfombra azul diamantina se recortaba sobre un fondo negro que habría resultado terrorífico si no hubiera sido tan fascinante.

Luego apareció la luz, encendiéndose como si MDash hubiera pulsado un interruptor. Volví a manipular los mandos, y ahí abajo, a nuestros pies, apareció la superficie de la Luna. ¡Ooooh! Espectacular hasta un extremo que desborda la palabra: un lugar escabroso que desataba «¡ooooh!» continuos y una admiración sobrecogida. La aplicación LunaTicket (0,99$) nos mostraba cómo cruzábamos el satélite de sur a norte, pero nosotros, mentalmente, estábamos como perdidos en el espacio. La superficie lunar

8. En inglés, en vez de «la cara oculta» se dice «la cara oscura de la luna», *the dark side of the moon*, título de un célebre disco de Pink Floyd.

parecía tan informe como una bahía arrasada por el viento y cubierta de polvo grisáceo, hasta que logré identificar el cráter Poincaré en la guía *Así es la Luna* de mi Kobo. El *Alan Bean*, a ciento cincuenta y tres kilómetros de altura, volaba a una velocidad superior a la de una bala, y la Luna se deslizaba tan deprisa a nuestros pies que ya se nos estaba acabando su cara oculta. El cráter Oresme tenía unas rayas blancas, como trazadas con los dedos. El Heaviside mostraba arroyos y depresiones, como aluviones fluviales. Surcamos el cráter Dufay justo por la mitad en un recorrido de las seis a las doce en punto. El empinado reborde parecía una cuchilla afilada. El Mare Moscoviense, a gran distancia a babor, era una versión en miniatura del Océano de las Tormentas, donde hacía cuatro décadas y media el auténtico Alan Bean había pasado dos días explorando, recogiendo rocas y sacando fotos. Qué tipo más afortunado.

Como nuestros cerebros podían asimilar solo una parte del espectáculo, nuestros iPhone se encargaron de grabarlo todo. Yo dejé de nombrar lo que se veía, aunque reconocí el cráter Campbell y el D'Alembert, grandes cráteres conectados por el pequeño Slipher, justo cuando estábamos a punto de regresar a casa cruzando el polo norte lunar. Steve Wong había programado una banda sonora para el momento de la aparición de la Tierra, pero tuvo que reiniciar el Bluetooh en el Jambox de Anna y a punto estuvo de llegar tarde. MDash gritó: «¡Dale al PLAY, dale al PLAY!» en el preciso momento en que un trazo de vida azul y blanco —una porción de todo aquello que hemos hecho, de todo lo que hemos sido en la historia— rasgaba el oscuro cosmos por encima del dentado horizonte. Yo me esperaba algo clásico: Franz Joseph Haydn o George Harrison, pero fueron las notas de «El círculo de la vida», de *El rey león*, las que acompañaron la salida de nuestro planeta natal por encima de la luna de yeso. ¿En serio? ¿Una canción de Disney? Y sin embargo, ¿sabéis qué?, ese

155

ritmo y ese coro y el doble sentido de la letra me provocaron un nudo en la garganta y me dejaron sin habla. Las lágrimas saltaron de mis ojos y se juntaron con las de los demás, que ya flotaban por el interior del *Alan Bean*. Anna me dio un abrazo, como si aún fuera su novio. Lloramos. Todos lloramos. Vosotros habríais hecho lo mismo.

Descender hacia nuestro punto de partida fue un tremendo anticlímax, pese a la (nunca comentada) posibilidad de que nos abrasáramos al entrar en la atmósfera como un satélite-espía obsoleto de los años 60. Por supuesto, estábamos la mar de contentos por haber realizado el viaje y llenado a tope la memoria de nuestros iPhone con iPhotos. Pero empezaron a surgir preguntas sobre lo que íbamos a hacer a nuestro regreso, aparte de colgar algunas imágenes alucinantes en Instagram. Si vuelvo a tropezarme con Al Bean, le preguntaré cómo le ha ido la vida desde que cruzó dos veces la equigravisfera. ¿Sufre accesos de melancolía en las tardes silenciosas, mientras el mundo gira en piloto automático? ¿Me entrará la depre de vez en cuando, porque no hay nada tan maravilloso como cruzar Duffay justo por la mitad? Está por ver, supongo.

—¡Ahí va! ¡Es Kamchatka! —gritó Anna, mientras nuestro escudo térmico se desintegraba en millones de cometas del tamaño de un grano. Estábamos descendiendo sobre el círculo ártico, y la gravedad, de nuevo al mando, dictaba que todo lo que sube debe bajar, incluidos nosotros. Cuando se disparó el paracaídas, el *Alan Bean* nos sacudió a base de bien y dio lugar a que el Jambox se soltara de su sujeción adhesiva y le diera un porrazo a MDash en la frente. Cuando amerizamos frente a las costas de Oahu, le manaba un reguero de sangre de una fea herida en el entrecejo. Anna le lanzó su pañuelo, porque… a ver si adivináis lo que no se nos había ocurrido llevar a la Luna. Para que lo sepa cualquier lector que planee imitarnos: tiritas.

En «posición estable 1» —o sea, cabeceando en el mar, en lugar de habernos desintegrado y convertido en plasma—, MDash activó las bengalas de rescate que había colocado bajo el sistema de expulsión del paracaídas. Yo abrí la válvula del ecualizador de presión un poquito tarde, y —¡ay!— los gases nocivos del combustible sobrante quemado entraron por succión en la cápsula, lo que nos dejó el estómago todavía más revuelto (que ya lo estaba bastante a causa del mareo en alta mar).

Una vez que la presión de la cabina se igualó con la del exterior, Steve Wong consiguió desenroscar la escotilla principal, y la brisa del océano Pacífico entró con un suave silbido, como un beso de la Madre Tierra; pero debido a lo que resultó ser un fallo garrafal de diseño, ese mismo océano Pacífico irrumpió en nuestra pequeña nave. El segundo viaje histórico del *Alan Bean* iba a ser, por lo visto, al palacio de Neptuno. Anna, pensando a toda prisa, sostuvo en alto nuestros artilugios Apple, pero Steve Wong perdió su Samsung (¡el Galaxy!, ¡ay!), que desapareció en la bodega inferior mientras el nivel del agua nos obligaba a abandonar la nave.

El barco del Kahala Hilton, lleno de submarinistas practicando esnórquel, nos sacó del agua. Los que hablaban inglés nos decían que olíamos fatal; los extranjeros se mantenían alejados de nosotros.

Horas más tarde, ya duchado y con ropa limpia, me estaba sirviendo una ensalada de frutas de un decorativo cuenco en forma de canoa, en el bufé del hotel, cuando una señora me preguntó si yo había estado en esa cosa que había caído del cielo. Sí, le dije; había ido hasta la Luna y había vuelto sano y salvo al hosco abrazo de la Tierra. Como Alan Bean.

—¿Quién es Alan Bean? —inquirió ella.

Noticias de nuestra ciudad, por Hank Fiset

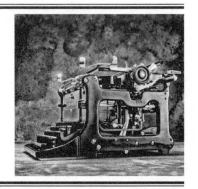

DE GARBEO POR LA GRAN MANZANA

¡NUEVA YORK! De garbeo yo solo durante tres días, porque mi mujer me dejó que la acompañara a la ciudad mientras ella celebraba el vigésimo quinto encuentro con las chicas de su hermandad universitaria Gotta Getta Guy. No había estado en la isla de Manhattan desde que representaban *Cats* en Broadway ni las teles de los hoteles eran de alta definición.

* * *

BUENO, ¿QUÉ HAY DE NUEVO en Nueva York? Demasiado si conservas recuerdos entrañables del lugar, pero muy poco si la Ciudad Desnuda te deja la sensación de, bueno, de estar *desnudo*. Yo creo que Nueva York queda mejor en la tele y en las películas,

donde basta silbar para parar un taxi y los superhéroes siempre acaban triunfando. En el mundo real (el nuestro) cada día en Gotham es un poco como el desfile del Día de Acción de Gracias de Macy's y un mucho como la zona de recogida de equipajes tras un largo y abarrotado vuelo.

* * *

SALIR A PATEARSE la Gran Ciudad enseguida es un requisito imprescindible, sobre todo si tu señora se lleva el historial crediticio de la familia a todas esas grandes tiendas con un único nombre: Bergdorf's, Goodman's, Saks, Bloomie's, ninguna de las cuales es mejor que nuestra Henworthy's, que lleva abierta en la Sép-

159

tima y Sycamore desde 1952. Para mi nivel adquisitivo (cada vez menor) esos establecimientos de lujo cobran demasiado por un simple bolso de marca. Pero hay que reconocerle a New York, New York, que caminar por esas calles es un espectáculo en sí mismo. O sea, ¿a dónde va toda esa gente?

* * *

¿A CENTRAL PARK, QUIZÁ?

Ese gran rectángulo de follaje contiene más músicos que la East Valley High School Marching Band, aunque cada uno actúa por su cuenta. Todos esos saxofonistas, trompetistas, violinistas, acordeonistas y al menos un intérprete japonés de samisen compiten con el músico muerto de hambre que toca a pocos metros, formando entre todos una especie de tocata y fuga funky que arruina la relativa calma del parque. Si a eso le añades centenares de corredores, marchadores y ciclistas serios, un número igual de vagos, turistas con bici alquilada, triciclos con pasajeros, caballos y carruajes que consiguen que el par-

que apeste como un zoo de mascotas, acabas echando de menos nuestro parque Spitz Riverside, que tiene menos vistas de postal, cierto, pero cuyas ardillas trimetropolitanas parecen mucho más felices. Yendo a pie, cruzas el parque desde las calles del East Side, donde se alzan las antiguas mansiones de los magnates, hasta las avenidas del West Side, atestadas de locales de Starbucks, the Gap y Bed, Bath & Beyond. ¿Acaso me había ido a meter en nuestro propio centro comercial Hillcrest en Pearman? Daba esa impresión, sí, pero ¿dónde estaba el baño?

* * *

NO CARECE DE MAGIA la Metrópolis, también conocida como Nueva York, he de reconocerlo. Cuando el sol se oculta detrás de los rascacielos y deja de abrasar el asfalto, es agradable descansar en una terraza con un buen cóctel en la mano. Ahí es cuando la ciudad yanqui tiene todo el encanto de nuestro Patio Bar y Asador Country Market. Me senté a una mesa y, dando sorbos, observé cómo desfilaba todo un mundo de neoyorquinos excéntricos. Vi a un hombre que llevaba a un gato sobre los hombros, turistas europeas con unos pantalones ceñidísimos, una brigada de bomberos que llegó con su camión, se metió en un bloque de apartamentos y salió al rato hablando de un detector de humos defectuoso; vi también a un hombre que iba haciendo rodar por la calle un telescopio de fabricación casera, al actor Kiefer Sutherland pasando de largo y a una mujer con un gran pájaro blanco en un hombro. Espero que no se tropezara con el tipo del gato.

* * *

UNA ENSALADA CÉSAR es el test infalible en el hotel de cualquier restaurante. ¡Tomen nota! Nuestro Sun Garden/Red Lion Inn del aeropuerto sirve una auténtica maravilla, pero en el restaurante de Times Square —cena antes del teatro con esposa y compañeras (todavía atractivas) de universidad—, mi ensalada

estaba mustia y el aliño demasiado ácido. *¡Al cuerno, César!* En cuanto pagué la cuenta, las chicas se fueron a ver la producción de Broadway *Chicago*, que es como la película, pero sin primeros planos. Yo no entiendo mucho de musicales, pero apostaría a que lo que vieron esa noche no era mucho mejor que la producción de *Roaring-Twenty Somethings* del Departamento de Arte Dramático del Meadow Hills Community College, que se representó en el Festival de Teatro del American College el año pasado. ¿La Gran Vía Blanca[9] supera lo mejor de la Tri-Cities? No, en opinión de este reportero.

* * *

SI TIENES HAMBRE y te mueres por una salchicha de Fráncfort, las venden por todo Manhattan: en las esquinas, a cada paso en el parque y en las estaciones de metro, junto con zumo de papaya. Ninguna de esas salchichas supera un buen perrito caliente del

9. Broadway.

161

Butterworth's Hot Dog Emporium de Grand Lake Drive. Un *bagel* en Manhattan despierta una veneración religiosa, ya se sabe; pero la cafetería Crane's West Side sirve unos panecillos de levadura realmente divinos a los habitantes de Tri-Cities. También se habla mucho de la *pizza* al estilo New York, New York, pero yo prefiero gastar mi dinero en una porción de Lamonica's Neopolitan, y, además, reparten en un área de quince kilómetros alrededor de cada una de sus catorce sucursales. Y hablando de comida italiana, el Anthony's Italian Cellar, en Harbor View, tiene la misma autenticidad que cualquier garito de Little Italy, y sin asesinatos de la mafia.

* * *

¿ALGO QUE TENGA NUEVA YORK y de lo que nosotros carezcamos en nuestra Tri-Cities? No gran cosa, pues la tele nos ofrece todos los deportes y los medios del mundo, e Internet nos proporciona lo demás. Reconozco que la multitud de museos de Manhattan es estupenda, impresionante, maravillosa, etcétera. Poder entrar en, pongamos, un antiguo templo de Dendur o en una sala llena de huesos de dinosaurio ensamblados justifica la excursión, incluso si has de compartirla con escolares de todo el estado y turistas de todo el mundo. Yo dediqué a los museos un día entero cuando las mujeres reservaron tratamientos faciales, masaje y pedicura (también conocidos como remedios para la resaca). Vi cuadros que nunca comprenderé, una «Instalación» que no era más que una habitación llena de muestras de moqueta hechas trizas, y una escultura que parecía un enorme, herrumbroso y abollado refrigerador. *Ars Gratia Artis* (El arte por el arte), rugía el león de la MGM.

* * *

MI ÚLTIMO MUSEO fue ese sitio de Arte Moderno, donde vi una película que no era más que una muestra de cómo pasa el tiempo: sí, en serio, un montón de relojes antiguos haciendo tic-tac y de gente mirando sus relojes de pulsera. Aguanté diez minutos. En el piso de arriba, había un lienzo blanco con un tajo de cuchillo en medio. Una luz azul coloreaba la base de otro lienzo, cuya parte superior se volvía de color azul oscuro. En el hueco de la escalera tenían un helicóptero de verdad colgado del techo, como un pajarraco inmovilizado en pleno vuelo. En lo alto de la escalera, un par de máquinas de escribir italianas (una versión grande y otra pequeña del mismo modelo) se hallaban expuestas tras un cristal como si estuvieran incrustadas de piedras preciosas. ¡Y de eso nada! Ni siquiera debían de tener más de cincuenta años de antigüedad. No pude evitar pensar que nuestra Tri-Cities podría reunir una colección de máquinas usadas para exponerlas y cobrar entrada. El local vacío de la fábrica de jamón Baxter's, de Wyatt Boulevard, está disponible. ¿Hay alguien con suficiente espíritu cívico para ponerse manos a la obra en ese proyecto?

163

¿Quién es quién?

Era un lunes por la mañana de principios de noviembre de 1978 y, tal como todos los días durante los últimos seis meses, Sue Gliebe ya estaba levantada y fuera del apartamento antes de que sus compañeras se despertaran siquiera. Rebecca estaba dormida a dos metros del suelo, en la litera de la sala de estar, y Shelley probablemente seguía descompuesta tras la puerta cerrada del único dormitorio del apartamento.

Sue se había duchado deprisa y sin ruido en la reducida bañera, que tenía un tubo de goma adosado al grifo. El chorro de agua salía sin fuerza, a ratos tibio y a ratos tan ardiente como la superficie del planeta Mercurio. Desde que había llegado a Nueva York, aún no había logrado sentirse limpia de verdad, y el cuero cabelludo empezaba a picarle. Se vistió en medio del vapor del diminuto baño, se puso los zapatos que habían quedado bajo el sofá de la sala, donde había dormido, se colocó en bandolera su gran bolso de cuero y cogió el paraguas que se había comprado el viernes. Se acercaba otra tormenta, según las noticias, pero ella estaba preparada: había pagado cinco dólares a uno de los muchos hombres que aparecían con cajas de paraguas en cuanto las nubes se cargaban de lluvia. Salió con el mayor sigilo posible y cerró la puerta, asegurándose de que sonaba el clic del cerrojo. En una ocasión había olvidado comprobarlo, y Shelley le había echado un airado sermón sobre los peligros de dejar una puerta abierta en Nueva York. Que no sonara el clic era un fallo grave.

Sus dos compañeras habían acabado mirándola como a una especie de apestada a la que había que esquivar. Aunque, en realidad, ellas no eran sus compañeras de piso, sino sus anfitrionas, y conseguían que se sintiera tan bienvenida como un parásito abdominal. Rebecca había estado muy simpática el anterior verano, mientras trabajaba en vestuario para la Arizona Civil Light Opera (ACLO). Sue, una actriz local, interpretaba tres papeles destacados. Entonces eran compinches. Algunos días, cuando no había demasiado trabajo, Rebecca iba a nadar a la piscina de los Gliebe y asistía a las juergas de la compañía en el patio de la casa familiar. En una ocasión, le había ofrecido a Sue su sofá durante «una temporada» si alguna vez llegaba a ir a Nueva York. Cuando se presentó con tres maletas, ochocientos dólares ahorrados y un sueño, la auténtica compañera de piso de Rebecca, Shelley, dio su consentimiento con un «Sí, vale.» Pero eso había ocurrido hacía siete semanas, y Sue seguía pasando todas las noches en el sofá de la sala de estar. El ambiente en el apartamento de un único dormitorio, junto al Upper Broadway, había pasado de la calidez hospitalaria al frío polar ártico. Rebecca quería que Sue se largara; Shelley, que se muriera. Sue confiaba en ganarse una prórroga y un poco de buena voluntad aportando cincuenta dólares al alquiler; también llevando leche, zumo de naranja Tropicana y, en una ocasión, una cosa llamada pastel negro que Shelley se zampó para desayunar. Esos gestos, lejos de ser agradecidos, se daban por descontados.

¿Qué podía hacer? ¿A dónde iba a ir? Todos los días buscaba su propio apartamento en Nueva York, pero las agencias —Apartment Finders y Westside Spaces— solo tenían ofertas en edificios oscuros y manchados de orines donde nadie respondía al interfono, o apartamentos que ya no estaban disponibles, o que ni siquiera existían. Shelley le dijo que pusiera una nota de «piso compartido» en el tablón del Actor's

166

Equity, pero Sue le confesó que todavía no se había afiliado al sindicato: no podía hacerlo hasta que no tuviera un trabajo como actriz. Shelley, entornando los ojos, le dirigió una mirada de suprema decepción y soltó otro: «Sí, vale.» A lo que añadió: «La próxima vez que vayas al súper, compra una lata grande de café, por favor». En su octava semana —el comienzo de su tercer mes en la isla de Manhattan—, la joven promesa de Arizona que había interpretado a Maria en *West Side Story* (durante la última temporada en la ACLO) tenía tendencia a llorar por la noche, en silencio, en su saco de dormir instalado sobre el sofá, mientras contemplaba las siluetas de las rejas de seguridad de las ventanas (¿esas rejas realmente eran a prueba de cacos?). En el metro, que costaba cincuenta centavos el viaje, debía contener a menudo las lágrimas, angustiada por la posibilidad de que alguien la viera como una agraciada joven en apuros y que, bueno, quisiera robarle o algo peor. Trasladarse a Nueva York había constituido un acto de fe: de fe en sí misma, en su talento y en las promesas de la ciudad que nunca duerme. Se suponía que tenía que ser una aventura: como una escena de película en la que ella saldría por la entrada de artistas después de una actuación y besaría a un apuesto marinero de permiso; o como un episodio de la serie de televisión *Esa chica*, en el que tendría un apartamento con una gran cocina y unas persianas de listones, y un novio que trabajaría en la revista *Newsview*. Pero Nueva York no estaba colaborando. Cómo era posible que las cosas le fueran tan mal a Sue Gliebe, que era la auténtica definición de una artista todoterreno: ¡sabía cantar, bailar y actuar! ¡Sus propios padres habían reconocido ese talento en bruto cuando apenas era una cría! ¡Había sido la protagonista de todas las representaciones de secundaria! ¡Había sido escogida entre el coro de la Civic Light Opera para convertirse en la actriz principal durante tres temporadas seguidas! ¡Había hecho el musical *Hight Button Shoes* con Monty Hall, el presentador del

167

programa de televisión *Let's Make a Deal!* ¡Le habían organizado una fiesta de despedida con un gran cartel que decía DIRECTA A BROODWAY!

Entonces, ¿por qué la hacía llorar Nueva York? En su primera noche en la ciudad, cuando Rebecca la llevó en autobús a ver el Lincoln Center, había contemplado a toda la gente que desfilaba por el Upper Broadway y había preguntado en serio: «¿A dónde va todo el mundo?». Ahora ya sabía que todo el mundo iba a todas partes. Esa mañana, ella se dirigía al banco, a la sucursal del Manufacturers Hanover, donde había abierto una cuenta hacía cinco semanas. Desde detrás de un panel de Plexiglás (a prueba de balas), una cajera desganada le deslizó por la ranura un billete de diez dólares, uno de cinco y cinco billetes de dólar. Ahora sus ahorros se reducían exactamente a quinientos sesenta y cuatro dólares. Ya se había gastado en Nueva York más de doscientos, y lo único que podía mostrar a cambio era un paraguas de cinco dólares: uno azul con mango telescópico.

Después del banco, fue a una cafetería y pidió un pastel sencillo —el más barato— y un café con azúcar, leche y crema. Ese era su desayuno. Comió de pie frente a un mostrador pegajoso de trocitos de azúcar glaseado y café derramado. Escasamente fortalecida, caminó hasta la oficina de Apartment Finders, en Columbus Avenue, que se hallaba subiendo por una ancha escalera, encima de un restaurante chino. Las listas expuestas no habían cambiado desde el sábado, pero revisó el tablón de todos modos, buscando algún diamante extraviado, una gema milagrosamente desapercibida, un lugar que llevara escrito su nombre. Apartment Finders le había costado cincuenta dólares al mes, un dinero que bien podría haber empleado en poner cirios al patrón de los desamparados. Volvería a pasarse más tarde, cuando, supuestamente, colgarían más listas, pero ya sabía de antemano que sus esperanzas se verían de nuevo defraudadas.

Pensó que ya estaba adaptándose a Gotham, porque giró sobre sus talones y se dirigió de nuevo a Broadway con un objetivo. No perdería el tiempo paseando por Central Park, donde las zonas de césped estaban llenas de malas hierbas y los bancos, desvencijados, los terrenos de juego, sucios y los senderos, sembrados de tazas de café desechables, condones usados y otros desperdicios. No recorrería las tiendas de discos y libros sin comprar nada. No gastaría dinero en los periódicos de la profesión —*Show Biz, Back Stage* o *Daily Variety*— para buscar noticias de entrevistas del sindicato de actores o de audiciones para actores no sindicados. Hoy no. Hoy iba a ir a la Biblioteca Pública, el famoso edificio de la calle Curaenta y Dos y la Quinta, que constituía un punto de referencia y en cuya entrada destacaban los leones de piedra.

A dos manzanas de la estación de la calle Ochenta y Seis, empezó a llover. Sue se detuvo, sacó el paraguas y apretó el botón del mango telescópico, pero el mango no se desplegó. Tiró de la tela para abrirlo a la fuerza, pero lo único que consiguió fue torcer unas cuantas varillas. Cuando trató de deslizar el pasador de plástico del bastón metálico, el paraguas se dobló sobre sí mismo como una mesa plegable. Lo sacudió varias veces e intentó forzar el pasador, pero solo se desplegó la mitad de la tela. Al arreciar la lluvia, cerró el paraguas y lo abrió de nuevo, pero entonces se dio la vuelta como un guante y varias varillas más quedaron sueltas, como costillas arrancadas.

Dándose por vencida, intentó introducir el inútil esqueleto en una papelera rebosante a la altura de Broadway y la calle Ochenta y Ocho, pero el paraguas parecía resistirse y se negaba a encajar entre los demás desperdicios. Hicieron falta cuatro intentos para que se quedara en su sitio.

La joven se apresuró hacia la estación de metro. El pelo le chorreaba mientras hacía cola en el quiosco para adquirir las dos fichas que necesitaría para los viajes de ese día.

Los trenes iban con retraso. Una inundación en las vías

169

de la zona alta de la ciudad. La multitud fue creciendo en el andén, hasta el punto de que empujó a Sue hasta muy cerca de la línea amarilla de seguridad. Con un simple golpe habría podido caerse a la vía. Cuarenta minutos más tarde, se hallaba de pie en un vagón abarrotado. Los pasajeros se apretujaban unos contra otros y, con el calor corporal, ascendía el vapor de sus gruesos abrigos empapados. El ambiente estaba tan cargado y sofocante que rompió a sudar. En Columbus Circle el tren paró y permaneció detenido diez minutos, con las puertas cerradas, impidiendo la huida. Finalmente, en Times Square, salió a empujones e ingresó en la riada de gente que había logrado encontrar las escaleras. Subió y subió, cruzó los torniquetes, subió más escaleras aún y emergió en el caos de la «encrucijada del mundo», donde todo el mundo iba a todas partes.

Times Square era la versión exterior de la estación de tren: mugrienta, inundada y atestada de gente. Sue había aprendido una lección básica desde su llegada a la ciudad: había que mantenerse en movimiento, caminar con paso decidido aunque no tuviera a dónde ir, especialmente a lo largo de la calle Cuarenta y Dos, donde había que ir sorteando a los desechos humanos que se daban cita allí por las drogas y el porno y —cuando llovía— para vender paraguas de cinco dólares.

Ya había recorrido la zona otras veces para buscar empleo en las agencias artísticas de medio pelo, que tenían sus oficinas en la gran equis donde Broadway se cruzaba con la Séptima Avenida. Le había sorprendido encontrar personas normales en despachos normales haciendo tareas normales en pisos que quedaban a poca altura del bullicio de Times Square. No había tenido éxito con ninguno de los agentes: nunca pasaba de la recepción y debía conformarse con dejar su currículum a unas secretarias que decían: «Sí, vale», con un tono extraordinariamente similar al de su coanfitriona Shelley.

Este lunes, su objetivo era el currículum.

En su último mes en Scottsdale, había hecho un par de anuncios televisivos para la Valley Home Furniture, en los que abría los brazos y exclamaba: «¡Todas las habitaciones, todos los estilos, todos los bolsillos!». Luego, durante cuatro fines de semana, había actuado en la Feria Medieval de Otoño, citando a Shakespeare en el papel de la Moza Exuberante por treinta dólares al día. Había añadido estos méritos en su currículum con bolígrafo, pero era consciente de que eso daba una impresión... bueno, de aficionada. Así pues, volvería a mecanografiarlo todo, le pediría a un impresor que sacara un centenar de copias y graparía detrás de cada copia una foto suya: una instantánea en la que parecía Cheryl Ladd, de *Los ángeles de Charlie*, pero con un escote de verdad.

El problema era que no tenía máquina de escribir; y Rebecca, tampoco. Cuando le había preguntado a Shelley si disponía de una para prestarle, ella no le dijo que no la tuviera; le dijo: «En la biblioteca las alquilan». De ahí que Sue Gliebe caminara sin paraguas por la calle Cuarenta y Dos en dirección este, pasando junto a un adolescente con pinta de colocado que se había sacado el pene de los pantalones y meaba tambaleándose. Ninguna persona le prestó atención.

En el momento exacto en que descubrió que la Biblioteca Pública cerraba los lunes, un relámpago iluminó el cielo de Manhattan. Se quedó ante la entrada lateral del histórico edificio, cuya puerta estaba cerrada, como si fuera incapaz de captar el sentido de estas tres sencillas palabras: «Cerrado los lunes». Y cuando una serie de truenos ahogaban los bocinazos del tráfico, Sue perdió la batalla contra las lágrimas. La acumulación de desilusiones era excesiva: sus compañeras de piso de Nueva York no eran unas simpáticas almas gemelas; Central Park era un lugar lleno de árboles pelados, bancos inutilizables y gomas usadas; las ventanas tenían rejas de seguridad que dejaban encerrados a los violadores fuera y a las víctimas, dentro; ningún apuesto marinero estaba

171

deseando conocer a una chica y llevarse un beso. No. En Nueva York las agencias inmobiliarias te engañaban y se quedaban tu dinero, los drogadictos se aliviaban a la vista de todo el mundo y la Biblioteca Pública cerraba los lunes.

Se echó a llorar allí mismo, en la calle Cuarenta y Dos, entre la Quinta y la Sexta avenida (o avenida de las Américas, según el mapa). Sollozaba, jadeaba, se deshacía en lágrimas: el número completo. Exactamente la misma cantidad de gente que había reparado en el pene del tipo drogado se detuvo a ayudarla o miró siquiera a esa chica que estaba pasando un día tan horrible como para sollozar en público. Hasta que…

—¡Sue Gliebe! —gritó una voz masculina—. ¡Mi pajarito!

Bob Roy era el único hombre del mundo que la llamaba así. Había sido el director general de la Arizona Civic Light Opera, la ACLO, pero vivía en Nueva York. Era un profesional del teatro, contratado por temporadas, y homosexual. Había trabajado en su día como actor en Broadway y también había hecho anuncios en los años 60, pero posteriormente se había dedicado a la gestión teatral para tener un ingreso fijo. Dirigir la Civic Light Opera en el oeste era como un campamento de verano para él —lo hacía todos los años—, y solía asumir sus deberes con un poco menos de seriedad de lo que se dedicaba a divertirse y a chismorrear. Parecía saberlo todo del teatro, y si trabajabas en su compañía y era él quien firmaba tus cheques, no había término medio: o te adoraba, o te odiaba. Tu situación dependía totalmente de hacia dónde soplara el viento en su ánimo.

Él había adorado a Sue Gliebe desde el mismo momento en que la había visto en una prueba de vestuario para *Brigadoon* en el verano del año 76. Le cautivó su juventud, su mata de pelo de un rubio del color de la miel, sus ojos claros llenos de bondad y su concienzuda ética profesional. La adoraba porque siempre se presentaba con puntualidad, porque se sabía su texto y tenía ideas para su actuación en el escenario. Se sentía fascinado por su cuerpo bronceado, por sus firmes tetas, por su falta de timidez, de ego y de mala baba. Todos los hombres heterosexuales de la ACLO —los siete, de hecho— querían follársela, pero ella no era así. La mayoría de las actrices ansiaban esa clase de adoración y exigían para ellas el camerino más grande, pero Sue Gliebe no quería otra cosa que subir al escenario. Después de tres temporadas, no había cambiado ni pizca, y él la adoraba todavía más por ello.

Bob estaba en un taxi parado junto a la acera, con la ventanilla bajada y la lluvia cayendo entre ambos.

—¡Sube al taxi ahora mismo! —le ordenó.

Se apartó para hacerle sitio y el taxista arrancó.

—Ver a Eva Gabor en la calle Cuarenta y Dos me habría sorprendido menos que encontrarte a ti. ¿Estás llorando?

—No. Sí. ¡Ay, Bobby!

Sue se explicó: llevaba dos meses en la ciudad durmiendo en el sofá de Rebecca. Sus ahorros se estaban agotando. Los agentes no le daban ni la hora. Había visto a un hombre orinando en la calle. Y ahora lloraba en concreto porque las únicas películas que contaban la verdad sobre Nueva York eran las que hablaban de parques en los que abundaban los drogadictos y de taxistas en pleno frenesí asesino. Bob Roy se echó a reír a carcajadas.

—¿Llevas dos meses en Nueva York y no me has llamado? Mira que eres mala, Sue. Mala, mala.

—No tenía tu número.

—¿Qué estabas haciendo en Times Square?

—Iba a la biblioteca.

—¿Para leer el último misterio de Nancy Drew? Yo habría dicho que a estas alturas ya los habías leído todos.

—Es que tienen máquinas de escribir. Necesito una para renovar mi currículum.

173

—Pajarito —dijo Bob—. Primero tienes que renovarte tú. ¿Qué tal una taza de té o de café instantáneo? Cualquier cosa que sirva para serenar a la pequeña Sue, criada en territorio indio.

El taxi los llevó al apartamento de Bob, que estaba en el bajo Manhattan, en un barrio espantoso de edificios de seis pisos y cubos de basura abollados a lo largo de las aceras. Le dio al taxista seis dólares y no pidió el cambio. Sue lo siguió bajo la lluvia y subió tras él los peldaños de la entrada, cruzó la maciza puerta principal y subió cuatro pisos por una escalera estrecha y zigzagueante hasta el apartamento 4D. Él empleó tres llaves para abrir las tres cerraduras de la puerta.

Desde el lóbrego pasillo, cuyas paredes verdes viraban hacia un gris sucio y cuyo suelo estaba compuesto por una mezcolanza de baldosas rotas y desparejadas, Sue accedió a un refugio que olía a velas aromáticas y detergente de limón: todo un gabinete de curiosidades entre las que destacaba la bañera situada justo en medio de la pequeña cocina. El piso tipo vagón de Bob Roy contaba con cuatro estrechas habitaciones comunicadas entre sí, cada una de ellas atiborrada de chucherías, chismes, piezas de mobiliario de todos los estilos, estantes, libros, fotos enmarcadas, trofeos comprados en mercadillos, discos antiguos, lamparillas y calendarios de hacía décadas.

—Sí, ya sé —dijo él—. Parece como si vendiera pociones mágicas aquí, como si fuera el dibujo de Disney de un tejón. —Encendió un fogón de la cocina con un fósforo gigante y llenó de agua del grifo un reluciente hervidor de estilo inglés antiguo. Mientras ponía las tazas en la bandeja, añadió—: Él té estará en diez minutos, pajarito. Ponte a tus anchas.

La habitación contigua a la cocina era un pasillo en realidad, un estrecho corredor que discurría entre tesoros y desechos. En la sala de estar había tres grandes sillones de diferentes épocas —un La-Z-Boy, entre ellos—, cada uno adornado con un tapiz de vistoso colorido. En el centro, había una mesa de café circular, casi demasiado grande para ese espacio cuadrado, con montones de libros, una cigarrera repleta de lápices afilados, un jarrón con una orquídea artificial y dos insectos de juguete colocados como si estuvieran luchando o apareándose. Afuera la lluvia seguía cayendo con fuerza, pero las cortinas de las ventanas (que muy bien podrían haber sido de una mansión de antes de la guerra) amortiguaban el fragor de la tormenta. La última habitación del piso era el dormitorio de Bob, que estaba ocupado en su mayor parte por una cama con una columna en cada esquina.

—Nunca consigo mudarme de este sitio. Tardaría años en recogerlo todo —le gritó Bob desde la cocina, que estaba a poco más de dos metros—. Enciende la radio, ¿quieres?

—Si es que la encuentro —murmuró Sue. Oyó cómo él se reía. Tuvo que concentrarse y dejar de lado montones de cosas, como si estuviera en un «reino perdido y olvidado», para conseguir encontrarla. La radio era un armatoste de madera clara del tamaño de un congelador, con mandos circulares que parecían fichas de póquer y cuatro hileras de números para las distintas frecuencias. Giró el de ON/OFF VOLUMEN hasta que sonó un ¡cloc! tan fuerte que incluso Bob debió de oírlo.

—Las lámparas han de calentarse —le dijo él.

—¿Capta la onda corta de la Unión Soviética?

—¿Cómo lo sabes?

—Mi abuela tenía una radio igual.

—¡Y la mía! Así es.

Él llegó con una bandeja y dos tazas, una jarra de leche, un cuenco de azúcar con una abeja pintada en la tapa y un plato lleno de galletas Oreo.

—Puedes quitarte el abrigo, a menos que te guste estar mojada. —Una composición orquestal salió de la radio al mismo tiempo que el hervidor emitía un pitido armonioso.

El té caliente con leche, tres Oreos y el ambiente confortable del apartamento consiguieron que Sue pudiera respirar hondo por primera vez en varios meses. Dejó escapar un gran suspiro, como una ola rizada de espuma, y se arrellanó en un sillón tan mullido que reunía todas las letras de la palabra «acogedor».

—Bueno —dijo Bob—. Cuéntamelo todo.

Ella, animada por su comprensión, se abrió en el acto y se lo explicó... bueno, todo. Él le mostró su apoyo ante cada historia y cada anécdota: ¡Nueva York era la ciudad donde debía estar! ¡Shelley y sus «Sí, vale» eran previsibles en una idiota de ese calibre! El metro no era peligroso siempre que no miraras a nadie a los ojos. Para encontrar un apartamento debías revisar los anuncios clasificados del *Times* y *The Village Voice*, pero tenías que hacerlo a primera hora, a las siete de la mañana, y salir pitando a ver los apartamentos con una bolsa de donuts, porque el casero siempre le abriría la puerta a una chica guapa dispuesta a ofrecerle un dónut. De ahí, se remontaron en el tiempo y rememoraron las temporadas de verano en Arizona, comparando los cotilleos que circulaban entre bastidores con los que se contaban entre los directivos, las aventuras amorosas que habían salido fatal, la figura de Monty Hall, a quien Sue consideraba un profesional serio... Bob se atragantó con el té, riendo.

—¿Has almorzado?

—No. Pensaba darme el lujo de una porción de *pizza*.

—A medio dólar la porción, la *pizza* se había convertido en su tentempié favorito a mediodía.

—Voy a bajar al súper. Tú quítate esa ropa y date un baño caliente. Te dejaré un albornoz que birlé en un *spa* del desierto y después comeremos como judíos de clase media.

Bob fue a la cocina y retiró la gran tabla de carnicero que cubría la bañera. Que estuviera en medio de la cocina se explicaba al parecer por la fontanería original del antiguo edificio. Abrió el grifo y, mientras las nubes de vapor iban empañando la ventana, también protegida con reja de seguridad, dejó el albornoz sobre una silla. En una delicada cesta de mimbre había jabón aromatizado, champú, acondicionador, una esponja natural y una jarra para recoger agua y enjuagarse.

—Yo me tomaré mi tiempo. Tú ponte en remojo. —Bob salió y cerró la puerta con dos llaves.

Después de las duchas tibias y abreviadas a las que se había habituado, Sue saboreó la sensación del agua caliente en su piel y no paró de rociarse la cabeza con la jarra. Resultaba extraño darse un baño en una cocina como aquella, pero la chica estaba sola, totalmente a sus anchas, y la bañera era como el *jacuzzi* del patio de la familia Gliebe. Se remojó, restregó y enjuagó hasta sentirse verdadera y maravillosamente limpia. Aún seguía en el agua cuando se abrieron los cerrojos de la puerta y apareció Bob con una gran bolsa del súper.

—Todavía desnuda, ya veo —dijo sin molestarse en apartar la mirada. A Sue no le importó. Si «los camerinos no eran lugar para el pudor», como decían en el mundo del teatro, la cocina de Bob Roy no era lugar para sonrojarse.

Los miembros ahora blanquísimos de Sue flotaban con holgura en el enorme albornoz masculino mientras, sentada otra vez en el sillón, se pasaba un peine por el pelo húmedo. Bob colocó sobre la mesa de café sándwiches de pan de molde, unos cartones de sopa, ensalada de col con mayonesa, pepinillos en rodajas y unas latas de agua de seltz. Mientras comían, charlaron de películas y piezas de teatro. Él le dijo que podía conseguir entradas gratis para las obras de medio pelo de Broadway y asientos baratos para las de mayor éxito, así que ya no debería pasar más noches en Nueva York sin otra cosa que hacer que aguantar malas caras en el sofá de Rebecca. Él haría una ronda de llamadas a sus amistades

177

para ver qué agentes podían conseguirle alguna que otra entrevista, aunque no podía prometerle más. Conocía a varios pianistas, colaboradores de los ensayos, que podían ayudarla a preparar las audiciones; dispondría de partitura y le transportarían la clave a su propio tono.

—Bueno, pajarito —dijo Bob, sacudiéndose de las manos unas migas de pan de centeno—. Déjame ver ese currículum.

Sue sacó la vieja versión del bolso. Él cogió un lápiz y, tras un somero repaso, lo tachó todo con una gran X.

—Convencional. Demasiado convencional —suspiró.

—¿Qué es lo que está mal? —dijo Sue, herida. Se había esforzado mucho para redactarlo. Toda su carrera teatral estaba en ese pedazo de papel. Todas las obras que había representado en secundaria, incluidas las de un solo acto, señalando las galardonadas con el Premio de la Thespian Society.[10] Cada una de sus actuaciones en la ACLO, desde simple miembro del coro hasta la interpretación del último año de Nellie Forbush en *South Pacific*. ¡Cinco temporadas y dieciocho musicales! Las producciones en el café teatro Gaslamp Playhouse: como Emily en *Our Town* y como miembro del conjunto musical en *Zoo Story*. La narración que había leído como mensaje de la Marcha contra la Diabetes. Todas y cada una de las actuaciones que había ofrecido Sue Gliebe figuraban en el currículum.

—Como decimos las viejas reinonas: «A nadie le importa un carajo, cariño». —Bob se levantó, fue a su dormitorio y sacó de debajo de la cama una vieja máquina de escribir envuelta en una funda transparente—. Esta bestia es demasiado pesada. Debería guardarla fuera. Haz un poquito de espacio en la mesa. —Ella apartó las sobras del almuerzo y una pila de libros.

10. Sociedad de fomento del teatro escolar.

Y

La máquina de escribir era casi tan grande como la radio de su abuela: una pieza de anticuario de metal negro, que encajaba en aquel apartamento repleto de objetos curiosos. La máquina era una Royal con secciones de vidrio en los costados, como ventanillas para cualquier pajarito que decidiera anidar entre sus clavijas.

—¿Todavía funciona? —preguntó Sue.

—Es una máquina de escribir, criatura. Cinta. Aceite. Papel. Dedos diligentes. No necesita más. *Esto*, en cambio… —Cogió desdeñosamente el registro de la actividad teatral de Sue, sujetándolo con dos dedos como si fuera una cáscara de melón rancio. Entonces, usando el lápiz, se dedicó a indicar los defectos—. Has de mencionar solo los papeles que has interpretado, no la escuela de secundaria donde estudiaste ni el café teatro *amateur* Como-se-Llame. Tu única actividad profesional es la Arizona Civil Light Opera, de modo que eso has de destacarlo. Debes ponerlo arriba con grandes mayúsculas y situar la lista de las mejores obras y los mejores papeles al principio, en vez de hacerlo en orden cronológico. Si estabas en el coro, ponlo en la parte inferior diciendo que hacías el papel de «Ellen Craymore» o «Candy Beaver». Y si alguien pregunta, entonces explicas que estabas en el coro. Estos otros papeles, los de secundaria y demás…

—¿Qué?

—Deben figurar bajo el título «Teatro Regional». Adórnalo. No les cuentes que eran obras de un acto. No les cuentes que ganaste ningún trofeo. No les cuentes que se representaron dos fines de semana. Nada de eso. La obra. El papel. Tú estabas trabajando como actriz en esa «región plagada-de-rocas», llamada Arizona, y tienes los títulos para demostrarlo.

—Pero ¿eso no es mentir?

179

—A ellos les da igual. —Bob volvió a señalar la hoja con el lápiz—. ¡Ah, vaya! ¡Has hecho anuncios! *¡Valley Furniture!* ¡La marcha contra la diabetes! No, no, no. Has de poner «Disponible para anuncios». Así verán que has hecho anuncios, aunque ellos no te encargarán ninguno.

—¿De veras?

—Confía en Bobby Roy, Sue. Todos los grandes lo hacen. Bueno, y esta última parte, este patético párrafo enumerando tus «habilidades especiales»... Esto son tonterías para cualquiera que esté al otro lado de la mesa de *casting.* Y fíjate que no he dicho al otro lado de la cama.

—¿Y si andan buscando habilidades especiales?

—Ya te lo preguntarán. Pero toda esta lista... o sea. ¿Guitarra? Tú te sabes tres acordes, ¿no? Haces malabarismos. Tres naranjas unos cuantos segundos, ¿cierto? Patinas sobre ruedas. ¿Y qué crío no lo hace? Sabes esquiar, montar en bicicleta y en monopatín. ¡Vaya chorrada! ¿De veras has puesto aquí que conoces el lenguaje por señas?

—Aprendí un poquito para el Día del Patrimonio Nativo. Este signo significa «torpe».

Bob le respondió con el único signo que conocía.

—Y esto quiere decir «chorradas». Tienes que entender que le van a dedicar cinco nanosegundos a tu currículum. Los tipos del *casting* miran la foto y a continuación te miran a ti para ver si coincide. ¿Eres una chica? ¿Tienes el pelo rubio? ¿Posees un buen tipo? Si eres lo que están buscando, entonces le dan la vuelta al currículum, echan un vistazo a tus títulos y a tus mentirijillas y luego garabatean esas palabras mágicas: «Volver a llamar».

Bob metió una hoja en la vieja Royal, ajustó los márgenes y los tabuladores, y en cuestión de unos minutos había mecanografiado un nuevo currículum claro y nítido que lograba dar la impresión de que Sue era la aspirante con más experiencia que se había subido jamás a un autobús en dirección a la gran ciudad. Podía jactarse de haber interpretado treinta papeles. Lo único que faltaba era su nombre en lo alto de la hoja.

—Vamos a pensarnos esto un momentito tomando un poco más de té —dijo Bob. —Llevó la bandeja del almuerzo a la cocina y prendió otro fósforo gigante para encender el fogón—. Pondría más Oreos, pero nos las acabaríamos comiendo.

—Pensar... ¿el qué? —Sue examinó su nuevo currículum profesional. Ahora, gracias a lo que Bobby había escrito, se apreciaba más a sí misma.

—¿Has pensado alguna vez en cambiarte de nombre?

—Mi nombre auténtico es Susan Noreen Gliebe. Pero siempre me han llamado Sue.

—Joan Crawford siempre se había llamado Lucy Le-Sueur. A Leroy Scherer todos lo llamaban Júnior hasta que se convirtió en Rock Hudson. ¿Has oído hablar de Frannie Gumm?

—¿De quién?

Bob tarareó el principio de «Over the Rainbow».

—¿Judy Garland?

—Tiene más encanto que Frannie Gumm, ¿no?

—Mis padres se llevarán un disgusto si no uso mi nombre.

—Lo primero que hay que hacer cuando vienes a Nueva York es darles un disgusto a tus padres. —El hervidor empezó a silbar, y Bob volvió a llenar la tetera que estaba junto a la Royal—. Y lo segundo es decir que has triunfado en la Gran Vía Blanca. Cosa que harás. ¿De verdad quieres ver ese nombre iluminado: Sue Gliebe?

Ella se sonrojó; no estaba incómoda por el elogio, sino porque en el fondo estaba segura de que tenía futuro como actriz. Quería ser una gran estrella. Sí, tan grande como Frances Gumm.

Bobby sirvió más té en ambas tazas.

—¿Y cómo pronuncias ese apellido? ¿«Gleeb»? ¿Gleebee»? ¿«Glibe»? —Fingió un gran bostezo—. ¿Sabes cuál era el nombre artístico de Tammy Grimes? Tammy Grimes. —Fingió otro bostezo aún más grande.

—¿Qué tal... Susan Noreen? —Sue ya se imaginaba ese nombre iluminado por los focos.

Bob desplazó la hoja en el rodillo de la máquina de escribir y le dio unos golpecitos con el dedo.

—Este es el certificado de nacimiento de una nueva Sue. Si pudieras retroceder en el tiempo y escoger otro nombre para ti, para tu mami y tu papi, ¿qué nombre sería? ¿Elizabeth St. John? ¿Marilyn Conner-Bradley? ¿Holly Woodandvine?

—¿Puedo llamarme con un nombre así?

—Habrá que cotejarlo en el sindicato, pero sí. ¿Quién quieres ser, pajarito?

Sue cogió su taza de té. Había un nombre con el que había soñado en su día, en secundaria, cuando cantó en un grupo folk ante su sección de Young Life.[11] Todo el mundo se estaba inventando nombres enrollados como Rainbow Spiritchaser (Arcoíris Cazador de Espíritus). A ella se le ocurrió el suyo también, y se lo imaginó en la portada de su primer LP.

—Joy Makepeace (Alegría Pacificadora). —Lo dijo en voz alta, pero la cara de Bobby no mostró la menor reacción.

—Hay un grave problema: huele a señal de humo —dijo—. A menos que haya ADN nativo americano en el linaje Gliebe.

Y así siguieron mientras transcurría la tarde. A él se le fue ocurriendo toda una retahíla de nombres artísticos, el mejor de los cuales era Susana Woods, y el peor Cassandra O'Day. Las Oreo habían acabado apareciendo y ya las ha-

11. Grupo juvenil presbiteriano.

bían devorado. Sue seguía con el enfoque «Joy». Joy Friendly. Joy Roarke. Joy Lovecraft.

—Joy Spilledmilk (Alegría Lechederramada) —dijo Bobby.

Sue usó el baño. Incluso el lavabo de Bob estaba repleto de tesoros adquiridos en subastas. A ella no le cabía en la cabeza por qué iba a querer nadie un juego de bolos infantil de Pedro Picapiedra y, sin embargo, ahí estaba.

Cuando salió, Bobby tenía en las manos un montón de postales de época de París. Habían considerado nombres franceses como Joan (por Juana de Arco), Yvette, Babette y Bernadette, pero ninguno acababa de sonar bien.

—Humm. —Él alzó una de las postales y se la enseñó—. La Rue Saint-Honoré. Así escrito, Honoré es masculino. El femenino lleva una «e» más al final y se pronuncia igual. *Honorée.* ¿A que es encantador?

—Yo no soy francesa.

—Podríamos probar con un apellido anglosajón. Algo simple, de una sílaba: Bates. Church. Smythe. Cooke.

—Ninguno está bien. —Sue hojeó el montón de postales: la Torre Eiffel. Notre Dame. Charles de Gaulle.

—¿Honorée Goode? —dijo Bob. Lo repitió de nuevo y le gustó cómo sonaba—. Ambos terminados en «e».

—Me llamarían Honorée Goody Two-Shoes.[12]

—No, qué va. Todo el mundo finge que sabe francés, *mon petite oiseau.* Honorée Goode está bien, en serio. —Alargó el brazo, cogió del estante un teléfono *vintage* negro, modelo Princess, y marcó un número.

—Tengo un amigo en el sindicato. Ahí manejan un ordenador; así no salen nombres duplicados. Jane Fonda, Faye Dunaway, Raquel Welch… ¡ya están cogidos!

—¿Y Raquel Gliebe? A mis padres no les disgustaría.

183

---

12. La Santurrona (alusión a un cuento infantil).

Bob ya estaba hablando con su amigo Mark.

—Mark, Marky. Bob Roy. Sí, ya. ¿De veras? No sé nada desde que se largó en ese crucero. ¡Es un montón de pasta! Oye, ¿puedes hacerme un pequeño favor? Mírame en la base de datos un nombre artístico. No, uno que no esté cogido. Apellido, Goode, acabado en «e». Nombre, Honorée. —Lo deletreó—. Con acento o lo que sea en la primera «e». Sí, claro. Espero.

—No sé, Bobby... —Sue iba dándole vueltas al nuevo nombre.

—Lo puedes decidir cuando vayas al sindicato con tu primer contrato y un cheque por los derechos. Y entonces puedes escoger Sue Gliebe o Catwoman Zelkowitz. Pero voy a decirte una cosa... —Alguien se puso al teléfono, pero no era el amigo de Bob—. Sí, estoy esperando a Mark. Gracias. —Volvió a mirar a Sue—. Yo fui al ensayo de *Brigadoon*. Y vi en el escenario a una chica en el papel de Fiona que iba a hacer carrera.

Sue sonrió y se sonrojó. Ella era esa Fiona. Había explotado a fondo ese papel, el primero que interpretaba fuera del coro. Su Fiona le había abierto las puertas a todos los papeles que le había ofrecido la ACLO, la había empujado a mudarse a Nueva York y le había proporcionado un buen baño en la bañera de Bob Roy.

—Me encantó esa chica —dijo él—. Me encantó esa actriz. No era la típica protagonista amargada porque Nueva York no le había ofrecido lo suficiente. Ni una *starlet* pintarrajeada que actuaba en la Civil Light Opera porque la distancia y el maquillaje ocultaban que tenía cuarenta y tres años. Esa Fiona no era un vejestorio emperifollado. No, ella era una gacela local, una chica de Arizona capaz de apoderarse del escenario como Barrymore, capaz de cantar como Julie Andrews, y con un par de tetas que ponían como locos a los chicos. Si te hubieras presentado y me hubieras dicho que te llamabas Honorée Goode, yo habría exclamado: «¡Vaya que sí!» Pero no, eras Sue Gliebe. Y yo pensé, ¿Sue Gliebe? Esto no irá bien.

Sue Gliebe se sintió reconfortada. Bobby Roy era su mayor admirador y ella lo adoraba. Si hubiera sido quince años más joven y veinte kilos más ligero, y no fuera homosexual, habría pasado la noche en su cama. Y quizá acabaría pasándola, de todos modos.

Mark volvió a ponerse al teléfono.

—¿Estás seguro? —preguntó Bob—. Con la «e» al final, ¿eh? Gracias, Marco. Sí. ¿El martes? ¿Por qué no? ¡Ciao! —Colgó el teléfono, tamborileó sobre él con los dedos y dijo—: Ha llegado el momento de la gran decisión, pajarito.

Sue se arrellanó en el mullido sillón. Afuera, había dejado de llover. Bajo el albornoz, su piel ya se había secado del todo y el jabón del baño le había dejado un delicado olor a agua de rosas. La enorme radio emitía suavemente un estándar de jazz orquestado y, por primera vez, Nueva York parecía el lugar natural para Sue Gliebe...

EXACTAMENTE UN AÑO DESPUÉS

QUIÉN ES QUIÉN EN EL REPARTO

Honorée Goode (Miss Wentworth) — La señorita Goode se formó en la Arizona Civic Light Opera. Fue nominada el pasado año para un premio Obie por su interpretación de Kate Brunswick en Backwater Blues, *de Joe Runyan. Esta representación es su debut en Broadway, y quiere dar las gracias a sus padres y a Robert Roy, júnior, por haberlo hecho posible.*

Un fin de semana especial

*E*staban a comienzos de la primavera de 1970 y, como faltaba una semana y media para su décimo cumpleaños, Kenny Stahl, todavía considerado el bebé de la familia, no tenía que ir ese día al colegio: su madre lo recogería a mediodía para pasar un fin de semana especial con ella. Así pues, se presentó a desayunar con ropas normales, en vez de llevar el uniforme escolar. Sus hermanos mayores, Kirk y Karen, ambos con el uniforme de la escuela Saint Philip Neri, pensaban que aquello era injusto. Ellos también querían que su madre fuera a recogerlos y se los llevara de la casa a la que los habían trasladado. Querían volver a vivir en Sacramento o en cualquier lado, con tal de ser ellos los únicos hijos y no tener que aguantar los constantes altibajos emocionales que implicaba vivir entre los malhumores de su padre y el espíritu siempre risueño y práctico de la segunda esposa de este.

Las tres hermanastras de Kenny tenían diecisiete, quince y catorce años. Su hermanastro le llevaba dos años. Ninguno de ellos tenía una opinión sobre si ese plan de cumpleaños era justo o no. Ellos habían vivido siempre en Iron Bend; habían estudiado en escuelas públicas y nunca habían tenido que llevar uniforme. Ese fin de semana de Kenny no les parecía interesante, ni extraordinario ni especial en ningún sentido.

La pequeña casa donde vivían todos estaba fuera de la ciudad, en Webster Road, y, de hecho, más cerca de Molinas que de Iron Bend, que era la capital del condado y el lugar donde el padre de Kenny trabajaba como jefe de cocina en el restaurante Blue Gum. Los eucaliptos (o *Blue Gums*, gomeros azules,) flanqueaban Webster Road por ambos lados a lo largo de casi todo el trayecto entre ambas ciudades, y esparcían sus hojas y sus bayas en los dos carriles de la calzada y en ambas cunetas. Esos sucios árboles importados de Australia habían sido plantados décadas atrás como cortavientos para los bosquecillos de almendros y también en un intento (mal informado) de producir madera para fabricar durmientes de ferrocarril. Eso había sido en la época en la que podía ganarse mucho dinero con ese tipo de construcción… con tal de que no fueran de madera de eucalipto. Se habían perdido verdaderas fortunas en esos árboles retorcidos y nudosos, siempre en proceso de descamación, de los cuales también había tres ejemplares espaciados en el patio delantero de la casa de Kenny. La lluvia constante de corteza y hojarasca hacía inútiles todos los intentos de plantar allí un césped decente. El patio trasero sí contaba con una especie de zona verde: un trecho salpicado de hierba que los niños recortaban por turnos de vez en cuando. Al otro lado de la carretera estaban los bosquecillos de almendros. La almendra era una gran industria entonces y todavía lo sigue siendo.

188

El padre de Kenny había encontrado en Iron Bend un nuevo trabajo, un nuevo hogar, un nuevo colegio y una nueva familia. Se había mudado con sus tres hijos a aquella pequeña casa el mismo día en que habían salido de Sacramento. Todos los chicos dormían en un anexo, que antes había sido un porche cubierto. Las chicas disponían de un dormitorio con dos pares de literas.

Después de que llegaran y se fueran los dos autobuses escolares, Kenny se pasó la mañana deambulando por la casa mientras su padre dormía y su madrastra lavaba en silencio los platos del desayuno. Nunca se había quedado en casa sin los demás y la posibilidad de recorrerla libremente le resultaba excitante. La única norma que debía respetar era no hacer ruido. Durante un rato vio la tele con el volumen casi silenciado, pero solo había un canal, el Canal 12 de Chico, y en las horas de clase no emitían nada interesante. Jugó con sus maquetas de barcos y aviones, usando la mesa de café de la sala como si fuera un vasto océano. Revisó los cajones de su hermano y de su hermanastro buscando algún secreto, pero debían de tener escondidos sus tesoros en otra parte. Chutó una pelota de fútbol en el patio trasero, con la intención de rebasar los almendros más cercanos y con la esperanza de que, si fallaba, no se quedara colgada entre las ramas. Armó una bandera con un retal de una sábana vieja y una estaca y corrió con ella de aquí para allá como si estuviera dirigiendo una carga en la Guerra Civil. Estaba tratando de plantar la bandera en un hoyo cuando su madrastra lo llamó desde la ventana de la cocina.

—¡Kenny! ¡Ha llegado tu madre!

Él no había oído el coche.

189

Al entrar en la cocina, lo cogió desprevenido algo que nunca había presenciado en sus casi diez años de vida. Su padre ya se había levantado y estaba sentado a la mesa con una taza de café. Su madre, su verdadera madre, también estaba sentada a la mesa, con otra taza. Su madrastra permanecía de pie, apoyada contra la encimera, sorbiendo su café. El niño nunca había visto al mismo tiempo, en una misma habitación, a las tres personas que presidían todo su mundo infantil.

—¡Aquí está el osito! —Su madre le sonrió radiante. Parecía una secretaria de una serie de la tele: vestida como una profesional, zapatos de tacón, cabello negro corto e impecable y carmín rojo en los labios que había dejado una marca en la taza. Se levantó de la mesa, lo estrechó entre sus brazos perfumados y le dio un beso en la coronilla.

—Ve a buscar tu maleta y nos ponemos en marcha.

Kenny no sabía nada de ninguna maleta, pero su madrastra había metido alguna ropa en una maletita de color rosa de una de sus hijas. Ya lo tenía todo preparado. Su padre se levantó y le alborotó el pelo

—He de ducharme —dijo—. Ve a ver el cochecito de tu madre.

—¿Me has traído un cochecito? —preguntó Kenny, creyendo que su regalo de cumpleaños iba a ser un coche en miniatura de metal troquelado.

Pero no. En el sendero había un coche deportivo rojo de dos asientos, con ruedas de radios. Tenía la capota puesta, y ya estaba cubierta de hojas de eucaliptos. Kenny nunca había visto coches deportivos; solo en la tele, y siempre conducidos por detectives y jóvenes doctores.

—¿Es tuyo, mamá?

—Me lo ha prestado un amigo.

El niño miraba a través de la ventanilla del conductor.

—¿Puedo sentarme dentro?

—Sí, adelante.

Se las ingenió para abrir la puerta y se sentó frente al volante. Los mandos y botones del salpicadero parecían de un avión a reacción. Los paneles de madera eran como los de un mueble. Los asientos olían igual que unos guantes de béisbol de cuero. En el círculo rojo del centro del volante ponía «FIAT». Después de meter la maleta en el maletero, su madre le pidió que la ayudara a quitar la capota.

—Vamos a viajar con el pelo al viento hasta llegar a la autopista, ¿vale? —Ella soltó los pestillos de la capota y Kenny la ayudó a plegarla hacia atrás, recogiendo la ventanilla de plástico transparente sobre sí misma. La madre encendió el motor, que sonó como el carraspeo de un dragón, y salió del sendero marcha atrás. Se había quitado los zapatos de tacón para conducir y se había puesto unas gafas de sol como las de los esquiadores. Madre, hijo y Fiat se alejaron rugiendo de la casa por Webster Road. Entre las sombras de los gomeros, el sol iba lanzando destellos a los ojos de Kenny; el viento zumbaba en sus oídos y le revolvía el pelo. Ese coche era sin duda el vehículo más chulo que había visto en su vida. Se sentía más feliz que nunca desde que era un crío.

El empleado de la gasolinera Shell de Iron Bend estaba deslumbrado con el coche y era todo atenciones con su conductora. Llenó el depósito, limpió el parabrisas, revisó el aceite y se maravilló ante el motor «dago». A Kenny le ofreció un refresco gratis de la máquina expendedora. Mientras él sacaba una botella de zarzaparrilla (su refresco favorito), el hombre ayudó a su madre a poner otra vez la capota y a cerrar los pestillos, sin parar de sonreír y charlar, preguntándole si se dirigía al norte o al sur, y si pensaba volver pronto por Iron Bend. Cuando ya estaban de nuevo en el coche y circulaban por la autopista (hacia el sur), ella le dijo a su hijo que ese hombre de la Shell tenía «ojos de cordero degollado», y soltó una carcajada.

—Pon un poco de música, cariño —dijo señalando la radio diminuta que había en el salpicadero de madera—. Gira primero ese mando y luego busca una emisora con el otro.

Como el operador de la radio de un bombardero, Kenny desplazó la línea roja del dial a lo largo de los dígitos. En la emisora local sonaba un anuncio de la zapatería Stan Nathan, una tienda de la ciudad. Tras una atropellada sucesión de voces e interferencias, captó la señal de una emisora que sonaba con fuerza y nitidez. Un hombre cantaba sobre las gotas de lluvia que le caían en la cabeza. Su madre se sabía la letra y la fue coreando mientras hurgaba en su bolso con la mano libre. Sacó un estuche de cuero y abrió el cierre metálico; a la vista quedaron unos cigarrillos en apretada formación. Eran cigarrillos largos, más largos que los que fumaba su padre. Con uno entre los labios, cuyo filtro blanco ya se había manchado de carmín, pulsó un botón del salpicadero. Al cabo de unos segundos, el botón saltó con un chasquido y ella lo sacó entero. Había una espiral roja en el extremo del cilindro, una espiral al rojo vivo, y su madre la usó para encender el cigarrillo. Volvió a meter el botón en su orificio y cambió de mano para sujetar el volante y abrir una ventanita triangular con la otra. En cuanto empezó a silbar el aire por la ranura, el humo de su largo cigarrillo fue aspirado por la ventanita como en un truco de magia.

—Cuéntame cosas del colegio, cielo —dijo—. ¿Te gusta?

Él le dijo que el Saint Philip Neri no era como el Saint Joseph, el colegio al que había ido en Sacramento. El Saint Philip era pequeño, no había muchos alumnos, y algunas de las monjas no iban vestidas de monjas. Mientras saboreaba su botella de zarzaparrilla a sorbos pequeños y espaciados, le exlicó los trayectos en autobús al cole, que el uniforme era de cuadros rojos, en vez de azules, y que algunos días no tenían que llevarlo, y que un chico de su clase llamado Munson montaba maquetas como él y vivía en una casa con piscina, pero no una empotrada en el suelo como la del parque de la ciudad, sino una piscina circular que se apoyaba en el suelo. Al hilo de una sola pregunta, y mientras ella fumaba, Kenny habló durante todo el trayecto desde Iron Bend hasta el desvío de Butte City. Cuando se debilitaba la señal de la emisora, él buscaba otra, y luego otra. Su madre le dejaba hacer señas a los camioneros a los que adelantaban para que tocasen sus bocinas de aire comprimido. Él subía y bajaba el puño y, si los conductores lo veían, casi siempre daban un bocinazo. Una de las veces, vio que un camionero los estaba mirando por el retrovisor lateral y consiguió el bocinazo sin tener que mover el puño. El hombre lanzó por la ventanilla un beso que, probablemente, iba dirigido a su madre, y no a él.

192

Pararon a almorzar en Maxwell, en un sitio llamado Kathy's Kountry Kafe, un restaurante para viajeros y también, cuando llegaba la temporada, para cazadores de patos. El Fiat era el único coche deportivo del aparcamiento. La camarera parecía encantada de charlar con la madre de Kenny; lo hacían como si fueran hermanas o viejas amigas. Él observó que la mujer también llevaba los labios muy rojos. Cuando ella preguntó qué le traía al jovencito, pidió una hamburguesa.

—¡Oh, no, cariño! —dijo su madre—. Una hamburguesa la puedes comer todos los días. En un restaurante, tenemos que pedir de la carta.

—¿Por qué no, mamá? A papá no le importa. Y Nancy nos deja. —Nancy era su madrastra.

—¿Qué tal si lo convertimos en una norma especial? —dijo ella—. Solo para ti y para mí. —Al chico le parecía una norma extraña para imponerla así de repente. Nunca le habían dicho lo que debía pedir o no podía tomar—. Creo que te gustaría el sándwich de pavo caliente. Nos lo partiremos.

Kenny creyó que el sándwich «caliente» estaría quemando, y no sabía si le iba a gustar.

—¿Puedo pedir también un batido?

—Claro. —Ella sonrió—. ¡Mira si soy flexible!

A decir verdad, a Kenny le gustó aquel sándwich sin tapa, bañado en una espesa salsa marrón. No estaba demasiado caliente, además. El pan blanco, que absorbía toda la salsa, estaba tan rico como la carne de pavo, y el puré de patatas era su plato favorito desde siempre. Su madre pidió una especie de iglú de queso fresco sobre unos tomates en rodajas, aunque se sirvió también unos trozos de pavo. El batido de vainilla venía en el vaso de acero helado en el que lo preparaban y le permitió llenar dos veces una copa. Se lo sirvió él mismo, dando golpecitos en la pared de acero para que bajara. En realidad, había mucho batido y no se lo pudo terminar.

Cuando su madre fue al baño, notó que todos los hombres la seguían con la mirada y volvían la cabeza para observarla. Uno de ellos se puso de pie para pagar la cuenta y se detuvo junto al reservado donde Kenny esperaba solo.

—¿Esa es tu madre, campeón? —dijo el hombre. Llevaba un traje marrón y una corbata aflojada. Sus gafas tenían unas lentes de sol abatibles que sobresalían como pequeñas viseras.

—¡Ajá! —respondió él.

El hombre sonrió.

—¿Sabes?, yo tengo en casa un chico como tú. Pero no una mami como la que tú tienes —dijo y, soltando una risotada, se fue a pagar a la caja.

Cuando su madre volvió del baño, tenía otra vez los labios pintados y, al dar un sorbo de lo que quedaba del batido de su hijo, dejó una marca roja en la pajita.

194

Sacramento quedaba a más de una hora por la autopista. Kenny no había estado en su ciudad natal desde el día en que su padre había cargado la furgoneta y se habían mudado a Iron Bend. Las casas tenían un aire familiar reconfortante, pero cuando su madre salió de la autopista, enfiló una calle por la que él nunca había pasado. Al ver el rótulo del hotel Leamington, sin embargo, sonrió: sus padres habían trabajado en su momento en el Leamington, pero ahora solamente ella seguía trabajando allí. Kenny y sus hermanos habían pasado muchos ratos en el hotel, durante los fines de semana, cuando sus padres aún estaban casados. Jugaban en la sala de conferencias siempre que estaba vacía y comían en la barra de la cafetería si el local no estaba demasiado lleno. Papá les pagaba cinco centavos por cada bandeja de patatas que envolvían en papel de aluminio para asarlas todas juntas. Si pedían permiso, podían servirse ellos mismos la leche chocolatada del dispensador; eso sí, en un vaso pequeño. Todo esto había sucedido hacía mucho. Desde entonces, había transcurrido un buen trozo de la vida de Kenny.

Su madre aparcó en la parte trasera del hotel para entrar por la cocina: tal como el niño recordaba que hacían en su día con la furgoneta de su padre y con el Corolla de su madre. Todos los empleados la saludaron y ella les devolvió el saludo, uno a uno, llamándolos por su nombre. Una señora y uno de los cocineros no podían creer que Kenny hubiera crecido tanto desde la última vez que lo habían visto, pero él no se acordaba de quiénes eran, aunque le pareció reconocer las gafas de ojo de gato, de cristales muy gruesos, de la señora. La cocina le pareció más reducida de lo que recordaba.

Cuando él era pequeño, su madre trabajaba de camarera en la cafetería de ese hotel y su padre era uno de los cocineros. Ella entonces llevaba uniforme; ahora, en cambio, iba con traje de chaqueta y tenía un despacho junto al vestíbulo del hotel. En el despacho había un escritorio con montones de papeles y un tablón en la pared con muchas fichas, todas escritas con tintas de diferente color y ordenadas en pulcras columnas.

—A ver, osito, ahora tengo algunas cosas que hacer; después te explicaré la sorpresa de cumpleaños, ¿vale? —le dijo su madre introduciendo unos papeles en una carpeta de cuero—. ¿Quieres esperar aquí un ratito?

—¿Puedo fingir que este es mi despacho y que trabajo aquí?

—Claro —dijo ella sonriendo—. Ahí hay unos cuadernos. Y mira, esto es un sacapuntas eléctrico. —Le enseñó cómo había que presionar con el lápiz la abertura del artilugio. Hacía un ruidito rechinante y dejaba la punta tan afilada como una aguja de coser—. Si suena el teléfono, no respondas.

Una mujer, llamada señorita Abbott, entró en el despacho.

—¿Este es su hombrecito? —dijo. Era más vieja que su madre y llevaba unas gafas sujetas a una cadena que le colgaba del cuello. Ella se encargaría de vigilarlo y sabría dónde estaba su madre, por si la necesitaba.

—Kenny trabajará hoy para nosotros.

—Magnífico —dijo la señorita Abbott—. Te voy a dar unos sellos y un tampón para que todo sea oficial. ¿Quieres?

Su madre salió llevándose la carpeta de cuero. El niño se sentó en la silla, detrás del escritorio. La señorita Abbott le trajo unos sellos donde ponía la fecha, FACTURA y RECIBIDO, y una caja metálica rectangular con tinta azul en una almohadilla.

—¿Sabes? —dijo la mujer—, yo tengo un sobrino de tu misma edad.

Kenny usó los sellos y el tampón en algunas páginas de un cuaderno; después, aburrido, revisó los cajones superiores del escritorio. Un cajón tenía diferentes compartimentos para separar los clips, las cajas de grapas, las gomas elásticas, los lápices y varios bolígrafos con el nombre del hotel en los lados. Otro cajón contenía sobres y papel de carta con el rótulo LEAMINGTON HOTEL y un dibujito del edificio en lo alto.

Se levantó, fue a la puerta y vio a la señorita Abbott ante su propio escritorio, mecanografiando una carta.

—Señorita Abbott, ¿puedo usar ese papel donde pone «Leamington Hotel»?

Ella siguió tecleando.

—¿Cómo dices? —preguntó sin levantar la vista.

—¿Si puedo usar ese papel donde pone «Leamington Hotel»?

—Sí, anda —dijo, y continuó con su carta.

Kenny usó los sellos y los bolígrafos del hotel en una de

las hojas, trazando líneas y firmando con su nombre junto a los rótulos de tinta. Entonces se le ocurrió una idea

Sacó la funda de la máquina de escribir, que estaba sobre su propia mesita junto al escritorio. De color azul claro, con las letras IBM en la parte de delante, era un armatoste muy grande y ocupaba, prácticamente, la mesita entera. Metió una hoja en el mecanismo de la máquina y pulsó las teclas, pero no respondían: no pasaba nada. Ya iba a preguntarle a la señorita Abbott por qué no funcionaba la máquina de escribir cuando vio una palanquita basculante que decía ON/OFF y observó que estaba bajada hasta donde ponía OFF. La empujó hacia el ON y la máquina zumbó y vibró. La bola de tipos se deslizó de un lado para otro y se detuvo a la izquierda. El carro donde estaba metida la hoja no se movió, por lo que pensó que esa máquina de escribir formaba parte de una computadora o era una de esas máquinas de teletipo.

Intentó teclear su nombre, pero lo que salió fue **kkkkkkkkk**. Fue entonces cuando descubrió que si mantenía pulsada la tecla, la letra se repetía con el traqueteo de una ametralladora: **kkkk kkkkkkkk keeee eeeenn nnnnn n n n yyyy**. Lo que más le desconcertaba era la falta de una manivela para cambiar de línea. No había ninguna manivela. Por el contrario, sí había un gran botón donde ponía RETURN. Cuando lo pulsó, la bola se desplazó hacia la izquierda con un ¡chump! y por fin pudo escribir otra línea. Aquella era, sin duda, la máquina de escribir más increíble que había visto, o de la que había oído hablar.

Él no sabía teclear como una persona mayor —como la señorita Abbott o como su madre—, de modo que usaba un solo dedo, buscando las letras correctas y a veces pulsando otras sin querer: **kennmystdahlkl kjenny stanhl kenn sath**. Yendo muy despacito y con mucho cuidado, al final tecleó su nombre correctamente —**kenny stahl**—

197

y sacó la hoja de la IBM. Al lado, puso el sello de la fecha y el de **FACTURA**.

—¿Qué tal un descanso para tomar un café? —La señorita Abbott estaba en la puerta del despacho.

—Yo no tomo café —dijo Kenny.

Ella asintió y replicó:

—Vamos a ver lo que encontramos, ¿te parece?

La siguió hasta el vestíbulo, donde vio a su madre con un grupo de hombres. Debían de estar hablando de negocios, pero aun así la llamó.

—¡Mami! —gritó señalando hacia la cocina—. ¡Estoy haciendo un descanso para tomar un café!

Ella se giró sonriendo, le dirigió un discreto saludo y se volvió de nuevo hacia los hombres de negocios.

En la cocina, le preguntó a la señorita Abbott si podía servirse su leche chocolatada como solía hacer, pero el dispensador ya no daba leche chocolatada, sino leche normal y «descremada». No obstante, ella se dirigió hacia un frigorífico plateado, sacó un cartón de leche chocolatada, cogió un vaso grande y lo llenó hasta los topes. Era una cantidad mucho más abundante de la que jamás le habían permitido, cosa que le pareció fantástica. La señorita Abbott se sirvió un poco de café de la jarra redonda de vidrio que estaba sobre una máquina de café Bunn. No podían cruzar el vestíbulo con sus bebidas, así que entraron en la cafetería, que tenía el mismo aspecto que cuando él era pequeño. Se sentaron en un reservado vacío, en lugar de hacerlo en la barra.

—¿Te acuerdas de mí? —le preguntó ella—. Yo trabajaba aquí con tu papá. Antes de que viniera tu mamá. —Y le hizo otras preguntas, especialmente para ver si le gustaban las mismas cosas que a su sobrino: el béisbol, las clases de kárate, los programas de la tele… Kenny le dijo que ellos solo tenían el Canal 12 de Chico.

Y

De nuevo en el despacho, decidió escribirle a su madre una carta en la máquina IBM. Cogió otra hoja del hotel Leamington y fue tecleando muy despacio:

Querida mama,

Como estas, yo bien
El coche deportivo de tus amigos es como un coche de carreras. Me gusta el ruido que hace el motor y manejar la radio.
Te he visto en el hotel hace un momento y me gustaria saber cual es mi gran sorpresa?????
Voy a dejar estar carta en un sitio donde sea un SOSPRESA para ti. Cuando la encuentres contesta con esta maquina de escribir tan chuuula y tan facil de usar.
Te quiere
Kenny Stahl RECIBIDO RECIBIDO FACTURA

Kenny dobló la carta lo mejor que pudo, la metió en un sobre del hotel y lamió el precinto, procurando no cortarse la lengua con el afilado borde. Luego escribió PARA MAMÁ con un bolígrafo del hotel Leamington, buscó un sitio donde esconder la carta y decidió que lo mejor era meterla en el cajón del escritorio, debajo de algunas hojas con membrete.

Estaba jugando con unas gomas elásticas cuando su madre regresó al despacho. Iba con un hombre de piel de color marrón oscuro y un pelo lacio negrísimo.

—Kenny, este es el señor García. Es el que nos ha prestado el coche para hacer el viaje.

—Hola —dijo él—. ¿Ese coche es suyo? ¿El deportivo?

—Así es —dijo el señor García—. Me alegro de conocerte. Pero vamos a hacerlo como es debido, ¿vale? Ponte de pie.

El niño obedeció.

—Y ahora —prosiguió él— nos damos la mano. Aprieta fuerte.

Kenny le estrujó la mano con todas sus fuerzas.

—No me hagas daño —dijo el hombre, riendo. La madre los observaba sonriendo—. Ahora mírame a los ojos, igual que yo. Bien. Y ahora di: «Es un placer conocerlo».

—Es un placer conocerlo.

—Ahora viene lo más importante de todo. Nos hacemos cada uno una pregunta, hablando de hombre a hombre, ¿entiendes? Yo te voy a preguntar esto: ¿Sabes qué significa «Fiat»?

Kenny negó con la cabeza, primero porque le desconcertaba la pregunta, y segundo porque no comprendía lo que pasaba. Nadie le había explicado nunca cómo había que dar la mano.

—Significa: *Fix it Again, Tony* («Vuelve a arreglarlo, Tony») —El señor García se rio—. Ahora tú me preguntas a mí. Venga.

—Humm. —El chico tuvo que pensar qué iba a decir. Se quedó mirando la mata de pelo negrísimo de aquel hombre, rígidamente fijada en su sitio y muy reluciente. Y entonces recordó haberlo visto, de pequeño, cuando jugaba en el hotel con sus hermanos. El señor García, recordó, no trabajaba en la cocina con su padre, pero solía entrar, procedente del vestíbulo, e iba muy trajeado.

—Usted también trabaja aquí, como mi mamá, ¿verdad?

El señor García y su madre se miraron sonriendo.

—Trabajaba, Kenny, pero ya no. Ahora estoy en el Senator.

—¿Usted es senador? —Kenny sabía lo que era un senador por las noticias del canal 12.

—El señor García trabaja en el hotel Senator, Kenny —dijo su madre—. Y tiene una gran sorpresa para ti.

—¿Todavía no se lo has dicho? —preguntó el hombre.

—He pensado que deberías invitarlo tú —dijo ella.

—Muy bien. —El señor García miró a Kenny—. Me han dicho que se acerca tu cumpleaños, ¿cierto?

—Sí. Voy a cumplir diez años.

—¿Has volado alguna vez?

—¿En avión, quiere decir?

—Sí, ¿has volado?

El crio miró a su madre. A lo mejor, siendo bebé, ella lo había llevado en un avión de pasajeros; pero entonces era demasiado pequeño para recordarlo.

—¿Yo he volado, mamá?

—José es piloto. Tiene un avión y quiere llevarte a dar una vuelta. ¿Te imaginas qué divertido?

Kenny nunca había conocido a un piloto que tuviera su propio avión. ¿Dónde estaba el uniforme del señor García? ¿Sería piloto de las Fuerzas Aéreas?

—¿Qué vas a hacer mañana? —le preguntó el hombre—. ¿Quieres volar en avión?

Kenny miró de nuevo a su madre.

—¿Puedo?

—Sí —dijo ella—. Ya lo sabes, soy flexible.

Kenny y su madre cenaron en un restaurante llamado The Rosemount. Ella conocía a todos los que trabajaban allí. El camarero retiró dos cubiertos de la mesa, porque su madre dijo que tenía «una cita especial con este jovencito», refiriéndose a Kenny. Las cartas eran tan grandes como un periódico. Él tomó espagueti y, para postre, el camarero le trajo un pedazo de pastel de chocolate tan grande como un zapato. No se lo pudo terminar. Su madre fumaba sus cigarrillos largos y se tomó un café después de cenar. Uno de los cocineros, al que Kenny recordaba de los días del Leamington, salió de la cocina, se sentó con ellos —el tipo se llamaba Bruce— y estuvo un rato charlando y riendo con su madre.

—¡Dios mío, Kenny! —le dijo Bruce—. Estás creciendo tan deprisa como la alfalfa.

Ese cocinero sabía un truco increíble: era capaz de lanzar una pajita a una patata cruda y dejarla clavada como una flecha. Cuando salieron por la cocina —mamá había dejado aparcado el Fiat en la parte trasera—, Bruce le hizo la demostración al niño. ¡Zas! Y la pajita casi atravesó la patata de parte a parte. ¡Increíble!

Su madre vivía en un edificio de dos pisos, y había una escalera en medio que separaba los dos apartamentos de cada planta. En la sala de estar del suyo había una cosa llamada «cama abatible» que se levantaba y desaparecía en la pared. Cuando su madre bajó la cama, Kenny vio que ya estaba hecha. También había una televisión en colores encima de un carrito con ruedas que ella giró hacia la cama. Pero antes de permitirle que la encendiera, le dijo que debía bañarse.

Como el baño era pequeño y la bañera diminuta, se llenó enseguida de agua. En un estante había jabones y otras cosas para chicas, todas en botellas de colores y frascos con flores en la etiqueta. En otro estante había un tarro de crema de afeitar Gillette y una cuchilla Wilkinson Sword. El niño jugó en la bañera hasta que se le arrugaron los dedos y el agua se enfrió. Le habían metido un pijama en la maleta de color rosa que había llevado y, mientras se lo ponía, percibió un olor a palomitas de maíz. Su madre había preparado unas pocas, zarandeándolas para que se hicieran en una cazuela sobre el pequeño fogón de la cocina.

—Busca algo que ver en la tele, cariño —gritó mientras fundía mantequilla en una sartén para echarla sobre las palomitas.

Él pulsó el botón del televisor, que se encendió de inmediato, sin tener que calentarse como el de casa. Estaba entusiasmado al ver tantos canales, los que veía en los viejos tiempos, antes de que su madre se fuera de casa y su padre volviera a casarse. Había programas en los canales 3, 6, 10 y 13. Y en el otro mando, el que giraba en vez de hacer clic, estaba el canal 40. Todos eran en color, salvo la película antigua del canal 40. Se decidió por un programa que se llamaba *El nombre del juego*, y a su madre le pareció bien.

Se tumbaron los dos juntos en la cama abatible, comiendo palomitas. Ella se quitó los zapatos y, rodeándole los hombros con el brazo, jugueteó con el pelo de su hijo. En un momento dado, se incorporó y dijo: «Dale a mami unas friegas en el cuello». Kenny se puso de rodillas e intentó darle un masaje, apartándole el pelo y evitando la cadenita que tenía alrededor del cuello. Al cabo de unos minutos, ella le dio las gracias y le dijo que adoraba a su pequeño Kenny. Ambos volvieron a tumbarse. En el siguiente programa de la tele —*Bracken's World*— solo salían adultos que hablaban de cosas que él no entendía. Antes del primer anuncio, se quedó dormido.

Sonaba una música en la radio cuando Kenny se despertó por la mañana. Su madre estaba en la cocina y ya había preparado café en una cafetera de filtro de cristal. Kenny tuvo que saltar de la cama abatible, porque era un poquito alta.

—Hola, osito dormilón. —Su madre le dio un beso en la cabeza—. Tenemos un grave problema.

—¿Cuál? —El niño se restregó los ojos mientras se sentaba a la mesa de dos plazas de la cocina.

—No compré leche ayer. —Tenía, eso sí, una lata de una cosa llamada leche evaporada (con un dibujito de una vaca en la etiqueta) que ella estaba tomando con su café—. ¿Puedes bajar aquí a la vuelta, al Louie's Market, y comprar un litro de leche? Necesitarás un poco para tus cereales.

—Claro.

Kenny no tenía ni idea de dónde estaba el Louie's Market. Ella le explicó que, al salir por la puerta principal, había que girar a la derecha y luego, a la izquierda. Era un paseo de tres minutos. Había algunos dólares en el tocador de su habitación, le dijo; podía coger un par y comprarse una golosina para después.

El chico se vistió con la misma ropa del día anterior y entró en la diminuta habitación de su madre. Vio el dinero sobre el tocador y cogió dos billetes de un dólar. El armario estaba abierto e iluminado por la luz del sol. Vio todos los zapatos en la parte baja, y los vestidos y las faldas en las perchas. También había colgados una chaqueta y unos pantalones de hombre y varias corbatas en unos ganchitos; y un par de zapatos masculinos junto a los de tacón de su madre.

Las calles alrededor del apartamento estaban flanqueadas por grandes árboles, aunque no eran como los gomeros azules de Webster Road. Estos tenían anchas hojas verdes y unas ramas largas y gruesas. Las raíces de esos árboles tan viejos y tan altos habían crecido tanto que abombaban las aceras, y estas eran irregulares. Con los dos billetes de dólar en la mano, Kenny torció a la derecha, luego a la izquierda, y encontró el Louie's Market en menos de tres minutos.

Había un japonés tras una caja registradora rodeada de recipientes con dulces y caramelos. El niño encontró la sección de lácteos, cogió un litro de leche y fue a pagar. El japonés, mientras marcaba el precio, le preguntó:

—¿Tú quién eres? No te había visto nunca por aquí.

Kenny le dijo que su madre vivía cerca y que se había olvidado de comprar la leche.

—¿Quién es tu madre? —preguntó el hombre. Y cuando él se lo dijo, añadió—: Ah, tu madre es una señora muy simpática. Una señora muy guapa. ¿Y tú eres su hijo? ¿Qué edad tienes?

—Cumpliré diez años dentro de nueve días.

—Yo tengo una niña de tu misma edad.

Como golosina para más tarde, Kenny escogió un paquete de Hostess CupCakes: pastelitos de chocolate con una filigrana de azúcar glas en medio. Costaba veinticinco centavos; esperaba que no fuera demasiado. Su madre no dijo nada cuando volvió con la leche. Le puso una tostada, además del cuenco de Rice Krispies, y le cortó unos gajos de naranja sin pepitas.

Kenny estaba viendo el canal 40 —toda una mañana de dibujos y anuncios de juguetes— cuando sonó el teléfono, que estaba en la pared de la cocina. Después de saludar, su madre añadió algo que él no entendió.

—*¿Qué pasó, mi amor?* ¿Cómo? ¡Oh, no! A él le hacía mucha ilusión. ¿Estás seguro? —Kenny la miró, y ella le devolvió la mirada mientras seguía escuchando—. ¡Ah, sí, sí! Estaría bien. Dos pájaros de un tiro. Me encanta. De acuerdo.

Todavía escuchó un momento, después se echó a reír y colgó.

—Kenny, osito —canturreó, entrando en la sala—. Cambio de planes. José… el señor García, tiene un trabajo y no puede llevarte hoy en su avión. Pero… —Ladeó la cabeza como si fuera a anunciar una posibilidad aún más excitante, algo así como un viaje en un cohete espacial con plazas disponibles—. ¡Puede llevarte mañana a casa en avión! Así no tendremos que hacer todo ese trayecto en coche.

Kenny no acababa de entender cómo iban a llegar allí volando. ¿Aterrizaría el avión en Webster Road, delante de su casa? ¿No se estrellaría con los gomeros?

205

Y

Con todo el día libre por delante, Kenny y su madre pasaron el resto de la mañana en Fairytale Town, un centro para críos que dependía del Departamento de Parques. Había casitas pintadas como si estuvieran hechas de paja, ramas y piedras; una versión larga y sinuosa del camino de ladrillos amarillos del cuento *El Mago de Oz*; y funciones de marionetas cada hora hasta las tres de la tarde. Cuando Kenny era pequeño, toda la familia solía visitar aquella ciudad de fantasía; todos salvo su padre, que siempre se quedaba en casa durmiendo. Como ahora estaba a punto de cumplir diez años, los escenarios de cuentos de hadas ya eran demasiado infantiles para él. Hasta los columpios eran para niños más pequeños.

El zoo quedaba cerca. Ese había sido también uno de sus lugares preferidos cuando era un crío. Los monos todavía ejercitaban sus miembros columpiándose de las anillas de la jaula; los elefantes seguían en un cercado, tras una verja que ya no parecía tan alta como antes; y a las jirafas aún podías darles las zanahorias que los cuidadores dejaban en unos cubos al alcance del público. Pasaron más rato en el zoo que en Fairytale Town, entreteniéndose sobre todo en la sección de los reptiles. Había una pitón enorme enrollada alrededor de un tronco, con la cabeza —grande como una pelota de fútbol— pegada al vidrio del expositor.

Almorzaron en un mercadillo donde había mesas en las aceras con manteles a cuadros. Él se tomó un sándwich de atún sin lechuga ni tomate, solo con el atún, y su madre, un cuenco pequeño de ensalada de pasta. Para beber, en lugar de Coca-Cola, había un zumo dorado que venía en botellas con forma de manzana. Al principio eso le decepcionó, pero el zumo de manzana era tan dulce y sustancioso que mientras se le deslizaba por la garganta hasta el estómago notó una sensación de bienestar en todo el cuerpo. Debía de ser eso lo que se sentía al beber vino, pensó, porque los mayores siempre estaban haciendo grandes aspavientos sobre los «vinos de calidad». De postre, se comió las Hostess Cupcakes.

—¿Qué hacemos ahora, osito? —le preguntó su madre—. ¿Qué te parece si probamos suerte en el minigolf?

Tomó la autopista con el Fiat rojo y se dirigió al oeste, hacia las montañas. Cuando cruzaron el río, Kenny se dio cuenta de que estaban cerca de la salida de Sunset Avenue, que era la que solían utilizar para llegar a casa, a su antigua casa. Reconoció el gran rótulo verde, con la flecha blanca y las letras SUNSET AVE, y vio la gasolinera Chevron en un lado y la Phillips 66 en el otro. Pero su madre, en lugar de ponerse en la cola de la salida, siguió adelante. Al cabo de bastantes kilómetros, apareció un pintoresco pueblecito con molinos y castillos en miniatura: el MiniGolf & Family Fun Center. El lugar parecía nuevecito y tenía un aire mágico.

Como era sábado, había una considerable multitud compuesta por familias al completo y por chicos que habían llegado en bicicleta o a los que habían dejado allí con el dinero suficiente para pasárselo bomba todo el día. Había un círculo de jaulas de bateo, con lanzapelotas automáticos, y un salón recreativo lleno de máquinas de flíper y de juegos de puntería. Una pequeña cafetería servía perritos de maíz, *pretzels* gigantes y Pepsi-Cola. Para recoger las pelotas y los palos adecuados, tuvieron que hacer cola en un mostrador atendido por un adolescente que le sonreía a su madre con los mismos ojos de cordero degollado que el tipo de la gasolinera de Iron Bend. Había dos pistas que se podían escoger, y el joven del mostrador no solo les sugirió la Magic-Land, donde estaba el castillo, sino que los acompañó al primer hoyo y se esmeró en explicarles cómo había que anotar los tantos en la tarjeta. También les explicó que si metían la pelota en el hoyo dieciocho de un solo golpe, ganaban una partida gratis.

—Creo que ya hemos pillado lo esencial —le dijo su madre, para quitárselo de encima. Pero él se entretuvo hasta que los dos lanzaron un golpe. Entonces les deseó buena suerte y volvió al mostrador a seguir entregando palos y pelotas de colores.

Ellos no se molestaron en anotar el tanteo. Kenny aporreaba su pelota —la morada— más interesado en la distancia que en la precisión, y daba todos los golpes que fueran necesarios para hacer el hoyo. Su madre iba con un poco más de cuidado. El hoyo más divertido fue cuando Kenny lanzó la pelota a un gran hongo con lunares y esta desapareció unos segundos para reaparecer por uno de los tres tubos que daban a un *green* circular situado en un nivel inferior. Desde allí, tenía que meter la pelota en la boca de una rana gigante, que se abría y cerraba como el puente levadizo de un castillo. La pelota desapareció de nuevo, volvió a salir en un *green* de otro nivel inferior y casi entró rodando en el hoyo. Solo tuvo que empujar la bola morada con el palo corto. Su madre se pasó una eternidad para colar la suya por la boca de la rana.

—El minigolf es muy divertido —dijo Kenny cuando estaban de nuevo en el Fiat. El perrito de maíz que le había comprado su madre se lo había terminado antes de subirse al deportivo.

—A ti se te da de maravilla —dijo ella. Arrancó y salió del aparcamiento del Family Fun Center para dirigirse otra vez a la ciudad, hacia la salida de Sunset Avenue.

—Mamá… —Ella estaba encendiendo otro de sus cigarrillos largos con el mechero del Fiat—. ¿Podemos ver la casa antigua?

Su madre exhaló humo por la boca y miró cómo se lo llevaba el viento. Ella no deseaba ver la casa antigua. Había llevado a Kenny a esa casa desde el hospital, dos días después de que naciera. Sus otros dos hijos habían nacido en Berkeley, pero apenas tenían recuerdos del apartamento de allí. Ella los veía jugar en el patio trasero de esa casa mientras llevaba al bebé apoyado en la cadera. Más adelante, Kenny había gateado en la sala sobre la alfombra de nudo —la vieja alfombra de nudo de su madre— hasta que aprendió a caminar. Esa casa encerraba recuerdos de Navidades, de noches de Halloween y fiestas de cumpleaños con los niños del barrio: los recuerdos más dulces de su matrimonio, de su vida como madre.

Pero también subsistía en sus rincones la infelicidad, las discusiones cuyos ecos todavía debían de resonar, una soledad que la atormentaba por las noches, cuando los niños ya estaban dormidos, e incluso de día, cuando conseguían enloquecerla entre los tres. Para huir —de la casa, de los niños, del aburrimiento agazapado entre las sombras de la insatisfacción—, se había puesto a trabajar en el hotel Leamington. Había una plaza de camarera. Salía en coche temprano, antes de que su marido empezara el turno del almuerzo y la cena, y dejaba a los niños con una de las chicas mormonas que vivían al final de la calle. El sueldo estaba bien, desde luego, pero era la actividad en sí lo que ella buscaba: un lugar a donde ir, un trabajo que hacer, un grupo de personas con las que hablar. Ella todavía era la señora Karl Stahl, y su marido, el jefe de cocina, pero todo el mundo —incluido José García— la llamaba por su nombre de pila. Con el tiempo había demostrado que se le daban tan bien los números que el gerente del hotel la había trasladado de la cafetería al despacho de contabilidad. Y más tarde, después de divorciarse, cuando ya no era la señora Karl Stahl, la habían ascendido a la oficina de ventas.

Había abandonado la casa antigua hacía una eternidad. Y no quería volver a verla.

—Claro —le dijo a su hijo—. Soy flexible, ya lo sabes.

Y

Salió de la autopista, giró a la derecha en la gasolinera Phillips 66 y continuó por Sunset Avenue hasta Palmetto Street. Dobló a la izquierda en Palmetto a la altura de Derby Street, redujo la marcha para volver a girar a la derecha, cruzó Vista y Bush Street y se detuvo frente al número 4114.

Kenny no había tenido más que dos hogares, y ese era el primero. Contempló el lugar. El buzón junto al sendero era el mismo; la barandilla en aspa del porche estaba tal como la recordaba; en cambio, el árbol del patio parecía extrañamente pequeño. El césped estaba impecablemente recortado, nunca lo había visto tan pulcro, y había flores plantadas en parterres a lo largo del frente de la casa. Ellos nunca habían tenido flores ahí. En el gran ventanal había unas cortinas azules, en vez de las blancas que él recordaba. La puerta del garaje estaba cerrada, a diferencia de lo que ocurría cuando ellos vivían allí; entonces permanecía siempre abierta para poder acceder con facilidad a las bicicletas y los juguetes y a las habitaciones traseras de la casa. En el sendero, en lugar de la vieja furgoneta de su padre o del Corolla de su madre, había un Dodge Dart nuevo aparcado.

En la puerta de al lado, vivían entonces los Anhalter. El niño buscó la camioneta blanca de esa familia, pero no la vio por ningún lado. En el jardín de enfrente había un cartel de SE VENDE.

—Los Callendar van a vender la casa —dijo Kenny.

—Y parece que ya se han mudado —le contestó su madre.

Sí, la casa parecía vacía. Los niños Callendar, Brenda y Steve, no eran gemelos, pero daba la impresión de que hubieran nacido el mismo día. Andaban en bicicletas Schwinn, tenían un perro llamado *Biscuit* y formaban parte de un equipo de natación. Ahora debían de vivir en otro lugar.

Kenny y su madre se quedaron sentados en el Fiat unos minutos. Él miró la ventana de su antigua habitación. Los postigos de lamas móviles seguían ahí, pero pintados de azul: el mismo azul que las cortinas del salón. Cuando él y Kirk dormían en esa habitación en camas gemelas, los postigos eran del color de la madera. No estaba bien que ahora fuesen azules.

—Yo nací aquí, ¿verdad, mamá?

Ella miraba hacia el fondo de la calle, no la casa.

—Tú naciste en el hospital.

—Sí, ya lo sé. Pero aquí era un bebé, ¿no?

Su madre encendió el motor y puso el coche en marcha.

—Sip —dijo, superando el rugido del motor.

La noche en la que ella había abandonado la casa del 4114 de Derby Street, sus hijos estaban dormidos en la cama y su marido se hallaba en la cocina, sin decir palabra. No volvió a verlos durante siete semanas. Kenny tenía cinco años.

En el trayecto de vuelta al apartamento, ella se fumó tres de aquellos largos cigarrillos. La capota del deportivo estaba abierta y el humo se alejaba volando con el viento.

Su madre lo llevó a cenar al hotel Senator, que estaba en el centro, como el Leamington, pero era un sitio mucho más lujoso, lleno de hombres vestidos con traje que llevaban una placa de identificación. Comieron en la cafetería. José García pasó a verlos mientras Kenny se tomaba el postre, una porción enorme de pastel de cerezas con helado encima: *à la mode*, lo llamaba la camarera. A Kenny las cerezas no le entusiasmaban, pero se zampó hasta la última cucharada de helado.

—¿Qué os parece si despegamos a mediodía? —dijo el señor García—. Veremos un rato el delta y luego nos dirigiremos al norte. ¿Te has subido alguna vez a un avión, Kenny?

Esa pregunta ya se la habían hecho, pero él volvió a responder educadamente.

—Nunca.

—A lo mejor te enamoras del cielo —le dijo el señor García. Al marcharse, le dio un beso en la mejilla a la madre de Kenny. Él nunca había visto algo así en la vida real, o sea, a un hombre besando a una mujer en la mejilla. Su padre no besaba a su madrastra cada vez que iba a salir. Solo en la tele se besaban de ese modo los hombres y las mujeres.

A la mañana siguiente, José García los llevó a desayunar a una cafetería llamada Pancake Parade, cuya decoración le daba todo el aspecto de un circo. Él y el chico pidieron gofres y la madre, otro iglú de queso fresco. Mientras comían, una serie de familias bien vestidas fueron entrando y llenando el local. Iban endomingados para asistir a la iglesia: los padres con traje, las madres y las niñas con vestidos bonitos; algunos chicos de la edad de Kenny llevaban corbata. Con toda esa gente hablando y pidiendo el desayuno, el lugar «sonaba» realmente como un circo.

Cuando los mayores terminaron sus cafés al fin —la camarera no paraba de acercarse para llenarles otra vez la taza—, salieron y volvieron al Fiat (no sin que su madre se repasara antes los labios). Ahora conducía el señor García, que llevaba unas gafas de metal dorado con lentes de espejo y con unos ganchos para sujetarlas alrededor de las orejas. Su madre tenía puestas las gafas de sol de esquí. Kenny iba en el estrecho espacio de detrás de los asientos, donde el viento soplaba con más fuerza y apenas se oía nada. Durante todo el trayecto, no supo de qué hablaban los mayores.

Aun así era divertido ir detrás, sentado de lado y agitando la mano en la corriente de aire que producía el descapotable. Pasaron frente a varios caserones de ladrillo con amplias zonas verdes y junto a un parque inmenso con campo de golf. Llegaron a un lugar llamado Executive Field, que resultó ser un aeropuerto. José, en vez de entrar

212

en el aparcamiento, rodeó el recinto hasta una verja y se detuvo frente a varias avionetas aparcadas.

—¿Listo para desafiar al destino, Ken? —preguntó.

—¿Vamos a volar en una de esas? —Kenny señaló las avionetas. No eran como los modelos que él tenía en casa, los cazas y bombarderos B-17 de la época de la guerra. Esas avionetas eran mucho más pequeñas, no tenían ametralladoras y no daban la impresión de poder volar a demasiada velocidad, aunque algunas contaran con dos motores.

—*El Comanche* —le dijo el señor García, caminando hacia una avioneta blanca con una raya roja: uno de los aparatos de un solo motor.

Las puertas se abrían igual que las de un coche, y José las dejó abiertas para que se ventilara por dentro. Kenny, apoyado en el ala, escudriñó el interior: los indicadores y diales, el volante y los pedales. Había dos de cada, además de unos interruptores y controles extraños de pinta muy técnica. El señor García rodeó el avión varias veces y examinó unos papeles doblados en la funda de una de las puertas.

La madre de Kenny se acercó con la maleta de color rosa.

—Supongo que tú prefieres ir delante, ¿no? —le dijo. Plegó hacia delante uno de los asientos y se subió a la parte trasera, colocando la maleta a su lado.

—¿Yo me voy a sentar aquí? —Kenny quería decir frente al volante, como el copiloto.

—Me hace falta un copiloto —dijo el señor García—. Y a tu madre le tiembla el pulso con la palanca de mando. —Soltó una risotada y le enseñó al niño cómo abrocharse los cinturones de seguridad, aunque tuvo que tensarlos bien para que le ajustaran. Entonces se sacó del bolsillo unas gafas de sol y le dijo que se las pusiera—. El sol aprieta ahí arriba.

Las gafas tenían una montura de metal dorado como las que llevaba el señor García, aunque no eran ni mucho me-

213

nos tan caras. También tenían ganchos que se sujetaban alrededor de las orejas. Eran muy grandes para un chico de casi diez años, pero eso Kenny no lo sabía. Se volvió hacia su madre para que lo viera y alzó los dos pulgares. Todos se echaron a reír.

El arranque del motor resultaba muy ruidoso, y no solo porque las puertas de *El Comanche* aún estuvieran abiertas. Todo el fuselaje se estremecía, y la hélice parecía que iba partirse a cada vuelta. El señor García manipuló los interruptores y los botones, lo que dio lugar a que el motor rugiera varias veces. Se puso unos auriculares y, a continuación, hizo algo que puso al pequeño avión en movimiento, aunque las puertas seguían abiertas. Dejaron atrás las avionetas aparcadas y avanzaron entre amplios trechos de hierba donde había unos cartelitos con letras y números. En el extremo de la larga pista, *El Comanche* se detuvo. José se inclinó sobre Kenny y cerró la puerta del copiloto, ajustando el pestillo; también hizo otro tanto con la suya. El motor seguía armando mucho ruido, pero el fuselaje ya no temblaba tanto.

—¿Listo? —gritó el señor García. Kenny asintió. Su madre alzó los pulgares, se echó hacia delante y le alborotó el pelo. Si dijo algo, el chico no la oyó, aunque sí veía su gran sonrisa.

A medida que aceleraban y que el ruido aumentaba, se apoderó de él una sensación que nunca había experimentado. Estaban avanzando más y más deprisa y al fin despegaron, con lo cual sintió como si su estómago se desplomara y su cabeza, en cambio, estuviera elevándose. El suelo se volvió enseguida más pequeño; las calles, las casas y los coches ya no parecían de verdad. Kenny miró por la ventanilla. El ala le tapaba la vista, así que se inclinó hacia delante para contemplar la tierra y el cielo que se extendían frente a la avioneta.

Divisó los edificios del centro de la ciudad y reconoció lo que había constituido todo su mundo: el Tower Theatre, la cuadrícula de las calles, el Antiguo Fuerte (Sutter's Mill se llamaba, donde se había descubierto oro en la era de los pioneros); y ahí estaba el hotel Leamington. Incluso logró leer el rótulo.

Estaba volando en un avión por primera vez, y era la experiencia más increíble de su vida. Sentía que tenía la cabeza llena de aire y que le faltaba el aliento. El sol lucía con más fuerza que nunca; se alegraba de llevar gafas oscuras. Cuando el piloto giró, inclinando las alas hacia la izquierda, la extensa zona del delta del río ocupó todo el campo de visión. Allá abajo, había islas separadas por diques y sinuosos canales. Al lado de donde él había nacido vivían granjeros que tenían que llegar en bote a la ciudad. Increíble; no tenía ni idea.

—¡El Mekong tiene ese aspecto! —gritó José señalando por la ventanilla. Kenny asintió por costumbre, sin saber si debía decir algo—. ¡Ese es el trato que haces con el Tío Sam! ¡Él te enseña a volar y luego te envía a patrullar a Vietnam!

A Kenny le sonaba Vietnam porque la guerra salía en el canal 12 de Chico. Pero ignoraba por completo qué era el Mekong.

Volaron hacia el suroeste, ascendiendo tanto en el cielo que los coches y los camiones de las autopistas parecía que apenas se movían. El río se iba ensanchando y cambiaba de color al mezclarse con el agua salada de la bahía de San Francisco. Había barcos ahí abajo, grandes buques que en esos momentos se asemejaban a los modelos con los que él jugaba sobre la mesa de café. Cuando el piloto volvió a inclinar las alas, el niño sintió que se le revolvía el estómago, pero duró un momento.

Ahora volaban hacia el norte. El señor García se quitó uno de los auriculares.

—Ahora necesito que pilotes tú unos minutos, Kenny —gritó.

—¡Pero si yo no sé pilotar un avión! —dijo él mirándolo como si se hubiera vuelto loco.

—¿Tienes idea de cómo se conduce un coche?

—Sí.

—Sujeta los cuernos —le indicó. Los cuernos eran a medias un volante, a medias un manillar. El chico tuvo que enderezarse en el asiento para alcanzarlos—. La avioneta irá adonde tú apuntes. Tira un poco hacia atrás para cogerle el tacto.

Kenny empleó más fuerza de la que creía que tenía y, en efecto, los cuernos cedieron hacia él. Inmediatamente, el cielo inundó la ventanilla delantera y el motor aminoró la velocidad.

—¿Lo ves? Ahora estabilízala con el mismo cuidado.

El hombre mantenía sujetos sus mandos, pero dejó que Kenny se encargara de volver a poner el morro en posición horizontal. La tierra volvió a ocupar una parte de la ventanilla.

—¿Puedo girar? —gritó Kenny.

—Tú eres el piloto —dijo el señor García.

Con muchísimo cuidado, el niño giró los cuernos hacia la derecha y la avioneta se inclinó ligeramente. Percibió el cambio de dirección. Invirtió el movimiento y notó que el aparato volvía a su posición inicial.

—Si fueses un poquito más alto, te dejaría manejar el timón, pero aún no llegas a los pedales. Quizá el año que viene.

Kenny se imaginó a sí mismo, con once años, pilotando él solito *El Comanche*, y su madre en el asiento trasero.

—Ahora lo que tienes que hacer es… ¿ves el monte Shasta allí al fondo? —El Shasta, el gigantesco volcán que se alzaba sobre el valle hacia el norte, estaba siempre cubierto de nieve. En Iron Bend, en los días claros, parecía como una enorme pintura colgada a lo lejos. Desde el asiento de Kenny en la parte delantera de la avioneta, el Shasta era un triángulo blanco que asomaba sobre el horizonte—. ¿Lo ves? Pues vuela directamente hacia allí, ¿de acuerdo?

—¡De acuerdo! —Kenny fijó la mirada en la montaña y procuró mantener el morro del avión apuntado hacia ella. Entretanto, el señor García sacó unos papeles del costado de su asiento y un bolígrafo del bolsillo. Hizo unas anotaciones y estudió un mapa. Kenny no sabía cuánto tiempo transcurrió mientras él iba pilotando en línea recta; tal vez fueron unos minutos, o tal vez la mayor parte del vuelo, pero en ningún momento permitió que la avioneta se desviara. Cuando José volvió a doblar el mapa y cerró el bolígrafo, el monte Shasta era más visible.

—Bravo, Kenny —dijo tomando los mandos—. Tienes madera de piloto.

—¡Buen trabajo, cariño! —dijo su madre desde la parte trasera. El chico volvió la cabeza sonriendo y vio que ella también exhibía una sonrisa radiante.

Mirando por la ventanilla, Kenny vio los carriles de la autopista que atravesaba el valle a través de ciudades como Willows y Orland hasta Iron Bend y más lejos incluso. Precisamente, dos días atrás, él estaba con su madre ahí abajo, en esa autopista. Y ahora se encontraba a varios kilómetros por encima de ella.

Después del rato que había pasado pilotando, tuvo que destaparse los oídos dando grandes bostezos y sonándose la nariz con la boca cerrada. No le hizo daño. El aparato estaba descendiendo y el motor rugía con más potencia a medida que el suelo se acercaba y que los puntos de referencia de Iron Bend se volvían visibles. Ahí estaba el aserradero del sur de la ciudad, y los dos moteles de la autopista, y los viejos silos de grano, ahora vacíos, y el aparcamiento del Shopping Plaza, y los almacenes Montgomery Ward. Nunca le habían dicho que hubiese un aeropuerto en Iron Bend, pero sí lo había: estaba más allá del campo de fútbol del Union High.

La avioneta empezó a estremecerse y a dar sacudidas cuando el señor García se dispuso a aterrizar. Accionó de alguna manera los mandos para que el motor se volviera casi silencioso un instante antes de que las ruedas rechinaran sobre la pista de hormigón. Entonces condujo el aparato como si fuera un coche y se detuvo a unos metros de donde estaban aparcados otros aviones. Cuando apagó el motor, la hélice giró unas cuantas veces más y se detuvo de golpe. Sin el rugido del motor, el silencio resultaba extraño; el chasquido de los cinturones sonaba con perfecta nitidez, como en una película del State Theater.

—Otra vez hemos burlado a la muerte —dijo José sin necesidad de gritar.

—¡Por favor! —exclamó la madre de Kenny—. ¿Has de decirlo así?

Él se rio y, echándose hacia atrás, le dio un beso en la mejilla.

En el aeropuerto había una cafetería muy pequeña. No había ningún cliente y, al parecer, ningún empleado. Kenny, todavía con las gafas oscuras de piloto puestas, se sentó junto a una mesa, dejando la maleta de color rosa en el suelo, mientras su madre introducía monedas en el teléfono público de la pared. Marcó un número, esperó y volvió a introducir las mismas monedas. Tras marcar otro número, consiguió hablar con alguien.

—Sí, bueno, la línea estaba ocupada —dijo al teléfono—. ¿Puedes venir a buscarlo? Nosotros hemos de regresar. ¿Cuánto? De acuerdo. —Colgó el auricular y se acercó a la mesa—. Tu padre viene a recogerte desde el trabajo. Vamos a ver si hay un chocolate caliente para ti y un café para mí.

A través de la puerta de cristal de la cafetería, Kenny veía la oficina del aeropuerto. El señor García —todavía con las gafas oscuras, también— estaba hablando con un hombre sentado tras un escritorio. Oyó un fuerte zumbido que resultó ser el de una máquina de chocolate caliente. Su madre se lo llevó en un vaso de poliestireno. Le bastó un sorbo para notar que estaba demasiado aguado. No se lo terminó.

Su padre apareció con la furgoneta. Se bajó y dejó el motor en marcha; llevaba sus pantalones de cocinero y calzaba unos zapatones. Le dio la mano al señor García, le dijo unas palabras a la madre de Kenny, cogió la maleta y la llevó al vehículo.

El niño se sentó delante, como en la avioneta. Mientras salían del aparcamiento, su padre le preguntó por las gafas oscuras.

—Me las ha dado el señor García.

Le explicó cómo había orientado el aparato hacia el monte Shasta y le habló del zoo y del minigolf y le contó que había visto la casa antigua.

—Ah —dijo su padre.

Volvió a decir lo mismo cuando le explicó que los Callendar se habían mudado.

Mientras entraban en la ciudad y regresaban al restaurante Blue Gum, Kenny miraba por la ventanilla. Sus ojos, teñidos de color azul oscuro por las gafas de sol, escrutaron el cielo. Seguramente, el señor García ya había despegado y él confiaba en ver su avioneta ahí arriba. Su madre estaría sentada ahora en el asiento del copiloto.

Pero no se veía ni rastro de ellos. Ni rastro.

Estas son las meditaciones de mi corazón

*E*lla no tenía intención de comprarse una máquina de escribir antigua. No necesitaba nada ni quería más posesiones, fueran nuevas, usadas o antiguas: nada de nada. Se había prometido a sí misma capear sus últimos reveses personales con una temporada de vida espartana: un nuevo minimalismo, una vida que pudiera caber entera en un coche.

Le gustaba su pequeño apartamento al oeste del río Cuyahoga. Había tirado todas las ropas que había usado mientras estaba con él, con el Cabeza-Hueca; cocinaba para ella sola casi cada noche y escuchaba un montón de *podcasts*. Tenía ahorrado lo suficiente para llegar a fin de año, con lo que podía permitirse un verano relajado y libre de ocupaciones. En enero el lago se helaría y las cañerías del edificio probablemente reventarían, pero para entonces ya se habría ido. A Nueva York, o Atlanta, a Austin o Nueva Orleans. Tenía opciones en cantidad, siempre y cuando viajara ligera. No pensaba comprar nada más. Pero resultó que la iglesia metodista Lakewood, de la esquina de Michigan y Sycamore, organizaba el sábado un mercadillo con el fin de recaudar fondos para servicios comunitarios como la guardería infantil, los programas de rehabilitación de doce pasos y quizá, vaya a saber, el reparto de comidas a domicilio. Aunque ella no iba a la iglesia ni era metodista bautizada, estaba segura de que

darse una vuelta por un aparcamiento lleno de mesas plegables cargadas de cachivaches no constituía un acto de
devoción religiosa.

Por simple diversión, estuvo a punto de comprar un juego de bandejas de aluminio para cenar ante la tele, pero tres
de ellas presentaban signos de óxido. Las cajas de bisutería
no contenían ningún tesoro. Pero entonces reparó en un
juego de Tupperware para hacer polos. De niña, era ella la
que se encargaba de verter Kool-Aid o zumo de naranja en
los moldes y de insertar los palitos de plástico, para producir
—cuando el congelador obraba su magia— deliciosos y baratos helados. Todavía notaba el cálido viento veraniego de
las montañas y las manos pegajosas de helado de frutas derretido. Sin tener que regatear siquiera, se quedó el juego
por un dólar.

En la misma mesa estaba la máquina de escribir. Era un
modelo rojo Pop Art desteñido, nada del otro mundo. Lo
que le llamó la atención fue la etiqueta pegada en la parte
superior izquierda de la cubierta. En minúsculas subrayadas
(pulsando el 6 y la tecla de mayúsculas) el propietario original había escrito:

estas son las meditaciones de mi corazón

Esas palabras habían sido escritas hacía por lo menos
treinta años, cuando la máquina estaba nuevecita, recién
sacada de la caja: quizá un regalo a una chica al cumplir los
trece. Otro propietario más reciente había escrito CÓM
PRAME POR 5 $ en una hoja y la había dejado metida en el
carro.

La máquina era portátil, con armazón de plástico. Tenía
una cinta de dos colores, negro y rojo, y un agujero en la
tapa, allí donde habían arrancado el rótulo de la marca:
Smith Corona, o Brother, u Olivetti. Había además un estu-

che de piel sintética rojiza, con un bolsillo adosado y un cierre con botón. Pulsó tres teclas —A, F, P— y las tres saltaron sobre el papel y volvieron a su posición. O sea que más o menos funcionaba.

—¿De veras solo cuesta cinco dólares esta máquina? —le preguntó a una señora metodista apostada cerca de la mesa.

—¿Esa? —dijo la mujer—. Creo que funciona, pero ya nadie utiliza máquinas de escribir.

No era eso lo que había preguntado, pero no importaba.

—Me la quedo.

—A ver el dinero.

Y así, sin más, los metodistas se ganaron cinco pavos.

Ya en su apartamento, preparó una remesa de polos de zumo de piña para esa noche. Se tomaría un par cuando refrescara, cuando pudiera abrir las ventanas y contemplar las primeras luciérnagas. Sacó la máquina de escribir de su estuche, la colocó en la mesita de la cocina y metió en el rodillo una hoja de papel de su impresora láser. Probó las teclas una a una; muchas estaban atascadas. Faltaba uno de los cuatro pies de goma de la base, y la máquina bailaba un poco. Aporreó todas las teclas, para tratar de desatacarlas, empezando por la hilera superior y probando también las mayúsculas, y lo consiguió hasta cierto punto. Aunque la cinta era vieja, las letras resultaban legibles. Probó el interlineado del retorno del carro —simple y doble—, y funcionaba, aunque la campanilla, no. Los topes de los márgenes rechinaban, pero encajaban en su sitio.

Hacía falta limpiarla a fondo, y lubricarla, lo cual, suponía, podía costar unos veinticinco dólares. Pero se detuvo a reflexionar sobre la gran cuestión que se le plantea a cualquiera que se compra una máquina de escribir en el tercer milenio: ¿para qué sirve? Para escribir la dirección en los

223

sobres. A su madre le gustaría recibir cartas mecanografia-
das de su hija errante. También podía enviarle mensajes en-
venenados a su ex, del tipo: «¡Eh, Cabeza-Hueca, has come-
tido un error del carajo!», sin dejar el rastro de su correo
electrónico. Y podía mecanografiar algún comentario, sacarle una foto digital con el móvil y colgarlo en su blog y en su
cuenta de Facebook. Asimismo, podía redactar listas de tareas para colgar en la puerta de la nevera. Con lo cual ya
contaba con cinco motivos Hipster-Retro para poseer su
propia máquina de escribir nueva-antigua. Si además redac-
taba unas cuantas meditaciones con el corazón en la mano,
tendría seis propósitos justificados para utilizarla.

Tecleó el propósito que el propietario original le había
atribuido a la máquina.

E stas son l as med ita cio n e s de m ico raz ón.

La barra espaciadora saltaba, así no había forma de escribir. Cogió el teléfono móvil y buscó en Google «reparación
máquina escribir antigua».

Tres listados distintos le ofrecieron varias opciones: una
tienda cerca de Ashtabula, que quedaba a dos horas; un sitio
en el centro donde no respondían al teléfono, e, increíblemente, otro sitio llamado «Máquinas Comerciales Detroit
Avenue», que estaba a unos pocos minutos andando. Conocía esa tienda; estaba junto a un taller de neumáticos. Había
pasado muchas veces para ir a una pizzería buenísima, o
bien, unas puertas más allá, a la tienda de artículos de arte
que estaban a punto de cerrar. Creía que se trataba de un
pequeño taller de reparación de ordenadores e impresoras,
pero, tras caminar unos minutos y examinar el escaparate
con más atención, descubrió divertida que tenían una antigua máquina de sumar, un contestador telefónico de hacía
treinta años, un aparato llamado «dictáfono» y una máquina

de escribir antiquísima. La campanilla de la puerta tintineó cuando se decidió a entrar.

En un lado del local no había más que impresoras: montones y montones de cajas, junto con cartuchos de tóner de todos los modelos. El otro lado de la tienda venía a ser como un museo de «utensilios comerciales antiguos». Había máquinas de sumar de ochenta y una teclas con manivela, calculadoras desechables de diez teclas, un estenógrafo, máquinas de escribir eléctricas IBM, la mayoría de ellas con la cubierta de color beis, y, en los estantes de la pared, todo un surtido de máquinas de escribir relucientes: negras, rojas, verdes, incluso de color azul cielo. Todas parecían en perfecto estado de funcionamiento.

El mostrador estaba al fondo del local. Detrás, había dos escritorios y una mesa de trabajo, donde un hombre viejo estaba examinando unos papeles.

—¿En qué puedo ayudarla, joven? —preguntó con un ligero acento, probablemente polaco.

—Espero que pueda usted salvar mi inversión —dijo ella colocando el estuche de piel sintética sobre el mostrador y sacando la máquina de escribir.

El viejo suspiró en cuanto la vio.

—Sí, ya —dijo ella—. Esta joya necesita un repaso. La mitad de las teclas están estropeadas. Baila mientras escribo, la barra espaciadora está a la virulé y la campanilla no suena.

—¡Vaya!

—¿Puede echar una mano a una chica en apuros? He tirado cinco pavos en este cacharro.

El viejo la miró un momento y a continuación volvió a mirar la máquina. Suspiró otra vez.

—Joven, no puedo hacer nada por usted.

Ella se quedó desconcertada. Por lo que veían sus ojos, ese era el lugar indicado para que una máquina de escribir volviera a funcionar. ¡En la mesa de trabajo había máquinas desmontadas y montones de piezas sueltas, por el amor de Dios!

—¿Es porque esas piezas de ahí no encajan con mi máquina?

—No hay recambios para esto —dijo el hombre agitando la mano sobre la máquina roja y el estuche de piel sintética.

—¿Tiene que pedirlas? Puedo esperar.

—No, no lo entiende. —En el borde del mostrador había una cajita con las tarjetas del establecimiento. El viejo cogió una y se la dio—. ¿Qué dice aquí, joven?

Ella leyó la tarjeta:

—«Máquinas Comerciales Detroit Avenue. *Impresoras. Ventas. Servicio. Reparación.* Cerrado el domingo.». Que es mañana —añadió ella—. «Horarios de atención: de nueve de la mañana a cuatro de la tarde. Sábados: de diez de la mañana a tres de la tarde.» Tanto mi reloj como el suyo marcan las doce y diecinueve. —Le dio la vuelta a la tarjeta. No había nada en el dorso—. ¿Qué es lo que no he entendido?

—El nombre de la tienda —dijo el viejo—. Lea el nombre de mi tienda.

—«Máquinas Comerciales Detroit Avenue».

—Sí. *Máquinas* Comerciales.

—Vale, sí.

—Mire, joven. Yo trabajo con máquinas. Pero ¿esto? —Otra vez desdeñó con un gesto la máquina de cinco dólares—. Esto es un juguete.

Dijo «juguete» como quien suelta una palabrota.

—Hecho de plástico para que parezca una máquina de escribir. Pero no es una máquina de escribir.

Tiró de la tapa de lo que él consideraba un juguete: el plástico se dobló hasta que salió con un chasquido, y dejó a la vista el mecanismo.

—Los martillos de los tipos, las palancas, las bobinas de

la cinta: todo de plástico. El inversor de la cinta. El vibrador. Ella no tenía ni idea de lo que era el vibrador de una máquina de escribir.

El hombre aporreó varias teclas, manipuló las palancas, deslizó el carro de un lado para otro, giró el rodillo, pulsó la barra espaciadora. Todo, con un rictus de repugnancia.

—Una máquina de escribir es un utensilio. En las manos adecuadas, un utensilio que puede cambiar el mundo. Pero ¿esto? Esto solo sirve para ocupar espacio y armar ruido.

—¿No puede ponerle al menos un poco de aceite para que yo haga el intento de cambiar el mundo? —le preguntó ella.

—Podría limpiarla, lubricarla, apretar cada tornillo. Conseguir que sonara la campanilla. Por sesenta dólares, la rociaría de polvos mágicos. Pero me estaría aprovechando de usted. En un año, la barra espaciadora estaría otra vez…

—¿A la virulé?

—Mejor será que se la lleve a casa y la use de florero —dijo el viejo volviendo a meterla en su estuche como quien envuelve un pez muerto en papel de periódico.

Ella se sentía fatal, como si hubiera defraudado a uno de sus profesores con un ensayo poco trabajado y mal estructurado. Si aún hubiera seguido con el Cabeza-Hueca, el muy idiota estaría ahora a su lado dándole la razón al viejo: «Ya te lo dije, este chisme es una porquería. Cinco dólares malgastados».

—Mire. —El hombre señaló las máquinas alineadas en los estantes de las paredes—. Esas sí son máquinas de verdad. Están hechas de acero. Son obras de ingeniería. Las producían en fábricas de América, Alemania y Suiza. ¿Y sabe por qué están ahora en esos estantes?

—¿Porque las tiene en venta?

—¡Porque las fabricaron para durar siempre!

El viejo ahora gritaba. A ella le pareció oír a su padre

vociferando: «¿Quién ha dejado esas bicicletas en el jardín? ¿Por qué soy yo el único que está vestido para ir a la iglesia? ¡El padre de esta casa ha llegado y necesita un abrazo!». De repente se dio cuenta de que estaba sonriéndole al viejo.

—Esta, por ejemplo —continuó él, yendo a los estantes y bajando una Remington 7 negra; se llamaba «Silenciosa»—. Páseme ese bloc. —Ella cogió del mostrador un bloc de papel blanco y se lo dio. El hombre arrancó dos hojas y las metió en el rodillo de la reluciente máquina—. Escuche.

Tecleó unas palabras:

Máquinas Comerciales Detroit Avenue

Las letras susurraron en la página, una a una.

—América estaba en plena actividad —explicó el hombre—. La gente trabajaba en oficinas atestadas, en sus apartamentos, incluso en los trenes. Remington llevaba años y años vendiendo máquinas de escribir. Pero alguien sugirió: «Hagamos una máquina más pequeña y menos ruidosa. Reduzcamos ese estruendo». ¡Y lo consiguieron! ¿Usaron piezas de plástico? ¡No! Recalcularon la tensión, la fuerza de cada pulsación. Fabricaron una máquina tan poco estridente que podía venderse como «Silenciosa». Venga. Pruebe.

Giró la máquina, ofreciéndosela. Ella escribió con cuidado:

Silencio. Estoy escribiendo.

—Apenas se oye nada —comentó—. Estoy impresionada. —Señaló entonces una máquina de dos tonos, blanco hueso y azul, con armazón redondeado—. ¿Esa tampoco hace ruido?

—Ah. Una Royal. —El viejo dejó en su sitio la Remington 7 y bajó una pequeña máquina preciosa—. Una Safari portátil. Un modelo muy decente. —Metió dos hojas y la invitó a usarla. Ella buscó unas palabras adecuadas al mundo del safari.

```
Mogambo.
Bwana, el diablo de la selva.
«Yo tenía una granja en África…»
```

La Royal hacía más ruido que la Silenciosa y las teclas no volaban con tanta facilidad. Pero tenía algunos detalles que dejaban obsoleta toda la ingeniería de la Remington: el número «1» con el signo «!»; un botón donde decía ALINEACIÓN MÁGICA EN COLUMNAS y, además, ¡era de dos colores!

—¿Este ejemplar de la realeza está en venta? —preguntó.

El hombre la miró sonriendo y asintió.

—Sí. Pero dígame. ¿Por qué?

—¿Por qué quiero una máquina de escribir?

—¿Por qué quiere *esta* máquina de escribir?

—¿Pretende disuadirme?

—Joven, yo le venderé la máquina que quiera. Cogeré su dinero y asunto concluido. Pero dígame, ¿por qué esta Royal Safari? ¿Por el color? ¿Por la tipografía? ¿Por las teclas blancas?

Ella tuvo que pensarlo. De nuevo se sintió como si estuviera en la escuela, como si fuera a hacer un examen sorpresa y temiera suspenderlo porque no había estudiado.

—Por capricho —afirmó—. Porque compré esa máquina de juguete y pensé que me gustaría utilizar una máquina de escribir, en lugar de usar lápiz o bolígrafo. Pero el maldito trasto no funciona y, encima, a ver si lo adivina, resulta que la tienda de mi barrio de máquinas de escribir

229

se niega a tocarla siquiera. Yo ya me veo en la mesita de mi pequeño apartamento mecanografiando notas y cartas. Tengo un portátil, una impresora, un iPad... Y esto. —Le mostró su iPhone—. Los utilizo tanto como cualquier mujer moderna, pero...

Se interrumpió. Se preguntaba qué era lo que la había impulsado a comprar ese cacharro de cinco dólares —sin campanilla, con la barra espaciadora suelta—, y por qué estaba en ese momento en esa tienda casi discutiendo con un viejo, cuando un día antes ni siquiera se había parado a pensar en máquinas de escribir antiguas.

—Yo tengo una letra desastrosa —prosiguió—, como la de una cría, y todo lo que escribo parece un póster propagandístico de un sanatorio de rehabilitación. No soy de esas personas que teclean entre sorbos de *whisky* y caladas de cigarrillo. Lo único que quiero es poner por escrito algunas verdades que he descubierto.

Volvió al mostrador y cogió el estuche de cuero sintético. Sacó de un tirón la máquina de plástico, la llevó junto a los estantes y casi la arrojó junto a la Royal Safari. Señaló con un dedo el adhesivo de la cubierta.

—Quiero que mis hijos todavía no concebidos puedan leer un día «las meditaciones de mi corazón». Me encargaré personalmente de dejarlas estampadas en las fibras de una página tras otra: ¡un auténtico flujo de conciencia que guardaré en una caja de zapatos hasta que mis hijos sean lo bastante mayores para leerlas y poder reflexionar sobre la condición humana! —Se dio cuenta de que se había puesto a gritar—. Ellos se pasarán unos a otros las páginas y dirán: «Así que era esto lo que hacía mamá cuando armaba tanta bulla mecanografiando». Disculpe. ¡Estoy gritando!

—Ah —dijo el hombre.

—¿Por qué cree que grito?

El viejo la miró parpadeando y afirmó:

—Está buscando perpetuarse.

—¡Sí, supongo que sí! —Hizo una pausa para inspirar hondo y, de un resoplido, exhaló—. Bueno, ¿cuánto por esta máquina de la selva?

Se hizo un silencio en el local. El hombre se llevó un dedo a los labios mientras pensaba la respuesta.

—Esta no es la máquina adecuada para usted. —Cogió la Royal de dos colores y la dejó otra vez en el estante—. Esa era una máquina para una jovencita de primer año de universidad, para una chica con la cabeza a pájaros convencida de que pronto encontraría al hombre de sus sueños. Estaba pensada para redactar resúmenes de libros.

Bajó una sólida máquina de escribir con una cubierta de color verde mar. Las teclas eran de un tono algo más claro.

—Esta —dijo, metiendo de nuevo dos hojas en el carro— fue fabricada en Suiza. Además de los relojes de cuco, el chocolate y los relojes de pulsera, los suizos produjeron en su día las mejores máquinas de escribir del mundo. En 1959 fabricaron esta, la Hermes 2000. La cumbre... el no-va-más de las máquinas manuales, un modelo jamás superado. Llamarla la Mercedes-Benz de las máquinas de escribir sería exagerar la calidad de la Mercedes-Benz. Por favor, escriba.

Ella se sintió algo intimidada ante aquella caja mecánica verde que tenía delante. ¿Qué demonios podía decir en una maravilla de la ingeniería suiza de sesenta años de antigüedad? ¿Hacia dónde conducir ese Benz *vintage*?

En las montañas de Ginebra,
la nieve cae blanca y pura
y los niños comen cereales de chocolate
en cuencos sin leche.

—La tipografía es Época —dijo el hombre—. Fíjese qué recta y regular es. Como una línea pautada. Así son los suizos. ¿Ve esos orificios que hay en la guía, a cada lado del vibrador?

Ah, o sea que *eso* era el vibrador.

—Observe. —El hombre se sacó un bolígrafo del bolsillo y metió la punta en uno de los orificios. Después soltó el carro y lo deslizó de aquí para allá, subrayando lo que ella había escrito.

En las montañas de Ginebra,
la nieve cae blanca y pura

—Puede usar tintas de distintos colores para señalar el grado de énfasis. ¿Y ve este botón de la parte trasera? —Había un botón del tamaño de un dedal, con un borde ligeramente dentado—. Puede apretarlo o aflojarlo para ajustar la presión de las teclas.

Ella lo apretó. Notó las teclas bastante más rígidas y tuvo que pulsarlas con energía.

Relojes de cuco.

—Cuando se empleaba papel carbón para hacer tres o cuatro copias de una carta, el ajuste más fuerte permitía que hasta la última hoja quedara marcada con claridad. —Se echó a reír—. Los suizos archivaban montones de copias.

Al girar el botón en la dirección opuesta, las teclas se volvían ligeras como una pluma.

Relojes. Mercedes Hermes 2000000

—Casi silenciosa, también —opinó ella.

—Sí, cierto —dijo el viejo. Le mostró con qué facilidad podían fijarse los márgenes apretando las palancas que había a cada lado del carro. En cuanto a los tabuladores, se fijaban pulsando la tecla TAB SET—. Esta Hermes fue fabricada cuando yo cumplí diez años. Es indestructible.

—Como usted —dijo ella.

El viejo le sonrió.

—Sus hijos aprenderán a escribir con esta máquina.

A ella le gustó la idea.

—¿Cuánto cuesta?

—Por eso no se preocupe. Yo se la venderé con una sola condición: que la use.

—Eso, permítame que se lo diga, es una obviedad.

—Conviértala en parte de su vida. En una parte de su actividad diaria. No la use solo unas cuantas veces para luego, porque necesita espacio en la mesa, meterla de nuevo en la funda y dejarla en el fondo de un armario. Si lo hace, tal vez no vuelva a escribir nunca más con ella.

El hombre había abierto un armario, bajo los expositores de las antiguas máquinas de sumar, y rebuscó entre varios estuches de repuesto. Sacó una especie de maleta verde cuadrada con cierre metálico.

—¿Usted tendría un estéreo y nunca escucharía discos? Las máquinas de escribir se deben usar. Así como una barca debe navegar y un avión debe volar. ¿De qué sirve un piano si no lo toca? Se queda criando polvo en un rincón y usted se queda sin música en su vida.

Metió la Hermes 2000 en el estuche verde.

—Deje la máquina en una mesa donde esté a la vista, con un montón de papel al lado; utilice dos hojas para preservar el rodillo; encargue sobres y su propio papel de carta. Le daré una funda también, sin cobrársela, pero quítela cuando llegue a casa para que la máquina esté a punto para escribir.

—¿O sea que ahora sí vamos a hablar del precio?

—Supongo.

—¿Cuánto?

—Ah —exclamó el viejo—. Estas máquinas tienen un valor incalculable. La última la vendí por trescientos dólares. Pero para una joven como usted... cincuenta.

—¿Qué tal si me da algo por esta otra? —dijo ella señalando la máquina de juguete que había llevado. Quería regatear.

El hombre la miró como echándole mal de ojo.

—¿Cuándo ha dicho que pagó por ella?

—Cinco dólares.

—Se la pegaron. —El hombre frunció los labios—. Cuarenta y cinco. Como se entere mi mujer de que he hecho semejante trato, se divorciará de mí.

—Que sea un secreto entre nosotros, entonces.

Una de las características de la Hermes 2000 es que era mucho más pesada que la de juguete. El estuche verde le chocaba contra las piernas mientras caminaba hacia casa. Se detuvo dos veces, dejando la máquina en el suelo, no tanto porque necesitara un descanso como porque tenía la palma sudada.

Una vez en su apartamento, siguió las instrucciones del viejo, como le había prometido. La máquina de color verde mar quedó instalada en la mesita de la cocina, con un montón de papel al lado. Se preparó un par de tostadas con aguacate y una pera cortada en cuatro: esa era su cena. Sacó el móvil, lo conectó a su iTunes y lo metió en una taza de café vacía para amplificar el sonido, dejando que Joni cantara sus viejas canciones y Adele, su nuevo disco mientras ella mordisqueaba las tostadas.

Se sacudió las migas de las manos y, embargada por la emoción de poseer una de las mejores máquinas de escribir que habían descendido de los Alpes, metió dos hojas en el carro y empezó a teclear.

TAREAS:

MATERIAL DE ESCRITORIO: SOBRES Y PAPEL DE CARTA
¿ESCRIBIR A MAMÁ UNA VEZ A LA SEMANA?
Súper: yogur / miel / leche descremada
Zumos
Frutos secos
Aceite (griego)
Tomates, cebollas y cebolletas. ¡PEPINOS!
Tocadiscos barato alta fidelidad. ¿En la iglesia metodista?
Esterilla de yoga
Cera de depilar
Cita dentista
Clases de piano (¿por qué no?)

—Muy bien —dijo en voz alta en el apartamento vacío—. Ya he hecho un poco de mecanografía.

Se apartó de la mesita y del verde mar de la Hermes. Sacó la lista de tareas del rodillo y la fijó con un imán en la puerta de la nevera. Entonces abrió el congelador, sacó el molde Tupperware y lo hundió en agua caliente en el fregadero, para liberar uno de los polos de piña. Sabiendo que se tomaría otro, dejó el molde en la nevera para que se mantuviera frío.

Abrió las ventanas de la sala de estar para que entrara un poco de aire. Ya se había puesto el sol y las primeras luciérnagas de la noche empezaban a relumbrar. Sentada en el alféizar, disfrutó el polo de piña y miró cómo correteaban las ardillas por los cables del teléfono, trazando sinusoides perfectas con sus cuerpos y sus colas. Ahí mismo, se tomó su segundo polo hasta que las luciérnagas flotaron mágicamente por encima de la acera y de los trechos de hierba.

En la cocina, se lavó las manos y volvió a meter el Tupperware en el congelador. Le quedaban seis polos para el día siguiente. Echó un vistazo a la máquina de escribir, que reposaba sobre la mesita.

Se le ocurrió una idea. ¿Por qué será, pensó, que la versión habitual de una mujer soltera, tras una ruptura, suele presentarla bebiendo vino sola, en un apartamento triste y vacío, hasta acabar desmayada en el sofá con la tele encendida (donde ponen, digamos, *Real Housewives*)? Ella, por lo pronto, no tenía televisión, y el único vicio que conservaba eran los polos. Nunca en su vida se había desmayado bebiendo vino.

Volvió a sentarse a la mesa y metió otras dos hojas de papel en la Hermes 2000. Redujo mucho los márgenes, como en una columna de periódico, y el interlineado a 1,5.

Escribió:

Una meditación de mi corazón

236

Llevó el carro a la siguiente línea y empezó un párrafo. Su tecleo casi silencioso resonó suavemente en el apartamento y por la ventana abierta hasta mucho después de medianoche.

Noticias de nuestra ciudad, por Hank Fiset

DE VUELTA DE UN VIAJE EN EL TIEMPO

DE VEZ EN CUANDO, LOS TIRANOS (¿he dicho «tiranos»?, quiero decir «titanes»), que editan el *Tri-Cities Daily News/Herald* me pagan por hacer viajes con mi mujer que combinan los negocios y el placer: unas vacaciones pagadas a los equivalentes de Roma (Ohio) o de París (Illinois), o a la residencia familiar (la de mi mujer) a orillas de Lake Nixon; pequeñas excursiones que yo convierto posteriormente en un millar de palabras de periodismo de primera calidad, o eso dicen mis jefes. La semana pasada emprendí una aventura pagada alucinante. ¡Viajé hacia atrás en el tiempo, fíjense! Pero no a la era de los dinosaurios, ni a presenciar la caída de los zares o a meter un poco de cordura en la sesera del capitán del *Titanic*. No: viajé en el tiempo para remontarme a mi propio pasado, a mi nebuloso subconsciente, transportado por una máquina sencilla pero mágica…

* * *

LA INOCENCIA GENERA AVENTURAS: yo me había propuesto ofrecerles a ustedes, lectores, una columna sobre el mercadillo semanal de trueque del antiguo autocine Empire de Santa Alameda, un mercado de las pulgas gigantesco, ahora en su trigésimo noveno año, lleno a rebosar de cachivaches sentimentales y objetos usados. Viejos utensilios de cocina, ropa vieja, libros viejos, una infinidad de objetos de arte, tanto bonitos como de pacotilla, montones de herramientas usadas, otras tantas completamente nuevas, juguetes, lámparas, sillas estrafalarias y centenares de gafas de sol nuevecitas: todo puesto a la venta allí donde las multitudes solían aparcar sus coches para ver, digamos, *Krakatoa: al este de Java* en una pantalla tan enorme como una valla publicitaria. El sonido les llegaba a través de unos altavoces del tamaño de una tostadora que se colgaban de la ventanilla del coche. Sonido monofónico...

* * *

IMAGÍNENSE UNA COMBINACIÓN de la mayor venta de objetos de segunda mano del mundo occidental y las rebajas por liquidación de todos los almacenes Sears del país, y se harán una idea de la magnitud del mercadillo, como lo llaman los habituales. Puedes pasarte el día deambulando entre las hileras de puestos, comiendo perritos calientes con chile y palomitas de maíz dulces, deseando comprar todo lo que te entra por la vista, con la única limitación del dinero que llevas para pagarlo y del espacio disponible en tu coche para cargarlo. Si hubiera querido, por menos de doscientos dólares habría podido llevarme una mesa de secuoya, un frigorífico-congelador Amana de los años 60 o todos los asientos arrancados de un Mercury Montego. ¡Afortunadamente, ya tengo todas esas cosas en casa!

* * *

YA IBA A RETIRARME al bar para pedir un granizado hawaiano de lima cuando reparé en una vieja máquina de escribir, una Underwood portátil de ébano que —no les engaño— relucía al sol como un antiguo bólido de carreras. Una rápida inspección mostraba que la cinta estaba en buen estado si ajustabas un poco el carrete, y que el estuche, que tenía el asa rota, contenía una pequeña reserva de papel cebolla. Aunque hoy en día una máquina de escribir viene a ser tan necesaria como un hacha, le ofrecí al chico del puesto «cuarenta dólares por esta vieja máquina y por el estuche roto» y él me dijo: «Suena bien». Debería haberle ofrecido un billete de veinte. O de cinco.

* * *

UNA VEZ EN CASA, coloqué la máquina sobre la mesa de la cocina y le hice la prueba de «El veloz murciélago hindú comía feliz cardillo y kiwi». La «de» se atascaba, y la «a» estaba un poco caída. Los números funcionaban todos y las teclas de signos de puntuación se aflojaron a la que les di unos cuantos golpecitos. Estaba escribiendo: He comprado hoy esta máquina de escribir y, quién iba a imaginarlo, el cacharro funciona… cuando al final de la línea sonó la campanilla con toda claridad, y algo así como, ¡zum!, fui succionado por el continuo espacio-temporal en un viaje hacia atrás que duró o bien un abrir y cerrar de ojos, o bien cada uno de los momentos de los últimos cuarenta y nueve años…

* * *

¡PING! La primera parada fue en la trastienda del almacén de recambios de auto de mi padre, que actualmente es la sede del aparcamiento público número nueve, en Webster y Alcorn. Él tenía allí una vieja máquina de escribir, aunque nunca lo vi usarla. De niño, a lo largo del fin de semana, yo tecleaba mi nombre en esa máquina con mis deditos. Más adelante, cuando me convertí en un adolescente, evitaba en la medida de lo posible acercarme a la tienda, porque si asomaba la cabeza por allí, mi padre me ponía a trabajar en el inventario durante el resto del día…

* * *

¡PING! Ahora estoy en primaria, soy el editor del *Frick Junior School Banner* y observo cómo la señorita Kaye, la profesora de periodismo, mecanografía mi columna *¡Bienvenidos, novatos!* en la multicopista: esa máquina que habría de producir trescientos cincuenta ejemplares del pe-

241

riódico escolar, una publicación leída al menos por cuarenta alumnos. Yo me sentía lleno de orgullo al ver por primera vez mi firma en un periódico…

* * *

¡PING! Ahora estoy en secundaria, en el viejo campus de Logan High, en la planta superior de un edificio no preparado para terremotos (nunca noté ningún temblor), en un aula destinada exclusivamente a una asignatura: Mecanografía, niveles 1, 2 y 3, para los chicos que querían convertirse en secretarios administrativos. En esa aula solo había mesas y unas máquinas de escribir indestructibles, supervisadas por algún profesor tan poco interesado en sus alumnos que no recuerdo haberlo visto siquiera. Alguien ponía un disco en un fonógrafo y todos tecleábamos la carta grabada por un locutor. A mí me bastó con un semestre de Mecanografía 1; después me presenté como voluntario para el Departamento Audiovisual. En lugar de estar encerrado en una clase, andaba

por los pasillos de Logan repartiendo proyectores y colocando las bobinas de las películas a los profesores que no sabían hacerlo. Por eso, nunca me aprendí todos esos modelos de cartas de negocios ni qué diantre era un «saludo formal». Habría sido un secretario desastroso. De un modo u otro, sin embargo, no he parado de escribir a máquina desde entonces…

* * *

¡PING! Ahora son las dos de la madrugada en la habitación de mi residencia universitaria, en el Wardell-Pierce College, y estoy mecanografiando un trabajo —que he de entregar dentro de ocho horas— para la clase de Retórica (sí, teníamos semejante asignatura). El título de mi trabajo era «Comparación crítica en los reportajes deportivos: béisbol/atletismo»; lo escogí porque yo era periodista deportivo del *Wardell-Pierce Pioneer*, y esa misma semana había cubierto un partido de béisbol y una competición de atletismo. Mi compañero de habitación, Don Gammelgaard, trataba de dormir, pero yo debía cumplir el plazo de entrega. Y como estaba lloviendo a cántaros, me negaba a cruzar todo el patio hasta el edificio de servicios para el alumnado. Si mal no recuerdo, saqué un sobresaliente en Retórica.*

* * *

¡PING! Ahora soy un tal «redactor de mesa» en las oficinas, por así llamarlas, de la *Greensheet Give-Away*, la guía gratuita del comprador que ofrecía en su día a los habitantes de Tri-Cities montones de cupones, anuncios y, en las últimas páginas, historias de interés local donde la gente corriente podía ver su nombre en letra impresa. Yo estaba redactando un artículo sobre un concurso de perros que se acababa de celebrar en el antiguo Centro Cívico —¡me pagaban quince pavos!—, cuando pasó por mi lado la mujer más bella que había en-

tablado jamás una conversación conmigo y me dijo: «Tecleas rápido». Tenía razón; y como yo era, en efecto, de los tipos rápidos, la cortejé, la desposé y he sido su *partenaire* de cabecera durante más de cuarenta años.

* * *

ESE MISMO BOMBÓN de la feminidad americana me arrancó de mi viaje en el tiempo al entrar en la cocina y decirme que quitara la máquina de escribir y pusiera la mesa para la cena. Nuestros nietos venían a casa para lo que iba a ser una noche de «prepárate tú mismo un taco», o sea que el estropicio estaba asegurado. Esa Underwood tenía poderes inexplicables, era un vehículo para mis sueños, de modo que la volví a meter en el estuche y la llevé de inmediato a un estante de mi estudio. Yo creo que por las noches resplandece en la oscuridad...

243

---

* He revisado mi expediente y he visto que saqué un notable bajo en Retórica en el Wardell-Pierce. Me equivocaba... *(Nota del autor.)*

El pasado es importante para nosotros

Como todavía estaban instalando en su propio avión un nuevo interiorismo de diseño, J.J. Cox había recurrido para viajar a Nueva York al WhisperJet ViewLiner de Bert Allenberry.

—¡Yo creía que eras un tipo listo, Bert! —le estaba gritando J.J. a su amigo.

Se conocían desde que eran universitarios veinteañeros y trabajaban de chóferes para FedEx: ambos repletos de arrojo y energía, y la cabeza rebosante de ideas. Habían juntado el dinero de sus salarios para alquilar un garaje sin ventanas en las afueras de Salina, Kansas, que se convirtió en su primer taller-vivienda. Tras tres años y medio trabajando ciento veinte horas a la semana, habían presentado un prototipo de la válvula relé digital de acceso shuffle. Para el caso, como si hubieran inventado el fuego. Treinta años y 756 000 millones de dólares más tarde, J.J. estaba enterándose en ese momento de que Bert había pagado seis millones por cabeza a una empresa llamada Aventuras Cronométricas para hacer —alucina— *unas vacaciones de viaje en el tiempo*. ¡Por Dios, qué locura!

Cindee, la cuarta señora Allenberry (la más joven de todas), estaba retirando la vajilla del almuerzo ella misma. Tenía práctica, pues había sido la azafata del avión hacía un año. Tuvo que darse prisa porque faltaban unos minutos para aterrizar. Los dos problemas del ViewLiner: la velocidad y el vértigo. Los vuelos de Salina a Nueva York duraban solo sesenta y cuatro minutos, apenas el tiempo suficiente para chuparte los dedos después de comerte unas costillas estilo barbacoa. El suelo transparente y las ventanillas panorámicas volvían bastante angustioso el vuelo, sobre todo si te asustaban las alturas.

—Yo creía que nos habían puesto algún narcótico —gritó Cindee desde la cocina del avión—. Te despiertas con un dolor de cabeza terrible, y la habitación tiene un aspecto totalmente distinto. Pero te vuelves a quedar frita y duermes horas y horas.

J.J. no podía creer lo que estaba oyendo.

—A ver si entiendo bien este timo. Te metes en una habitación, te quedas dormido y te despiertas… ¿cuándo?

—En 1939 —gorjeó Bert.

—Sí, claro. —J.J. sonrió, socarrón—. Pero después te desmayas y te vuelves a despertar en 1939.

—Justo en medio de la ciudad. En un hotel de la Octava Avenida. —Bert estaba mirando hacia abajo a través del fuselaje. Pensilvania empezaba a convertirse en Nueva Jersey—. En la habitación 1114.

—¿Y te pasas el día metido en una habitación de hotel? —J.J. tenía ganas de darse una palmada en la cabeza, y también de meter un poco de cordura en la de su socio y amigo.

—Todo parece real —prosiguió Cindee y, volviendo a su asiento se ajustó el cinturón para el aterrizaje—. Puedes tocar las cosas. Comer y beber. Y también oler. Los hombres llevan un aceite apestoso en el pelo, las mujeres se ponen un montón de maquillaje y todo el mundo fuma. ¡Y cómo tienen los dientes! Retorcidos y amarillentos.

—Se nota un olor a café torrefacto. —Bert sonreía—. Procedente de una fábrica de Nueva Jersey.

—Así que te despertaste en 1939 —dijo J.J.—, y oliste a café.

—Después Cindee me llevó a la Exposición Universal —replicó Bert—. Como regalo de cumpleaños. Teníamos pases VIP.

—Fue una sorpresa. —Ella le lanzó una sonrisa a su marido y le cogió la mano—. Los sesenta no se cumplen más que una vez.

J.J. tenía una pregunta:

—¿Y por qué no retroceder en el tiempo para ver la firma de la Declaración de Independencia, o a Jesús en la cruz?

—Solo puedes llegar hasta 1939 —le explicó Bert—. Hasta el 8 de junio de 1939. Pero Aventuras Cronométricas tiene una franquicia en Cleveland, y ahí puedes ir a 1927 y ver a Babe Ruth haciendo un *home run*. Pero yo no soy muy aficionado al béisbol.

—Babe Ruth. En Cleveland —masculló J.J.—. Jesús en la cruz.

—Él ha vuelto al pasado cuatro veces sin mí —terció Cindee—. Yo ya me había hartado de que todo el mundo creyera que éramos padre e hija.

—Mañana vuelvo otra vez. —Bert sonrió de nuevo ante la perspectiva.

J.J. ahora se tronchaba de risa.

—¡Treinta y seis millones de dólares sin contar el viaje de mañana! Mira, Bert, por la mitad te organizo un encuentro con Adán y Eva en el jardín del Edén y te monto, además, una danza erótica en pelotas. Te has de limitar a confiar en mí y no preguntar cómo voy a hacerlo.

—Mi marido se quedaría a vivir en 1939 —dijo Cindee—. Pero no puede pasar más que veintidós horas.

—¿Por qué veintidós? —preguntó J.J.

Bert le explicó el motivo:

—La longitud de onda en el continuo espacio-tiempo es finita. Solo puedes viajar por el eco ese tiempo.

—Te dan ese dinero de papel y monedas anticuadas —explicó Cindee—. Yo me compré una esfera y una aguja espacial en miniatura bañados en oro.

—El Trilón y la Periesfera[13] —la corrigió Bert.

—Sí, eso. Pero cuando nos despertamos se había convertido en un grumo reseco de masilla.

—Eso es por la singularidad molecular. —Bert no se abrochaba el cinturón para el aterrizaje. Él era el dueño del avión. A la mierda las normas de aviación.

—¿Y por qué no volver y cambiar la historia? —preguntó J.J.— ¿Por qué no matas a Hitler?

—Porque no estaba en la Exposición ese día. —El WhisperJet empezó a reducir la velocidad y el suelo fue ascendiendo hacia ellos. Los motores articulados se ladearon con precisión. En unos instantes permitirían un aterrizaje vertical en la azotea del 909 de la Quinta Avenida—. Y además, no serviría de nada.

—¿Por qué no?

—Por las tangentes dimensionales singulares —dijo Bert bajando la vista hacia Central Park, que a decir verdad no había cambiado demasiado desde 1939—. Hay un número infinito de tangentes, pero nosotros existimos solamente en una.

J.J. le lanzó una mirada a Cindee. Ella se encogió de hombros, como diciendo: «Qué voy a hacerle, no tiene remedio».

—A él lo que le gusta es ver cómo sería el futuro —dijo en voz alta—. Pero nosotros ya vivimos en el futuro. Cualquiera diría que eso lo estropea todo desde su punto de vista.

Doce minutos después, J.J. pasaba a toda velocidad con su Flotante por la HoverLine hacia su isla privada en el estrecho. Bert y Cindee habían utilizado su ascensor privado desde la pista de aterrizaje de la azotea y estaban instalándose en su

13. Estructuras modernistas monumentales —una gran esfera conectada a una aguja llamada Trilón— que constituyeron el símbolo de la Exposición Universal de Nueva York en 1939.

apartamento, que ocupaba desde la planta noventa y siete hasta la ciento dos. Ella se cambió de inmediato y se puso un nuevo conjunto de su guardarropa. Iban a asistir a la fiesta del vigésimo quinto cumpleaños de Kick Adler-Johnson y a una actuación holográfica privada de los Rolling Stones. Bert no soportaba a Kick Adler-Johnson —la detestaba—, pero respetaba a su marido, Nick, que había hecho una auténtica fortuna comprando derechos aéreos y del agua por todo el mundo. Además, los Stones en persona ya habían tocado en la fiesta navideña de la empresa en 2019, cuando Bert se había casado con L'Audrey, la esposa número tres. Si por él hubiera sido, se habría quedado en casa. Pero eso Cindee no iba a permitirlo.

Bert habría deseado viajar en el tiempo de inmediato, directamente hasta la mañana siguiente, y luego de vuelta a 1939, a la Exposición Universal, repleta de todas las promesas de lo que el mundo habría podido ser.

En aquella primera visita al pasado, con motivo del cumpleaños de Bert, Cindee se había sentido ridícula con sus ropas de época. Él, en cambio, estaba en la gloria con su traje cruzado, hecho a medida por los sastres de Aventuras Cronométricas. Se maravillaba de los menores detalles y disfrutó cada segundo de las veintidós horas que pasaron en 1939. ¡Qué pequeña parecía Nueva York! Los edificios no eran nada altos y el cielo estaba más despejado. En la aceras había sitio para todo el mundo, y los automóviles y los taxis eran grandes y espaciosos. El taxista llevaba corbata y se quejaba del tránsito hacia Flushing Meadows; pero si aquello era un atasco, Bert ya habría firmado.

La Exposición ostentaba el altísimo Trilón y el inmenso globo, la Periesfera: dos maravillas únicas de la arquitectura que se recortaban, blanquecinas y relucientes, contra el cielo azul. La avenida de los Patriotas y la de los Pioneros eran una cosa seria, y —alucina— había pabellones dedicados al ferrocarril y a los barcos, ensalzando unas tecnologías que requerían motores del tamaño de su WhisperJet. También había una máquina de escribir Underwood gigante, un festival acuático y el famoso Electro, el hombre mecánico, que caminaba y contaba con sus dedos de acero. Aventuras Cronométricas les había proporcionado un par de pases VIP, de manera que Bert y Cindee no tuvieron que hacer cola ninguna vez.

Los jardines de la Exposición estaban primorosamente cuidados. Una ligera brisa sacudía las banderas y gallardetes. Los perritos calientes costaban cinco centavos. Los asistentes iban vestidos de punta en blanco. Algunas mujeres incluso llevaban guantes; entre los hombres, abundaban los sombreros. Bert quería verlo todo de «El mundo del mañana» (el tema de la Exposición), pero Cindee se sentía incómoda con aquellos zapatos tan feos y, además, no le gustaban los perritos calientes. Se marcharon hacia las tres de la tarde para tomar una copa y cenar en el hotel Astor, en Times Square. Ella estaba achispada, cansada y asqueada de tanto humo de cigarrillo cuando volvieron a la habitación 1114 para iniciar la progresión, el viaje para avanzar en el tiempo.

Dos semanas después, Cindee llenó el WhisperJet con su pandilla de amigas y voló a un spa de Marruecos, dejando que Bert pasara otras veintidós horas en 1939. Este le pidió a Percy, el camarero del servicio de habitaciones, que le trajera café. Desayunó solo en la cafetería del hotel Astor, un lugar espléndido en pleno Times Square. Seleccionó al mismo taxista de la corbata. Recorrió por su propia cuenta todas las zonas de la Exposición que se había perdido, como la «ciudad del mañana» y la «granja electrificada»; almorzó en la Cúpula Heinz, contempló el «templo de la religión» y admiró el paraíso de los trabajadores de la Unión de Repúblicas Socialistas Soviéticas. Prestó atención a las conversaciones de alrededor y captó el entusiasmo de los asistentes, observando la ausencia de palabras malsonantes y el vistoso colorido de las vestimentas: no se veía ni un conjunto de color negro. Parecía que los empleados de la Exposición estaban orgullosos de trabajar con sus variopintos uniformes. Y era cierto: mucha gente fumaba.

Fue en esa segunda visita, sin Cindee, cuando se fijó en una preciosa mujer bajita que llevaba un vestido verde. Estaba sentada en un banco, junto a la Laguna de las Naciones, presidida por las descomunales esculturas de las Cuatro Libertades. Mostraba una pudorosa porción de pierna y calzaba unos zapatos marrones, tipo merceditas. Lucía un bolsito y un sombrero —más bien un gorro, en realidad—, rematado con una florecita blanca. Charlaba animadamente con una jovencita, que parecía ataviada para una sesión de catecismo dominical, y no para pasar un día en la Exposición.

Las dos reían y gesticulaban, susurrándose secretos como si fuesen dos amigas íntimas en un día ideal en el mejor lugar del mundo: venían a encarnar el espíritu de la Exposición en su versión femenina.

Bert no podía quitarles los ojos de encima y observó cómo se levantaban del banco y se alejaban del brazo hacia el edificio Eastman Kodak. Consideró la idea de seguirlas, de contemplar la Exposición según lo que miraran ellas. Pero el reloj marcaba casi las cinco de la tarde, lo cual significaba que le quedaban poco más de dos horas de las veintidós disponibles. A regañadientes, volvió a la parada de taxis que se encontraba frente a la entrada norte, la Puerta Corona.

Otro taxista encorbatado lo llevó de nuevo a Manhattan.

—¿A que es extraordinaria la Exposición? —le preguntó el tipo.

—Ya lo creo —respondió Bert.

—¿Ha visto el Futurama? ¿El viaje a 1960?

—No, no lo he visto. —Bert, nacido en 1966, sofocó la risa.

251

—Ah, pues tiene que verlo. Está en el edificio de la General Motors. Hay mucha cola, pero vale la pena.

Bert se preguntó si la preciosa mujer del vestido verde habría visto el Futurama. Y en tal caso, qué pensaba de 1960.

Aunque para el cuerpo humano constituía una tremenda paliza viajar hacia atrás y hacia delante en el tiempo, el equipo médico de Aventuras Cronométricas autorizó a Bert para un tercer viaje. La Exposición Universal era demasiado grande para recorrerla en dos visitas, le explicó él a Cindee, lo cual era cierto. Lo que no le contó fue que, al volver al Flushing Meadows de 1939, se pasó el día entero buscando a la mujer del vestido verde.

Desde luego no estaba en ninguno de los edificios dedicados a las grandes obras humanitarias de U.S. Steel, Westinghouse o General Electric. Tampoco, en la plaza de la Luz, en la avenida del Trabajo, la plaza de la Paz o la avenida Continental, ni en ninguno de los lugares donde Bert la había buscado. Así pues, unos minutos antes de las cinco de la tarde, se dirigió a la Laguna de las Naciones, y, en efecto, allí estaba la mujer del vestido verde, sentada en el mismo banco bajo las Cuatro Libertades, en compañía de su joven amiga.

Él tomó asiento en otro banco cercano para escuchar cómo cambiaban impresiones sobre las maravillas de la Exposición; tenían un acento neoyorquino muy pronunciado. Al parecer, no acababan de decidir qué hacer a continuación, antes de que anocheciera y de que las fuentes luminosas ofrecieran un espectáculo técnico de asombroso colorido.

Bert estaba armándose de valor para acercarse a hablarles, cuando ellas se levantaron y, cogidas del brazo, se apresuraron hacia el edificio Eastman Kodak sin dejar de charlar y reír. Observó cómo se alejaban, admirando el porte femenino de la mujer del vestido verde y la gracia de su pelo ondeándole sobre la nuca. Sopesó la idea de seguirlas, pero se le estaba haciendo tarde y tenía que volver a la habitación 1114.

Durante semanas, pensó constantemente en aquella mujer: en su expresiva forma de gesticular y en su pelo ondeante. Quería saber su nombre, conocerla, aunque solo fuese durante una hora de 1939. Cuando Cindee le dijo que iba a sumarse a la excursión a caballo de Kick Adler-Johnson a través de la isla de Cuba, él concertó otra revisión con el equipo médico de Aventuras Cronométricas.

A las cinco menos cuarto de la tarde estaba en el banco de la Laguna de las Naciones, y, sí, justo al dar la hora en punto, la mujer del vestido verde y su joven amiga se sentaron y empezaron a charlar. Bert dedujo que debía de andar por los treinta y pocos años, aunque la moda de la época daba lugar a que todo el mundo pareciese mayor según los cánones modernos. Era más rellenita que Cindee y que la mayoría de las mujeres actuales, pues la dieta de 1939 no tenía demasiado en cuenta las calorías, y el ejercicio físico, entonces, era cosa de atletas y de obreros. Aquella mujer tenía una figura de verdad. Y las curvas le favorecían.

Él ya tenía planeado lo que iba decir en su primera conversación con una mujer a la que había deseado conocer durante más de ocho décadas.

—Disculpen, señoras —dijo—. ¿Saben ustedes si el Futurama está abierto hoy?

—Sí, pero la cola es muy larga —contestó la mujer del vestido verde—. Nosotras nos hemos pasado horas en el parque de atracciones. ¡Qué divertido ha sido!

—¿Ha subido usted al Paracaídas, señor? —La chica no podía estar más entusiasmada.

—No —confesó Bert—. ¿Debería?

—No es recomendable para corazones delicados —dijo la mujer.

—Subes y subes y subes —dijo la chica agitando las manos—. Supones que bajarás flotando despacio, suavemente. Pero no, ¡aterrizas de un porrazo! ¡Patapam!

—Es verdad. —La mujer y la chica se miraron entre risas.

—¿Han visto ustedes el Futurama? —preguntó Bert.

—No queríamos hacer una cola tan larga —dijo la mujer.

—Bueno... —Bert buscó en el bolsillo de su traje cruzado—. Yo tengo un par de pases especiales que no voy a usar.

Sacó los dos tarjetones que Aventuras Cronométricas le había proporcionado en su primer viaje con Cindee: dos entradas en las que aparecían impresos el Trilón y la Periesfera y las letras VIP.

—Muestren estos pases a los empleados que hay al pie de la rampa (quiero decir, del Heliclinio) y ellos las conducirán por un pasaje secreto.

—¡Ay, muy amable de su parte! —exclamó la mujer—. Pero nosotras no somos VIP.

—Yo tampoco, créame —dijo él—. Pero tengo que volver ya a la ciudad. Úsenlos, por favor.

—¿Por qué no, tía Carmen? —dijo la chica, suplicante.

Carmen. Era Carmen el nombre de la mujer del vestido verde. Carmen. Le venía de perlas.

—Me siento como una vulgar intrusa —dijo Carmen, reflexionando—. Pero bueno, ¡vamos! Muchas gracias.

—¡Sí, gracias! —dijo la sobrina—. Yo me llamo Virginia, y esta es mi tía Carmen. ¿Usted cómo se llama?

—Bert Allenberry.

—Bueno, gracias, señor Allenberry —dijo Virginia—. ¡Le debemos nuestro futuro!

Cogidas del brazo, las dos mujeres bajaron por el paseo de la Constitución hacia el Edificio GM, sede del Futurama. Bert las miró alejarse, sintiéndose pletórico, contentísimo de haber vuelto a 1939.

Durante meses fantaseó con la encantadora Carmen, la vulgar intrusa. Aunque físicamente estuviera en la oficina de Salina, en la reunión del consejo en Tokio o en el yate frente a las costas de Miconos, su mente se hallaba en Flushing Meadows, en un banco bajo las Cuatro Libertades, en un día de principios de junio de 1939. Cuando una reunión de accionistas exigió su presencia en Nueva York, reservó un tiempo para hacer otra visita de seis millones de dólares a la habitación 1114.

Todo se desarrolló tal como la otra vez. Bert ofreció a Carmen y Virginia los pases VIP y ambas se alejaron tan contentas, debiéndole a él su futuro. En esta ocasión, sin embargo, quería pasar un poco más de tiempo con la mujer —no mucho, otra media hora nada más— así que se apostó a la salida del Futurama. Las saludó con la mano cuando las vio salir y, alzando la voz, les preguntó:

—¿Qué tal?

—¡Señor Allenberry! —exclamó Carmen—. Creía que tenía que marcharse.

—Bah, yo soy el jefe y he decidido cambiar las normas.

—¿Usted es el jefe? —preguntó Virginia—. ¿De qué?

—De toda la gente que tengo a mis órdenes.

—Ahora que está usted ante dos VIP —dijo Carmen riendo—, ¿puedo invitarlo a un pastel?

—Da la casualidad de que me encantan los pasteles.

—¡Vamos a Borden's! —sugirió Virginia—. Podremos ver a la vaquita *Elsie*.[14]

14. La mascota de la compañía lechera Borden, protagonista de una tira cómica.

Los tres se sentaron con sus porciones de pastel de diez centavos, cortadas en cuñas perfectamente simétricas. Carmen y Bert tomaron tazas de café de cinco centavos; Virginia pidió un vaso de leche y se puso a hablar de las maravillas que traería 1960, según las predicciones del Futurama.

—Espero no seguir viviendo en el Bronx en 1960 —dijo.

La jovencita vivía en el barrio de Parkway con su madre (la hermana de Carmen) y con su padre, que era carnicero. Ella estaba en primaria, era socia del Radio Club y quería ser maestra cuando fuera mayor, suponiendo que pudiera pagarse la universidad. Carmen compartía un apartamento (un cuarto piso sin ascensor) en la calle Treinta y Ocho Este, con dos compañeras que trabajaban de secretarias en una compañía de seguros. Ella era contable en una fábrica de bolsos del centro. Los tres coincidieron en que la Exposición Universal era mejor incluso en la vida real que en los noticieros.

—¿Su esposa está en Nueva York, señor Allenberry?

Bert se preguntó cómo sabía Carmen que estaba casado, pero enseguida recordó que llevaba la alianza de boda proporcionada por Aventuras Cronométricas. Se la había puesto por pura costumbre.

—¡Ah, no! —dijo—. Cindee está con unas amigas. En Cuba.

—Allí fue donde mis padres pasaron su luna de miel —dijo Virginia—. ¡Y yo llegué no mucho después!

—¡Virginia! —Carmen no daba crédito a sus oídos—. ¡Compórtate, por favor!

—¡Es la verdad! —exclamó la joven. Ella ya se había comido todo el relleno del pastel, guardándose la corteza para el final.

—¿Está usted casada, Carmen? —preguntó Bert—. Disculpe, ni siquiera sé cuál es su apellido.

—Perry —dijo ella—. Carmen Perry. Qué modales los míos. Y no, no estoy casada.

Él ya lo sabía, en realidad, porque no le había visto ningún anillo en la mano izquierda.

—¡Mamá dice que si no encuentras pronto a un hombre, no quedará ninguno para ti! —dijo Virginia—. ¡Ya casi tienes veintisiete años!

—¡Chist! —le siseó Carmen y, extendiendo el brazo, le pinchó el mejor pedazo de la corteza y se lo metió en la boca.

—¡Serás sinvergüenza! —dijo la chica riendo.

Carmen se limpió los labios con una servilleta y sonrió a Bert.

—Es cierto. Soy la última gallina del corral.

¿Solo tenía veintiséis años? Él habría jurado que era bastante mayor.

Terminado el pastel, contemplaron a la vaquita *Elsie* y se dieron una vuelta por la Academia de Deportes. Después de mirar unas filmaciones de esquí acuático, Bert echó un vistazo a su reloj de pulsera de época. Eran casi las seis.

—Ahora sí tengo que marcharme.

—Lástima que no pueda quedarse a ver el espectáculo de luz de las fuentes —dijo la mujer—. Dicen que es precioso.

—Y hay fuegos artificiales todas las noches —añadió Virginia—. Como si fuera el 4 de julio todo el verano.

—Virginia y yo ya hemos elegido un sitio para mirarlo. —Carmen tenía los ojos fijos en él—. ¿Seguro que no puede quedarse?

—Ojalá pudiera. —Realmente lo habría deseado. Aquella era la mujer más preciosa que había visto en su vida. Tenía unos labios no muy delgados, una sonrisa firme y traviesa y unos ojos de color avellana con reflejos verde esmeralda.

—¡Gracias por los pases! —dijo Virginia—. ¡Ha sido divertidísimo ser dos VIP!

—Sí, gracias, señor Allenberry. —La mujer le tendió

la mano—. Ha sido muy amable y lo hemos pasado muy bien.

Bert le estrechó la mano, la izquierda, la mano sin alianza.

—He pasado un día espléndido.

En el trayecto hasta Manhattan en taxi, él creía oler aún el perfume de Carmen: una fragancia a lilas con un toque de vainilla.

Después de una serie demasiado larga de bises de los Rolling Stones holográficos, la fiesta de cumpleaños de Kick Adler-Johnson se había prolongado hasta las cuatro de la mañana. Cindee estaba dormida en la cama, con la puerta cerrada y las persianas totalmente bajadas. Bert, en cambio, a las ocho ya se había levantado, duchado y vestido, y sostenía una taza de café en la mano. Desayunó una mezcla de zumos y un bollo proteínico todo-en-uno; mientras bajaba en el ascensor a la planta baja, pidió un SoloCar.

Un instante después de confirmar su destino a Aventuras Cronométricas, el coche circuló en solitario por la Quinta Avenida a una velocidad algorítmicamente segura de treinta kilómetros por hora. Cruzó la ciudad por la calle Cincuenta y Dos, evitando la Cúpula de Times Square, e hizo tres giros a la izquierda antes de detenerse en la Octava Avenida, entre las calles Cuarenta y Cuatro Oeste y Cuarenta y Cinco Oeste.

Bert se bajó del coche ante el edificio que había sido, en orden inverso, el hotel Milford Plaza, el Royal Manhattan y, en 1939, el hotel Lincoln. La mayor parte de la construcción era actualmente una zona de servicio de la Cúpula, con la que lindaba, y albergaba también las oficinas de la Autoridad Portuaria de Times Square.

Aventuras Cronométricas ocupaba las plantas nueve a trece, no por elección ni por comodidad, sino a causa de los prodigios y carambolas de la ciencia. Una buena parte del edificio conservaba exactamente las mismas líneas arquitectónicas que en su época como hotel, y una habitación en particular, la 1114, se había librado por milagro de todas las remodelaciones llevadas a cabo desde la inauguración en 1928. Con todas sus dimensiones intactas, la habitación poseía la autenticidad de volumen necesaria para generar —con precisión milimétrica— el eco de una onda por el continuo espacio-tiempo: un arco que se cruzaba con el 8 de junio de 1939. La gigantesca estructura de tuberías, cables y retículas de plasma necesarias para un viaje en el tiempo se hallaba instalada en el exterior de lo que había sido el antiguo hotel Lincoln, tanto por encima como por debajo, y desembocaba en la habitación 1114. Todo el equipo contaba con un millón aproximado de válvulas relé digitales de acceso shuffle inventadas por Bert Allenberry.

Subió en ascensor a la novena planta y oyó que una voz femenina anunciaba la sede de Aventuras Cronométricas justo antes de que se abrieran las puertas. El lema de la compañía —«El pasado es importante para nosotros»— se hallaba grabado con grandes letras en la pared. Y ahí mismo, bajo el rótulo, estaba esperando Howard Frye.

—Señor Allenberry, me alegra volver a verlo. —Howard había sido el factótum de cada una de las aventuras de Bert—. Espero que se encuentre bien.

—Perfecto. ¿Y usted?

—Acabo de salir de un resfriado. Lo trajo mi hijo del colegio.

—Una de las ventajas de no tener hijos —dijo Bert. Cindee no había manifestado nunca el deseo de ser madre; L'Audrey, su anterior esposa, habría resultado tan horrible en el papel de madre como lo había sido en el de pareja; Mary-Lynn deseaba concebir un hijo con todas sus fuerzas, pero cuando un médico le explicó que la baja concentración del esperma de Bert dificultaba mucho el proceso biológico, se buscó a otro hombre para cumplir ese deseo: volvió a casarse y, rápidamente, parió dos niñas y un niño. En su primer matrimonio, con Barb, Bert había engendrado una niña. Pero el divorcio había estado tan lleno de rencor y animadversión que el único contacto que tenía él con su hija —desde que había cumplido los dieciocho años— eran algunas cenas ocasionales en Londres, donde ella vivía con más que excesiva comodidad gracias a sus cheques.

—¿Quiere que lo acompañe a PreAv? —preguntó Howard.

—El tiempo escasea.

—Curiosa expresión, porque de hecho el tiempo abunda.

En la sala de PreAventura, el equipo médico sometió a Bert a una nueva revisión. Extrajeron y analizaron muestras de sus fluidos, registraron sus constantes cardíacas y estudiaron las otras doce propiedades físicas que se veían afectadas por la progresión/reprogresión. Le pusieron cinco inyecciones para reforzarle el cuerpo en el terreno molecular y le administraron los fármacos contra las náuseas para facilitar los momentos iniciales en 1939. Después se quitó la ropa, los anillos, el reloj y la cadenita de oro que llevaba en el cuello. Ningún objeto actual podía sobrevivir al viaje al ayer, porque sus moléculas podían desbaratar irrevocablemente el proceso. Una vez desnudo, se puso una bata con el logo de Aventuras Cronométricas y se sometió con paciencia a las preceptivas advertencias legales.

Primero pasaban el vídeo —conciso y elegante— que advertía de los peligros y explicaba los protocolos. A continuación venía la lectura de los documentos que repetían palabra por palabra las mismas cláusulas. Bert ya sabía que una persona podía morir durante la reprogresión, aunque nunca hubiera sucedido tal cosa. El aventurero tenía toda una gama de opciones —podía pasarse el día haciendo lo que quisiera—, pero ninguna que afectara a ciertos procesos clave. Poniendo la huella del pulgar, Allenberry reconoció una vez más que lo había entendido y aceptado todo. Entonces Howard entró en la sala Pre-Av con un vaso largo de una especie de batido que protegería el tracto digestivo de Bert ante cualquier germen nocivo de 1939.

—Bueno, vamos al pasado, Howard —dijo Bert alzando el vaso a modo de brindis.

—A estas alturas ya debería ser usted capaz de recitarme todo esto —dijo Howard, y carraspeó. Mientras Allenberry daba sorbos a la bebida saboreada, Howard resumió las condiciones que acababa de aceptar.

—Ha decidido voluntariamente que Aventuras Cronométricas le proporcione una reprogresión física temporal al 8 de junio de 1939, en esta misma localización, durante un período ni superior ni inferior a veintidós horas contabilizadas según el sistema horario estándar. Desde el mismo volumen, a las siete de la tarde del 8 de junio de 1939, efectuará una progresión de regreso a este lugar y a este día. Lo ha entendido, ¿no?

—Sí.

—Aventuras Cronométricas no garantiza en modo alguno que sus vacaciones en el pasado estén libres de riesgos. Su aventura se halla gobernada por las mismas leyes físicas y las normas habituales del mundo real.

—Si me caigo, me rompo una pierna. Si me dan un puñetazo, me parten la nariz.

—Así es. Usted no se hallará bajo supervisión durante esas veintidós horas. Le sugerimos que se atenga a la agenda que le hemos preparado. Otro día en la Exposición Universal, ¿verdad?

—Usted también debería ir, Howard.

El hombre se echó a reír y replicó:

—Siendo como soy afroamericano, la Nueva York de 1939 no ejerce sobre mí la misma fascinación.

—Lo comprendo —dijo Bert. Casi todos los negros que había visto en sus viajes al pasado eran mozos o porteros. Y aunque había algunas familias de color en la Exposición, admirando los mismos pabellones y vestidas para la ocasión, era evidente que andaban buscando la promesa de un futuro distinto.

—Si cambiara de planes (si quisiera ver un espectáculo o vagabundear por el parque, por ejemplo) no hay ningún riesgo siempre que se atenga a los protocolos de la progresión.

—Voy a volver a Flushing Meadows. Quizá la próxima vez vaya a pasear por el parque. —Bert pensaba pasar algún día con Carmen en Central Park y se preguntaba cómo podía arreglárselas para hacerlo. ¡Virginia podría montar en el tiovivo! ¡Y verían el zoo tal como era originalmente!

—¡Ah, sí! La próxima vez. —Howard abrió el expediente de Bert en su tableta—. Señor Allenberry, me temo que ha alcanzado usted su límite de reprogresión en esta franquicia de Aventuras Cronométricas.

—¿Cómo? —exclamó él. Aún le quedaba un tercio del batido.

—Sus cifras en la revisión PreAv del último viaje estaban un poco alteradas —dijo Howard—. Mostraba usted niveles elevados en sangre de *trillium* y bajos índices de fluidez celular.

A Bert no le gustó cómo sonaba aquello.

—Todo el mundo tiene una constitución distinta, señor Allenberry. De hecho, algunos de nuestros clientes solo han recibido autorización para contratar nuestros servicios dos o tres veces. En su caso, con la sexta vez alcanzará el máximo.

—¿Por qué?

—Dinámica molecular, señor Allenberry. El viaje de ida y vuelta a 1939 es un largo trecho para sus tejidos, sus proteínas corporales, su densidad medular y sus terminaciones nerviosas. No podemos correr el riesgo de desgastarlo más. Es posible, en teoría, que una séptima e incluso una octava expedición a la Exposición Universal no le causara ningún daño, pero nuestra póliza de seguros no lo permite. Esa es la mala noticia. Bert estaba pensando en Carmen, en Virginia: en ellos tres comiendo pastel y admirando a la vaquita *Elsie*. Bueno, volvería a hacer todas esas cosas una vez más. Era una mala noticia, sin duda.

—La buena noticia —dijo Howard alegremente— es que sus aventuras cronométricas no tienen por qué terminar en la Nueva York de 1939. Está Nashville en 1961 donde podría asistir al Grand Ole Opry.[15] Estamos abriendo una franquicia en Gunnison, Colorado: una preciosa cabaña de 1979. No hay gran cosa allí, pero los paisajes son impresionantes.

Bert había dejado de beber. Estaba pensando en Carmen, en su fragancia de lilas y vainilla, en sus ojos de color avellana.

—Lo lamento, señor Allenberry, así son las cosas. El pasado es importante para nosotros, pero que usted goce de una larga vida lo es mucho más.

—En ese caso, necesito llevarme allí otra cosa.

Bert notó cómo se le tensaba el traje de compresión a medida que todos los átomos de la habitación 1114, incluidos los suyos, eran zarandeados por la tecnología de Aventuras Cronométricas. Ya había aprendido a no dejarse llevar por el pánico durante la reprogresión, pero todavía no se había acostumbrado al frío que se sentía: un frío tan terrible que le ocasionaba la pérdida de la concentración y el sentido de la orientación. Sabía que estaba tendido en lo que habría de convertirse en una cama en 1939, pero parecía como si todo se precipitara en el vacío. Hizo un esfuerzo para mantenerse despierto, para ver cómo iba retrocediendo la habitación en el tiempo. Pero, igual que las otras veces, se desmayó.

15. Concierto semanal de música *country*.

Cuando notó un dolor de cabeza palpitante, supo que estaba de nuevo en 1939. Esos dolores de cabeza eran brutales, pero por suerte efímeros. Se zafó del traje de compresión —como un traje de submarinista, pero más ajustado— y se sentó desnudo en el borde de la cama, aguardando a que cesara la sensación de que le machacaban el cráneo con un martillo de bola.

Como en las ocasiones anteriores, había un traje cruzado en el perchero del armario abierto, y zapatos y calcetines en la parte inferior. De una fina percha de alambre colgaba la camisa y la corbata. La ropa interior estaba en una cesta colocada sobre una silla. En la mesita de noche estaban el reloj, una alianza de boda, un anillo de sello y una cartera que contenía su documento de identidad y otros objetos propios de la época, fabricados con materiales anteriores a la Segunda Guerra Mundial. También había dinero, cincuenta dólares en total, en graciosos billetes de papel que habían sido en su día de curso legal, así como monedas sueltas: medio dólar, en el que aparecía el grabado de una dama sujetando una espiga de trigo y mirando hacia el sol poniente; varias piezas de diez centavos, con la cabeza del dios Mercurio, y otras de cinco centavos e incluso de uno, que en 1939 tenían valor real.

Recogió el traje de compresión, lo metió en la maleta *vintage* que se hallaba en la mesita del equipaje, y lo guardó hasta que volviera a ponérselo para la progresión. Se puso el reloj de pulsera, que marcaba la hora correcta, las nueve y tres minutos de la noche, así como el anillo de sello en la mano derecha. Se acordó, en cambio, de dejar la alianza de oro donde estaba.

Vio encima del escritorio el sobre que debía de contener sus pases VIP para la Exposición. Había pedido tres para este último viaje a 1939.

La ventana que daba a la Octava Avenida estaba entornada y entraba un poco de aire nocturno (en esa habitación que no conocía aún el aire acondicionado), y también el ruido del tráfico de Times Square. Bert quería vestirse, salir del hotel y caminar hasta la calle Treinta y Ocho Este, donde vivía Carmen en un apartamento, pero le dolía todo el cuerpo. ¡Maldita física! Se sentía muy cansado, como las otras veces. Se tumbó en la cama y volvió a quedarse dormido, como las otras veces.

Cuando despertó, entraba una luz indecisa por la ventana y reinaba el silencio en la ciudad. Se sentía totalmente normal, como si se hubiera tomado una Green Tab y hubiera dormido diez horas reparadoras. Su reloj marcaba las siete menos diez. Era la mañana del 8 de junio de 1939, y tenía doce horas enteras para encontrar a Carmen y a Virginia. Alzó el pesado auricular del teléfono, pulsó el único botón y conectó con la operadora del hotel. Una vez más, pidió café al servicio de habitaciones. Al cabo de los cinco minutos de siempre, se presentó en la puerta un camarero de uniforme llamado Percy, con una bandeja que contenía una cafetera de plata, una jarra de nata auténtica, terrones de azúcar, un vaso de agua y la edición matinal del *New York Daily Mirror*. En las cinco ocasiones anteriores, Bert le había dado diez centavos de propina al camarero, suscitando una respuesta educada: «Gracias, señor Allenby». Esa mañana, sin embargo, le puso en la palma de la mano una moneda de medio dólar y el hombre abrió unos ojos como platos: «¡Oh, señor Allenby, debe de estar usted forrado!».

La nata auténtica convertía el café en una densa y divina delicia. Bert disfrutó una segunda taza mientras el agua de la ducha se calentaba, lo cual, con la fontanería de 1939, tardaba unos minutos. Después de la ducha, se vistió. Le habían enseñado a atarse la corbata, que personalmente consideraba una prenda absurda; en cambio, le encantaba el traje cruzado, que se lo habían confeccionado para él casi un siglo más tarde. Las telas eran de la época; los calcetines no contenían demasiada

265

fibra elástica, y los zapatos eran como lanchas cañoneras: anchos y pesados, pero cómodos.

Mientras bajaba, volvió a percibir el olor del tónico capilar del ascensorista. A él no le parecía tan apestoso.

—Vestíbulo, señor —dijo el hombre abriendo la puerta de rejilla.

Bert ya estaba familiarizado con todos los olores del hotel Lincoln, y le gustaban: el humo de los puros combinado con la lana de las alfombras, las flores elegantemente dispuestas por doncellas vestidas de negro, la fragancia floral de las damas ataviadas con exquisitez que se disponían a iniciar su jornada en Manhattan... Afuera, en la Octava Avenida, los taxis desfilaban lentamente y los autobuses subían hacia la parte alta de la ciudad, arrojando los humos de la gasolina.

Bert dobló a la derecha al salir del hotel y otra vez al llegar a la calle Cuarenta y Cinco Oeste, aspirando el aroma a café torrefacto transportado por la brisa del río Hudson desde la fábrica Maxwell House Coffee de Nueva Jersey: un café que valía la pena de verdad, hasta la última gota.

Esa mañana del 8 de junio de 1939, no iba a desayunar en el hotel Astor, con su famoso reloj y su opulenta decoración. Lo que quería hacer era asomar la cabeza por todos los cafés de la zona que pudiera. Carmen vivía a siete manzanas de allí. ¿Y si andaba por las inmediaciones y decidía tomarse un desayuno rápido antes de viajar en metro al Bronx para recoger a Virginia? Tal vez estaba sentada en una cafetería de Broadway ahora mismo, tomando café y donuts. Podría reunirse con ella allí mismo, sin tener que esperar todo el día a que llegara ese momento de encontrarla en el banco bajo las Cuatro Libertades.

Recorrió Times Square y las calles adyacentes, entrando y saliendo de los cafés, atisbando por las ventanas de las cafeterías, pero no había ni rastro de ella. Dándose por vencido a regañadientes, se sentó en la barra de un local de la Séptima

Avenida y pagó veinticinco centavos por un desayuno a base de huevos, salchichas, tortitas, zumo y café.

Mientras dejaba una moneda de diez centavos con la efigie del dios Mercurio, le preguntó a una camarera uniformada con un exceso de carmín en los labios:

—Señora, ¿puedo tomar el metro para ir a la Exposición Universal?

—Cariño, es la mejor manera de llegar —dijo la camarera y, metiéndose la moneda en el bolsillo del delantal, le indicó dónde debía tomar la línea IRT.

El primer viaje de su vida en metro costaba solamente una moneda de cinco centavos (la de la cabeza de indio). En el vagón había un montón de gente y todos despedían un olor peculiar, aunque tal vez se debiera al almidonado de sus camisas recién planchadas. Nadie miraba un móvil ni una tableta. La mayoría de los viajeros leían los periódicos de la mañana: unos descomunales rectángulos de papel prensa; otros, los tabloides de menor formato. También se veían revistas, cuyas páginas contenían más texto que imágenes. Mucha gente fumaba; incluso había algunos hombres que fumaban puros, y dos, en pipa. A juzgar por las guías y folletos que tenían en las manos, muchos pasajeros se dirigían, como él mismo, a la Exposición Universal.

En cada parada, Bert se bajaba un momento del vagón y recorría la estación con la vista, buscando a Carmen y a Virginia, porque ¿quién sabía? Tal vez estaban viajando en la IRT hacia Flushing Meadows. En ese caso, podía pedirles indicaciones y ellas se ofrecerían a guiarlo, ya que iban al mismo sitio; entonces podría confesarles que sus tres pases VIP le quemaban en el bolsillo: ¿por qué no le permitían obsequiarlas con un día libre de molestias, sin colas ni esperas? Y así como así, lo que en el pasado había sido una hora y pico con Carmen se convertiría, en el presente, en un día entero juntos.

267

Pero Carmen no subió al metro.

—¡Caramba! ¡Mira! —gritó un pasajero. Por la ventanilla se veían el Trilón y la Periesfera: la Exposición. Bert miró la enorme esfera y la torre adyacente, que se recortaban, blancas y relucientes, contra el cielo matinal. Todo el mundo que iba en el vagón echó un vistazo a aquellos dos monumentos únicos.

La IRT dejó a los visitantes en la puerta del Bowling Green, donde Bert pagó los setenta y cinco centavos de la entrada y otros diez por la guía.

Eran las diez y media. A menos que intercediera el destino, faltaban horas antes de que pudiera volver a ver a Carmen. Dio una ojeada al edificio destinado al hogar, donde observó divertido los sofás cama del pabellón dedicado al mobiliario para el hogar. Encontró igualmente hilarantes las exposiciones de radiadores, así como las presentaciones, deslumbrantes para la época, de la Radio Corporation of America y de la American Telephone & Telegraph en el Centro de Comunicaciones, y ante las presentaciones de estilo museístico de la Crosley Radio Corporation.

Se puso en la cola de Democraciudad, el diorama sociológico que estaba en el interior de la Periesfera. Enseguida se puso a charlar con los Gammelgard, una familia de seis miembros, incluyendo a los abuelos, que había venido en tren desde Topeka, Kansas, para pasar una semana en la exposición. Este era su primer día, y el abuelo Gammelgard le dijo a Bert:

—Joven, yo jamás habría soñado que el Señor fuera a concederme la oportunidad de ver un sitio como este.

A Allenberry le gustó que lo consideraran un «joven». Sus 756.000 millones le permitían sufragar todos y cada uno de los procedimientos del mundo para no aparentar sus sesenta y un años.

Explicó a aquellos oriundos de Kansas que tenía amigos en Salina, lo que suscitó una invitación para cenar en casa de los Gammelgard, si alguna vez pasaba por Topeka.

Durante toda la mañana, examinó a cualquier mujer que llevara un vestido verde con la esperanza de encontrar a Carmen. Visitó todos los edificios de la plaza del Poder, la plaza de la Luz y la avenida del Trabajo, donde las señoritas uniformadas de Swift & Co., hacían una demostración de cómo cortaban y empaquetaban el beicon fresco. A mediodía, gastó dos monedas de cinco centavos en perritos calientes en el restaurante Childs, y luego comparó el corte de su traje cruzado con las modas del futuro según los profetas del atuendo masculino. Recorrió a pie todo el trecho hasta el parque de atracciones, y se dirigió a la altísima torre de hierro del Paracaídas. Las atracciones constituían la zona más popular de la Exposición y la multitud era densa y variopinta. Bert deambuló en círculo por la zona una y otra vez, deteniéndose repetidamente en la torre del Paracaídas, con la esperanza de divisar a Carmen y a Virginia, ascendiendo hacia lo alto, y luego ver cómo caían y aterrizaban de un porrazo, ¡patapam! Pero no las vio ninguna vez. Emprendió un último y lento paseo por la zona para dirigirse después hacia los jardines centrales.

269

¡Y entonces la vio! Al principio no descubrió a Carmen, sino a su sobrina. Él estaba cruzando el puente del anfiteatro, donde se celebraba el festival acuático, cuando pasó por su lado una vagoneta múltiple: ¡Virginia iba sentada en la barandilla, y, sí, Carmen estaba a su lado! Así que habían estado en el parque de atracciones, después de todo, y ahora iban hacia la plaza de la Luz. Bert consultó el reloj. ¡Si pillaba la vagoneta, podría encontrarse con la mujer casi una hora antes! Echó a correr.

Siguió al vehículo a lo largo de toda la avenida del Trabajo, pero las acabó perdiendo de vista en el Centro Schaefer, en la avenida Arcoíris. No podía mantener el ritmo. La vagoneta siguió adelante, pasando por la plaza de los Estados, y se detuvo en el paseo de la Constitución, donde se vació y subieron nuevos pasajeros. ¡Tenían que estar cerca! Sudando profusamente debido a su traje cruzado, Bert miró en Beech-Nut (la empresa de chicle), en la Palestina judía, el YMCA, el templo de la religión y en la Administración del Progreso en el Trabajo, pero no hubo suerte. Resignado ante la singularidad del continuo espacio-tiempo, ya se daba media vuelta hacia los bancos de la Laguna de las Naciones cuando la vio justo delante de él.

Carmen salía de Brasil, llevando a Virginia de la mano. Iba riéndose. Dios bendito, cómo se reía esa mujer y qué adorable era su sonrisa. Estuvo a punto de llamarla por su nombre, pero como recordó que aún tenían que conocerse, se situó detrás de ellas, a pocos metros, y las siguió por la pasarela tendida sobre el río artificial que alimentaba la Laguna de las Naciones. No entró tras ellas en Gran Bretaña, sino que se dirigió al banco. Unos minutos después, ella apareció de nuevo con Virginia. Justo a la hora.

—Disculpen, señoras —dijo Bert de inmediato, cuando ambas mujeres aún se estaban sentando—. ¿Saben ustedes si el Futurama está abierto hoy?

—Sí, pero la cola es muy larga. Nosotras nos hemos pasado horas en el parque de atracciones. ¡Qué divertido ha sido!

—¿Ha subido usted al Paracaídas, señor?

—No. ¿Debería?

—No es recomendable para corazones delicados.

—Subes y subes y subes. Supones que bajarás flotando despacio, suavemente. Pero no, ¡aterrizas de un porrazo! ¡Pata-pam!

—Es verdad.

—¿Han visto ustedes el Futurama?

—No queríamos hacer una cola tan larga.

—No me lo quiero perder. —Bert buscó en el bolsillo de su traje cruzado—. Yo tengo unos pases especiales.

Bert les mostró tres entradas en las que aparecían impresos el Trilón y la Periesfera y las letras VIP.

—Me han dicho que con estos pases podemos acceder al Futurama a través de un pasaje secreto. Sin esperar. Tengo tres. Y estoy solo. ¿Quieren acompañarme?

—¡Ay, muy amable de su parte! Pero nosotras no somos VIP.

—Yo tampoco, créame. No sé cómo tengo estos pases.

—¿Por qué no, tía Carmen?

—Me siento como una vulgar intrusa. Pero bueno, ¡vamos! Muchas gracias.

—¡Sí, gracias! Yo me llamo Virginia y esta es mi tía Carmen. ¿Usted cómo se llama?

—Bert Allenberry.

—Bueno, gracias, señor Allenberry —dijo Virginia—. ¡Le debemos nuestro futuro!

Siguieron charlando mientras caminaban por el paseo de la Constitución, bajo la enorme estatua de George Washington, y alrededor del Trilón y la Periesfera. Virginia le explicó todo lo que habían visto de la Exposición, aunque la mayor parte del tiempo la habían pasado en el parque de atracciones.

—¿Han visto ustedes el Electro, el hombre mecánico? —les preguntó Bert—. Es capaz de sumar con sus dedos de acero.

El edificio de la General Motors estaba situado junto al de la Ford Motor Company. La Ford mostraba a los visitantes cómo se fabricaban los automóviles y les permitía conducir por una endiablada y sinuosa carretera que rodeaba el edificio. La GM trasladaba a los visitantes al futuro, ascendiendo por una larga rampa —una tan moderna que se llamaba Heliclinio—, hasta una hendidura que se abría en la estructura majestuosamente, como si fuese la puerta de la Tierra Prometida. La cola de gente que esperaba para ver el Futurama parecía compuesta por millones de personas.

Sin embargo, les bastó mostrar las tarjetas VIP para que una guapa empleada con el uniforme de la GM los llevara a los tres a una puerta de la planta baja.

271

—Espero que no estén cansados —dijo la joven emplea-da—. Tenemos unas cuantas escaleras que subir.

La maquinaria del Futurama resonaba a base de golpes y zumbidos en torno a ellos. A través de las paredes, les llegaba una música y el murmullo de un locutor.

—Observarán que la narración grabada coincide exacta-mente con lo que están viendo —dijo la joven—. La General Motors se siente muy orgullosa de toda la ingeniería introdu-cida en el Futurama. Es absolutamente moderna.

—¿Conduciremos un coche? —preguntó Virginia.

—¡Ya lo verá! —La chica abrió la puerta, que daba direc-ta al punto de partida del recorrido. A través de la abertura, entraba la luz del sol y la riada de gente—. Disfruten de su estancia.

No había automóviles propiamente dichos, sino un larguí-simo tren con vagones que venían a ser como sofás tapizados y encerrados en cápsulas. Los visitantes iban subiendo a los vagones, que no cesaban de moverse y pasaban a través de la abertura de un túnel.

Los tres intrépidos viajeros se subieron a uno de esos va-gones: primero Virginia y luego Carmen, seguida por Bert. En un instante se hallaron a oscuras. Sonó una música y una voz les dio la bienvenida a la Norteamérica de 1960. La voz se oía con tal claridad que era como si el locutor estuviera con ellos en el vagón.

Apareció ante ellos una ciudad: un mundo en miniatura que se extendía hasta el horizonte. Los rascacielos del centro se alzaban como trofeos, algunos conectados entre sí por puentes elevados. El narrador explicaba que dentro de pocas décadas las ciudades americanas serían planeadas y cons-truidas a la perfección hasta en sus últimos detalles. Las ca-lles estarían limpias y ordenadas. Por las autopistas fluirían modernos automóviles —coches de la GM, todos ellos—, sin que se produjeran atascos de tráfico. El cielo estaría a rebosar de aviones que transportarían mercancías y pasajeros a terminales situadas tan estratégicamente como las estaciones de servicio. El campo estaría salpicado de granjas, viviendas y centrales eléctricas, que proporcionarían toda la comida, el espacio y la electricidad que necesitarían los americanos de 1960.

Las casas, las torres, los coches, los trenes y los aviones estaban llenos de una feliz e invisible población que había domado el caos del pasado: no solo habían descubierto cómo construir el futuro, sino también cómo habitarlo en paz todos juntos.

Virginia permanecía clavada en su asiento mientras el futuro iba desfilando ante sus ojos. Carmen le sonrió y también miró a Bert. Se inclinó y le susurró al oído:

—Ella vivirá allí. Y le está gustando lo que ve.

Estas palabras le llegaron a Bert como otros tantos besos de inaudita suavidad. La narración se había interrumpido y la había sustituido el sonido de los violines y los chelos de la banda sonora. Captó el perfume de Carmen, ese leve aroma a lilas y vainilla, y sintió la proximidad de aquellos labios en la mejilla.

—¿Cree que todo eso sucederá? —le preguntó ella en voz baja—. ¿Exactamente así?

Bert se inclinó sobre el oído de la mujer, que estaba rodeado de rizos negros, y respondió también susurrando:

—Si sucede, será maravilloso.

Cuando salieron, las sombras de la tarde se incrementaban. Mientras cruzaban el puente de las Ruedas sobre la autopista Grand Central Parkway, Virginia dijo que ella tendría treinta años en 1960.

—¡Me gustaría poder saltar en una máquina del tiempo ahora mismo y plantarme allí!

Bert consultó la hora. Faltaban cuatro minutos para que fueran las seis de la tarde. En las ocasiones anteriores, a esa hora ya estaba metido en un taxi, volviendo a la habitación 1114; y a las siete ya se había desvestido y quitado los accesorios que le habían proporcionado para la aventura, como los anillos y el reloj de pulsera; había vuelto a ceñirse el traje de compresión y estaba tendido en la cama, cuidadosamente situada, para efectuar la progresión y abandonar el año 1939. Debería marcharse ahora mismo; la parada de taxis estaba justo frente a la verja, al otro lado de la Chrysler Motors. Pero en lugar de irse, le preguntó a Carmen cuándo empezaba el espectáculo de las Fuentes de Luz.

—No empieza hasta el anochecer —dijo ella—. Bueno, y ahora que está ante dos VIP, ¿puedo invitarlo a un pastel?

—Da la causalidad de que me encantan los pasteles.

—¡Vamos a Borden's! —sugirió Virginia—. Podemos ver a la vaquita *Elsie*.

Mientras tomaban pastel y café, Bert redescubrió los detalles de la vida de Carmen y de su sobrina: el Radio Club, las compañeras del piso de la calle Treinta y Ocho Este… Todo era tal como la vez anterior. Pero entonces el pasado dio un giro.

—¿Hay alguien especial en su vida, señor Allenberry?

Él la miró a los ojos. Enmarcados por la decoración de Borden's, adquirían en ese momento el matiz más intenso de los reflejos del verde.

—¡Quiere decir si está casado! —exclamó Virginia, burlona.

—¡Virginia! Disculpe, señor Allenberry. No quiero ser indiscreta, pero veo que no lleva alianza y, bueno, he pensado que un hombre como usted seguro que ha de tener a alguien especial.

—Así lo he creído muchas veces —dijo Bert con tristeza—. Estoy buscando eternamente, supongo.

—Ustedes, los solteros, son afortunados. Pueden esperar y esperar a que aparezca la chica adecuada sin que nadie se burle. —Recitó toda una lista de nombres de estrellas del cine y del deporte que todavía no se habían casado: nombres que Bert no reconoció—. En cambio, nosotras, las mujeres… Si esperamos demasiado nos convertimos en solteronas.

—¡Mamá dice que si no encuentras pronto a un hombre, no quedará ninguno para ti! —dijo Virginia—. ¡Ya casi tienes veintisiete años!

—¡Chist! —le siseó Carmen y, extendiendo el brazo, le pinchó el mejor pedazo de la corteza del pastel y se lo metió en la boca.

—¡Serás sinvergüenza! —protestó Virginia riendo.

Carmen se limpió los labios con una servilleta y sonrió a Bert.

—Es cierto. Soy la última gallina del corral.

—¿Qué edad tiene usted, señor Allenberry? —preguntó Virginia—. Yo diría que es como el señor Lowenstein, el director de mi escuela. Tiene casi cuarenta. ¿Usted ya los ha cumplido?

—¡Jovencita, te voy a tirar a la Laguna de las Naciones! Disculpe, señor Allenberry. Mi sobrina tiene que adquirir todavía un poco de tacto. Tal vez en 1960.

Él se echó a reír.

—Verá, yo soy como su tía Carmen. El último gallo del corral.

Todos se rieron a carcajadas. Carmen lo cogió de la muñeca.

—¡Menudo par estamos hechos! —dijo.

Bert tendría que haberse excusado en ese mismo momento. Ya pasaba de las seis de la tarde. Suponiendo que encontrara un taxi, llegaría a la habitación 1114 justo a tiempo para la progresión. Pero este era su último día con Carmen. Nunca volvería a ver a la mujer del vestido verde.

Ahora bien, Bert Allenberry era un hombre inteligente; muchos decían que un genio. Su invención de la válvula relé digital de acceso shuffle no solo había cambiado el mundo, sino que le había granjeado la embelesada atención de los asistentes a las grandes convenciones de emprendedores y líderes de opinión celebradas en Davos, Viena, Abu Dabi y Ketchum, en Idaho. Tenía equipos de abogados a sus órdenes, investigadores y promotores que convertían sus ideas y fantasías en realidades. Su fortuna era superior al Producto Interior Bruto de la mayoría de las naciones del mundo, incluidas aquellas donde él poseía fábricas e industrias. Había hecho donaciones a las mejores causas y había dado nombre a edificios que ni siquiera se había molestado en visitar. Poseía todo lo que se suponía que un hombre —un hombre rico— podía poseer, necesitar o desear.

Excepto tiempo, claro.

Aventuras Cronométricas le aseguraba que disponía de veintidós horas del 8 de junio de 1939 para hacer lo que quisiera. Pero ahora lo que él quería era quedarse un poco más. Tenía que haber un cierto margen, ¿no? A fin de cuentas, la progresión —¿o era la reprogresión?, nunca lo recordaba— no podía empezar hasta que su cuerpo, todos sus átomos y moléculas, estuvieran situados en la habitación 1114 del hotel Lincoln de la Octava Avenida. Ya sabía por qué Aventuras Cronométricas ponía todas aquellas condiciones… ¡para cubrirse las espaldas! ¿Por qué debía ponerse ese ajustado traje de compresión y estar en esa cama a la hora en punto? ¿Acaso era la Cenicienta? ¿Por qué no podía volver tranquilamente a la habitación, digamos, a medianoche, colocarse ese traje de goma y salir disparado hacia el futuro? ¿Cuál era el problema?

—¿Ha visto la Cápsula del Tiempo? —le preguntó a Virginia.

—He leído sobre ella en la escuela. Estará enterrada durante los próximos cinco mil años.

—Tienen expuesto su contenido en la Westinghouse. Y también el robot Electro. ¿Sabe lo que es la televisión? Tiene que ver la televisión sin falta. —Bert ya se levantaba de la mesa—. ¿Qué?, ¿vamos a la Westinghouse?

—¡Vamos! —Los ojos de Carmen sonreían de nuevo.

La Cápsula del Tiempo estaba llena de tonterías: historietas de Mickey Mouse, cigarrillos y colecciones enteras de libros impresas en microfilm.

Aunque la Cápsula del Tiempo y el Electro eran impresionantes, fue la televisión lo que de verdad entusiasmó a Virginia. Vio a su tía y al señor Allenberry en una pequeña pantalla, en blanco y negro, como si fueran dos actores en una película, aunque sus imágenes aparecían en miniatura, en un aparato no más grande que la radio de su casa. En realidad, ellos se hallaban en otra habitación, ante un tipo de cámara que no había visto en su vida y, al mismo tiempo, estaban delante de ella. La visión era fascinante. Cuando cambiaron de lugar, Virginia saludó con la mano y habló por el micrófono:

—Hola, soy yo, en la televisión. ¡Estoy saludando desde *aquí* y vosotros podéis verme desde *ahí*!

—¡Mírate! —dijo Carmen—. ¡Estás preciosa! ¡Y qué mayor! ¡Ay, Bert! —Se volvió hacia él—. ¡Parece imposible, pero es cierto!

Él no miraba a Virginia en la pantalla, sino a Carmen. Le encantaba no ser ya el «señor Allenberry».

Al echar un vistazo a su reloj, vio que pasaban seis minutos de las siete de la tarde. El plazo límite había concluido, ya se habían agotado las veintidós horas, y, mira por dónde, ¡sí que había margen de maniobra!

Visitaron los edificios DuPont, Carrier y Petroleum Industry, ninguno de los cuales exhibía nada tan impresionante como la televisión. El Edificio de Cristal, la exposición Tabaco Americano y la de la Continental Baking, de productos de pastelería, eran meros pasatiempos. Cuanto más tiempo pasaran allí, más pronto llegaría el anochecer y tendría lugar el espectáculo de luz.

Después de mirar las filmaciones de esquí acuático proyectadas en la Academia de los Deportes, Bert compró tarrinas de helado, que devoraron los tres con cucharillas de madera.

—¡Ese es nuestro sitio para el espectáculo! —exclamó Virginia señalando un banco para los tres. Bajo la luz índigo vespertina, abarcaban desde allí todo el trecho desde la Laguna de las Naciones hasta la gigantesca escultura de George Washington, cuya silueta se recortaba contra la Periesfera como pasando revista a la gran nación que él había engendrado. Al caer la noche, los edificios de la Exposición se convirtieron en otros tantos trazos intensamente iluminados en medio de la creciente oscuridad. Al fondo, los rascacielos de Manhattan titilaban en el horizonte, mientras que los árboles de los jardines, adornados con luminarias, parecían resplandecer desde su interior con luz propia.

Bert Allenberry quería que esa noche durase siempre, toda la eternidad. Quería sentarse junto a Carmen en la Laguna de las Naciones y escuchar el murmullo de la Exposición, con ese aroma a lilas y vainilla flotando en el aire cálido de 1939.

Cuando Virginia recogió las tarrinas de helado y las fue a tirar a una papelera, ellos dos se quedaron solos por primera vez. Él le cogió la mano.

—Carmen —dijo—, ha sido un día perfecto. —Ella lo miraba fijamente. ¡Oh, Dios, esos ojos de color avellana!—. Pero no ha sido por el Futurama. Ni por la televisión.

—¿Por la vaquita *Elsie*? —musitó Carmen, casi sin aliento, con una acogedora sonrisa.

—¿Me permitiría que las lleve a casa después, cuando cierre la Exposición?

—¡Oh, no, sería abusar! Mi hermana vive en las profundidades del Bronx.

—Iremos en taxi. Luego puedo dejarla a usted en su casa. En la calle Treinta y Ocho Este.

—Sería muy amable de su parte, Bert.

Él deseaba estrecharla entre sus brazos, besarla. Tal vez lo haría en el taxi hacia la calle Treinta y Ocho Este. O tal vez en la habitación 1114. O mejor aún, en la planta cien de su edificio del 909 de la Quinta Avenida.

—Me alegro de haber venido hoy a la Exposición. —Bert sonrió—. Así he podido conocerla.

—Yo también me alegro —susurró ella sin retirar la mano de la suya.

La música empezó a sonar por unos altavoces ocultos alrededor de la Laguna de las Naciones. Virginia regresó corriendo al banco justo cuando los chorros que lanzaban los surtidores hacia el cielo se iluminaban y se convertían en columnas de color. Todos los visitantes se detuvieron a contemplar el espectáculo. Unos proyectores transformaban la superficie de la Periesfera en un baile luminiscente de nubes.

—¡Uau! —Virginia estaba embelesada.

—Precioso —dijo Carmen.

Los primeros fuegos artificiales estallaron en lo alto y, derramando una cascada de cometas, se disolvieron en humo.

Fue entonces cuando Bert sintió en la frente el golpe de un martillo de bola. Los ojos se le estaban secando por momentos y le escocían espantosamente. Empezó a sangrar por la nariz y las orejas. Se le entumecieron las piernas. Tuvo la impresión de que la parte inferior de la espalda se le separaba de las caderas. Un dolor ardiente le atravesó el pecho, como si las moléculas que componían sus pulmones estuvieran disgregándose. Le dio la sensación de que caía en el vacío.

Lo último que oyó fue la voz de Virginia gritando: «¡Señor Allenberry!». Lo último que vio fue el terror en los ojos de color avellana de Carmen.

Quédense con nosotros

MÚSICA: «Mama Said Knock You Out», de LL Cool J

ABRE EN NEGRO

EXT: LAS VEGAS, MAÑANA

Conocemos de sobra este lugar: el Strip. Los casinos. Las fuentes. Pero un momento... Hay un nuevo hotel, enorme y lujoso, que se perfila a lo lejos en el mar de edificios.

OLYMPUS

Mucho más grande que los demás. Si eres un pez gordo, te montas las juergas y el juego con los dioses en el OLYMPUS.

PRIMER PLANO:
LOS OJOS DE FRANCIS XAVIER RUSTAN

También conocido como F.X.R. Ojos verdes, con motas doradas, que bailan con placer ante todo lo que ven.

PRIMER PLANO: : PANTALLAS DE ORDENADOR

Pantalla izquierda: DETALLADOS PLANOS DE ARQUITECTURA de un enorme CAMPO DE RECOLECCIÓN DE ENERGÍA SOLAR.

Pantalla central: IMÁGENES de Google Earth de parcelas de tierra desnuda y despoblada, MAPAS DEL USGS,[16] PLANOS topográficos y GRÁFICOS medioambientales

Pantalla derecha: IMÁGENES FLOTANTES. Un tipo pescando un pez aguja, un tipo practicando ala delta, un tipo escalando, un tipo haciendo *rafting* en un rápido. Steve McQueen en *BULLITT*. El tipo es siempre F.X.R.

Salvo en la imagen de Steve McQueen.

UN INDICADOR MÓVIL DE NOTICIAS se desplaza por la base de esta pantalla. Rótulos de Windows con ALERTAS Y MENSAJES y también el de SONANDO, que pasa de LL Cool J a...

MÚSICA: «Mambo Italiano», de Dean Martin

Se abre un CUADRO DE TEXTO:

MERCURY: ¿Jefe? ¿El desayuno de siempre?

EL IDENTIFICADOR DE LLAMADA nos muestra a la señorita MERCURY: pelo negro azabache corto, labios pintados de rojo.

Mientras F.X.R. responde, suena el clic de su teclado.

16. Servicio Geológico de Estados Unidos.

F.X.R.: Consiga que lo traigan. Ya lo está subiendo Nicholas.

MERCURY: ¿Quién?

F.X.R.: El tipo nuevo

CORTE A:

INT. ASCENSOR DE SERVICIO — MAÑANA

La SEÑORITA MERCURY es una mujer imponente, tan intimidante como una supermodelo. Metro ochenta, delgada como un palillo, complexión modelada con pilates. Va vestida de riguroso negro. Es una mujer con la que no conviene jugar en ningún sentido.

Acaba de leer el texto y ¡da un grito!

283

SEÑORITA MERCURY
¿Qué «tipo nuevo»?

Ella ha sido la asistente de F.X.R. los últimos doce años: un trabajo que vive, que respira minuto a minuto, día tras día.

Que un «tipo nuevo» le esté subiendo a su jefe el desayuno ¡es un dato que no se le debería haber escapado!

Teclea en un chisme que lleva en la muñeca, un abultado RELOJ/ORDENADOR, revisa INFORMES, TEXTOS, HORARIOS y, finalmente, una serie de FOTOS DE EMPLEADOS. Arrastra el dedo por la pantalla hasta que encuentra a...

NICHOLAS PAPAMAPALOS, 19 años. Su mirada muestra el

desconcierto de un chico que empieza el primer trabajo de su vida. Como así es.

Se abren las puertas del ascensor y ahí está: NICHOLAS PAPAMAPALOS, vestido con el uniforme del servicio de habitaciones del Olympus, empuja un carrito con platos tapados.

> SEÑORITA MERCURY (continuación)
> *(sonriendo exageradamente)*
> ¡Nicky, muchacho!
>> *Nicky se queda perplejo. ¿Cómo es que esta mujer tan alta sabe su nombre? Entra en el ascensor.*

> NICHOLAS
> Soy nuevo aquí.

> SEÑORITA MERCURY
> ¡Por supuesto! ¡Mírate, con ese uniforme demasiado holgado y con el pedido del desayuno para F.X.R. ya preparado!

> NICHOLAS
> ¿Estoy metido en un lío?

> SEÑORITA MERCURY
> Todavía no, criatura.

> NICHOLAS
> ¿Cómo sabe que llevo esto al señor Rustan?
>> *La señorita Mercury pulsa el botón de la planta 101. Se cierran las puertas y el ascensor sube lentamente.*

SEÑORITA MERCURY

Porque yo sé todo lo que ocurre en el Olympus,
Nicky. ¿Y sabes por qué?

NICHOLAS

No. Soy nuevo.

SEÑORITA MERCURY

Mira. Te voy a hablar un poco de mí.
   (pausa)
¿Sabes lo que he estado haciendo hoy hasta las tres de
la mañana. Ocuparme de que la colección de ciento
treinta motos antiguas de Francis X. Rustan se traslade
a un nuevo depósito climatizado, donde esas motos se
conservarán en perfectas condiciones y listas para su
uso por si se diera el caso improbable de que él decidiera
un día seleccionar una de ellas para darse una vuelta. La
última vez que lo hizo fue en mayo de 2013. El hecho
de que el señor Rustan aún no haya inspeccionado los
nuevos almacenes para su colección de pianolas
antiguas o para los carteles *vintage* de espuma de
afeitar Burma-Shave, que ha ido comprando a lo largo
de los años, no me impidió dar las órdenes precisas para
que una docena de hombres embalaran las motos con
envoltorios de protección y las colocaran con cuidado en
un garaje de alta tecnología del tamaño y el coste
aproximado de la Baticueva de Bruce Wayne, más
conocido como Batman.
   (pausa)
F.X.R. es un hombre muy rico que pretende verlo y
saberlo todo en lo relativo a su enorme imperio.
Enfatizando, subrayando y poniendo en cursiva
«pretende». Pero hay una cosa que ninguno de sus
millones de admiradores, acólitos, buscadores de

285

favores y perritos falderos comprende de El Jefe: que no sería capaz de prepararse su propio almuerzo aunque le dieran un panecillo, unos fiambres y un tarro de mayonesa. Él está siempre en las nubes, porque ese cerebro suyo rebosa de planes: de esos planes absurdos que tanto dinero dan. O sea que nosotros —tú y yo— estamos aquí para hacer posible la vida que lleva. Yo, para estar veintidós horas a su disposición. Tú, para prepararle las comidas y catarlas por si están envenenadas. Lo digo en broma. Lo del veneno. ¿O no?
¡Ping! Ya están en la planta 101.

INT. PASILLO DE SERVICIO, PLANTA 101 — MAÑANA
¡Es un pasillo muy largo!

SEÑORITA MERCURY
(todavía sonriendo)
Dime que el pedido de su desayuno está perfecto o te mato.

NICHOLAS
Bueno. Yo lo tenía todo preparado. La barrita orgánica de siete cereales, las rodajas de mango y piña, el zumo de tomate y el *café au lait* con canela. Pero entonces…

SEÑORITA MERCURY
(¿la sonrisa? ¡evaporada!)
¿Entonces?

NICHOLAS
Hace media hora, él ha mandado un mensaje a la cocina.

SEÑORITA MERCURY

¡Enséñamelo!

Nicholas le muestra su reloj/ordenador:

F.X.R.: *Equipo de cocina. Atención. ¡Quiero tortitas a la plancha!*

SEÑORITA MERCURY (continuación)

¡Tortitas! ¿TORTITAS? ¡No, no, no!

Levanta una tapa. Y ahí, en el plato: tortitas.

SEÑORITA MERCURY (continuación)

¡Recórcholis! ¡Tortitas!

NICHOLAS

Con jarabe de zarzamora.

La señorita Mercury ahora esta fuera de sí, preocupadísima.

287

SEÑORITA MERCURY

¡Ay, Nicky, Nicky! Esto no es buena señal. Tal vez se me acaba de fastidiar el día. Pero te digo una cosa: si yo me hundo, te arrastraré conmigo.

NICHOLAS

¿Por unas tortitas? ¡Yo no he hecho nada! ¡Soy nuevo aquí!

SEÑORITA MERCURY

El Jefe solo pide tortitas cuando le ronda alguna idea en la cabeza. Tendré que organizar una expedición a los fiordos de Islandia con sus treinta amigos más íntimos para que pueda remar en kayak en mar abierto. O montar una tirolina sobre las gargantas de la selva de Uganda para que todo el mundo pueda ver deambular a los chimpancés en su hábitat salvaje. O encargarme de que todos los empleados del Olympus sean encadenados…

(señala el reloj/ordenador)

… a uno de estos chismes. Y no bromeo: ya he tenido que cumplir estas órdenes en concreto. Las tortitas significan que estoy a punto de recibir un encargo que ni siquiera tendría sentido para un hámster. Las tortitas acaban de arruinarme un día ya de por sí deprimente.

NICHOLAS

¿Por qué hace este trabajo?

SEÑORITA MERCURY

No tengo otra respuesta para esa pregunta que el abultado cheque de mi sueldo.

Han llegado a la puerta de la única habitación del hotel en la planta 101.

SEÑORITA MERCURY (continuación)

Coloca el carrito junto a la cascada artificial. Pon recta tu placa de identificación. Y sonríe. A él le gustan los empleados que disfrutan de su trabajo.

Hace una pausa. Toma aliento y cambia de expresión, adoptando una sonrisa radiante. Su capacidad de transformación es espeluznante. Llama a la puerta… y entra.

INT. ÁTICO — DÍA

Un lugar vistoso y elegante, provisto de una cascada artificial, un equipo ultramoderno de ejercicio físico y una pantalla de vídeo del tamaño de una pared frente a una hilera de butacas de cine de época. Los ventanales ofrecen una panorámica de la mayor parte de Las Vegas.

> SEÑORITA MERCURY
> *(alegremente)*
> ¡Aquí tengo las tortitas para el gran jefe!
>> *F.X.R. se levanta de su terminal informática.*

> F.X.R.
> Qué rápido.

> SEÑORITA MERCURY
> Usted siempre dice lo mismo.
>> *Nicholas prepara el carrito del servicio de habitaciones.*

289

> F.X.R.
> ¿Tú eres Nicholas?
> *(leyendo la placa de identificación)*
> Eso parece. Bienvenido a bordo. ¿Qué ha pasado con O'Shay?

> SEÑORITA MERCURY
> La mujer de O'Shay ha tenido un bebé, ¿recuerda? Y sí, ya he mandado una cuna nueva y un humidificador de agua fría, además de dos enfermeras a tiempo completo.
>> *F.X.R. se sienta ante sus tortitas.*

F.X.R.

Mire qué maravilla. Tortitas a la plancha. Nada de sartén. Es distinto. ¿Los han hecho a la plancha o en sartén, Nico?

NICHOLAS

No lo he visto, señor. Soy nuevo.

F.X.R.

¿Señor? A mí me llaman F.X. y basta.
    (pausa)
Yo digo que son a la plancha.
    (vierte el jarabe de zarzamora)
Señorita Mercury, no sé lo que teníamos previsto para hoy, pero ya puede cancelarlo todo.

SEÑORITA MERCURY

La última vez que me dijo eso me tuvo recorriendo todo Misisipi para poder comprar todas las granjas de kena del delta.

F.X.R.

Creo que ya he encontrado el lugar para la instalación de la tubería de energía solar.

SEÑORITA MERCURY

¡Vaya! En serio. Súper.
    Suspira y se desploma en el diván. Se pone a mirar Internet en su reloj/ordenador.
    (murmura para sí)
Va a ser un largo día…

*F.X.R. coge el plato, se acerca a los ordenadores,
abre unas imágenes y señala con el tenedor,
que gotea jarabe de zarzamora.*

F.X.R.
Shepperton Dry Creek no es gran cosa ahora mismo.
Una llanura extensa y polvorienta. Pero es un
prodigio de la naturaleza que recibe más luz solar que
los miles de «me gusta» que cosecha Taylor Swift en
Facebook.

SEÑORITA MERCURY
*(justo está dándole al «me gusta» en una
publicación de la página de Facebook de Taylor
Swift)*
Eso es muchísimo.

F.X.R.
La vieja Ruta ochenta y ocho pasa cerca de
Shepperton Dry Creek.

SEÑORITA MERCURY
¿Ah, sí? Ni idea.

F.X.R.
Alguien con espíritu emprendedor empezará a
comprar las tierras a lo largo de ese tramo de
autopista por la afluencia de tráfico que generará.

SEÑORITA MERCURY
(aburrida, mirándose las uñas)
¡Ajá!

F.X.R.

O sea que vamos.

SEÑORITA MERCURY

¿A dónde?

F.X.R.

A recorrer la Ruta ochenta y ocho. ¡Será divertido!
Como ese viaje que hicimos a Costa Rica por la
autopista Panamericana para coleccionar arañas.

SEÑORITA MERCURY

Sí. Fue divertidísimo. A mí me picó una araña.

F.X.R.

Pero se curó.

SEÑORITA MERCURY

Llévese a Nick esta vez.

F.X.R.

No puedo mangonear a Nick. Está en el sindicato.
   (pausa)
Estás en el sindicato, ¿no?

NICHOLAS

Sí, señor. Digo, F.X.

SEÑORITA MERCURY

¿Por qué no se casa y utiliza a su mujer para estas
cosas?

F.X.R.

No necesito una esposa. La tengo a usted, señorita Mercury. Las esposas no soportan a los tipos como yo.

SEÑORITA MERCURY

¿Y yo sí debo? Tengo demasiadas cosas que hacer aquí para mantener a flote su imperio.

F.X.R.

Un viaje por carretera nos sentará bien a los dos.
Ella alza las manos, desesperada.

SEÑORITA MERCURY

¿Lo ves, Nicholas? Tú y tus tortitas a la plancha.

NICHOLAS

¿Yo qué he hecho?

293

F.X.R.

Eso, ¿qué ha hecho Nick?

SEÑORITA MERCURY

Un día de estos dejaré este trabajo y me dedicaré a una actividad más digna, como el esquí acuático profesional…
(teclea en su reloj/ordenador)
Voy a ordenar que preparen el jet.

F.X.R.

El grande y el pequeño. Usted use el pequeño y busque algún vehículo terrestre. Yo usaré el grande después de mi tanda de ejercicios.

> SEÑORITA MERCURY

Lo que usted desee, ¡oh, gran Titán de la Industria! ¿Qué automóvil de fantasía le gustaría añadir a su colección? ¿Un Monza? ¿Un Surfer Woodie?

> F.X.R.

Procuremos pasar desapercibidos entre la población local. La economía ha dejado de lado a esa parte del país.
(saca un fajo de billetes)
Consígame cualquier coche que pueda comprarse por ochocientos dólares.

> SEÑORITA MERCURY

¿Ochocientos dólares? ¿Por un coche? ¡Será una porquería!
F.X.R. saca unos cuantos billetes más.

> F.X.R.

Bueno, que sean ochocientos cincuenta.
(aparta uno de veinte)
Nick. Esto para ti.
Nicholas coge el billete.

> NICHOLAS

Gracias, señor F.X.

CORTE A:

EXT. CAMPO DE AVIACIÓN
EN ALGUNA PARTE EN MITAD DE LA NADA — DÍA

Una única pista de aterrizaje y una avejentada oficina administrativa. No aterrizan muchos aviones aquí. Pero atención…

Un jet grande está rodando hacia un jet pequeño aparcado. Ambos ostentan el logo Olympus en los costados.

La señorita Mercury —todavía vestida de riguroso negro— se halla sentada frente al volante de un Buick descapotable de los años 70 con la capota levantada.

Se abre la escalerilla del jet grande y aparece F.X.R. con el tipo de ropa que él cree que lleva la gente corriente: una camisa vaquera amariconada con demasiados ribetes, remetida en unos viejos vaqueros de diseño Jordache, un cinturón con una enorme hebilla de Marlboro y unas botas vaqueras de color rojo subido.

Lleva puesta una gorra John Deere agujereada con excesiva perfección, y en la mano, un sombrero de paja de *cowboy*.

295

SEÑORITA MERCURY
Hola, Duke, o Bo, o quien seas. ¿Mi jefe está en ese avión?

F.X.R.
(refiriéndose a su disfraz)
No está mal, ¿eh? La autenticidad es la clave.

SEÑORITA MERCURY
Me alegro de que alguna de las coristas del casino le haya permitido saquear su camerino.

F.X.R.
(refiriéndose al coche)
¿Qué tal anda?

SEÑORITA MERCURY

He consumido la mitad de un depósito y casi un litro
de aceite solo para venir desde el aparcamiento. La
buena noticia es que lo he sacado regateando por
setecientos pavos.

F.X.R.

Guarde el cambio para gastos. Tenga.
(le da el sombrero de paja)
Hay que pasar desapercibido.
(se lo pone a ella en la cabeza)

F.X.R. (continuación)
(riendo)
¿A qué tenemos buena pinta?

SEÑORITA MERCURY

Con la fortuna que tiene y su gran diversión es
vestirse como un pobre mortal sin la menor idea de la
moda. Si quiere, yo puedo convertir en permanente
esa diversión. Déme todo su dinero y vivirá
felizmente para siempre.

*F.X.R. rodea el vehículo hasta el lado
del copiloto e intenta saltar por encima de
la puerta. Aterriza atropelladamente en
el asiento, pero un pie le queda colgando
de la puerta.*

SEÑORITA MERCURY (continuación)
¡Pista libre!
*Aprieta el acelerador y el coche se aleja
escupiendo polvo y grava.*

MÚSICA: «I've Been Everywhere», de Hank Snow

EXT. AUTOPISTA 88 — MÁS TARDE

> *El Buick avanza resoplando por la autopista.*
> *F.X.R. sonríe con el pelo al viento.*

                  F.X.R.

¡Yo debería salir más a menudo de ese ático!

                SEÑORITA MERCURY

¡Pero si hace dos semanas estaba usted practicando *bodyboard* en la Gran Barrera de Coral!

                  F.X.R.

Quiero decir para recorrer América. No viajo lo suficiente por mi tierra natal. La carretera. El cielo enorme. El asfalto y nada más: la línea discontinua y el horizonte. ¡Amo este país! ¡Válgame Dios, lo amo con locura!
    (pausa)
Es bueno para el alma bajar de vez en cuando de la cumbre, señorita Mercury. Si no, solo ves las cimas de las montañas. Tendría que incorporar la idea en un memorando para todos los empleados.

                SEÑORITA MERCURY

Sí, hágalo. Nos servirá a todos de inspiración.
    (pausa)
Bueno, ¿a dónde vamos, Cochise?

F.X.R.
*(envía un mensaje desde su reloj al de la
señorita Mercury)*
Aquí. A un pueblecito llamado Phrygia.
(intenta tres pronunciaciones distintas)
Población, 102 habitantes.

RELOJ: *Fotos, datos, información sobre Phrygia...*

F.X.R. (continuación)
En su momento, una parada importante de la Ruta
ochenta y ocho, que se presentaba como la capital
de la hospitalidad americana. Vamos a ver
lo hospitalarios que son con gente como nosotros.

SEÑORITA MERCURY
Antes de comprarles hasta el último metro
cuadrado.
(estudia su reloj)
¡Ay, Dios¡ Este trayecto nos va a llevar horas.
¡Me voy a freír!

EXT. UN ENORME CARTEL. De scolorido, antiquísimo, con
tubos de neón rotos y una pintura desconchada que dice
MOTEL OLYMPUS...

Visibles a duras penas, las figuras de un hombre y una
mujer, con los brazos alzados, saludan al tráfico inexistente
como si quisieran decirle: «¡Quédense con nosotros!». Las
letras del rótulo están blanqueadas por el sol.

MÚSICA: «Que te vaya bonito», al acordeón

Suena la letra original con SUBTÍTULOS EN INGLÉS:

«Yo no sé si tu ausencia me mate,

aunque tengo mi pecho de acero…»

CORTE A:

EXT. MOTEL OLYMPUS – PHRYGIA – DÍA

Nada que ver con su tocayo de Las Vegas… Nada que ver…

Igual que el rótulo, el Motel Olympus ha conocido tiempos mejores. ¿Qué puede decirse en su favor? Está limpio.

La MÚSICA procede de JESÚS HIDALGO, que toca los últimos compases de una canción tan bonita que incluso interpretada al acordeón suena bien.

Suena la letra original con SUBTÍTULOS EN INGLÉS:

«Pero nadie me llame cobarde

sin saber hasta dónde la quiero…»

Una pareja de viejos —PHIL y BEA (sí, son ellos, los del cartel)— aplaude mientras Jesús guarda el instrumento en su estuche y lo deja en su vieja camioneta.

PHIL
¡Nunca he visto un talento igual!

BEA

Cada vez que toca se me empañan los ojos. Tiene usted un don, Jesús.

JESÚS

Ustedes logran que me sienta tan bien, señor Phil y señora Bea. Siempre me he sentido como en casa gracias a ustedes.

BEA

Porque estaba usted en casa, Jesús. En nuestra casa.

PHIL

Buena suerte en Chesterton. Dicen que ganan dinero a porrillo en esa fábrica de parabrisas.

JESÚS

Gracias. Volveré a verlos muchas veces. Lo prometo.

BEA

Tráiganos un parabrisas fabricado por usted.
Jesús se sienta en la camioneta y se aleja del aparcamiento del motel tocando la bocina. Phil y Bea miran cómo desaparece por la carretera. Se quedan un momento callados.

PHIL

Ahí va nuestro único huésped. Una cama menos que hacer.

BEA

¡Ay, Señor, voy a añorar mucho cómo tocaba el acordeón!

PHIL

Sesenta y dos dólares menos a la semana. ¿Por qué
habría de querer uno abandonar este pequeño
paraíso para vivir en un pueblucho como
Chesterton?

BEA

Deja de quejarte y haz algo útil, como limpiar la
maleza.

> *Phil mira de arriba abajo a la mujer con la que*
> *se casó. La mujer que todavía le parece tan*
> *preciosa...*

PHIL

No me trates como a un peón.

> *(pausa)*

A menos que te hayas puesto ese vestido tan bonito
porque quieres jugar a «seducir al peón».

BEA

Tú sal ahí con la desbrozadora y flexiona un poco esos
músculos. Quizá me acabe excitando.

PHIL

Te digo una cosa: dame veinte minutos para limpiar
el cuadrante sur y luego reúnete conmigo en la
habitación número diez. Quizá esté desnudo en la
ducha.

BEA

Trato hecho.

> *Un Buick descapotable se acerca por la*
> *carretera, con el intermitente encendido.*

BEA (continuación)
Espera. Parece que tenemos clientes.

PHIL

Maldita sea.
(gritando)
¡Volved en una hora, muchachos!
El coche se detiene en el motel. ¡Vaya, no son
otros que F.X.R. y la señorita Mercury! Todavía
llevan la capota levantada.
Él sonríe. Ella tiene un aspecto desastroso
después de pasarse tres horas conduciendo un
descapotable sin capota. Se detienen justo
frente a Phil y Bea.

F.X.R.

¡Hola!

PHIL

¿Cómo están?

BEA

¿Cómo está usted?

SEÑORITA MERCURY
Hola, holita.

F.X.R.
(hablando con acento rústico)
Ya lo ven, somos dos viajeros cansados que llevan
demasiado tiempo en la carretera.

SEÑORITA MERCURY
Sin protector solar.

F.X.R.

Queremos darnos un respiro en nuestro viaje. Ya me entienden, encontrar un poco de hospitalidad de la buena.

BEA

¿Qué tal si prueban en algún motel?

F.X.R.

¿Conoce alguno bueno por aquí?

BEA

A ver, vamos a pensar. Moteles. Necesitan un motel…

PHIL

El mejor motel del mundo está aquí, en las afueras de Phrygia. Se llama Olympic u Olympian, algo así.
F.X.R mira el cartel desteñido.

303

F.X.R.

¡Motel Olympus!

PHIL

Ese es.

F.X.R.

¡Señorita Mercury! ¡Motel Olympus! ¡Es el destino!
La señorita Mercury desea bajarse del coche y meterse en una ducha lo antes posible.

SEÑORITA MERCURY

Debe de ser. Este aparcamiento habla a gritos del «destino».

> BEA

Bienvenidos. Yo me llamo Bea y él, Phil. ¡Quédense con nosotros!

> *Esos dos viejos adorables se quedan instantáneamente inmóviles en la misma posición del cartel que tienen detrás, con los brazos alzados y todo.*
> *F.X.R. y la señorita Mercury se miran. Phil y Bea no se han movido. Siguen en la posición «cartel». Permanecen así. Durante un segundo. Y luego otro. Y otro.*

> SEÑORITA MERCURY

Bueno, ¿hay alguna habitación libre?

> BEA
> *(saliendo de su pose)*

Ninguna, pero…

> CORTE A:

INT. OFICINA DEL MOTEL — DÍA

PRIMER PLANO:

Una fotografía descolorida de hace cincuenta años: los jóvenes Phil y Bea, en la misma pose. Obviamente, esa imagen fue en su momento el modelo del cartel.

La oficina es limpia y acogedora. F.X.R. examina la foto mientras Bea prepara los documentos.

> BEA

Si da la impresión de que disponen del motel para ustedes solos, es porque es así.

F.X.R.

El negocio anda flojo, ¿no?

BEA

Desde que Eisenhower construyó las interestatales.

F.X.R.

¿Ese es el tiempo que llevan siendo dueños de este lugar?

BEA

No exactamente. Pero Phil y yo hemos estado aquí desde que Phrygia era una parada tres estrellas del Autoclub.

Le pone delante la ficha del registro y un bolígrafo barato.

305

EXT. MOTEL OLYMPUS – DÍA

La señorita Mercury está aparcando el coche. El motor no para de hacer unos ruidos horribles. Se acerca Phil.

PHIL

Parece como si las ardillas estuvieran agonizando.

SEÑORITA MERCURY

Con tres o cuatro litros de aceite, desaparecerá ese ruido rechinante.

Empieza a salir humo del capó.

PHIL

¡Que se quema el bosque!

(pausa)

Apáguelo, cariño.
¿Acaba de llamar «cariño» a la señorita
Mercury?

SEÑORITA MERCURY

De acuerdo, vaquero.
Apaga el motor, y entonces algo EXPLOTA.
El motor se detiene, pero el coche sigue
resoplando como si estuviera vivo.

PHIL

Este trasto tiene vida propia. ¡Levante el capó!

SEÑORITA MERCURY

¿Y eso cómo se hace exactamente?
Encuentra una palanca y tira de ella. El capó se
levanta y se escapa una nube de humo.

306

INT. OFICINA DEL MOTEL — DÍA
F.X.R. ve el humo mientras Bea repasa la ficha
del registro que él ha rellenado.

BEA

¿F.X.R.?

F.X.R.

¡Presente!

BEA

¿No tiene tarjeta de crédito, dice?

F.X.R.

¡No, por Dios! Tuve una, en una ocasión. Para un

almacén de Flint, en Michigan. Dejé una buena
cuenta pendiente y tuve que largarme de la ciudad.
En realidad jamás ha hecho algo así.

BEA

Aquí hemos visto más de un caso.
(pausa)
Habrá de pagar en efectivo. Por adelantado, porque
no lo conozco.

F.X.R.

¿Cuánto?

BEA

Las dos habitaciones serán treinta y ocho cincuenta.
*Él saca su billetera estilo vaquero, un objeto de
atrezo que escogió el mismo.*

307

F.X.R.

(inquieto)
¡Ay, ay…!

BEA

O bien una habitación con dos camas, veinticinco
cincuenta.

F.X.R.

(buscando por la billetera)
Con que eso cuesta, ¿eh?

BEA

O bien una individual con cama doble, dieciséis
cincuenta.

F.X.R.

Pues resulta que solo tengo… doce dólares… y
algunas monedas.

BEA

Bueno… entonces le haré la oferta especial de
clientes-únicos-del-motel.

EXT. MOTEL OLYMPUS — DÍA

*La señorita Mercury se inclina sobre el capó del
coche junto a Phil, que está haciendo el payaso
con una llave inglesa.*

SEÑORITA MERCURY

Yo no sé nada de coches. Me limito a dar gas y
circulo.

PHIL

Se cree que es tan fácil, ¿eh?
        (saca la bomba de aceite)
¿Sabe lo que es esto?
        *Ella mira la pieza como si fuese una rata
        muerta.*

SEÑORITA MERCURY

¿Una rata muerta?

PHIL

Esto es un acelerador de fusión deshipoxificado con
oxipetantes calcitrantes.

SEÑORITA MERCURY

¿De veras?

PHIL

Le puedo conseguir otro. Bastará una llamada a
Tommy Boyer. Él traerá un recambio en cuanto
pueda.

SEÑORITA MERCURY

Bien. Perfecto.

PHIL

Se lo puedo instalar para que siga su camino al
amanecer.

SEÑORITA MERCURY

Cuando amanezca, yo me quedaré otras tres horas en
la cama. Pero usted vaya instalándolo.
Suena un grito.

F.X.R. (Fuera de campo)

¡Señorita Mercury!
Phil y la señorita Mercury giran la cabeza.
F.X.R. ha salido con Bea, que está abriendo la
puerta de una de las habitaciones.

F.X.R. (continuación)

Venga a ver nuestro alojamiento.

INT. HABITACIÓN MOTEL – DÍA

Bea y Phil permanecen de pie observando
mientras F.X.R. prueba la cama y la señorita
Mercury inspecciona el baño.

F.X.R.

Detesto ponerme pelmazo, pero tengo una lesión en

una vértebra por una caída que sufrí talando árboles en Alberta.

La señorita Mercury le lanza una mirada. Él nunca ha talado árboles en Alberta.

F.X.R. (continuación)
Este colchón me matará antes de que me quede dormido.

BEA
(pensando)
¿En la número tres no hay un colchón más nuevo?

PHIL
Solo tiene unos meses de antigüedad. Lo cambiaré de inmediato.

F.X.R.
(palpando las sábanas)
Y estas, eh… «sábanas». Demasiado rasposas. Tengo un problema dermatológico.

BEA
Puedo abrir un juego nuevo.

F.X.R.
¿Las lavarán primero? Nada peor que las sábanas nuevas.

BEA
Claro, ni siquiera un ataque al corazón. Se las lavaré para que queden bien suaves.

PHIL

(preocupado)

Mejor que pruebe las almohadas. Si son demasiado duras, no le harán ningún bien a su espalda.

F.X.R.

Si son demasiado rígidas, no podré mover el cuello por la mañana.

(prueba una almohada, se agarra el cuello)

¡Ay! ¡Ni hablar!

BEA

Nosotros dormimos con unas muy mullidas. Les pondremos fundas limpias y se las dejaremos por esta noche.

F.X.R.

Y, para terminar, este cuadro que hay sobre la cama…

(el cuadro de un arroyo murmurante y una granja)

F.X.R.(continuación)

Me recuerda a la casa de acogida en la que me pasé una eternidad. ¿Tienen algún otro cuadro que podamos colgar ahí?

La señorita Mercury repite las palabras «casa de acogida» articulando solo los labios.

PHIL

En la doce hay uno de patos.

F.X.R.

Me dan miedo las aves acuáticas.

PHIL
Hay otro con unas ruedas de carro en la ocho.

SEÑORITA MERCURY
¿Ruedas de carro? ¿Para qué pintar unas ruedas de carro? No lo entiendo.

PHIL
En la trece hay una cara de payaso.
Imposible. La sola idea le provoca escalofríos a F.X.R.

BEA
¿Qué le parece si retiramos toda la decoración?

F.X.R.
Problema resuelto.

CORTE A:

INT. HABITACIÓN MOTEL – DÍA
Más tarde. Phil está trasladando el colchón nuevo. La señorita Mercury se maravilla de la suavidad de las toallas de baño, y Bea está poniendo las fundas a las almohadas prestadas.

SEÑORITA MERCURY
(completamente alucinada)
¿Qué usa para dejar tan suaves estas toallas? Parecen de visón.

BEA
Simplemente las lavo, cariño. Y luego las tiendo fuera.

SEÑORITA MERCURY

¡Me muero de ganas de darme una ducha!

BEA

Cuando lo haga, deje que corra el agua caliente. Tarda
un poquito.

F.X.R.

Muy bien. Una última cosa. ¿Cómo puede uno
alimentarse por esta zona?

PHIL

Antes había un café enfrente, al otro lado de la
carretera. Truman, se llamaba. Un pastel increíble. Y
un estofado todavía mejor. Cerraron en 1991.

BEA

Hay locales de comida rápida en Chesterton. A unos
sesenta kilómetros a vuelo de pájaro.

313

PHIL

Prefiero zamparme el pájaro que tomar comida rápida
en Chesterton.

SEÑORITA MERCURY

Da igual, porque estamos atrapados aquí. Se ha
estropeado el oxipetante del coche.

PHIL
(acordándose y echando a correr)
¡He de llamar a Tommy Boyer!
Mientras él sale…

SEÑORITA MERCURY
¿Tienen servicio de habitaciones, por casualidad?

BEA
Si no le importa mancharse un poco las manos.

CORTE A:

EXT. PARTE TRASERA DEL MOTEL — MÁS TARDE
Una granja en miniatura. Con corral de gallinas y huerto.
Todo primorosamente cuidado. Bea inspecciona las
verduras con aire experto mientras la señorita Mercury
trata de arrancar tomates de una espaldera.

SEÑORITA MERCURY
(llenando una cesta)
Vale. Tomates. Rábanos. Estas cosas verdes alargadas.
Y la mitad de mis uñas.

BEA
¿A que vendrían de maravilla unos aguacates? He de
plantar unos árboles de aguacate.

SEÑORITA MERCURY
¿Crecen en árboles?

BEA
Sí, pero hacen falta dos. Un macho y una hembra. Si
no, no hay aguacates.

SEÑORITA MERCURY
¿Los árboles tienen sexo?

                    BEA
Una vez a la semana. Como mi marido y yo.
Bea suelta una CARCAJADA. *Hasta las gallinas*
CACAREAN *divertidas.*

              SEÑORITA MERCURY
No pretendía saber tanto…

                                    CORTE A:

EXT. ZONA DE LA PISCINA — ATARDECER
        Phil ha preparado una vieja barbacoa, donde
        ahora se asa un escuálido pollo en un espetón.
        La piscina está vacía…

                    F.X.R.
¿Así que no tuvieron hijos?   315

                    PHIL
        (niega con la cabeza)
No podíamos. Pero no nos importó. En los viejos
tiempos, este lugar estaba siempre repleto de niños. Por
esta piscina. Había una docena de moteles a lo largo de
la ochenta y ocho, antes de que la interestatal nos dejara
aislados. Solo tres tenían piscina. Yo puse carteles cada
treinta kilómetros: «Mount Olympus. Con piscina».
Adivine dónde querían quedarse los niños.

                    F.X.R.
Con Phil y Bea.

                    PHIL
¿Usted ha trabajado alguna vez en hostelería?

F.X.R.

No exactamente.

Phil le lanza una mirada.

PHIL

Es un tipo de trabajo que no se puede aprender. Tiene que salir de forma natural. Te ha de gustar la gente y has de confiar en ella. Y debes saber mentir un poco cuando los que tienen mirada de loco te preguntan si hay una habitación libre. Nada de lo que avergonzarse. Simple sabiduría.

F.X.R.

Debe de gustarle el negocio de los moteles.

PHIL

316

Me gusta este motel. Pero no me vendría mal un poco más de negocio.

MÚSICA: «Last Date», de Floyd Cramer

CORTE A:

EXT. PAISAJE – CREPÚSCULO

En ese preciso momento, el sol parpadea y desaparece por el horizonte.

CORTE A:

EXT. MOTEL OLYMPUS – NOCHE

El rótulo no se enciende por sí mismo; cuenta solamente con un foco barato de jardín para iluminarlo.

Junto a la piscina, vemos los restos de la cena al aire libre
que han disfrutado los dueños del motel y sus huéspedes.

PHIL

Díganme, jóvenes, ¿cuánto tiempo llevan juntos?

SEÑORITA MERCURY

¿Cómo?

PHIL

Ustedes dos. ¿Son pareja?

BEA

Phil, eso es asunto suyo.

SEÑORITA MERCURY
(abriendo unos ojos como platos)
¿Que si somos pareja? ¿Una pareja?

PHIL

Un hombre y una mujer llegan en un coche. Se
registran juntos. Comparten habitación. Es una cosa
que ha sucedido como un millón de veces…
La señorita Mercury pone los ojos en blanco.
Luego niega con la cabeza y se ríe por lo bajini.

SEÑORITA MERCURY
(señalando a F.X.R.)
Sería tan poco probable que este hombre fuera mi
media naranja como que mis pedos salieran
perfumados.

BEA

Ah, me voy a copiar la frase.

F.X.R.

Como dice la señorita Mercury, nosotros
mantenemos una relación jefe-empleada totalmente
decorosa.

SEÑORITA MERCURY

Si él no duerme en el sofá, y no lo creo, porque nunca
ha dormido en un sofá, seguro que lo haré yo.

PHIL

Entiendo.
　(pausa)
¿Es usted lesbiana, señorita Mercury?

SEÑORITA MERCURY

No, no estoy tan a la última. Soy soltera.

BEA

¿No hay ningún hombre en su vida?

SEÑORITA MERCURY

Mire… Permítanme que explique este aspecto de mi
vida a dos relativos desconocidos tan amables como
ustedes.
　(pausa)
Un hombre me complicaría la vida en extremo. Por
ahora necesito tanto un hombre como su gallinero
una antena parabólica. Estoy libre y sin ataduras.
Algún día lo dejaré todo y le diré adiós a mi jefe, y
entonces me lanzaré a por el marido, los niños, los
disfraces de Halloween y toda la pesca. Hasta
entonces, estoy felizmente sola, trabajando para este
tipo…
　(señala a F.X.R.*, que inclina la cabeza)*

Que me saca de quicio, pero es capaz de aceptar una broma. Estoy reuniendo dinero y viendo mundo, desde Tasmania hasta este motel encantador. No tengo sitio para un novio.

> *Se hace un silencio que dura unos instantes.*

BEA

Bueno, ya tenemos la respuesta.

> *Otro instante de silencio. Un silencio completo, precioso.*

F.X.R.

Escuche.

SEÑORITA MERCURY

¿El qué? No oigo nada.

F.X.R.

No está escuchando.

SEÑORITA MERCURY

Claro que sí.

BEA

El silencio. Quiere decir que escuche el silencio.

SEÑORITA MERCURY

Ah.

> *(escucha)*

Lo estoy intentando, en serio… pero no oigo nada.

F.X.R.

La única vez que me siento exactamente como me hace sentir este silencio es…

(sea cuando sea, se lo guarda para sí)
Y nunca dura.

PHIL

Aquí, sí.

BEA

A mí me ha acabado cautivando completamente. Sean cuales sean los problemas o las inquietudes, hay algo consolador en el silencio de la noche.

> *Phil mira a su esposa. F.X.R. mira a Bea. La señorita Mercury mira hacia la noche.*

SEÑORITA MERCURY

Ah, ahora lo oigo. La nada. Quiere decir el sonido de la nada.
(escucha)
¡Oooh. Aaah!

> *Suena a lo lejos una BOCINA. Aparecen unos faros en la oscuridad y se detiene una furgoneta en el aparcamiento.*

F.X.R.

Pues sí que ha durado.

BEA

Es Tommy Boyer.

PHIL

Con esa pieza para el coche de la soltera número uno.
(a la señorita Mercury)
Ya que no está usted a la última, quizá le guste Tommy.

SEÑORITA MERCURY
(pone otra vez los ojos en blanco)
¡Ay, sí, espere que me arreglo el pelo…!

PHIL
(gritando)
¡Tommy!
De la furgoneta se baja TOMMY BOYER. *Es la criatura masculina más despampanante del planeta Tierra.*

SEÑORITA MERCURY
¿Ese es Tommy Boyer?
(patidifusa)
Dios mío…
Ahora sí, se arregla el pelo de verdad.

SEÑORITA MERCURY (continuación)
¡Ay, Señor. Ay, ay…!

321

BEA
Le encanta cocinar.

SEÑORITA MERCURY
(fijándose el pelo con saliva)
¿Se pitorrea de mí?
El gran Tommy Boyer se acerca con la pieza del motor en la mano.

TOMMY BOYER
Buenas noches, Bea. Señores.

BEA
¿Has cenado, Tommy?

TOMMY BOYER

Sí, gracias. Me has pedido una bomba de combustible para un viejo GM, ¿no, Phil?

PHIL

Sí. Para esta joven señorita.
Todo el mundo se da cuenta de que la señorita está embobada con Tommy.

TOMMY BOYER

Hola.

SEÑORITA MERCURY

(embelesada)
Holi, ¿qué tal?

TOMMY BOYER

Problemas con el coche, ¿no?

SEÑORITA MERCURY

Sí… vaya que sí. El maldito cochecito me está dando problemillas, sí.

TOMMY BOYER

¿Es ese de ahí? ¿El Buick?

SEÑORITA MERCURY

¿Es un Buick? Ah, sí. Nuestro pobre Buick estropeadito…

TOMMY BOYER

Vamos a ver si lo podemos poner en marcha.

SEÑORITA MERCURY

Vale, sí, sí. Voy a levantar el capó…
(susurrando a Bea)
No paro de hablar como una cría. Socorro.

BEA

Tommy se divorció hacer tres años. Tiene una niña
pequeña. Dejó de fumar el verano pasado. Lee un
montón.

SEÑORITA MERCURY

Mensaje recibido. Gracias.
Se aleja con Tommy Boyer.

PHIL

Una vez más, el motel Olympus ejerce su hechizo
mágico.

323

BEA

(levantándose)
Voy a lavar los platos. Los hombres dedicaos a
gandulear como hacéis siempre cuando las mujeres se
ponen a lavar.

PHIL

De acuerdo.
(dirigiéndose a F.X.R.*)*
¿Le apetece dar una vuelta por los alrededores?

CORTE A:

EXT. MOTEL OLYMPUS — LÍMITE DE LA PARCELA — NOCHE

Phil y F.X.R. caminan por los alrededores del hotel.

PHIL

(señalando)

Yo pensaba hacer algo con esos diez acres de allá, pero nunca me he decidido. Una vez estuve a punto de montar una cabaña de serpientes.

F.X.R.

¿Una cabaña de serpientes?

PHIL

Sí. Habríamos puesto carteles en la ochenta y ocho: «Visite la cabaña de serpientes: 200 kilómetros». «Cabaña de serpientes: 100 kilómetros. ¡Con aire acondicionado!». Pero entonces Bea observó que yo no sabía apenas cómo criar serpientes. Así que nos conformamos con el motel.

F.X.R.

Es un motel encantador. Un rincón hospitalario. Me encanta el nombre.

PHIL

Pero no puedes pasarte aquí las veinticuatro horas, día tras día, sin volverte loco. Una vez por semana, cada uno hace una escapada a Chesterton por su cuenta, para ir al banco y hacer compras. Para usar el wifi en el Theo's Coffe Hutch y conectarse con el mundo exterior un par de horas.

F.X.R.
(melancólico)
Esa es la manera, sí señor.
(adoptando nuevamente su personalidad
«rústica»)
Si algún día me agencio una de esas tabletas
portátiles, probaré ese sistema.
Phil observa a F.X.R. mientras caminan.

PHIL
¿Qué nombre de pila empieza con «X»? ¿Aparte de
Xavier?
(pausa)
Francis Xavier Rustan.
F.X.R. se detiene. Comprende que lo han
pillado.
Bea lo ha identificado cuando usted ha firmado el
registro. F.X.R. ¿Ha oído alguna vez la palabra
«seudónimo»?

F.X.R.
(ya sin hacerse el «rústico»)
Disculpe, he sido deshonesto con ustedes.

PHIL
No, no ha hecho nada malo. Aparte de ser un hombre
rico y famoso y viajar en un coche de pobre.
(pausa)
¿Está pasando unas vacaciones de incógnito para
divertirse?

F.X.R.
No. En realidad, no.

PHIL

¿Piensa demandarnos por el nombre? ¿Olympus es una marca registrada de su propiedad?

F.X.R.

Yo no actúo así.

PHIL

Pues es de los pocos.

F.X.R.

Estoy buscando tierras y sol.

PHIL

Hay un montón de ambas cosas aquí. La tierra le costará dinero. El sol es gratis.
(pausa; señala)
Nosotros poseemos todo el trecho desde allí hasta allí. Ya no vamos a aguantar mucho tiempo, según el criterio de los médicos y del sentido común. Nos gustaría terminar nuestros días en un sitio tan bonito como el que hemos tenido aquí.

F.X.R.

Entonces, ¿le hago una oferta?

PHIL
(deteniéndolo con un gesto)
De negocios hable con Bea. Ella es mi jefa.
(pausa)
Voy a regresar para tomarme una taza de leche malteada.
F.X.R. observa cómo se aleja el anciano.

326

CORTE A:

EXT. MOTEL OLYMPUS — APARCAMIENTO — NOCHE

El capó del Buick está levantado. La señorita Mercury le sostiene la luz a Tommy Boyer y le va pasando herramientas.

SEÑORITA MERCURY
Entonces, ¿las herramientas métricas son distintas de las herramientas estándar?

TOMMY BOYER
Así es.
(pausa)
Bueno. Intente encender el motor.
Ella se sienta frente al volante.

327

SEÑORITA MERCURY
¡De acuerdo! ¡Encendiéndome!
Gira la llave y el Buick cobra vida soltando un rugido.

SEÑORITA MERCURY (continuación)
¡Jopetas! ¡Debe de haber leído usted un montón de libros de mecánica!
F.X.R. se acerca.
¡Jefe! Tommy Boyer y yo vamos a sacar el coche... para probarlo un poco.

TOMMY BOYER
¿Ah, sí?

> SEÑORITA MERCURY

¡Hemos de ver cómo se comporta en un trecho de la ochenta y ocho! Tardaremos un rato. No hace falta que espere despierto. Aunque tampoco iba a hacerlo. Digo, esperar despierto. A que yo vuelva. De probar el coche…

> *(finalmente, a Tommy)*

¿Quiere ir de copiloto?

> *Tommy sube al coche y se abrocha el cinturón. La señorita Mercury enciende la* RADIO *y luego mete la* MARCHA ATRÁS. *Ambos desaparecen zumbando en la oscuridad.*

MÚSICA: «We've Only Just Begun», de los Carpenters

INT. OFICINA DEL MOTEL – NOCHE

El ruido de alguien TECLEANDO. F.X.R. entra y se encuentra a Bea con una máquina de escribir. Una Olympia.

> F.X.R.

¿Es cierto que tienen leche malteada?

> BEA

En el hornillo.

> *F.X.R. encuentra un cazo de leche, una taza y una jarra y se prepara una bebida caliente malteada.*

> BEA (continuación)

Voy a cobrarle un poco caras las instalaciones, aunque ya sé que usted lo acabará tirando todo abajo. ¿Piensa comprar todas las tierras de los alrededores?

F.X.R.

Si puedo, sí.

BEA

Entonces nosotros seremos su primera adquisición.
Es como un honor para nosotros.

*Él mira la foto de Bea y Phil, la fuente
original del cartel mortecino que hay frente al
motel.*

F.X.R.

¿Qué edad tenían cuando les hicieron esta
fotografía?

Ella levanta la vista y ve a qué foto se refiere

329

BEA

Yo tenía diecinueve. Phil, veintitrés. Es de nuestra
luna de miel. En Grecia. Una isla tan cálida, tan
apacible que no queríamos marcharnos. Tuvimos que
hacerlo, claro. Phil entró en la Fuerza Aérea. Yo
terminé los estudios. Pasé en coche por la vieja
ochenta y ocho y vi un sitio donde invertir nuestros
ahorros. Y funcionó bastante bien.
      Saca la hoja de la máquina y se la entrega.
Sus abogados pondrán todos los puntos sobre las íes,
pero esto sería lo básico: o lo toma o lo deja.
      Él ni siquiera mira la hoja.

F.X.R.

¿Volvieron alguna vez a Grecia? ¿De vacaciones?

> **BEA**
> Somos hoteleros. Todos los días son vacaciones para nosotros.

CORTE A:

EXT. MOTEL OLYMPUS, PHRYGIA — APARCAMIENTO — MÁS TARDE

F.X.R. dobla una hoja mecanografiada y se la mete en el bolsillo de la pechera mientras se encamina hacia su habitación. A su espalda, las luces de la oficina se apagan, y también el débil foco que iluminaba el viejo cartel.

Se detiene un momento en medio del silencio nocturno...

FUNDIDO EN NEGRO:

MÚSICA: «*Mi reina y mi tesoro*».

Suena la letra original con SUBTÍTULOS EN INGLÉS:

«*Ahora lo sé*

que de verdad la quiero...»

ABRE EN NEGRO

EXT. MOTEL OLYMPUS, PHRYGIA — ATARDECER

El sol ya está muy bajo y la luz del día se vuelve azulada.

Suena la letra original con SUBTÍTULOS EN INGLÉS:

«*Lucharé*

por conquistar su corazón...»

Se está celebrando una FIESTA. Las LUCES colgadas sobre el aparcamiento le confieren una magia especial al ambiente.

Jesús Hidalgo está allí con su BANDA, actuando para las PAREJAS que bailan, cantando a su reina y a lo mucho que la amará con todo su corazón. Ha venido con su parentela, y los NIÑOS chapotean en la piscina, que acaban de llenar otra vez de agua.

Tommy Boyer también está allí con su HIJA que juega con sus AMIGUITAS a SALTAR A LA COMBA y con una señorita Mercury muy distinta, que viste vaqueros y una camiseta sin mangas y con la espalda descubierta.

331

Los OBREROS se agolpan alrededor de los camiones; están guardando las herramientas y supenden el trabajo por ese día.

Nicholas, el camarero del servicio de habitaciones, da los últimos toques a una cena soberbia parecida a la que podrían servir en la terraza de la piscina del Love Boat.

La GENTE DE LA ZONA ha acudido incluso desde poblaciones tan lejanas como Chesterton para participar en la fiesta, aportando sus propias sillas plegables.

F.X.R. va con un traje elegante pero informal. Está examinando unos planos con MEDIA DOCENA DE ARQUITECTOS.

En dos sillas, como sitiales de honor, se hallan sentados
Phil y Bea, ambos con los ojos vendados.

BEA

¡Ay, cómo echaba de menos a ese hombre y su
acordeón!

PHIL

Tal como suena la cosa, creo que vamos a ver un circo
completo cuando nos quitemos estas vendas.

> *Mientras Bea se balancea al compás de la
> melodía mexicana, un jefe de obras, COLLINS, se
> acerca y le susurra algo a F.X.R., que despide
> rápidamente a los arquitectos.*

F.X.R.

¡Señorita Mercury! ¡Ya estamos listos!

SEÑORITA MERCURY
(dándole a la cuerda de la comba)
¿Quién es la señorita Mercury?

F.X.R.

¡Ay, perdón! Es la costumbre.
(vuelve a intentarlo)
¡Diane! ¡Ya estamos listos!

SEÑORITA MERCURY
¡De acuerdo, F.X.! ¡Enseguida voy!
(se dirige a la hija de Tommy)
Venga, Lizzy. ¡Vamos a ver el espectáculo!

> *Jesús termina la canción con un gesto triunfal.*
> *Suenan aplausos para la banda.*
> *F.X.R. se acerca a Phil y a Bea.*

F.X.R.

¿Ven algo? Digan la verdad.

PHIL

¡No!

BEA

No nos tendrá preparado un pelotón de fusilamiento,
¿verdad?

F.X.R.

Diane, ¿ya ha oscurecido lo suficiente?

SEÑORITA MERCURY

Yo creo que sí.

F.X.R.

De acuerdo. ¡Collins!
*Collins está junto al interruptor principal de la
corriente.*

333

COLLINS

¡Apagando!
*Collins APAGA todas las luces del aparcamiento
del motel. El lugar queda a oscuras.*

F.X.R.

De acuerdo. Ya pueden quitarse las vendas.
Ellos obedecen. Todo está oscuro.

PHIL

¡Demonios! No veo nada.

BEA

¿A dónde se supone que he de mirar?

PHIL

¿Dónde está el maldito circo?

F.X.R.

(gritando)

¡Que se haga la luz!

> *Collins pulsa otro interruptor. El aparcamiento*
> *y toda la gente que hay allí quedan bañados de*
> *repente... por la luz de unos neones rojos,*
> *azules y dorados.*
> *La cara de la señorita Mercury refleja que está*
> *viendo algo precioso. Tommy Boyer está junto*
> *a ella, con su hija en brazos.*

334

TOMMY BOYER

Ahí va...

> *Los invitados, con la cara iluminada,*
> *contemplan el cielo sobrecogidos de emoción.*

SEÑORITA MERCURY

¡Dios mío! ¡Qué luz tan divina!

PRIMER PLANO: Phil y Bea, con las luces bailando en su rostro como en un espectáculo mágico, guardan silencio...

EL CARTEL

El Gran Phil y la Gran Bea, iluminados con colores rutilantes, dan la bienvenida a todo el mundo como dos gigantes gemelos en medio del cielo nocturno.

«¡Quédense con nosotros!», dicen con los brazos alzados, alegres, jóvenes, hospitalarios.

El cartel es precioso. Precioso de verdad.
> *Bea coge la mano de su marido.*
> *Los dos se miran a los ojos.*

BEA
Es como si hubiéramos vivido aquí siempre…
> *F.X.R. la oye. Levanta la vista hacia el cartel.*
> *Los colores juguetean también en su rostro.*

CORTE A:

EXT. MOTEL OLYMPUS — ANOCHECER

El cartel domina todo el campo de visión del motel Olympus.

335

Y entonces…

El paisaje se TRANSFORMA lentamente en una…

BULLICIOSA ENCRUCIJADA.

El desierto vacío se llena de edificios perfectamente ordenados, cada uno de ellos, una joya arquitectónica.

EL CAMPO DE RECOLECCIÓN DE ENERGÍA SOLAR OLYMPUS ya ha sido construido y se extiende en lontananza.

Phrygia se ha convertido en un pueblecito encantador…
En torno a ese cartel monumental…

Alrededor de Bea y Phil, que seguirán diciendo durante generaciones a los que pasen por allí: «Quédense con nosotros».

FUNDIDO EN NEGRO

Ve a ver a Costas

*I*brahim había cumplido su palabra. Por el precio de una botella de Johnnie Walker etiqueta roja, le había proporcionado a Assan dos botellas: sin duda robadas, pero eso les traía a ambos sin cuidado. En esa época, el licor americano era más valioso que el oro, incluso más que los cigarrillos.

Con ambas botellas tintineando en su mochila y vestido con su traje casi nuevo de rayas azules, Assan recorrió las muchas tabernas de la ciudad portuaria de El Pireo, buscando al patrón del *Berengaria*. Era bien sabido que ese hombre apreciaba el sabor y los efectos del Johnnie Walker etiqueta roja. También era bien sabido que el *Berengaria* llevaba cargamento a Norteamérica.

Assan encontró al patrón en la taberna Antholis, tratando de saborear su café matinal.

—No necesito otro fogonero —le dijo a Assan.

—Pero yo conozco los barcos. Hablo muchas lenguas. Soy mañoso. Y nunca fanfarroneo. —Assan sonrió ante su pequeño chiste. El patrón, no—. Pregúntele a cualquiera en el *Despotiko*.

El hombre le pidió al mozo otro café con una seña.

—Usted no es griego —le dijo a Assan.

—Búlgaro —respondió él.

—¿Y ese acento? —Durante la guerra, el patrón había hecho negocios con los búlgaros muchas veces, pero ese búlgaro en concreto hablaba con una cadencia extraña.

—Soy de las montañas.

—¿Pomaco?

—¿Eso es malo?

El patrón negó con la cabeza.

—No. Los pomacos son duros y callados. La guerra fue terrible para ellos.

—Fue terrible para todo el mundo.

El mozo apareció con el segundo café.

—¿Cuánto tiempo ha estado en el *Despotiko*? —preguntó el patrón.

—Seis meses.

—Usted quiere que lo contrate para poder desertar en América. —El patrón no era tonto.

—Quiero que me contrate porque usted usa fuel. El fogonero comprueba el flujo del combustile en el indicador, y ya está. No mete carbón a paladas. Si uno pasa mucho tiempo dando paladas, al final solo saber hacer eso.

El patrón encendió un cigarrillo sin ofrecerle ninguno a Assan.

—No necesito otro fogonero.

Assan hurgó en la mochila, que tenía entre los pies, sacó las botellas de Johnnie Walker etiqueta roja, una en cada mano, y las dejó sobre la mesa, junto a la taza de café.

—Tenga. Ya me he cansado de cargarlas de aquí para allá.

Cuando llevaban tres días navegando, algunos miembros de la tripulación empezaron a darle problemas al patrón. El camarero chipriota tenía una pierna mala y no limpiaba lo bastante deprisa después de las comidas. El marinero Sorianos era un mentiroso; decía que había revisado los imbornales cuando no lo había hecho. A Iasson Kalimeris lo había dejado su mujer —otra vez—, y su mal genio se disparaba aún con mayor facilidad. Cada conversación con él se convertía en una discusión, incluso jugando al dominó. Assan, en cambio, no ocasionaba problemas. Nunca se lo veía haraganeando con un cigarrillo en los labios, sino que siempre andaba limpiando las válvulas o quitando el óxido con un cepillo de alambre. Jugaba a las cartas y al dominó en silencio. Y lo mejor de todo quizá era que se mantenía lejos de las miradas del capitán. Este se fijaba en todo, como bien sabía el patrón. Pero en Assan no se fijaba.

Sobrepasado Gibraltar, el *Berengaria* entró en las agitadas aguas del Atlántico. Durante las travesías, el patrón se levantaba temprano todas las mañanas y rondaba por el barco para ver si había algún inconveniente. Ese día subió como de costumbre al puente, para servirse el café que siempre había allí preparado; después recorrió el navío. Lo encontró todo en orden hasta que llegó al depósito del combustible y oyó hablar en búlgaro.

Assan estaba de rodillas, haciéndole friegas en las piernas a un hombre apoyado en el mamparo: un hombre negro de mugre, de una mugre aceitosa; la ropa se le pegaba a la piel.

—Ahora ya puedo andar, déjame estirarme —dijo el hombre, y dio unos pasos vacilantes por la cubierta de acero. Él también hablaba búlgaro—. Ah. Qué buena —añadió, y continuó bebiendo largamente de una botella de agua; luego engulló una gruesa rebanada de pan que tenía envuelta en un trapo.

—Ya estamos en el océano —dijo Assan.

—Sí, ya notaba que el barco se movía más. —El hombre se acabó el pan y bebió más agua—. ¿Cuánto tardaremos?

—Diez días quizá.

—Ojalá sean menos.

—Será mejor que vuelvas a meterte ahí dentro —dijo Assan—. Toma, tu lata.

341

Le dio al hombre mugriento una lata vacía de galletas y recogió de sus manos otra lata: una que en su momento había sido de café, pero que ahora —el patrón notó el olor— estaba llena de excrementos. Assan la cubrió con el trapo; entonces le entregó una botella de agua tapada con un corcho, y el otro se metió de nuevo por un agujero, una estrecha abertura de la cubierta que, normalmente, quedaba oculta bajo una plancha. Con cierto esfuerzo, se apretujó por allí y desapareció. Assan, con una barra de hierro, levantó la plancha y la arrastró hasta colocarla en su sitio, como si fuese la pieza de un puzle.

El patrón no informó al capitán de lo que había visto. Regresó a su camarote y contempló las dos botellas de Johnnie Walker etiqueta roja: una por Assan y la otra por ese amigo oculto en un hueco de medio metro entre las cubiertas. Los polizones no eran infrecuentes en los barcos que iban a América, y la vida siempre resultaba más sencilla si no veías nada y no hacías preguntas. Naturalmente, el resultado era que a veces había que acabar descargando un ataúd.

Ah, el mundo era un desbarajuste. Pero siempre lo parecía un poco menos después de abrir la primera botella y tomarse un trago. Si alguien descubría a ese hombre mugriento agazapado en un hueco bajo la cubierta, se armaría un follón de mil demonios; y eso sin contar el papeleo que le caería encima al capitán. Todo dependía de Assan. Si el capitán no llegaba a descubrirlo… bueno, nunca se enteraría de nada.

Dos tormentas ralentizaron el avance del *Berengaria*, y tuvieron que aguardar dos días anclados hasta que el práctico llegó por fin con su bote; el hombre subió por la escalerilla y se dirigió al puente para llevar el barco a puerto. Ya era de noche cuando quedó amarrado al muelle: un buque más entre tantos otros. El patrón vio a Assan apoyado en la barandilla, contemplando la línea de los rascacielos que se recortaban a lo lejos.

—Eso es Filadelfia, Pensilvania. América.

—¿Dónde está Chee...ca...go? —preguntó el búlgaro.

—Más lejos de Filadelfia que El Cairo de Atenas.

—¿Tan lejos? Qué hijo de puta.

—Filadelfia parece un paraíso, ¿eh? Pero cuando amarremos en *New York, New York*, verás lo que es una ciudad americana de verdad.

Assan encendió un cigarrillo y le ofreció otro al patrón.

—En América los cigarrillos son mejores. —El patrón dio una calada y miró al búlgaro, que no le había causado problemas. Ni uno solo—. Mañana registrarán el barco.

—¿Quién?

—Los capitostes americanos. Lo registrarán de arriba abajo, buscando polizones. Comunistas.

Ante la mención de los comunistas, Assan escupió por encima de la barandilla.

—Cuentan a toda la tripulación —prosiguió el patrón—. Si los números no cuadran, hay problemas. Si no encuentran nada, descargamos y nos vamos a *New York, New York*. Allí te llevaré a un barbero. Afeitan mejor que los turcos.

Assan permaneció un momento callado.

—Si hay comunistas en este barco, espero que los encuentren —dijo, y volvió a escupir por encima de la barandilla.

Assan se quedó tumbado en su litera fingiendo que dor-

343

mía mientras los demás iban y venían. A las cuatro de la madrugada, se vistió con sigilo y se deslizó por el corredor, vigilando en cada esquina para comprobar que nadie lo veía. Llegó junto al depósito de combustible y, con la barra de hierro, levantó la plancha de la cubierta y la apartó.

—Ahora —dijo.

Ibrahim salió a rastras, con los codos y las rodillas despellejados y ensangrentados después de estar tanto tiempo en ese estrecho y oscuro hueco entre la cubierta y el casco interior. ¿Cuánto llevaba ahí? ¿Dieciocho días? ¿Veinte? ¿Acaso importaba?

—Voy a recoger la lata —susurró Ibrahim con voz ronca.

—Déjala. Nos vamos ahora mismo.

—Un segundo, por favor. Mis piernas.

Assan se las masajeó un poco —temía entretenerse—, y ayudó a su amigo a levantarse. Ibrahim solo había estado de pie unos minutos cada día. La espalda le dolía espantosamente y las rodillas le temblaban.

—Hemos de irnos —dijo Assan—. Sígueme a dos metros. Pararemos en cada esquina. Si me oyes hablar con alguien, escóndete donde puedas.

Ibrahim asintió y lo siguió a pequeños pasos.

Treparon por una escalerilla hasta una escotilla que daba a una habitación que llevaba, a su vez, a otra escotilla y luego a otro corredor y otra escalerilla. Al llegar arriba, había un corredor y una escalerilla más, aunque esta ya parecía una escalera normal. Assan tiró de una pesada puerta de acero que se abría hacia dentro e hizo un alto. Ibrahim percibió el olor del aire fresco por primera vez en veintiún días: ese era el tiempo transcurrido desde que el *Berengaria* había zarpado de El Pireo, mientras él iba escondido bajo la cubierta de acero.

—Todo en orden —susurró Assan.

Ibrahim cruzó el umbral y salió por fin al exterior. Mientras sus ojos se adaptaban a la oscuridad, la noche le pareció una bendición. El aire era cálido, veraniego. Estaban junto a la barandilla de babor; el muelle quedaba a sus espaldas y el agua, a doce metros más abajo. Unas horas antes, sin que nadie lo viese, el fogonero pomaco había dejado atada una cuerda en el barrote inferior de la barandilla.

—Baja por aquí. Rodea el barco a nado hasta el muelle y busca por dónde subir.

—Espero ser capaz de nadar todavía —dijo Ibrahim riéndose, como si fuera un chiste muy gracioso.

—Hay unos arbustos cerca. Escóndete ahí hasta que yo vaya a buscarte mañana.

—¿Y si hay perros?

—Hazte amigo de ellos. —Esta respuesta hizo reír otra vez a Ibrahim mientras pasaba las piernas por encima de la barandilla, sujetando bien fuerte la cuerda entre las manos.

El patrón estaba con el capitán en la parte de estribor de la timonera tomando el primer café de la mañana. Los estibadores ya habían descargado la mayor parte del cargamento y los muelles rebosaban de camiones, grúas y obreros.

—Iremos al hotel Waldorf —dijo el capitán en el instante en que el patrón observó que Assan bajaba por la pasarela y abandonaba el barco con su mochila: la misma mochila donde había llevado en su momento las botellas de Johnnie Walker etiqueta roja. También llevaba un paquete bajo el brazo. Los tripulantes solían volver a bordo cargados con paquetes de productos que, únicamente, podían comprar en América. Assan, en cambio, estaba bajando con un paquete.

—Ponen unos filetes así de gordos. —El capitán le mostró con dos dedos el grosor del filete que se comería—. El Waldorf Astoria. Ahí tienen filetes de campeonato.

—Un buen sitio, sí, señor —dijo el patrón, mientras Assan desaparecía entre unos arbustos.

Assan no encontraba ni rastro de Ibrahim. Temía que los capitostes americanos hubieran registrado los arbustos, en busca de comunistas y tripulantes sin papeles. Como no quería levantar la voz, aulló como un perro. Sonó otro aullido como respuesta, pero era Ibrahim, que emergió entre los arbustos con el torso desnudo y llevando en la mano los zapatos cubiertos de grasa.

—¿Quién es ese perrazo? —dijo, sonriendo.

—¿Qué tal has pasado la noche?

—Me hice una cama de juncos. Muy mullida. Y no ha refrescado en toda la noche.

Assan abrió el paquete, donde había algunas ropas, jabón, comida y útiles para afeitar. También llevaba un periódico doblado y atado con un cordel. Dentro, estaba la parte que correspondía a su amigo de los dracmas que habían ido ahorrando con sus trabajillos en Grecia. Se guardó los billetes sin contarlos.

—¿Cuánto costará un billete de tren a Chee…ca…go, Assan?

—¿Cuánto cuesta de Atenas a El Cairo? Busca en la estación una casa de cambio.

Una vez que Ibrahim se hubo alimentado y aseado, Assan le indicó que se sentara sobre una piedra y lo afeitó con la cuchilla, porque no había un espejo para que lo hiciera él mismo.

Desde el puente del barco, el patrón escudriñó los arbus-

346

tos con unos prismáticos. En un hueco entre las ramas mecidas por el viento, entrevió a Assan afeitando a un hombre al que no conocía. Un problema menos que había desembarcado sin causarle molestias al capitán. No hacía falta un ataúd tampoco. Assan era un pomaco avispado.

Mientras Ibrahim se pasaba un peine por el pelo mojado, su colega trató de limpiarle los zapatos.

—Es lo mejor que he podido —dijo dándoselos.

Ibrahim sacó un dracma del bolsillo y se lo puso en la mano.

—Toma. Un brillo perfecto en unos zapatos perfectos.

Assan le hizo una reverencia y ambos se echaron a reír.

Recorrieron los muelles, mezclándose con todos los que iban y venían. Vieron coches enormes, camiones descomunales cargados hasta los topes y muchos otros barcos: algunos eran nuevos y más grandes que el *Berengaria*; otros, meros cascarones oxidados. Vieron grupos de hombres comiendo panecillos con salchichas junto a un quiosco con un rótulo que Assan pudo deletrear, porque había estado aprendiendo el alfabeto inglés: H O T D O G S. Los dos amigos búlgaros estaban hambrientos, pero no tenían dinero americano. Al final del muelle había una barrera y, en una garita, un guardia, pero los americanos pasaban por delante sin detenerse siquiera.

—Assan, nos veremos un día en Chee...ca...go —dijo Ibrahim. Y añadió en inglés—: *Tenk yu verry much.*

—Lo único que he hecho ha sido llevarme tu mierda —replicó Assan y, sacando un cigarrillo, le entregó el paquete. Se quedó allí fumando mientras miraba cómo su amigo caminaba hasta la barrera, pasaba frente al guardia al que saludó con un gesto y desaparecía por la calle hacia los rascacielos de Filadelfia.

Y

De nuevo en el barco, Assan se mantuvo atareado toda la mañana, sin acudir al comedor hasta que el primer turno de comidas estaba a punto de concluir y solo quedaban unos pocos tripulantes. Cogió lo que quedaba de pan, verduras y sopa, y se sentó a una mesa. El chipriota de la pierna mala le llevó un café.

—¿Tu primera vez en América? —preguntó.

—Sí.

—América es lo máximo, te lo digo. *New York, New York* tiene todo lo que tú quieras. Espera y verás.

—Los capitostes... ¿cuándo suben a bordo? —preguntó el búlgaro.

—¿Qué capitostes?

—Los americanos que registran el barco. Buscando comunistas. Armando jaleo.

—¿De qué coño hablas?

—Lo que nos cuentan a todos para ver si cuadran los números. Me lo explicó el patrón. Que venían unos capitostes y registraban el barco de arriba abajo.

—Registrarlo... ¿para qué? —El chipriota volvió al interior de la cocina para servirse un café.

—Ellos comprueban nuestros papeles, ¿no? Nos ponen en fila y miran nuestros papeles. —Assan había tenido que ponerse en fila muchas veces para que se los revisaran. Parecía lógico suponer que también en América deberían hacerlo.

—El capitán se ocupa de toda esa mierda. —El chipriota engulló la mitad de su café—. Oye, conozco una casa de putas en Nueva York. Tráete dinero mañana y yo me encargo de que echemos un polvo.

En su pueblo, Assan había visto películas en blanco y negro proyectadas sobre un muro encalado. A veces eran películas americanas, en las que salían *cowboys* a caballo disparando unas pistolas que arrojaban largos penachos de humo. A él lo que más le había gustado era un noticiero sobre una ciudad llamada Chicago, que mostraba las fábricas y los solares en construcción, y un edificio nuevo alzándose hacia el cielo: en Chicago había muchos edificios altos y unas calles llenas de coches negros.

Pero *New York, New York* parecía una ciudad inacabable, una ciudad que arrojaba una neblina coloreada hacia el cielo nocturno, dorando las nubes bajas e irisando las aguas del río. Mientras el barco avanzaba lentamente, la ciudad desfilaba como una cortina centelleante de piedras preciosas: una masa de millones de ventanas iluminadas, de torres relucientes como castillos, de faros de coches, de infinidad de coches hormigueando en todas direcciones. Assan, pegado a la barandilla mientras la cálida brisa le agitaba la ropa, lo contemplaba todo boquiabierto y con los ojos como platos.

—Qué hija de puta —le dijo a *New York, New York*.

349

Por la mañana, el patrón lo encontró en el depósito del combustible.

—Assan, ponte ese traje de rayas. Vamos al barbero.

—Pero si tengo trabajo aquí.

—Y yo te digo que no, y soy el patrón. Venga. Y deja tu dinero aquí, no vayan a desvalijarte el primer día.

Los coches circulaban a montones por las calles. Muchos eran amarillos, exhibiendo palabras pintadas en los lados, y frenaban chirriando en las esquinas para que se bajaran los pasajeros y subieran otros. Unas cajas de luces montadas sobre un poste iban cambiando una y otra vez del rojo al verde y del verde al naranja. Había rótulos en todas partes: en las paredes, en los escaparates, en las farolas, y Assan se detenía para intentar descifrar las letras. Los americanos que parecían ricos caminaban deprisa. Los que no lo parecían, también. Tres hombres negros, a quienes les abultaban los músculos bajo las sudadas camisas, estaban subiendo un gran cajón de madera por la escalera de un edificio. Se oían gritos y música, motores y radios.

Un hombre joven montado en una motocicleta pasó rugiendo a tanta velocidad que a punto estuvo de atropellar al búlgaro y al patrón cuando cruzaban una ancha avenida. El muchacho había visto en un noticiario a unos policías con grandes motocicletas, pero ese joven no era un policía. ¿En América todo el mundo podía montar en uno de esos cacharros?

Pasaron frente a un quiosco que vendía periódicos, caramelos, bebidas, cigarrillos, revistas, peines, bolígrafos y mecheros. A los dos minutos pasaron junto a otro igual, que vendía lo mismo. Resultó que había quioscos por todos lados. Una riada de coches, de gente, de autobuses repletos, de camiones e incluso de carros tirados por caballos fluía por las calles, que se extendían hasta donde alcanzaba la vista.

El patrón caminaba deprisa.

—En *New York, New York* debes andar como si llegaras tarde a una reunión importante; si no, los carteristas te echan el ojo.

Cruzaron una calle tras otra y doblaron por muchas esquinas. Assan se había quitado la chaqueta azul de rayas y la llevaba colgada del brazo. Estaba sudoroso y mareado, rebosante de América.

El patrón se detuvo en una esquina.

—A ver. ¿Dónde estamos?

—¿No lo sabe?

—Estoy intentando encontrar la mejor manera de llegar desde aquí. —El patrón echó un vistazo alrededor y vio algo que le arrancó una risotada—. ¿Has visto eso?

Assan miró hacia arriba también, hacia la planta superior de un edificio, y vio en la ventana una bandera colgada de un mástil: la bandera azul y blanca de Grecia, con los símbolos de la cruz, por la iglesia, y de las franjas, por el cielo y el mar. En la ventana había un hombre en mangas de camisa, que llevaba la corbata aflojada; hablaba a gritos por teléfono y esgrimía un puro.

—Los griegos estamos por todas partes, ¿eh? —El patrón volvió a reírse y alzó la palma de la mano—. Mira, *New York, New York* es una ciudad fácil de aprender. Tiene la misma forma que tu mano. Las avenidas numeradas son largas y van desde las yemas de los dedos hasta la muñeca. Las calles numeradas atraviesan la palma de lado a lado. Broadway es la línea de la vida y recorre toda la ciudad dando una gran curva. Los dos dedos medios son Central Park.

Assan examinó su propia palma. El patrón prosiguió:

—Ahora bien, esos signos —le señaló dos flechas que formaban un aspa sobre un poste— nos dicen que estamos en el cruce de la Calle Veintiséis con la Séptima Avenida. Lo cual nos sitúa más o menos aquí, ¿ves? —El patrón señaló el mapa de su mano—. La Veintiséis y la Séptima. ¿Entiendes?

—Como mi mano. Qué hija de puta.

El chico creía haberlo entendido. Siguieron andando por el lado en sombra de la Séptima Avenida, y al rato doblaron una esquina. El patrón se detuvo ante unos escalones que descendían a una barbería instalada en un sótano.

—Este es el sitio —dijo, y bajó hasta la puerta.

El establecimiento era exclusivo para hombres, como en las barberías de su país. Todo el mundo los miró cuando entraron. Había una radio puesta, aunque no sonaba música, sino la voz de un hombre que hablaba y hablaba, imponiéndose al ruido de fondo que generaba una gran multitud; una multitud que a veces rugía o aplaudía. En los estantes del local se alineaban botellas de líquidos de

351

distintos colores. Muchos de los que allí estaban fumaban cigarrillos, y fumaban tanto que los dos ceniceros de pie rebosaban de colillas.

El patrón habló en inglés con el barbero más viejo (había otro más joven, quizá el hijo), y tomó asiento un poco apartado. Assan se sentó junto a él y aguardó, escuchando cómo hablaban en inglés y mirando las revistas con ilustraciones de maleantes armados con pistola y de mujeres con falda ceñida. Había tres americanos esperando también. A uno de ellos le tocó el turno con el barbero más joven y se sentó en una butaca grande y confortable de cuero y acero. Un cliente pagó y dijo algo que arrancó una carcajada general; después salió y subió los escalones hacia la calle. Otro cliente, cuando hubo terminado, dijo también algo gracioso, le dio unas monedas al barbero y se largó.

El patrón ocupó la butaca de cuero y habló con el barbero, señalando a Assan, como si estuviera explicándole algo. El barbero miró al chico y dijo: *Yuu bet-cha* [Ya lo creo]. Le puso al patrón un paño blanco encima, ajustándoselo bien por detrás del cuello, y procedió a afeitarlo. Tres pasadas con la toalla caliente, la espuma, la navaja: un afeitado muy parecido al que te proporcionaban los turcos en Constantinopla. También le cortó el pelo, rapándole alrededor de las orejas y por toda la nuca con espuma y navaja. Los hombres reían y charlaban, y el patrón decía tantas cosas en inglés que debía de hablarlo con fluidez, pensó Assan. Los americanos se reían y lo miraban a él, como si fuese el objeto de los chistes.

Cuando el patrón estuvo listo y perfumado de colonia, pagó al barbero con billetes, dijo algo en inglés y señaló a Assan. El barbero volvió a decir: *Yuu bet-cha* y le indicó al chico que tomara asiento en la butaca.

Mientras el barbero lo envolvía con el paño, el patrón le habló en griego.

—Un afeitado gratis. Ya está pagado —dijo dándole un fajo de billetes doblados: dinero americano—. Un tipo avispado como tú prosperará en este país. Buena suerte.

Lo último que vio Assan del patrón fueron sus zapatos, subiendo por la escalera hacia la calle.

Con una sensación de suavidad en la cara y un penetrante olor a colonia, Assan caminó por las calles mientras caía la noche veraniega en *New York, New York* y las luces cobraban una calidez especial. Vio muchas cosas asombrosas: un escaparate con docenas de pollos asándose en unos espetones mecánicos; un hombre que vendía cochecitos, de los que funcionan dándoles cuerda, colocados en una caja con una barandilla de madera en la parte superior, para evitar que se cayeran fuera; un restaurante con una pared entera de cristal, tras la cual había americanos ocupando las mesas y los taburetes de un largo mostrador, y camareras que se desplazaban de aquí para allá, cargadas con bandejas de menús completos y de platitos de pasteles. Pasó por una larga escalinata que, flanqueada por una verja de hierro, descendía por debajo de la calle y por la cual la gente subía y bajaba a toda prisa: demasiado deprisa para que los carteristas les echaran el ojo.

Y entonces los edificios se interrumpieron y el cielo se abrió y al otro lado de una calle transitada vio unos árboles de espeso follaje. El chico supuso que debía de estar en los dos dedos medios: en Central Park. No sabía cómo cruzar aquella calle tan ancha, pero siguió a los demás cuando se pusieron en marcha. Junto a un murete bajo y redondeado, un hombre vendía H O T D O G S en un carrito, y él, de repente, se sentía muy, muy hambriento. Sacó el dinero que el patrón le había dado, separó un billete que llevaba impreso el número «1» y se lo dio al hombre, que no paraba de

353

hacer preguntas para las que él no tenía respuesta. La única palabra que distinguió fue «Coca-Cola»: ese era todo el inglés que sabía, en realidad.

El hombre le pasó un sándwich de salchicha —rezumante de salsas de color rojo y amarillo y de cebolla húmeda— y una botella de Coca-Cola. A continuación le dio un puñado de monedas de diferentes tamaños. Assan se las guardó con la mano libre, se sentó en un banco y disfrutó de la más deliciosa de las comidas. Todavía con la mitad de la Coca-Cola, volvió a acercarse al carrito y sacó las monedas. El hombre cogió la más delgada y le preparó otro sándwich de salchicha bien condimentado.

El sol ya había descendido, el cielo estaba oscuro y las farolas relucían en lo alto mientras Assan recorría los senderos del precioso parque, terminándose la Coca-Cola y observándolo todo. Vio fuentes y estatuas. Vio hombres y mujeres en pareja, cogidos de la mano, riendo. Una mujer rica paseaba a un perrito diminuto, el perro más raro que había visto en su vida. A punto estuvo de soltarle un aullido en broma, pero luego pensó que tal vez la mujer iría a quejarse a un policía, y lo último que él quería era que un poli le pidiera los papeles.

En una entrada lateral del parque, una simple verja en el muro, llegó al punto donde la ciudad volvía a empezar de nuevo. Era tarde ya, y mucha gente cruzaba la calle hacia el parque con mantas y almohadas. Esas personas, se dio cuenta a simple vista, no eran como la señora rica del perrito, sino familias blancas, negras o morenas, acompañadas de niños sonrientes, o bien hombres y mujeres de aspecto cansado después de una jornada de trabajo. Él se sintió de pronto muy cansado también. Siguió a una familia otra vez hacia el parque y llegó a una extensión de hierba donde había muchos otros extendiendo mantas y colchas para pasar al raso la calurosa y húmeda noche. Algunos ya estaban dormidos.

Otros arrullaban a sus hijos y se instalaban cerca de los árboles, en el borde del prado.

El chico encontró un trecho de hierba mullida. Se quitó los zapatos y utilizó la chaqueta como almohada. Se durmió escuchando el rumor lejano del tráfico y las conversaciones en voz baja entre maridos y mujeres.

Por la mañana, se lavó la cara en un baño público de un edificio de piedra. Chasqueando los dedos, se dispuso a cepillarse los pantalones y la chaqueta del traje, y a sacudirse su preciosa camisa y, mientras volvía a vestirse, se preguntó a dónde iría hoy.

Entonces se acordó del hombre que el patrón le había señalado riendo: el hombre que hablaba a gritos por teléfono en aquella ventana en la que ondeaba la bandera griega. ¿Dónde quedaba eso? Se miró la palma de la mano, el mapa de la ciudad, y recordó que el patrón había dicho que estaban entre la Calle Veintiséis y la Séptima Avenida. Seguro que lo encontraría.

Cuando llegó y miró hacia lo alto, no había nadie en la ventana, pero sí estaba la bandera griega. Encontró en uno de los portales un rótulo con la bandera y con unas palabras en griego: SOCIEDAD HELÉNICA INTERNACIONAL. Cruzó la puerta y subió la escalera.

Ya hacía calor, y el ambiente en la oficina era sofocante, aunque la puerta estuviera entreabierta y las ventanas entornadas. Oyó una música: una lenta tonada y una voz que iba repitiendo las mismas palabras. *A... a... a... espacio... ese... ese... ese... espacio.* A cada palabra sonaba el tecleo de una máquina de escribir: *De.... clac... de... clac... de... clac.* Desde la entrada, solo se veía un escritorio desordenado y varios sillones.

Efe... clac... efe... clac... efe... clac... espacio... chunc.

Assan dio unos pasos. En un despachito interior, había una chica ante una mesilla con una pequeña máquina de escribir verde. Estaba concentrada en los dedos de su mano izquierda e iba pulsando las teclas que le indicaba un disco. La observó en silencio, para no interrumpir la lección de mecanografía.

—*Tikanis.*

Assan se volvió. El hombre que había visto el día anterior en la ventana estaba entrando en ese momento con una bolsa de papel.

—¿Usted quién es? —dijo el hombre en griego.

—Assan Chepik.

—¿No es griego?

—No, búlgaro. Pero vengo de Grecia. Y he visto la bandera.

El hombre sacó de la bolsa una taza de cartón llena de algo que olía a café y un pastel redondo con un agujero en medio.

—¡Si me hubiera dicho que venía hoy, Assan, le habría traído desayuno! —dijo, y soltó una carcajada—. ¡Dorothy! Necesitamos otro café para Assan.

Ele... ele... ele... espacio.

—¡Acabo de empezar una lección!

—Será mejor que espabile, porque cuando los búlgaros tienen hambre se ponen como locos. —El hombre se volvió hacia el chico—. Dorothy le traerá un café. O lo que aquí llaman café.

Assan dio un sorbo al brebaje caliente, que en gran parte era leche con azúcar y con un cierto sabor a café. Dorothy estaba otra vez con su máquina de escribir, tecleando al son del disco: *Tú... tú... tú... espacio... ojo... ojo... ojo... espacio.* Demetri Bakas, que así se llamaba el hombre, le hizo una serie de preguntas al chico. Este le habló de su trabajo en el *Berengaria* y le dijo que había abandonado el barco el día anterior, aunque sin mencionar a Ibrahim ni explicar que su amigo había viajado oculto entre las cubiertas y se había escabullido en una ciudad llamada Filadelfia.

Tampoco le dijo nada de los cuatro años transcurridos desde el final de la guerra, ni de todos sus intentos de cruzar la frontera entre Bulgaria y Grecia. No le habló de la mañana en la que su hermano cometió el error de encender fuego para calentar agua. Estaban en las montañas, habían dormido entre dos rocas y pensaban seguir adelante de inmediato. Pero Assan llevaba un poco de café en el bolsillo y su hermano quería tomarse una taza; para recobrar fuerzas, dijo, aunque en realidad lo que quería era disfrutar de un café caliente en esa mañana helada. Los cazarrecompensas comunistas les habían seguido el rastro y vieron el humo del fuego. Assan se había ido a cagar detrás de un bosquecillo y desde allí vio la escena: su hermano opuso resistencia y un comunista le pegó un tiro en la cabeza. Tampoco le dijo nada a Demetri del hombre al que había tenido que matar. Él estaba bebiendo en un arroyo que discurría junto al camino cuando un lugareño casi se tropezó con él. El hombre llevaba una insignia del Partido en su raída chaqueta, y la expresión de sus ojos lo decía todo. Cuando salió corriendo hacia el pueblo más cercano para denunciar que había visto a un traidor dirigiéndose a la frontera, Assan lo persiguió, le golpeó con una piedra y arrojó el cuerpo por un barranco.

Prefirió callarse también lo sucedido cuando llegó por fin a Atenas. Un tipo del que se hizo amigo le dijo que fuera a una casa donde vivían otros refugiados como él. Cuando llegó allí, le dieron una paliza, lo arrojaron a un camión sin distintivos y lo volvieron a llevar a Bulgaria, esposado junto con otros que había caído en la misma trampa del traidor. No le contó nada a Demetri del capitán comunista que lo encadenó a una silla y lo interrogó a gritos: como no le gus-

357

taban las respuestas, empleó los puños y también unos instrumentos especiales mientras vociferaba las preguntas una y otra vez. Ni dijo nada del campo de prisioneros, ni de los hombres a los que mataron a tiros o a los que ahorcaron en su presencia.

No le habló de la chica a la que había conocido tras su liberación, de su breve romance, del hambre que pasaban siempre. No dijo que su nombre era Nadezhda ni tampoco que se había quedado embarazada; ni habló de su boda, solo unos meses antes de que naciera un niño —su hijo— llamado Petar; ni de las dificultades que sufrió su joven esposa durante el parto, ni de la hemorragia que la comadrona no supo detener. Sin la leche materna, el niño vivió un mes. Pero Demetri no llegó a escuchar siquiera el nombre de ese niño, de su hijo, Petar.

Assan no dijo nada de su arresto por robar botellas vacías, a pesar de que él no había robado ninguna botella vacía. Su nombre figuraba en una lista, simplemente, y lo volvieron a mandar a la prisión. No habló de su cuarto intento de fuga, de su detención, de un año pasado en un campo de trabajo, donde conoció a Ibrahim, ni de la noche en la que al pasar un tren, los dejó a los dos al otro lado de la vía, lejos de los guardias: ocasión que aprovecharon para soltar las palas y lanzarse a un río. No dijo nada del granjero que los encontró a muchos kilómetros de allí, mojados y ateridos, y que habría podido delatarlos al funcionario del Partido del pueblo, pero que, por el contrario, les dio comida caliente mientras sus uniformes se secaban. También les dio algo de dinero: veinte levs a cada uno.

Assan e Ibrahim compraron billetes para el autobús que iba a las montañas situadas cerca de la frontera con Grecia. La policía subió a revisar los documentos, y ellos no tenían ningún papel. Pero dio la casualidad de que sus uniformes de la prisión eran iguales que los de los soldados rasos del ejército: solo les faltaban las insignias. Él le dijo al policía que iban a presentarse en el Hospital Militar porque eran portadores del tifus. El poli abrió unos ojos como platos al oír la palabra «tifus» y casi se bajó corriendo del autobús.

Cruzaron la frontera por la cumbre de las montañas. En Atenas se ganaron sus dracmas a pico y pala, despellejándose las manos y doblando el espinazo, durante la mayor parte de ese año, hasta que Assan consiguió el puesto de fogonero en el *Despotiko*, que consistía en meter paladas de carbón en la caldera mientras el ferri navegaba entre El Pireo y la multitud de islas helénicas.

No contó nada de todo eso; contó, eso sí, que había trabajado de fogonero en el *Berengaria*, controlando el flujo de combustible del indicador, y que ya había dejado el barco y estaba ahí, en América.

Demetri sabía que debía de haber mucho más en la historia de aquel chico, pero le tenía sin cuidado.

—¿Sabe lo que puedo hacer por usted en esta oficina?

—¿Enseñarme mecanografía? —Dorothy seguía tecleando al dictado del disco: *Mayúscula... chunc... cu... espacio... chunc... mayúscula... chunc... doble uve... clac... espacio... chunc.*

Demetri se echó a reír a carcajadas.

—Tenemos buena gente que nos ayudará a echarle una mano. Llevará su tiempo. Pero se lo digo de entrada: si se mete en un lío con la policía, todo se complicará. ¿Entiende?

—Claro. Sí.

—De acuerdo. Bueno, ahora ha de aprender inglés. Aquí tiene la dirección de una escuela gratuita. Las clases son por la noche. No tiene más que entrar, registrarse y prestar atención.

Assan cogió la dirección.

—¿Tiene algo de valor que pueda vender? ¿Una joya o un objeto de oro que haya traído de su país?

—Nada. Lo dejé todo en el barco.

—Mi viejo hizo lo mismo. En 1910. —Demetri sacó un puro del bolsillo interior de la chaqueta—. Vuelva dentro de unos días y le daremos unas ropas. ¡Dorothy! Tómele las medidas al chico para dos pantalones. Y también para unas camisas.

—¡Cuando haya terminado! —dijo Dorothy sin levantar la vista del teclado. *Mayúscula. Te. Espacio. Mayúscula. Ge. Espacio. Chunc-clac-chunc-clac...*

—¿Tiene alguna profesión, Assan? —Demetri encendió su puro en la llamarada de una cerilla gigante.

Assan no tenía ninguna profesión.

—Vaya aquí. Está en la parte baja de la ciudad. —El griego escribió algo en otro papel y se lo dio—. Pregunte por Costas.

—Costas. De acuerdo. —Salió de la oficina justo cuando se terminaba el disco de mecanografía. Dorothy le dio la vuelta para seguir con la segunda lección.

La dirección quedaba muy abajo en la palma de Assan, allí donde las calles no tenían número y seguían un trazado caótico. Estuvo la mayor parte del día pateándose aquellas manzanas de forma irregular, dando vueltas y vueltas y pasando por los mismos sitios más de una vez. Finalmente, encontró el lugar, un pequeño restaurante con un rótulo que decía OLYMPIC GRILL, enmarcado al estilo griego. Había cuatro mesitas junto a la pared con bancos tapizados de cuero, y una barra con ocho taburetes. Estaba todo ocupado y el ambiente era sofocante. Una mujer trajinaba detrás de la barra, demasiado atareada para mirarlo siquiera. Por fin, como él estaba plantado allí en medio un buen rato, le ladró en griego:

—¡Espera fuera hasta que haya un asiento libre, idiota!

—Vengo a ver a Costas —dijo Assan.

—¿Cómo? —gritó la mujer.

—¡Que vengo a ver a Costas! —respondió el chico gritando también.

—¡Cariño! —aulló la mujer girándose—. ¡Aquí hay un idiota que pregunta por ti!

Costas era un hombre achaparrado, de poblado bigote. No tenía tiempo para atenderlo, pero lo atendió aun así.

—¿Qué quiere?

—¿Usted es Costas?

—¿Qué quiere?

—Un empleo —dijo Assan sonriendo.

—¡Ay, Dios! —dijo Costas, y le dio la espalda.

—Me envía Demetri Bakas.

—¿Quién? —Costas estaba recogiendo platos y cobrando a un cliente.

—Demetri Bakas. Él me ha dicho que usted tendría un trabajo para mí.

Costas se detuvo y lo miró. Era tan bajo que tuvo que echarse hacia atrás para fulminar al búlgaro con la mirada.

—¡Lárguese de una puta vez! —Los clientes que hablaban griego levantaron la vista de sus platos. Los que hablaban inglés siguieron comiendo—. ¡Y no vuelva por aquí!

Assan dio medio vuelta y se largó.

La caminata hasta los dedos medios de Central Park le llevó muchísimo tiempo. El aire era cálido y húmedo: tanto que la camisa empapada se le pegó en la espalda y ya no se le secó. Caminó y caminó por una avenida hasta llegar a las luces relucientes y parpadeantes de un lugar donde parecían colisionar nueve calles distintas en medio de una explosión de gente, autobuses, taxis amarillos e incluso soldados a caballo (o acaso eran policías). Assan nunca se había visto rodeado de tantísima gente desplazándose en todas direcciones.

En una cafetería gigantesca, se gastó unas cuantas monedas en otro H O T D O G y en un vaso de un zumo dulce y helado que era la bebida más deliciosa que jamás había probado: incluso mejor que la Coca-Cola. Comió de pie, como la mayoría de la gente, aunque se moría de ganas de quitarse los zapatos. Al otro lado del triángulo de calles y de humanidad, distinguió un cine con una hilera de luces que se perseguían entre sí interminablemente. Vio el precio: cuarenta y cinco centavos. Equivalía a cuatro de las monedas pequeñas que tenía en el bolsillo y a otra más grande y gruesa, en la que había grabada una vaca con joroba. De repente le entraron ganas de sentarse en una butaca mullida, de quitarse los zapatos y ver una película. Esperaba que fuera sobre Chicago.

El cine era como una gran catedral, con hombres y mujeres de uniforme que guiaban a la riada de gente a sus asientos. Abundaban las parejas y los grupitos de chicos jóvenes, y todos hablaban y reían ruidosamente. Había unas columnas como las del Partenón de Atenas, y unos ángeles dorados en las paredes y un telón rojo de treinta metros de altura.

Se quitó los zapatos en el instante en que se abría el telón y empezaba un corto en una pantalla tan inmensa como el casco del *Berengaria*. Sonó una música y surgieron unas palabras que giraban sobre sí mismas y desaparecían tan deprisa que no consiguió descifrar ni una letra. En el corto salían mujeres bailando y hombres discutiendo. Acto seguido pusieron otro, con más música y más palabras girando y volando por la pantalla. En ese aparecían boxeadores y aviones que inundaban el cielo. En el tercer corto salía una mujer muy seria diciendo cosas muy serias, luego lloraba, luego corría por una calle gritando un nombre y luego se terminaba la película. Al cabo de un momento, la pantalla se llenó de vívidos colores y un hombre de aspecto gracioso vestido como un *cowboy*, aunque no era un *cowboy*, y una mujer imponente de pelo negro y labios rojísimos cantaban canciones y decían cosas que provocaban fuertes carcajadas en aquella catedral. Pese a lo cual, Assan se quedó enseguida profundamente dormido.

Al día siguiente no había nadie en la Sociedad Helénica. Toda la ciudad parecía guardar silencio, había menos gente subiendo y bajando las escaleras que conducían a los túneles, y había también muchos edificios vacíos. Assan encontró la dirección de las clases de inglés, un edificio de la Calle Cuarenta y Tres, pero no vio a nadie con quien hablar en inglés.

Cuando volvió al parque, sin embargo, le pareció como si la gente de todas las casas de alrededor de los dos dedos medios hubieran salido para inundar los senderos, los campos de juegos y los extensos prados cubiertos de césped. Había personas por todas partes: en un zoo, en los botes del lago, en un concierto de música; gente deslizándose de aquí para allá con unos zapatos con ruedas, otros jugaban con perros y una multitud de niños lanzaban, atrapaban y chutaban pelotas de todas clases. A él le gustaban los perros sobre todo y los estuvo mirando más tiempo que ninguna otra cosa.

Por la tarde, cuando las nubes oscurecieron el cielo, las familias recogieron sus cosas, los partidos de pelota se interrumpieron y el parque se vació. La lluvia llegó poco después. Assan encontró un pasaje cubierto bajo el que guarecerse y acabó pasando la noche allí, junto con algunos hombres que dormían sobre cartones y se tapaban con sus chaquetas. Ninguno hablaba las lenguas que él conocía. Ninguno parecía muy contento. Él, en cambio, se había visto otras veces atrapado por la lluvia y no se sentía abatido en absoluto. Se había escondido bajo un puente más de una vez,

363

había caminado durante días con la ropa mojada, había huido en su país de hombres con la misma cara huraña que esos tipos. Esto, para él, no era nada.

Por la mañana, se despertó con dolor de garganta.

—Estos pantalones deberían entrarle —dijo Dorothy en griego—. Las botas, también. Pruébeselos en el servicio del pasillo.

—¿Qué es el servicio? —Assan nunca había oído esa palabra.

—El lavabo. El baño de hombres.

Los pantalones le caían bastante bien. Las botas no solo le entraban en sus pies más bien pequeños, sino que ya estaban rotas. Dorothy le dio calcetines, varias camisas y dos pares de pantalones gruesos. Todo le resultaba cómodo después de tantos días con su traje azul de rayas, que la mujer se quedó para lavarlo.

—¿Qué ha sido del muchacho búlgaro que estuvo aquí el viernes? —Demetri entró con una bolsa de esos pasteles redondos con un agujero en medio y con más café azucarado americano—. ¿Assan? ¡Tienes toda la pinta de un tipo de Jersey!

Dorothy volvió a sentarse ante su máquina de escribir y puso otro disco. La música sonaba esa vez con un ritmo más rápido mientras ella iba aporreando las teclas: *Mayúscula, te, hache, e, espacio, cu, tú, ojo, ka, espacio.*

—¿Fuiste a ver a Costas? —preguntó Demetri.

Assan dio un sorbo al café y un mordisco al pastel redondo. Le dolía al tragar, pero estaba muy bueno.

—Sí. Me dijo que me largara de una puta vez. —Echó un vistazo al despachito de Dorothy, pero por suerte ella no había oído esa expresión grosera.

—¡Ja! A Costas no debió gustarle tu aspecto. Pero ahora

pareces un tipo de Hoboken, como Sinatra en un fin de semana. —El chico no tenía ni idea de lo que significaba eso—. Costas está en deuda conmigo, así que vuelve y dile que vas de mi parte. Le dijiste que te enviaba yo, ¿no?

—A él le tenía sin cuidado quién me enviaba.

—Tú dile que te envío yo.

Assan volvió a recorrer todo el trayecto hasta la parte baja de la ciudad y llegó al Olympic Grill; no estaban ocupados más que la mitad de los asientos. Costas se hallaba sentado en el taburete del fondo, leyendo el periódico con una taza de café delante. Era tan bajito que balanceaba las piernas en el aire como un niño. Se le acercó y aguardó a que el hombre levantara la vista del periódico. Pero no lo hizo.

—Demetri dice que usted me dará un trabajo.

Costas siguió leyendo.

—¿Humm? —murmuró anotando una palabra en un cuaderno con un lápiz. Había muchas palabras anotadas en la página.

365

—Demetri Bakas. Él me envía a verlo.

Aunque Costas no se movió, Assan logró arrancarlo esa vez de su tarea con el periódico y la lista de palabras.

—¿Qué demonios? ¿Qué es esto?

—Demetri Bakas. Ha dicho que venga a verlo para que me dé un trabajo. Porque usted le debe un favor.

Costas siguió leyendo y anotando palabras.

—Yo no le debo una mierda a Demetri Bakas. Pida una consumición o lárguese de aquí.

—Él ha dicho que venga para que me dé trabajo.

Costas se bajó del taburete echando chispas por los ojos.

—¿De dónde es usted? —gritó.

—De Bulgaria. Pero vengo de Atenas.

—¡Pues vuelva a Atenas! ¡No puedo hacer nada por usted! ¿Sabe dónde estaba yo mientras usted se hacía una paja en su apestosa cuadra de Bulgaria? ¡Estaba aquí! En América. ¿Y sabe lo que hacía? ¡Llevarme una tanda de palos por pensar siquiera en montar este restaurante!

—Pero Demetri me ha dicho: «Ve a ver a Costas». Por eso he venido.

—Que le den por el saco a Costas. Y usted váyase al carajo. Yo atiendo a varios policías aquí. Y si se lo pido, podrían abrirle la cabeza. ¡Como vuelva otra vez, le mando a los polis!

Assan salió apresuradamente del restaurante. ¿Qué remedio le quedaba? No quería líos con la poli.

Hacía más calor que nunca. El fragor de coches y autobuses era más ruidoso que un vendaval. La cháchara de la multitud que tenía trabajo y dinero en el bolsillo, y pocas preocupaciones, le atronaba en los oídos. La garganta le ardía y las piernas le pesaban como dos sacos de arena.

Se dirigía a la Calle Cuarenta y Tres, a las clases de inglés, pero se detuvo en un diminuto triángulo de hierba y árboles al sentir una oleada de dolor. Era un dolor nuevo que le martilleaba en la cabeza, justo por encima de los ojos. Se acercó a una fuente y ahuecó las manos para recoger un poco de agua y dar unos sorbos, pero el ardor no le dejaba tragar. Vio a dos hombres en un banco a la sombra, un banco largo donde cabían cuatro, y se apresuró hacia allí para sentarse. Entonces un puñetazo invisible en el estómago lo obligó a inclinarse y sacó todo lo que tenía en las entrañas.

Un hombre le hacía preguntas que no entendía y otro se lo cargó al hombro y lo llevó a la sombra del banco. Alguien, tal vez una señora, le dio un pañuelo para que se secara la boca. Otra persona le dio una botella de soda tibia, y él la usó para limpiarse y enjuagarse la boca. Una voz lo increpó a gritos por hacer eso, pero Assan no dijo nada. Apoyó la cabeza en el respaldo del banco y cerró los ojos.

Pensaba que había dormido unos minutos, pero al despertarse vio que las sombras eran más pronunciadas y que había otras personas en el diminuto parque: americanos que no hacían caso de un hombre sesteando en un banco.

Se llevó la mano al bolsillo. Su dinero había desaparecido. Quedaban algunas monedas, nada más. Tal como le había advertido el patrón, había dejado de estar activo y algún carterista lo había desvalijado. Aún le dolía la cabeza y se quedó sentado mucho tiempo.

Empezó a caer la tarde. No quería caminar hasta Central Park, pero apareció un policía que no dejaba de mirarlo, así que se puso en marcha. Al cabo de una hora más o menos, estaba durmiendo bajo un árbol del parque, con la cabeza sobre sus pantalones de repuesto enrollados.

367

Había otras personas en la oficina de Demetri, todas con traje y con maletines de cuero llenos de documentos. Ninguno era griego. Demetri se hallaba junto a la ventana, hablando a gritos por teléfono, en inglés, igual que el primer día, cuando el patrón se lo había señalado desde la calle. Dos de los hombres trajeados se rieron al oír una frase del griego; los demás encendieron cigarrillos. Uno sacaba volutas de humo por la boca. Assan oyó a Dorothy tecleando, *clac, clac, clac*, esta vez sin la ayuda del disco de mecanografía.

—Espera un momento —dijo Demetri al ver a Assan, tapando el auricular con la mano—. Dorothy tiene tu traje. ¡Dorothy!

Todas las miradas se volvieron hacia él y examinaron

sus ropas arrugadas y su barba crecida: otro de esos pobres e ignorantes pringados que se presentaban siempre en la oficina de Demetri. Dorothy salió de su despachito con el traje del chico colgado de una percha de alambre. La chaqueta y los pantalones estaban limpios y planchados; la camisa, doblada formando un cuadrado como un mantel. Assan cogió la ropa y salió de la oficina, inclinando la cabeza varias veces para dar las gracias. Las miradas y las caras de esos hombres de la oficina conseguían que se sintiera insignificante, igual que en su país cuando los soldados lo registraban y vapuleaban, y revisaban sus papeles más tiempo del necesario; igual que cuando los guardias lo obligaban a permanecer de pie y a responder una y otra vez a las mismas preguntas, o cuando en el campo de prisioneros los hacían formar durante horas para pasar lista.

Mientras bajaba la escalera hacia la calle, oyó una avalancha de carcajadas de los hombres y otra vez el ruido de la máquina de escribir de Dorothy: *clac, clac, clac. Clac.*

Mientras Costas contaba el cambio disponible en la caja registradora, un hombre vestido con un traje azul de rayas ocupó un taburete de la barra. El alboroto de la hora del almuerzo empezaría pronto, y hasta las tres de la tarde no dejarían de entrar y salir parroquianos, de modo que el tipo necesitaba cambio suficiente para cobrar. Después, tendría tiempo para leer el periódico y continuar con su lista de palabras nuevas. El inglés no era un idioma difícil de aprender si estudiabas el periódico todos los días y contabas con un montón de clientes americanos a quienes escuchar mientras charlaban.

Su mujer estaba limpiando las mesas, así que él miró al hombre del traje azul de rayas, un traje limpio e impecablemente planchado, y le preguntó:

—¿Qué le pongo, amigo?

Assan depositó sobre la barra sus escasas monedas, lo último que le quedaba en el bolsillo.

—Un café, por favor. Café americano con azúcar y leche.

Costas reconoció entonces a Assan y enrojeció de furia.

—¿Tú qué eres?, ¿un bromista?

—No, yo no hago bromas.

—¿Demetri te ha enviado aquí otra vez?

—No, vengo a tomar un café.

—¡Y una mierda vienes a tomar un café!

Rabioso como estaba, el hombre cogió una taza, la estampó violentamente frente a la cafetera y la partió por la mitad.

—¡Nico! —gritó.

Un chico tan achaparrado como él salió de la cocina.

—¿Sí?

—¡Trae más tazas de café!

Nico le llevó una bandeja de grandes tazas para el café americano. Era imposible que ese chico no fuera el hijo de Costas. La única diferencia entre ambos eran veinte años y diez kilos.

Costas estuvo a punto de derramarle a Assan el café caliente en el regazo.

—¡Cinco centavos! —dijo cogiendo una de las monedas gruesas de la barra, la que tenía grabada la vaca con joroba. Assan añadió leche y azúcar al café y lo removió con la cucharita lentamente.

—Te presentas en mi local y te crees que porque has llegado a América ya te está esperando un trabajo. —Los ojos de Costas, acodado sobre la barra, le llegaban a Assan a la altura del pecho—. Vas a lloriquearle a ese hijo de puta de Corfú, él te dice: «Ve a ver a Costas», ¿y se supone que yo he de pagarte para que trabajes para mí?

Assan dio un sorbo de café.

—¿Cómo demonios te llamas?

—Assan.

—¿Assan? ¡Ni siquiera eres griego y vienes aquí buscando un empleo!

—Hoy he venido a tomar un café.

Costas se balanceaba sobre los talones, como si estuviera tan furioso que pudiera saltar en cualquier momento el mostrador e iniciar una pelea.

—Se supone que soy tan rico que debo tener empleo para todo el mundo, ¿no? «Costas es un pez gordo. ¡Posee su propio restaurante! ¡Le va tan bien el negocio que le sobran los putos trabajos! ¡Ven a América a trabajar para él!» ¡Chorradas!

La taza de Assan casi estaba vacía.

—¿Puedo tomar otro, por favor?

—¡No! ¡No hay más café para ti! —Costas lo miró a los ojos largamente—. Conque búlgaro, ¿eh?

—Así es. —Assan se terminó el café y dejó la taza en la barra.

—Muy bien, pues —dijo Costas—. Ahora quítate esa chaqueta tan elegante y cuélgala en un gancho en la trastienda. Nico te enseñará cómo hay que fregar las ollas.

Noticias de nuestra ciudad, por Hank Fiset

VUESTRA EVANGELISTA, *ESPERANZA*

¿UNA TAZA, AMIGOS? Soy un adicto a ese brebaje. Al café, quiero decir. Soy periodista, ¿entienden?, y la redacción que no funciona a base de café saca un periódico penoso, estoy seguro. Las cafeteras aquí, en el *Tri-Cities Daily News/Herald* están llenas hasta los topes, aun cuando la mayor parte del personal suele salir para dirigirse a los ubicuos locales de última generación, esos con camareros y cafés aromatizados a seis pavos la taza. Darse una vueltecita por los salones cafeínicos de nuestras tres metrópolis conjuntas demostrará que aquí el café-café para-despertar-a-un-muerto se tuesta, se mezcla, se prepara y se sirve con un estilo impecable. Prueben en el Amy's Drive-Thru, un puesto de tacos reconvertido en la Miracle Mile. Allí les abrirán los ojos del todo con un expreso triple y un toque de guindilla... La Corker & Smythe Coffee Shop en el antiguo Kahle Mercantile Building, en Triumph Square, acaba de empezar a ofrecer un servicio para llevar, aunque de mala gana. Es mejor sentarse en la barra y saborear el *nectar d'noir* en esas grandes tazas de porcelana... Kaffee Boss tiene tres sucursales (una en Wadsworth y Sequoia) que sirven a los parroquianos en tazas con forro de cuero. Tomes lo que tomes, no debes pedir leche ni crema. Son puristas del café y se empeñan en explicarte por qué. Java-Va-Voom, en Second Boulevard, en

North Payne y East Corning, tiene algo que ninguna otra cafetería puede igualar; es un sonido único: el zumbido de la batidora de leche, la cháchara del personal y de los clientes, y una suave música de fondo, que es como la banda sonora de una película sonando en la sala contigua. De vez en cuando, se oye también el ¡clac, clac! de una mecanógrafa, pero no de una cualquiera.

* * *

ESPERANZA CRUZ-BUSTER-MENTE, nacida y criada en la vecina Orangeville, es asesora contable de un banco local, aunque para mucha gente ese es su segundo trabajo. Muchos la conocen como una *evangelista*, una mecanógrafa que pone al servicio de los demás su portentosa destreza en palabras-por-minuto. En México, en los viejos tiempos, las monjas instruidas se ofrecían a mecanografiarles los documentos importantes a los feligreses: solicitudes, recibos, papeles oficiales, declaraciones de impuestos y a veces incluso cartas de amor de

personas analfabetas o de quienes no tenían acceso a la maravilla tecnológica que representaba en su día una máquina de escribir. Los padres de Esperanza, como tantos otros, aprendieron mecanografía gracias a las *evangelistas* y llegaron a ganarse la vida tecleando los mensajes, misivas y memorandos de la gente. Nadie se hacía rico con esa clase de trabajo, pero las frases quedaban estampadas en papel.

* * *

ESPERANZA TIENE una mesa en el Java-Va-Voom, donde, con un café largo con leche de soja y un montón de hojas en blanco, trabaja con su máquina de escribir. Lleva bastante tiempo ocupando ese lugar. A los que no estaban familiarizados con el ruido ni con el sonsonete de una máquina de escribir, les costó un tiempo habituarse al tecleo de Esperanza. «Al principio, hubo quejas», me contó ella. «Yo estaba escribiendo y la gente venía a preguntarme por qué no trabajaba con un portátil, que es más

372

silencioso y más fácil. Una vez, entraron dos agentes de policía y yo pensé: "¿Me habrán denunciado?" Pero resultó que venían a tomarse un café con leche.»

* * *

¿POR QUÉ OPTAR POR LO ANALÓGICO? «Me piratearon el correo electrónico», me dijo Esperanza. ¿Quién? «¿Los rusos? ¿El Consejo de Seguridad Nacional? ¿Un falso príncipe nigeriano? ¿Quién sabe? Me robaron todos mis datos. Mi vida fue un caos durante meses.» Actualmente, ella usa Internet con moderación y tiene un teléfono móvil antiguo con tapa con el cual puede enviar mensajes de texto, aunque prefiere usar el viejo estilo: es decir, enviando y recibiendo llamadas de verdad. Así que nunca ha de pedir la clave wifi. ¿Y que hay de Facebook, Snapchat, Instagram y demás? «Los abandoné —me dice, casi orgullosa—. Cuando me piratearon el ordenador y salí de las redes sociales, ¡gané como seis horas diarias! Yo me pasaba la vida revisando mi teléfono con

mucha frecuencia. No hablemos ya del tiempo que malgastaba jugando a SnoKon, atrapando bolas de helado de colores con un cucurucho para ganar puntos.» ¿El único aspecto negativo? «Mis amigos tuvieron que aprender a localizarme.» ¿Qué escribe exactamente con esa máquina? «¡Montones de cosas! Tengo una familia muy numerosa. Mis sobrinos reciben por su cumpleaños una carta y un billete de cinco o diez dólares. Escribo memorandos de trabajo que copio o corrijo y los envío por correo electrónico a la oficina. Y esto…» Me enseñó una hoja escrita con tanta pulcritud y perfección como el documento mejor formateado que puedan imaginarse. «Esto es mi lista de la compra.»

373

* * *

OTROS CLIENTES RECURREN a Esperanza por sus servicios de monjita evangelista. «Los críos se quedan fascinados con mi máquina de escribir. Yo les dejo teclear su nombre mientras mamá espera que le sirvan el café. Los mayores escriben música rap o poemas.» También los adultos recurren a sus servicios. «Ya nadie tiene máquina de escribir, al menos una que funcione. Pero una carta mecanografiada es algo especial. Algunos vienen con cartas que han redactado en un ordenador, pero que quieren que yo mecanografíe para que sean únicas. Antes del día de san Valentín o del día de la madre, podría pasarme horas aquí escribiendo notas, y la cola de gente daría toda la vuelta a la manzana. Si cobrara, sería más rica que una buena florista.» Por ese servicio tan personal, Esperanza quizá acepte un café. Normal por las mañanas. Descafeinado por la tarde.

* * *

«UN TIPO ESTABA esperando su café y empezó a hablarme de la vieja máquina de escribir que había tirado. Le habría gustado conservarla. Estaba a punto de pedirle a su novia que se casara con él. Si lo hacía con una carta mecanografiada, la carta y el momento durarían para siempre. ¿Qué iba a hacer yo sino meter una hoja en el carro y permitirle que me la dictara? Yo era su mecanógrafa-de-amor. Hicimos seis borradores distintos.» ¿Cómo le hizo la propuesta a su novia?, pregunté. «Eso no es asunto suyo.» ¿La chica dijo que sí? «No tengo ni idea. Él releyó la carta una docena de veces para asegurarse de que eran las palabras adecuadas para la ocasión. Luego se largó con la carta y un café capuchino con vainilla, y no ha vuelto desde entonces.»

* * *

ESA MÁQUINA PORTÁTIL le permite a Esperanza llevar sus servicios a todas partes, pero el Java-Va-Voom viene a ser su Plaza Central. «Aquí me soportan, y el ambiente me mantiene con la cabeza despierta. Me gusta tener gente alrededor —me dijo—. Y algunos han acabado necesitando mi presencia.» ¡Ah, más de lo que tú crees, *evangelista* Esperanza!

Steve Wong es perfecto

Como los vídeos dan la vuelta al mundo en nanosegundos, ahora los cerditos son famosos por salvar a las ovejitas de ahogarse. Eh, un momento. Ese vídeo era un fraude de Internet. Lo que hizo Steve Wong sí fue algo real, sucedió de verdad, y hasta había testigos. Por eso se volvió viral.

Resulta que una noche fuimos a jugar a los bolos, y Steve, como un auténtico malabarista, marcó un número increíble de *strikes*, o sea que se merece el respeto de todos los que juegan a los bolos, tanto aficionados como profesionales. De todos modos, si no hubierais estado allí presenciando la racha de Steve con los ojos desorbitados, habríais creído que Anna, MDash y yo nos lo habíamos inventado todo.

Las proezas de Steve no estaban manipuladas, ni se debían tampoco a un golpe de suerte. Él había sido capitán del equipo de bolos de primer curso en la escuela secundaria Saint Anthony Country Day, y había ganado trofeos en los torneos de los Jóvenes Jugadores de Bolos del Surfside Lanes. Incluso había hecho una partida perfecta —doce plenos consecutivos, con un tanteo de trescientos— cuando tenía solo trece años. Su nombre salió en el periódico y en el Surfside le dieron un montón de regalos.

Cuando MDash cumplió su primer aniversario como ciudadano de los Estados Unidos, lo llevamos a la bolera para celebrarlo. Le dijimos que era una gran tradición americana que los inmigrantes de Vietnam, Chile, etcétera, fueran a jugar a los bolos al cumplir un año de ciudadanía y que él también debía hacerlo. Y se lo tragó. Steve Wong llevó para la ocasión su guante profesional y sus zapatos de *bowling* hechos a medida. Nosotros llevábamos un calzado birrioso de alquiler, con los cordones desaparejados, que guardaban en unos lóbregos casilleros detrás del mostrador, mientras que él lucía unas zapatillas deportivas únicas amarillas y marrones, con las palabras STEVE y Wong estampadas en la puntera, y con tres equis en cada talón —XXX— que representaban el tanteo récord de aquella partida perfecta jugada años atrás. Las transportaba en una bolsa a juego con esa misma combinación espantosa de colores amarillo y marrón. Nosotros no parábamos de sobarlas con la esperanza de convocar al genio, como si fueran lámparas maravillosas. Cuando llegaron las cervezas, grité: «¡Mi sueño hecho realidad!».

Puesto que MDash nunca había jugado a los bolos en su aldea natal subsahariana, lo instalamos en una pista solo para él y pedimos que colocaran barandillas a los lados, de esas que les ponen a los críos para que la bola no se vaya a los canales. Aunque sus bolas recorrían la pista rebotando de un lado para otro, siempre acababa derribando varios bolos y llegó a sumar 58 puntos. Yo saqué 138 en mi mejor partida: un tanteo superrespetable considerando todas las Rolling Rock que me bebí. Anna, bendita sea, se concentraba tanto en la técnica que superó mi récord por seis bolos: 144 puntos. Exultante por su victoria sobre mí, estaba un poco atolondrada y estrujaba a MDash entre sus férreos brazos, llamándolo «nuestro amigo americano».

Pero la sorpresa de la noche fue Steve Wong y su habilidad en la pista. Sus tres partidas —236, 243 y un increíble 269 final— volvieron irrelevantes nuestras pequeñas rivalidades. Era tan bueno que nos cansamos incluso de maravillarnos de todos los cuernos que convirtió en semiplenos. En un momento dado, hizo once plenos seguidos a lo largo de dos partidas. Yo lo amenacé con robarle el guante y quemarlo.

—La próxima vez me traeré mi propia bola —nos dijo—. Hoy no la encontraba.

—¿Y en cambio tienes esas zapatillas tan feas a mano, para poder cogerlas en cualquier momento?

A la semana siguiente, volvimos a jugar los cuatro. Steve encontró la bola con mi ayuda. Fui a recogerlo a esa casa demasiado grande que tiene en Oxnard, y busqué por todo el garaje y en tres armarios. La bolsa de la bola —de ese precioso cuero amarillo y marrón— estaba detrás del desvencijado estuche a cuadros de una máquina de escribir, en el estante más alto de lo que había sido el armario de su hermana; se hallaba al lado de una caja que contenía como un centenar de muñecas Barbie, que exhibían esa sonrisa vacía y esa cinturita increíblemente estrecha. La bola era también de esa extraña combinación de colores: como una esfera de falso vómito de una tienda de artículos de broma. Entre los tres agujeros para cogerla con los dedos, tenía estampado en relieve el carácter chino equivalente a «relámpago». Cuando llegamos al Ventura Bowling Complex, Steve la puso en una máquina que, al parecer, servía para pulir bolas de *bowling*. Y le ajustó a Anna el guante especial con muñequera que ella llevaba consigo.

MDash seguía en una pista con barandillas junto a la nuestra: llegó a alcanzar en sus cuatro partidas un máximo de 87 puntos. Yo saqué 126 en la primera, pero después dejé de esforzarme porque, bueno, ya habíamos jugado la semana anterior y, desde mi punto de vista, cuatro partidas de bolos en un año son un promedio excelente. ¿Y Anna? ¡Otra vez poseída! Cambió tres veces de bola en la primera partida

379

y, al final, volvió a buscar la que había escogido de entrada. Usaba ese guante especial, se concentraba en la zancada y en el punto de lanzamiento, se secaba constantemente la palma con el pequeño ventilador que había sobre el dispositivo de retorno, y estuvo acariciando toda la noche los 200 puntos hasta que, finalmente, alcanzó los 201. Estaba tan eufórica que dio unos tragos de mi cerveza.

¿Y Steve Wong? Con los tres dedos metidos en los orificios practicados con precisión en la esfera reluciente, hizo lo que se dice un verdadero alarde. Sus años de práctica se traslucían en la elegancia de la zancada, en el arco que describía su brazo, en su forma de soltar la bola alzando la mano hacia el marcador informático. Poseía todo el equilibrio de un bailarín: mantenía extendido el pie de apoyo tras el izquierdo y daba golpecitos con la punta en el parqué en un beso triple equis de amarillo y marrón. Esa noche no bajó de los 270 puntos y terminó con un tanteo de… 300.

Sí, así es. El ordenador empezó a parpadear: PARTIDA PERFECTA, PARTIDA PERFECTA, PARTIDA PERFECTA, y el encargado tocó una vieja campana de barco que tenía tras el mostrador. Otros clientes —los que se tomaban los bolos en serio— se acercaron para estrecharle la mano a Steve y darle una palmada en la espalda, y pagaron todas las Rolling Rock que yo fui pidiendo, lo que demostraba que, en efecto, aquellos zapatos suyos eran mágicos.

Volvimos a jugar un par de días más tarde, esta vez a instancias de MDash, que había estado soñando con el juego.

—Mientras duermo, veo la bola negra describiendo una curva hacia el bolo número uno para derribarlos todos, pero nunca se acaban de caer. ¡Y yo quiero que se caigan todos!

Pasar de los cien puntos se había convertido para él en una especie de «rito de paso». En la que no era más que su tercera experiencia en las pistas, renunció a las barandillas infantiles y enseguida consiguió tirar cinco bolas seguidas al canal.

—Bienvenido al equipo universitario —le dije, antes de fallar un segundo tiro a los bolos nueve y diez por treinta centímetros, lo cual me dejó con ocho puntos. Anna hizo un semipleno al tumbar el bolo número siete, así que ya me iba ganando. Steve Wong anotó un *strike*.

Una inundación repentina empieza con una gota de lluvia. Un incendio forestal se anuncia con un tufillo de humo lejano. Una partida de bolos perfecta es solo una posibilidad cuando se marca una equis en la casilla de la esquina de la tirada número uno: la primera de una serie de doce equis seguidas. Como Steve Wong marcó nueve *strikes* directos, en la décima y última ronda de nuestra primera partida de esa noche —MDash llevaba 33 puntos; yo, 118 y Anna, 147— se habían reunido alrededor de nuestra pista unas treinta personas (ya en la sexta ronda, las demás partidas se habían interrumpido y la gente se había acercado a mirar la que podía ser la segunda partida perfecta seguida de Steve Wong: una maravilla inaudita, tan singular como dos arcoíris gemelos).

Steve abrió la décima ronda con un pleno. La multitud estalló en vítores y Anna gritó: «¡Bravo, cariño!». Se hizo un gran silencio. Steve avanzó y tiró, y los diez bolos cayeron de nuevo: su undécimo *strike* de la partida. Ya solo le faltaba uno para la perfección corregida y aumentada. Todo el mundo enmudeció (alguien hubiera podido comentar que se habría oído cómo caía un alfiler al suelo, pero habría sido un chiste muy malo). Así pues, en medio de un silencio sepulcral rodó la última bola de Steve. Cuando el marcador informático graznó: PARTIDA PERFECTA, PARTIDA PERFECTA, PARTIDA PERFECTA, cualquiera habría dicho que coincidían de golpe la Nochevieja, la inauguración del puente de Brooklyn, el paseo lunar de Neil Armstrong y la detención de

Saddam Hussein en su zulo. La Wongmanía se desató a todo tren, y no salimos de allí hasta las tres de la mañana exactamente: las 3:00. ¿Me explico?

Si hubiéramos querido jugar una segunda partida aquella noche, quizá no estaríais leyendo esto. Steve podría haber sacado 220 puntos y luego jugado un rato al millón. Pero el destino está chiflado. Cuatro noches después, volvimos a la bolera para pasar una velada relajada jugando gratis (el premio por sus veinticuatro plenos consecutivos). La idea era mirar cómo MDash intentaba superar los 33 puntos sin barandillas, pero Steve cambió el tono de la noche al lanzar su «relámpago» chino y marcar un *strike*. Luego marcó otro. Y bueno... «madrecita querida», como dicen en las boleras mexicanas.

Steve Wong hizo un pleno tras otro. Hablaba cada vez menos y entró en un estado de concentración que prescindía del resto del mundo. No decía nada, ni se sentaba, tampoco miraba lo que sucedía a su espalda. La gente mandaba mensajes de texto a sus colegas de *bowling* para que vinieran a las pistas a toda leche. Empezó a circular *pizza* gratis. Las cámaras de los Smartphone funcionaban a tope. Apareció una familia de seis miembros con los niños en pijama: los habían sacado de la cama porque no encontraban canguro, pero mamá y papá no querían perderse otra partida perfecta. Steve no hacía más que marcar *strikes* y anotó otra gran equis negra por tercera vez consecutiva. En medio de una atmósfera de magia y pasmo absolutos, siguió sacando 30 puntos por ronda en su cuarta, su quinta y —no vais a creerlo— en su sexta partida. Seguidas.

Nosotros estábamos boquiabiertos y roncos de tanto gritar, los tres apiñados en la mesita situada entre las pistas siete y ocho, rodeados por una multitud de ciento cuarenta personas o más. Yo había dejado de jugar; Anna, en la quinta ronda de la segunda partida, deambulaba de aquí para allá, en vez de lanzar: no quería gafar la pista y fastidiarle la racha a Steve. Solo MDash continuó tirando; siempre dos bolas directas al canal.

Los vítores sonaban a máximo volumen para decaer en unos densos silencios de respiraciones contenidas. El «¡Bravo, cariño!» de Anna se convirtió en la expresión de júbilo general no solo para celebrar los *strikes* de Steve, sino también, caritativamente, las bolas descarriadas de MDash. Cuando el septuagésimo segundo *strike* consecutivo quedó anotado, completando su sexta partida perfecta seguida, el héroe de la noche se detuvo en la línea de falta y se restregó los ojos, todavía dándole la espalda al gentío enloquecido, que vociferaba, pateaba el suelo y aplaudía con botellas de cerveza y vasos de soda. Ninguno de nosotros había presenciado una proeza semejante: quizá para algunos trivial, porque, al fin y al cabo, el *bowling* no es más que un juego. ¡Pero vamos, hombre! Seis perfectos lo-que-sea constituyen un recuerdo memorable.

Buscad en Internet los vídeos de esa noche y veréis a Steve muy serio, mientras un montón de desconocidos y de amigos lo vitorean como si fuera un congresista recién elegido. Mirad los comentarios: un 90 por ciento de esa horda anónima afirma que es un fraude, pero que digan lo que quieran. Al día siguiente, Steve recibía llamadas de medios de comunicación que querían declaraciones, fotos y apariciones en directo. Salió en las noticias locales: los cuatro canales lo filmaron cada uno por su cuenta en la pista siete, donde él aparecía muy tenso: la viva imagen de la incomodidad frente a la cámara. ¿De veras ha jugado todas esas partidas perfectas? ¿Cómo se siente uno mientras las juega? ¿En qué pensaba? ¿Alguna vez se le pasó por la cabeza que marcaría tantos *strikes*? Sí. Bien. Piensas en el siguiente. No.

Cada canal le pidió que terminara la entrevista lanzando una bola. Él los complació con cuatro *strikes* seguidos ante las cámaras. La racha continuaba. La guinda fue una llamada de la cadena de deportes ESPN para pedirle que saliera en un programa llamado *Nación Bolera*. Le ofrecían 1 700 pavos por asistir al programa; y si jugaba otra partida perfecta recibiría uno de esos cheques gigantes de 100 000 dólares.

Cualquiera diría que esos días tan excitantes debieron de ser divertidos por la invitación para salir en la tele y demás. Pero Steve procede de un linaje de Wongs callados y humildes, y se cerró en banda. No decía ni pío. MDash lo vio en el trabajo, en Home Depot —sección de herramientas eléctricas—, completamente inmóvil, supuestamente colocando en la estantería cuchillas de sierra, pero en realidad miraba fijamente dos cuchillas distintas encerradas en su envoltorio de plástico, como si las etiquetas estuvieran escritas en un idioma extranjero. Se despertaba con náuseas por las noches. Cuando lo recogimos en mi furgoneta Volkswagen para llevarlo a su actuación en la ESPN, estuvo a punto de olvidarse de las bolsas de las zapatillas deportivas con sus monogramas y de la bola del «relámpago» chino.

El programa iba a grabarse en el Crowne Lanes de Fountain Valley, un largo trayecto en coche; paramos en una hamburguesería In-N-Out antes de meternos en la autopista. Mientras esperábamos en la cola con el coche, Steve confesó finalmente lo que le inquietaba. Él no quería jugar en la tele.

—¿Estás en contra de ganarte un dinero por la cara? —le pregunté—. Lo más cerca que yo he estado en mi vida de cien mil pavos fue cuando tuve en mis manos un billete de lotería con dos números correctos.

—Los bolos son para divertirse —me dijo Steve—. Para reírse un poco en un contexto informal. Lanzamos la bola cuando nos toca el turno y a nadie le importa el tanteo.

MDash quería que pidiera sus ganancias en dólares de plata.

Steve prosiguió mientras la cola avanzaba lentamente (los In-N-Out siempre están llenos).

—Yo dejé el *bowling* de competición en el St. Anthony Country Day cuando se convirtió en un deporte oficial. Tenías que presentar una solicitud y firmar las hojas de los tanteos. Además, habías de mantener un promedio. Ya no era divertido. Resultaba estresante. Y ahora también es estresante.

—Stevie, cariño, mírame —le dijo Anna que, inclinándose sobre su asiento, le cogió la cara con ambas manos—. ¡Relájate! ¡Tú eres capaz de cualquier cosa en un día como hoy!

—¿En qué cartel de una sala de espera has leído ese eslogan?

—Solo digo que conviertas este día en algo divertido con «DE» mayúscula. Porque hoy, Steve Wong, vas a salir en la tele y te lo vas a pasar chupi. Chupi, chupi, chupi.

—No lo creo —dijo Steve—. No, no, no.

Crowne Lanes había sido la sede de los torneos de la Asociación Profesional de *Bowling*. Había asientos de tipo grada y carteles de la ESPN, focos de la tele y multitud de cámaras. Cuando Steve vio los asientos repletos de fans ávidos de espectáculo soltó una palabrota, cosa rara en él.

Se nos acercó una mujer de aire extenuado, provista de auriculares y de una tablilla sujetapapeles.

—¿Cuál de vosotros es Steve Wong? —MDash y yo levantamos la mano—. Bien. Tú estarás en la pista cuatro después de la partida entre Shaker Al Hassan y Kim Terrell-Kearny. El ganador jugará la final con el ganador de la partida Kyung Shin Park y Jason Belmonte. No tienes que hacer nada hasta entonces.

Steve salió a dar una vuelta por el aparcamiento, seguido por Anna, comentando lo «divertido» que debía de ser trabajar para la ESPN. MDash y yo pedimos unos refrescos y nos sentamos en la sección VIP para mirar cómo Kyung Shin Park derrotaba a Jason Belmonte por doce puntos en lo que constituyó una exhibición impresionante del deporte de los diez bolos. En la segunda partida, MDash apoyó con entusiasmo a Shaker Al Hassan —él conocía a un montón de Al Hassans antes de venir a Estados Unidos—, pero Kim Terrell-Kearny (que era jugadora profesional, por cierto) lo derrotó en un encuentro muy reñido por 272-269. Mientras los técnicos desplazaban las cámaras hacia la pista cuatro y retocaban los focos, y la multitud se iba arremolinando, Anna vino a buscarnos.

—Steve está vomitando en el aparcamiento —nos dijo—. Entre dos camiones de la tele.

—¿Los nervios? —pregunté.

—¿Tú eres idiota? —me dijo ella.

MDash nos dejó para sacarse una *selfie* con Shaker Al Hassan.

Encontré a Steve sentado fuera, en un murete junto a la entrada, con la cabeza sujeta entre las manos como si estuviera sufriendo un acceso de fiebre y pudiera vomitar de nuevo.

—Escucha, Wongy —le dije apretándole el hombro—. Te voy a decir lo que vas a hacer hoy. Lanzas ese «relámpago» chino un par de veces y te vas a casa con mil setecientos pavos en el bolsillo. Así de fácil. Así de sencillo.

—No puedo hacer eso, hombre. —Steve alzó la cabeza, y fijó la vista en el horizonte—. Todo el mundo está esperando la maldita perfección. Llévame a casa ahora mismo.

Me senté a su lado en el murete.

—Déjame hacerte una pregunta. ¿Esa pista de bolos no es como cualquier otra pista del planeta, con la línea de falta y las flechas pintadas en el parqué? ¿No hay diez bolos al final de la pista? ¿No volverá tu bola mágicamente a través del circuito subterráneo?

—Ah, ya veo. Me estás dando una charla para motivarme.

—Responde a mis perspicaces preguntas.

—Sí. Cierto. ¡Córcholis, cuánta razón tienes! Ahora que me has hecho entrar en razón, todo saldrá guay. —Steve hablaba con tono monocorde—. Yo soy especial y puedo hacer lo que quiera si me lo propongo; y los sueños se hacen realidad si simplemente me dejo llevar y disfruto el momento.

—Bravo, cariño —dije. Nos quedamos allí un par de minutos. Al poco la mujer extenuada apareció con sus auriculares y nos gritó que ya había llegado el momento de Steve Wong.

Él se pasó los dedos por su pelo negro azabache y se levantó, soltando una retahíla de tacos muy poco propios de la familia Wong. Menos mal que no estaban allí sus padres.

Cuando Steve se puso esas horribles zapatillas de *bowling*, un murmullo recorrió la multitud: «Eh... ese es el tipo». Su leyenda en la red lo precedía. Cuando comenzó la emisión y el presentador de *Nación Bolera* lo presentó, el recinto en pleno estalló en aplausos. Incluso los jugadores profesionales miraban lo que ocurría en la pista cuatro.

—Steve Wong —declamó el presentador—. Seis partidas perfectas consecutivas. Setenta y dos *strikes* seguidos. Pero hay quienes se preguntan todavía si esta racha increíble no será el producto de un habilidoso montaje digital de efectos especiales. ¿Cuál es su reacción ante esas afirmaciones?

El presentador le pegó el micrófono a la boca.

—Me parece lógico. Qué van a pensar siendo la red como es. —La mirada de Steve saltó del locutor a la multitud, luego a nosotros, al suelo y, de nuevo, al locutor: todo tan aceleradamente que parecía como si estuviera sufriendo una especie de ataque inducido mediante electrodos.

—¿Alguna vez había pensado que alcanzaría un nivel semejante de técnica y forma física como para anotar tantos plenos?

—Yo solo juego para divertirme.

—El récord oficial de *strikes* seguidos lo posee actualmente Tommy Gollick, con cuarenta y siete, pero usted dice haber anotado veinticuatro *turkeys* consecutivos. En el mundo de los bolos, muchos se preguntan si es posible una racha parecida.

Miré al tipo sentado mi lado, que, con su camiseta de *bowling* adornada con el logo del Crowne Lanes, debía de ser sin duda un ciudadano de la «Nación Bolera».

—¿Qué quiere decir con «*turkeys*»? —le pregunté.

—Tres *strikes* seguidos, idiota. Y ni de puta coña ha anotado más de veinte ese capullo. —Y añadió a voz en cuello—: ¡Fraude!

—Como quizá escuche, Steve Wong, hay quienes dudan no solo de su afirmación, sino también de la palabra del encargado de su bolera, el complejo de billares y bolos Ventura Party.

Steve se volvió hacia el público, donde probablemente no veía más que las hoscas miradas de los incrédulos.

—Como ya he dicho, yo juego para divertirme.

—Bueno, un jugador, como yo siempre digo, prueba su valía derribando bolos, así que, Steve Wong, colóquese en la línea y muéstrenos qué es capaz de hacer hoy. Y recuerden, amigos, que pueden pasárselo en grande jugando a los bolos con su familia en su Bowling Alley and Fun Center más próximo.

Steve se acercó al dispositivo de retorno y se calzó su guante mientras nosotros tres aullábamos: «¡Bravo, cariño!». Algunos espectadores silbaron. Steve inspiró tan profundamente y de una forma tan conmovedora que vimos cómo se le aflojaban los hombros, y eso que estábamos encaramados en la fila más alta. Entonces nos dio la espalda a todos y volvió a suspirar. Cuando cogió entre las manos su «relámpago» chino e introdujo los dedos en los orificios perforados a medida, nosotros, que lo conocíamos bien, nos dimos cuenta de una cosa: que no se estaba divirtiendo.

Y sin embargo, sus movimientos seguían siendo un dechado de elegancia: la forma de soltar la bola, ligera y natural; ese giro de su muñeca al imprimirle efecto que tantas veces habíamos visto; sus dedos alzados hacia el techo en la mano liberada, la punta del pie derecho dando golpecitos al parqué mientras adelantaba el izquierdo y le destellaban las tres equis —xxx—, en los talones.

El retumbo de la bola. El impacto. *Strike*. Los gritos de «¡Chiripa!» resonaron por todo el recinto de Crowne Lanes. Steven, de espaldas al mundo, templó la mano mientras esperaba a que el «relámpago» chino emergiera del subsuelo. De nuevo con la bola en la mano, adoptó la postura de salida y volvió a hacerlo. Retumbo. Impacto. Segundo *strike*.

A continuación vinieron los siguientes, del tercero al sexto, con una puntuación provisional de 120 en la cuarta tirada. Steve había puesto al público a su favor, aunque dudo que él se diera cuenta. Ni siquiera echaba un vistazo hacia nosotros.

El locutor le preguntó a Shaker Al Hasan qué le parecía el estilo de Steve. «¡Magnífico, increíble!», dijo ante la cámara a todos los ciudadanos de *Nación Bolera*.

Los *strikes* séptimo, octavo y noveno lograron que los cuatro jugadores profesionales se pusieran a analizar el equilibrio de Steve, su técnica y su autodominio bajo presión en lo que Kyung Shin Park llamó «el túnel» y Jason Belmonte, «la línea del destino». Kim Terrell-Kearny dijo que la Asociación Profesional de *Bowling* sin duda tenía sitio para un jugador tan aplomado como Steve Wong.

Cuando las casillas marcadas con una equis aparecieron sobreimpresas en los monitores de televisión, el locutor ya estaba patidifuso. De hecho, dijo: «¡Estoy patidifuso ante la actuación de este joven, ejemplo para los jugadores de *bowling* de todo el país!». La gente se había puesto en pie y lanzaba gritos de ánimo idénticos a los que profería el público en la Antigua Roma para alentar a los gladiadores. El undécimo lanzamiento de Steve fue un momento surrealista, como un *ballet* de ensueño o como una caída libre desde el cielo, al golpear el punto preciso entre los bolos uno y tres y derrumbar los otros ocho.

Ante el último pleno necesario para lograr la partida perfecta, 100 000 dólares y la inmortalidad en la ESPN, Steve se acercó con paso liviano al dispositivo de retorno, sin el menor signo de emoción: sin expectativa, ansiedad ni miedo. También sin diversión. Por lo que yo deducía viéndolo de espaldas, su rostro debía de parecer una máscara mortuoria con los ojos abiertos.

Cuando sostuvo la bola ante su corazón, preparándose para lanzar, se produjo en Crowne Lanes algo más profundo que un silencio: una especie de vacío, como si hubiesen aspirado todo el aire del recinto y sustraído a las ondas de sonido cualquier medio de propagarse. Anna nos clavaba los dedos en el brazo a MDash y a mí, con las palabras «bravo, cariño» dibujándose ya en sus labios.

El momento exacto del inicio del duodécimo y último lanzamiento de Steve fue imperceptible, como el lento ascenso de un cohete a la luna: un artefacto tan pesado que nada parece moverse pese a la ignición de los motores, pese a las llamas y a la furia. En el mismo nanosegundo en que el «relámpago» chino tocó el parqué, estalló un rugido tan potente que uno habría dicho que todos los miembros de *Nación Bolera* habían alcanzado el clímax de un orgasmo simultáneo con el amor de su vida. El motor de un caza a reacción no es tan ruidoso como el vocerío ensordecedor que fue creciendo y creciendo a medida que la esfera amarilla y marrón describía su arco. A unos pocos centímetros del impacto sobre los bolos, todo Crowne Lanes quedó engullido por un grito unánime.

El golpe en el hueco entre los bolos uno y tres pareció producirse en otro lugar: como un fragor de truenos a muchos kilómetros de distancia. Todos vimos el destello blanco, como la sonrisa de un gigante cuyos dientes saltan bruscamente por los aires, y los bolos volando, rodando con estrépito hasta que solo quedó un espacio vacío y diez soldados muertos. Los diez.

Steve se quedó ante la línea de falta contemplando ese vacío en el otro extremo de la pista, hasta que los bolos reaparecieron de pie automáticamente. Mientras el locutor gritaba por su micrófono: «¡Steve Wong es perfecto!», nuestro amigo hincó una rodilla en el suelo, como si estuviera dando gracias a su dios particular por semejante victoria.

Pero no: se estaba desatando la zapatilla izquierda, la de STEVE. Se la quitó y la dejó en la línea de falta. Hizo lo mismo con la otra, la de WONG, y situó pulcramente ese calzado hecho a medida para que las tres equis aparecieran en la tele.

En calcetines, caminó hasta el dispositivo de retorno. Sujetó el «relámpago» chino con ambas manos, como si no fuera más que un guijarro, y fue a depositarlo sobre sus zapatillas deportivas; un gesto que Anna, MDash y yo comprendimos claramente: «No volveré a jugar a los bolos. Nunca más».

Mientras arrojaba su guante a la multitud, desatando una melé digna de una jauría, Kim Terrell-Kearny corrió hacia él, lo abrazó y le besó en la mejilla, al tiempo que los demás profesionales le tendían la mano y le daban palmaditas.

Cuando logramos abrirnos paso entre los fanáticos del *bowling* —ahora convertidos en admiradores—, Anna estaba llorando. Abrazó a Steve y sollozó tan sentidamente que temí que fuera a desmayarse. MDash no paraba de repetir algo en su lengua nativa: un superlativo, estoy seguro. Yo le lancé un brindis a Steve con una cerveza que había encontrado en una nevera portátil junto a una de las cámaras; después recogí su equipo de bolos y lo guardé en la bolsa.

Solo nosotros tres le escuchamos decir:

—Me alegro de que se haya terminado.

Ninguno de nosotros volvió a la bolera durante las semanas siguientes, aunque no fue premeditado. Yo tenía en la pierna un bulto del tamaño de una moneda que se me inflamó de modo espeluznante, y había concertado una intervención ambulatoria para que me lo quitaran, abrieran y examinaran. Nada grave. MDash encontró otro empleo y renunció a la posibilidad de hacer carrera en Home Depot por un puesto en la cadena Target: su nuevo lugar de trabajo quedaba separado del antiguo por un enorme aparcamiento compartido. Se dirigió al otro almacén, cambió de camiseta y no miró atrás. Anna se apuntó a unas clases de pesca con mosca en un centro del Departamento de Parques, en los estanques municipales Stanley P. Sweet, un lugar del que nadie había oído hablar y que ni siquiera podía encontrarse en Google Maps. Intentó que me apuntara también, pero a mí la pesca con mosca me parecía un deporte similar al descenso en trineo en el sentido de que nunca en mi vida pienso practicarlos.

La vida de Steve Wong regresó a la calma. Calculó qué

parte de los dólares de la ESPN habría de pagar en impuestos e hizo planes de acuerdo con ello. Volvió al trabajo, tuvo que sacarse *selfies* con los clientes durante cierto tiempo y le dijo a MDash que dejar Home Deport por Target venía a ser como emigrar de su país natal a Corea del Norte (esa es la retórica que gastan sobre la competencia en la dirección de Home Depot). De lo que nunca hablaba Steve era de bolos.

Pero más adelante, una noche, allí estábamos de nuevo, jugando al *bowling* gratis, mientras los habituales se acercaban discretamente para chocar los puños con el tipo que había ejecutado esas partidas perfectas.

Steve y yo llegamos primero. Yo había pasado a recogerlo, aunque él salió de su casa con las manos en los bolsillos.

—¡Serás idiota! —le dije cuando subió al asiento del copiloto de la furgoneta Volkswagen.

—¿Qué pasa?

—Vuelve adentro y tráete tu equipo. Las zapatillas, la bolsa y el «relámpago» chino.

—Vale —dijo, tras un buen rato.

Cuando llegaron Anna y luego MDash, yo ya me había terminado una Rolling Rock, y Steven estaba metiendo monedas en un videojuego de *motocross*. Mientras él jugaba, bajamos a la pista asignada con la bolsa de su equipo, nos pusimos el calzado de alquiler y escogimos nuestras propias bolas (Anna las probó todas, una a una, creo recordar). Cuando llamamos a Steve, diciéndole que ya estábamos listos, él seguía compitiendo en la máquina y nos hizo una seña, evitando mirarnos, para que empezáramos sin esperarlo. Acabamos jugando dos partidas, nosotros tres solos. Anna ganó las dos; yo perdí y MDash andaba gritando que me había superado y que era medalla de plata.

Steve bajó a la pista y contempló las últimas rondas de esa segunda partida. Estábamos debatiendo si empezar otra o no, porque se hacía tarde y era jueves por la noche. Yo

393

quería irme a casa, MDash quería derrotar a Anna para ganar la medalla de oro, y ella quería destrozar nuestras ilusiones por tercera vez en una sola noche. A Steve le tenía sin cuidado lo que hiciéramos y dijo que se sentaría a mirar mientras se tomaba unas cervezas.

—¿No vas a jugar con nosotros? —Anna lo miraba, incrédula—. ¿Desde cuándo te has vuelto tan engreído?

—Vamos, Steve —le suplicó MDash—. Tú y el *bowling* representáis para mí la esencia de este país.

—Cálzate —dije— o te vuelves a casa a pie.

Steve se quedó un momento ahí sentado; después dijo que éramos una pandilla de capullos y se quitó los zapatos para ponerse aquellas zapatillas tan feas.

Yo lancé primero: derribé solo cuatro bolos en el primer tiro y fallé los restantes por unos milímetros. MDash casi se muere de la risa. En su primer tiro dejó en pie tres bolos, que luego derribó para marcar un semipleno.

—¡Esta noche —le siseó a Anna— vas a morir!

—Te pasas un poco con tus bravatas —le dijo ella—. Nadie se muere jugando a los bolos, a menos que haya un tornado. —Dicho lo cual, tumbó nueve bolos de golpe y completó la jugada con la segunda bola. Ella y MDash estaban empatados.

Entonces le tocó tirar a Steve Wong, que inspiró hondo mientras sacaba su bola exclusiva de su bolsa personalizada: el instrumento esférico de su legendaria proeza. Quizá exagero si digo que todos los jugadores presentes dejaron lo que estaban haciendo para observar al maestro en acción, que el local entero enmudeció, como preguntándose si «relámpago» volvería a dar la campanada, iniciaría otra reacción en cadena de partidas perfectas y demostraría de ese modo que Steve Wong era el verdadero dios de los *strikes*. Seguramente, eran todo imaginaciones mías.

Steve se quedó inmóvil en la pista un momento, sujetando la bola una vez más sobre su corazón, con la vista fija en la cuña que formaban los diez bolos blancos del fondo. A todo esto inició el movimiento, avanzó poco a poco hasta el borde mismo de la línea de falta y soltó la bola; entonces alzó la mano hacia el cielo. Dio un golpecito en el suelo con el pie derecho detrás del talón izquierdo, de forma que las seis equis quedaron a la vista de todo el mundo. «Relámpago» describió una curva y rodó por las largas líneas de reluciente madera hacia ese hueco entre los bolos uno y tres. Tenía toda la pinta de ser un *strike*.

Agradecimientos

*M*uchas gracias a Anne Stringfield, Steve Martin, Esther Newberg y Peter Gethers: los cuatro suegros de estas palabras unidas en matrimonio.

Un reconocimiento especial a E. A. Hanks por su lápiz azul y sus ojos perspicaces y honestos.

También un saludo y un guiño tanto para Gail Collins como para Deborah Triesman.

Y gracias a todos aquellos que en Penguin Random House examinaron, admiraron, mejoraron y convirtieron en presentables estas historias.

Este libro utiliza el tipo Aldus, que toma su nombre
del vanguardista impresor del Renacimiento
italiano, Aldus Manutius. Hermann Zapf
diseñó el tipo Aldus para la imprenta
Stempel en 1954, como una réplica
más ligera y elegante del
popular tipo
Palatino

Tipos singulares
se acabó de imprimir
un día de primavera de 2018,
en los talleres gráficos de Liberdúplex, s.l.u.
Sant Llorenç d'Hortons (Barcelona)